高建群全集

六 六 镇

高建群 著

陕西师范大学出版总社

图书代号：WX21N2172

图书在版编目（CIP）数据

六六镇/高建群著.—西安：陕西师范大学出版总社有限公司，2022.1
（高建群全集）
ISBN 978-7-5695-2760-5

Ⅰ.①六… Ⅱ.①高… Ⅲ.①长篇小说—中国—当代 Ⅳ.①I247.5

中国版本图书馆CIP数据核字（2021）第262591号

六 六 镇
LIU LIU ZHEN

高建群 著

出版人	刘东风
总策划	孙留伟
责任编辑	杨 杰
责任校对	张旭升
出版发行	陕西师范大学出版总社
	（西安市长安南路199号 邮编710062）
网　址	http://www.snupg.com
印　刷	北京天宇万达印刷有限公司
开　本	880mm×1230mm　1/32
印　张	14.75
插　页	2
字　数	350千
版　次	2022年1月第1版
印　次	2022年1月第1次印刷
书　号	ISBN 978-7-5695-2760-5
定　价	69.00元

读者购书、书店添货或发现印刷装订问题，请与本公司营销部联系、调换。
电话：（029）85307864　85303629　传真：（029）85303879

总　　序

　　文稿一旦变成铅字，一旦成为一本装帧得或粗糙或精美的书本，那它就是一个独立的存在了。它将离你而去。它将行走于世间。它将开始它自己的宿命。它或被读者供之于殿堂，视为经典，视为对这个时代的一份备忘录；或被读者弃之于茅厕；或被垃圾处理厂重新化为纸浆，以期待新的人在上面书写新的东西。凡此种种，那就看这本书它自己的命运了。

　　这时，于作者本人来说，倒是没有太大的干系了。于是他成了一个旁观者。他和这本书唯一的联系是，那书本的额头上，还顶着他卑微的名字。知道《一千零一夜》中的《渔夫和魔鬼的故事》吗？渔夫打开铅封的所罗门王的瓶子，于是一缕青烟腾起，魔鬼从瓶子里走出来，开始在世界上游荡，开始在暗夜里敲打你的门扉。渔夫这时候唯一能做的事情，是一手拿着空瓶子，一手捏着瓶子盖儿，傻乎乎地看着他放出的魔鬼，横行于世界。

　　此一刻，在这二十五卷本的《高建群全集》即将付梓出版之际，我感到我的已日渐衰老的身躯，便宛如那个已经被掏空的——或者换言之——魔鬼已经离你而去的空瓶子一样。此一刻，我是多么虚弱而疲惫呀。

人生一场大梦,世事几度秋凉。一想到这个名叫高建群的写作者,在有限的人生岁月中,竟然写出这么多的文字,我就有些惊讶。一切都宛如一场梦魇!这是一笔一画写出来的呀!如果我不援笔写出,它们将胎死腹中。但是很好,我把它们写出来了,把它们落实到了纸上。

那每一本书的写作过程,都是作者的一部精神受难史。

建于西安航空学院的高建群文学艺术馆,要我给一进馆的墙壁上写一段话,于是我思忖了一个星期,最后选定帕乌斯托夫斯基《金蔷薇》中的一段话,写在那上面。那么请允许我,也将这一段话写在这里:

> 是什么东西迫使一个作家,从事这种庄严的但却又是异常艰辛的劳动呢?首先是心灵的震撼,是良心的声音。不允许一个写作者在这块土地上,像谎花一样虚度一生,而不把洋溢在他心中的,那种庞杂的感情,慷慨地献给人类。

谎花是一种虽然开放得十分艳丽,但是花落之后底部不会坐上果实的花。植物学上叫它"雄花",民间则叫它"谎花"。

我们光荣的乡贤,以大半辈子的人生履历,驰骋于京华批评界,晚年则琴书卒岁,归老北方的阎纲老先生说:

> 相形于当代其他作家,高建群是一个马拉松式的长跑者,他以六十年为一个单元,在自己的斗室里,像小孩子玩积木一样,一砖一石地建筑着自己的艺术帝国。他有耐性,有定力。喧嚣的世界在他面前,徒唤其何。

当我听到阎老的这段话时,我在那一刻真的很感动。感动的原因是世界上还有人在关注着这个不善经营不懂交际的我。诗人殷夫说:"我在无数人的心灵中摸索,摸索到的是一颗颗冷酷的心!"现在我知道了,长者们一直作为艺术良心站在那里,为当代中国文学保留着它最后的尊严。

"有些故事还没讲完那就算了吧!"这是一首流行歌曲里的话,如果这个名叫《总序》的文字,需要拿出来单独发表的话,建议用这句话作为标题。

我们这一代人行将老去,这场宴席将接待下一批饕餮客!人在吃完宴席后,要懂得把碗放下,是不是这样?!

2020年10月11日早晨6点
写于西安

2006年修订版前言

  时隔多年，当重新见到张家山时，我仍然对这个人物感到迷惑和诧异。他头上扎着一顶羊肚子手巾，双手在背后反剪着，腰有些驼，正一闪一闪地，顺着山路，绕过一个峁子，哈哈一面大笑，向我们走来。

  陕北人扎羊肚子手巾的扎法，和别的地方的人迥然不同。别的地方的人，是向后扎的，在脑后挽个结，比如河北人，比如山西人。陕北人则是向前扎的，那结是挽在额头上的。毛巾的两个边角，像羊角或牛角一样，向左右两边夸张地爹起。这种结叫"英雄结"。戏剧人物有时候也这样用它。这是老辈人传下来的扎法。相信李自成做赶牲灵的脚户的时候，就是这样扎的。

  张家山的前庭饱满，地阁方圆，相对应的后脑把子很平。陕北人的这种头型和脸形，一半的原因得于遗传，一半的原因得于后天的抚弄。孩子出生后，到满月这一段时间，家长要给他的脑后枕一个用小米缝制的枕头，头的两边再放两个，令小孩的头不要乱动。那两条腿，则用绳子捆紧。这样一个月下来，脑把是平的了，额颅则高挺起来，两条腿则一生都是笔直的。陕北人走到人面前，有一种"高贵"的感觉，这与他们月子里的这一番抚弄，不无关系。

张家山的大脸盘子，大约与匈奴人有关。我们知道，匈奴人在陕北这块地面上，留下了深深的踪迹。而他那大鼻梁子，则与党项人有关。陕北高原在某一个时期，曾是这些从青海过来的党项人的老巢。而在西夏王朝灭亡后，相信有不少的流民重新回到这里。据我的一位朋友的说法，有三十多个游牧民族从这块地面潮水一样漫过。所以一张陕北人的脸，就是一部陕北高原史，一部仍然鲜活的二十四史。

张家山那大鼻子，在年轻的时候大约生过螨虫。如今连螨虫也不再光顾这一张老脸了，或者换言之，这酒糟鼻子好了，不再红了。但是，那个"蒜头"上还有一些痕迹，而鼻子以至整个脸面，毛孔很粗，见两口酒以后，发红发亮。

他的嘴很大，正是老百姓说的"男人嘴大吃四方"的那种。那嘴里长着一个大舌头，这大舌头正是为"说白""道黑"用的。或者用老百姓的话说："满嘴跑大舌头"。不过小说中"红嘴白牙"这句话没有说准，因为在我们的小说所写的这个年代里，张家山的嘴里，已经没有几颗牙了。

他还长着两只招风大耳。

那张家山的服饰，则没有什么特别之处。因为他当过村干部，所以这上衣通常会有个口袋，那口袋上还会有一支笔。这笔用不用，并不重要。重要的是别着，以示和别的拦羊老汉之类，有所区别。陕北人的服饰，还有一些变化，那就是北京知青来了以后。这变化反映在张家山身上，是在脚，那脚上的那双鞋，布帮子，塑料底，趿拉着穿，知青叫它"懒人鞋"。

不过张家山在年轻的时候，穿过一件叫"百衲衣"的上衣。那衣服，是我们通常说的那种棉袄。但是这棉袄，是像纳鞋底一样用倒钩针的纳法密密匝匝地纳过一遍的。这种衣服实受，一件要穿人老几辈。用它背柴，不怕挂了，耕地累了随便往地上一个连身躺，也不怕脏。时代不同了，这衣服不要说穿，现在连见过它的人，恐怕都不多了。

啥叫倒钩针呢？就是往前走两针，再往后回一针，就这样纳成一件衣服，或者一双鞋帮。

在修订这部易名曰《最后的民间》的小说时，张家山这个人物，始终活灵活现地在我的面前站着，哈哈一面大笑，那笑声响彻了我这小小的写作间。

在这个地球偏僻的一隅，生活着一群有些奇特的人们。他们固执。他们天真善良。他们心比天高命比纸薄。他们自命不凡以至目空天下。他们大约有些神经质。他们世世代代做着英雄梦想，并且用自身去创造传说。他们是斯巴达克与堂吉诃德性格的奇妙结合。他们是生活在这块高原的最后的骑士，尽管胯下的坐骑已经在两千年前走失。他们把"死亡"叫作"上山"，把出生叫作"落草"，把生存过程本身叫作"受苦"。

我曾经许多次地见过埋人的场面，引魂幡在前面迎风飘扬，唢呐手吹奏着响彻云霄的唢呐声，孝子们一身白衣，顺着山路蜿蜒而上。在唢呐手那高亢的吹奏声中，人们感到一种宗教般的崇高或麻醉。大家会说，这下好了，这个男相公或女裙钗现在是到好处去了。

我今年五十多岁了，而在陕北高原，则生活了三十多年。我见识过许多的张家山这样的集滑稽与崇高于一身的人物。他们是高原的产物，是环境的产物，就像土地上自然而然地生长出的庄稼一样。

那一年在延河注入黄河的那个地方，我遇到过一位拦羊老汉。那老汉在放羊途中，用一生时间写出一本《名人名言》，然后把这一堆纸背了，交给县长，让县长给找个地方出版。我们能想见，在这闭塞的环境中，在这缺少沟通和提高的背景下，这一堆纸也许只是一堆废纸。所以，当自命不凡的拦羊老汉，将这一堆纸背给县长后，县长说："只有名人说出的话才叫名言，你老人家一个拦羊老汉，说出的话这不叫名人名言。"老汉争辩说："是先有名言，然后再成了名人的！"县长则反驳说："是先成了名人，他说出的话才叫名言的！"双方争执不下，这时我来了。于是县长便把这堆纸推给我。县长走了以后，这拦羊老汉望着县长的背影，把他最精彩的一段名言放在这时来说："我本来还想告诉你点什么的，县长。现在，我不告诉你了，让你永远糊涂下去吧！"

拦羊老汉灰塌塌地走了。他将老去，在那群山环抱中，在他的羊旁边。他的一个梦想破灭了，支撑他的精神的那个东西消失了。他现在变成了一个世界上最穷的人，最卑微的人。而在此之前，当他背着他的《名人名言》，走进县长办公室时，他不是这样子的，那时他觉得整个世界都是他的。

类似这样的人物，在陕北高原那些大些的村庄，那些集镇，那些县城，你随时都可以遇到，他们是高原的一部分，是高原土生土长的植物。他们在乡间受到普遍的尊重。甚至在他们还活着的时候，就有村民们给他们建一些功德碑，称他们"土圣"。

那一年在榆林城中，我遇见一位长相和张家山十分相似的高身材老汉。他是一位治沙英雄，刚从联合国领奖回来。联合国粮农组织认为，这块地面的治沙，为地球处于同等环境下的国家和地区，提供了经验和示范。

他见人哈哈一面大笑。他给我说的第一句话是："全国人民都在因我而骄傲，但是，我很清醒，我自己不能骄傲！"

这话，也许只有那些最高超的语言艺术家，才能把话说得这么圆，这么活泛。那话里饱含着无尽的自负和张扬，甚至狂傲。但是他是这样说的,以一种最谦虚的口吻说出来的。你的脑子得拐三个弯,才能将这句话传达出的精神实质抓住。

这就是我的张家山的口吻和行为做派呀!

类似这样的具有夸饰色彩的人物,可以说遍布高原。

记得作家路遥生前给我说过一件事。

路遥从西安城回到家里,天已经黑透了。这时,有一顶灯笼从对面山上,摇晃着下了山,过了川,然后上了他家垴畔。这是一位农民,他来打问一件事情。啥事情哩!老汉说:"听说美国换了个新总统。叫布什(老)!"路遥说他当时深深的悲哀。他说你耕了一天的地,晚饭都没顾上吃,就为这八竿子打不着的事情,翻山越岭地来打问吗?它与你有尿相干!

这就是陕北人的天性,一方水土养一方人。天性使然,由不得自个儿。

世界正在变成一个村庄。类似张家山这样的理想家、幻想家、梦想家,已经越来越没有容身的地方了。世界正在变得更加功利,更加实际,更加富有和更加贫困。它正在无情地碾碎那些六六镇这样的古老村庄,它嘲笑张家山这样的理想主义者,让这样的村庄和这样的人绝迹。

所以这是最后的民间。

说完张干大,让我们顺便再说说谷子干妈这个人物。

谷子干妈这样的女人,在陕北高原上,也可以说是比比皆是,遍布高原。

她们是被陕北民歌那热烈的情绪和大胆的歌词所熏陶出来的人物,是高原的女儿。她们年轻的时候,漂亮、美丽,成为这一带川道里的人梢子,成为那些光棍汉们的性幻想对象,成为陕北民歌新脚本的角色。唉,大自然嫌这山野太空旷和死寂了,嫌这生活太贫瘠、单调和苦涩了,于是常常打发这些花朵一样的女儿家,来点缀这北方的荒野。

当她们老了的时候,她们仍有另一种风韵。

就像我们的谷子干妈一样,细皮嫩肉,头发梳得油光,鬓边有时会别着一朵花。她们像猫一样卧在男人为她们遮蔽的这一片天空中,舒服地活着。她们崇尚英雄,她们明白自己来到这世界上,就是为陪伴英雄而来的,她们是王的女人。但是千万不要小觑了她们的力量,好男人是好女人培养出来的。没有谷子干妈,就没有张家山。张家山在这部小说中,他的所有那些英雄壮举,只是为了给一个人看的,他不能叫这个女人失望。他要叫这个女人在人前逞能说:"瞧,我窑里的男人多么优秀!"

"干大""干妈"这个称谓,是陕北人对那些有了一把年纪的人的尊称。所以我们在叫张家山张干大的同时,也叫谷子为谷子干妈。

不过谷子这个称谓,却不是她的本名,而是乡人的一句侃语。那"谷子"是说,年轻时,她家男人下南路或走西口的时候,嫌自己婆姨过于招摇,于是抓一把谷子塞进那东西里,将那东西填住。谁知男人回来时一看,那谷子还在,只是已经被捣成米了。这话是说,男人不在家期间,不知道那地方被多少人捣过。

这是一句笑谈。单调的高原有时候需要有些颜色的佐料,这样才能鼓励人们一代一代有滋有味地活下去,所以才有那生命一代一代争先恐后地出生和无限留恋地死亡。

关于谷子干妈这个掌故,作者只是姑妄说之,相信读者也会姑妄听之。

一主二仆,这第三个人物叫李文化。

这是一个简单的年轻人,简单得一碗凉水能看到碗底。较之张家山的雄浑,较之谷子干妈的沉稳,他则更像一个没头苍蝇一样,四处碰壁,在这个世界上乱窜。

他底气不足的原因是世界如此之大,但是他找不着自己的位置。因此他永远处在心理矛盾中,处于诚惶诚恐中。诚然,他在学习,腋下夹着一个黑皮笔记本,记那些格言和民谚。但是,智慧有时候并不是从书本上学的,碑载文化有时候会把人培养成白痴。民间智慧有时候是真正的大智慧。

因此上,当张家山和谷子干妈赶着毛驴,摇摇晃晃地重回他们那更深的山里之后,很难设想,六六镇这片天空,孱弱的、不谙事理的李文化能将它支撑起。

但是难说,人要开窍,有时候是那一瞬间的事情。

天睁一眼,有时候瓷瓷登登的一个人,突然心窍开了,于是一下子明白了事理,成为一个有雄才大略的人。这叫扫帚把怼尻子,一眼一通百眼通。

李文化会这样吗?也许会,也许不会,我们不得而知。那是他这个晃脑小子的命。

我怀着一种近乎于虔诚的心情,将这部原名叫《六六镇》,现名叫《最后的民间》的书修订完毕,然后将它交给读者。它也有它的命,让它去经历吧!

人生苦短,我明白自己的来日不会很多,而精力,也大不如前了,因此我想在自己活着的时候,将它修订好。这是对社会负责,亦是对自己负责。

《最后的民间》是我的《大西北三部曲》的第二部。第一部则是《最后一个匈奴》。而三部曲的第三部,名曰《最后一次远行》,我下来将写作和修订它。

2006年11月30日

1994年原版前言

同样是两个状写高原的物什,《最后一个匈奴》气势逼人、目空天下,《最后的民间》则趋向于平和,归附于东方幽默。这是中国传统文化的土壤中,生长出的一株有些奇异的果木。且让它枝叶婆娑,招摇于高雅殿堂与市井地摊之间吧。

是的,我希望两个标准都能够接受它。我是诚实地写作的。不要为我所展现出的生活的庸俗、悲凉和无奈而惊骇。我没有增之一分,也没有减之一分,我只是诚实地勾勒出人类的生存图景、生活原生态,如此而已。

我的手工作坊是怎么生产出这样一件工艺品的?我有些诧异。我觉得我还不能完全地认识它。是孽种吗?我不知道。

本书最初曾拟名《花案》。这是因为,书中的许多花花绿绿的事情和案件,都由"性"而发。后来考虑到这个名字太俗,所以放弃了,用了《六六镇》这个名字。后来又考虑到书的主旨,乃是为了塑造这个高原传奇式的人物张家山,而张家山是民间最后的传奇,故易今名。

传统在消失,古典精神在消失,昨天的文化在消失。张家山这样的人物,也许是游荡在高原的最后的骑士了。几十年几百年之后，孩子们大约只能从老祖母讲的童话中，见识这一类人物了。

"孩子这样想的时候，童年正在结束！"这是杨争光老弟一篇小说中的话。我现在就是这种感觉。

这是一个大智慧，一个大幽默，一个额上印着悲剧印记的人。他的胸膛里，弥漫着一种悲天悯人的、让我们肃然起敬的东西，这种东西叫"善良"。因为这个，所有的微笑便蒙上一层苦涩的意蕴。

我过去在报纸上曾经和读者谈过这个人物。我说："人类现阶段的无尽的烦恼，生活的纷纭万状，都要在这里来表现。有一个人物叫张家山，他运用人类现成的规则和各种反规则的方法，来处理这种种世事纷争，给陷入窘境的生活的齿轮上膏些油，让它吱呀有声，继续旋转下去。"

张家山这个人物，令人想起那个西班牙苍凉高原上的堂吉诃德。是的，他们有许多共同点，都高贵而善良、精明又愚蠢，都试图怀着中世纪的梦想，去匡正社会。只是，较之堂吉诃德，张家山的时代，已经没有马可以代步了——连瘦骨嶙峋的、风一吹就倒的马也没有。因此，他似乎更为卑微和实际，深口布鞋上沾上了更多的高原的泥土。

"今天，全城的人都穿上了节日的盛装，铁匠用锤子敲打出钢铁里的音乐，姑娘们翩翩起舞，满城都在传递着一个动人的消息：他们中有一个人要出发，去征服世界了。此一刻，在这个世界上，大约没有人比他更高贵的了！"——这是人们用给堂吉诃德的话。如果人们同样地将这话用给张家山，我将感激他。

本书的构思时间用了一年。一年期间，我和著名剧作家张子良先生，曾数度到陕北的最僻远的山村，采访和深入生活。接着，我们用搜集到的素材，基本上是各写一半，完成了长篇电视系列剧

《好戏连台》。这个长篇小说《最后的民间》，是在我的那一半脚本的基础上，重新写作的。写作时间从1994年7月17日看完世界杯足球赛后开始，到9月28日广岛亚运会前一天完毕。

我原先想将它写成一部轻松的、调侃式的、可读性强些的、具有票房价值的作品，但是，在写作途中，我明白了，我不可能浅薄。这部小说，在具有以上的特征之外，它还是一部深刻的和严肃的作品。我像一个视世界为掌中玩物的阴谋家，在自己的斗室里精心营造着它，夜以继日；并且嘴里叼着一支高档香烟，吞云吐雾。

作品完成了。我像交出一个自己生产出的婴儿一样，痛苦地交出它。它将离开我而独立存在了。此刻我眼睛有些潮湿，心中有一种失重的感觉。我是太累了，容我下一段休息休息，待体力有所恢复后，然后去新疆，完成我酝酿了20年的另一长篇《要塞》。《要塞》的故事梗况，已先期发表在1995年第2期的《女友》杂志上。

再啰唆几句。乌纳木诺曾经称他的国人堂吉诃德，乃是西班牙的民族灵魂，西班牙委托一个叫堂吉诃德的人做过的一个梦。这里，如果不算唐突的话，我想说，乌纳木诺的这段话，同样地可以帮助读者进入这个《最后的民间》。

锣鼓长了没好戏。谨赘言于上。

1994年10月25日于北京
2007年春稍做改动

目录
CONTENTS

第一章　心脏开花 / 001

第二章　敲银圆 / 028

第三章　生男生女在于男 / 051

第四章　贺红梅告状 / 078

第五章　招夫养夫 / 105

第六章　杨树倒了 / 140

第七章　三轮四轮 / 170

第八章　碾盘事件 / 205

第九章　好狗照三家 / 234

第十章　凶咒 / 259

第十一章　舐犊之旅 / 294

第十二章　回头约（上）/ 326

第十三章　回头约（下）/ 357

第十四章　狗头峁奇案 / 377

原版附录　我的责任编辑们 / 406

高建群小传 / 438

高建群履历 / 439

高建群创作年表 / 440

社会评价 / 446

第一章　心脏开花

陕北地面，无定河以远，群山环拱中，有个小镇，叫六六镇。啥叫"六六"，这名字生得有些古怪。有好事的人，一番考证，从而知道了，这一处地面，正是当年陕北乡党李自成揭竿起事的地方。

李自成把自己的年号叫"大顺"。"六六大顺""六六大顺"，却是当地老百姓的一句口头禅。一二三四五六七八九，九个数字，陕北人独喜欢这个"六"字，认为它大吉大利、大富大贵，而且言谈口语之间，将它和大顺联系起来，故有"六六大顺"之说。李自成当年给自己的王朝命名，正是出于这样一种心理。

考证认为，大顺王朝既殁，陕北乡党捶胸顿足之余，将这个原来叫太平镇的地方，易名"六六镇"，算是对乡党的一点纪念。

偌大中国地面，若要刨根问底，想来这一类掌故，不在少数。仅就六六镇而言，它治下的许多村名，许多姓氏都有讲究，稍稍刨根问底，都能找出一些有趣的东西来。

有个村子，通村姓"遆"。这个"遆"姓，就姓得有些古怪。原来这一村老少，却是皇子皇孙，金枝玉叶。历史上的某一次兵变中，帝王之家乘一条船仓皇出逃，溯黄河而上，落脚在此。原先的姓不敢姓了，就取一个"帝"字，加一个"坐船旁"，权且姓"遆"。

又有一个村子，通村的人，古历的正月十三这天，闭门不出。这是什么缘故？这个村子，通村姓杨，细细考察，却是当年杨家将的后裔。杨家北征辽国，正月十三日那天，有过一次大的兵败，从此子子孙孙们在正月十三那天，闭门不出，羞于见人。这个习惯一直延续至今。

又有一个村子，通村姓张。老辈子传下话来，这是黄帝的第四个儿子的一拨后裔。原来，黄帝的这个儿子叫青羊。青羊发明了弓箭，仓颉造字，便取一个"弓"字，取一个"长"字，成为他的姓，从此这张姓人家绵绵延延，以至今日。

又有一个村子，叫毛家湾，刨根问底他们的祖上是个画家，叫毛延寿。昭君出塞前脚刚走，毛延寿被皇帝杀了，他的后人星夜顺着秦直道出逃，后来在直道旁边找了个隐蔽的山窝住下来，形成一个村庄，叫毛家湾。前面的那个小山头上，造了一个小庙。岁月斑驳，细细辨认，原来是给画家毛延寿造的庙。

另有一个村子，通村姓门。原来这一村的人都是当年那赵国宰相蔺相如的后裔。赵国亡国之后，敌人追杀蔺姓人家，叫一声，见了姓蔺的割头，又叫一声，见了姓蔺的剜心。于是正在逃亡的蔺姓人家说，我们自己先割头，我们自己先剜心吧。于是去掉草字头、佳字心，"蔺"字变成了"门"字。

闲言少叙。却说这六六镇的来龙去脉，一旦考证出来，一时节，英雄了这一块地面上的人们，六六镇方圆的山山峁峁，贫瘠荒凉的山野之地，凭空生出一股豪迈之气来。六六镇治下，有个张家畔村。这张家畔，正是陕北民歌"好女子出在咱张家畔"一句说的那个地方，这张家畔的张姓人家，亦正是传说中的那青羊的后裔。

这村子，有一个人叫张家山。张家山高高的身材，一张长脸，头上一年四季蒙着个羊肚子手巾，上身是一件发了白的四个兜蓝制服，下身是一个大裆裤，大裆裤的裤脚，总用一个带子束着，脚下则是一双圆口布鞋。从冬到夏，他都这么个打扮，从不改样。

张家山当了一辈子村干部，尔个告老在家，躺在炕上，脊背背着炕板石等死。用他的话说："老叫驴拉到背巷里了！"又说："猫老不逼鼠了！"正在这样说着，六六镇的故事，传到了他的耳畔。本来是死眉搭眼的一个老汉，听到这传说，竟一下子不安生起来。张家山从炕上，一把拾起，猫着个腰，绕着自家的窑院转了三天，主意拿定，然后丈二长的布腰带，往腰里一扎，脏里吧唧的白羊肚子手巾往头上一围，气昂昂地来到六六镇，要闹一番世事。

适逢改革开放年月，六六镇上，一夜之间，生出许多专业个体、地摊铺面。张家山见了，嘿嘿一笑，托人上县城办了营业执照，于是，一间民事调解所，鸣鞭开张。

张家山民事调解所，专以调解民事纠纷、说白道黑、摆平抹光为大要。儿歌唱道："张家山，张家山，陕北出了个儿老汉，麻纸糊的一张脸，四处充好汉！"说的正是这张家山的日常行径。啥叫"儿"？陕北话中，"儿"字是一个很难用三言两语解释清的字眼儿。陕北人生性懒，遇到一些不合常理的事情，不合常理的人物，双手一拍，哈哈大笑曰："儿货！"不过公允地讲来，"儿老汉"这个称谓于张家山，却不算十分合适，我们知道，他所以老了老了，老不安生，却是因为这六六镇的地名，先人们的英雄豪迈的浪漫精神，在一个早晨，像一阵风一样地钻进了他的脑子里了。

所内收得一个面目慈善、菩萨心肠的老女人，人称谷子干妈。有知道的人说，这是张家山年轻时候的一个相好，张家畔的女儿。所内还收得一个半大后生，懵懵懂懂的李文化，一个半脑子，忙前忙后，算是仆从。

太平年间，人类猥琐，这六六镇及其方圆的卫星村庄，奇奇怪怪，蹊蹊跷跷，生出许多奇异怪诞的事情。如此闭塞的乡间，如此封闭单调的环境，能有什么事情发生？所发生的事情，大都是些花案，用老百姓的话说，就是日鬼捣棒槌些事情，稀奇古怪些事情。这些事情总让人啼笑皆非。当然，怀着深刻的乡土观念、记着昨日光荣的六六镇的人们会说，正是这半蛮荒的土地，正是这封闭的环境，正是这些淳朴的山汉们，给他和他们一个机会，他们立刻会像李自成一样横行天下。亲爱的读者，他们这样说是对的，至少讲故事的人这样认为。

张家山调解所一经开业，四邻八村，旮旮旯旯，各样事情，纷至沓来。其中第一桩，最为尴尬，叫"心脏开花"，说的是一个寡妇的故事。

寡妇门前是非多。六六镇地面，有个田庄。田庄有个田寡妇。说话的当儿，这田寡妇都五十三了。田寡妇膝下有个独生子，叫田本宽。这天早晨，田本宽提了把镰刀，上山收秋，出得门来，见母亲拿了把扫帚，站在大门口。

田本宽是个粗人，见母亲在门口张望，心中不悦，叫一声："我的娘，你不见有人说，寡妇门前是非多么！你放着逍遥不逍遥，放着自在不自在，整日价提着把扫帚，像个丧门星，站在门口招人耳目，做甚？你尿泡尿照照自个儿，看你是十七了，还是十八了！唉，老了老了，老不安生！"

这话说得有些镞火。田寡妇听了，羞红了脸，低声斥责道：

"好娃哩,你说起话来,咋侧棱半坡地,没个大小?旁人听见了,会笑话你的!娘再不好,好歹为生你,十月怀胎,疼过一回!"田寡妇说完,不再理会田本宽,双手抱了扫帚,开始在地上划。有灰尘轻轻地飘起来。

田寡妇手中的扫帚,是用高粱穗儿缚的。六六镇靠近蒙地,通常用的扫帚,是用芨芨草扎的,扎好以后,上面再安个把儿,俗称"扫把"。另一种是细扫帚,是用糜子穗儿缚的,为了有个区别,叫"笤帚",婆姨女子们扫炕用的。这田家窑院,早晨,田本宽已经用扫把划过一回,因此现在见了母亲这样,就给了些言语,细细想来,也不为过。

关于这扫帚的交代,也不算多余的笔墨,待会儿,田寡妇还要用这扫帚去派她的用场。这是后话。

田本宽在山上干到响午端,回到家里,冰锅冷灶的,全不见田寡妇的踪影。田本宽以为自己早晨的话重了,惹得母亲不高兴了,也就没有在意,从馍笼里摸出两个馒头,又从窑院的空地上,拔下两根生葱,一阵狼吞虎咽。吃罢,又顺过瓢来,喝了一瓢凉水,算是对付着吃了顿午饭,把肚皮哄住了。吃罢饭,依旧上山。

黄昏回来,满院寻找,仍不见田寡妇的踪影。田本宽这回才有些着急了。他站在硷畔上,可着嗓子,朝村子吼了一阵。这小小的田庄,巴掌大的一块地方,以田本宽的大嗓门,焉有听不见的道理。可是吼归吼,就是不见田寡妇的人影。倒是有几个光头老汉,听到喊声,探了探头,就又缩回去了。没良法,田本宽只得叹息一声,又回到窑里。

正在无计可施之际,田本宽突然听到南窑里有响动。侧耳一听,却是老鼠在叫,"吱吱喳喳"的,像是在演戏。田本宽听了眼前一亮。这时天色已晚,南窑里没有装电灯,田本宽点了一盏油灯,向南窑走去。

陕北的窑洞住家,通常以三孔为一组。田家也是这样。中间一孔,算是正窑,由田寡妇住了;住家以外,兼作厨房。北边一孔,是田本宽住。南边的一孔,按照惯例,放些杂物。光景好的人家,这南窑里,会有一头驴子、一合磨子,等等。田家的光景焦拮,因此这南窑只是空着,好在当年挖窑时顺势在窑障留了一面大炕,因此不至于显得过于空落。

推门进去,高举油灯一照,田本宽不由得"哎呀"一声大叫。只见窑障的炕上,顺着炕沿,田寡妇直挺挺地躺在那里。一群老鼠,围着田寡妇,跳跳蹦蹦,想要下嘴,却又不敢,于是扭转屁股,伸出尾巴来,在人身上试探。听到响动,见了光亮,老鼠们"哗"的一声散了。灯影绰绰中,田本宽实指望母亲也能动上一动,可是这指望是落空了,母亲仍直挺挺地停在那里,纹丝不动。

田本宽大着胆子,走上前去,一手掌灯,腾出另一只手,朝田寡妇的嘴上,试探了一下,不见有气,就又将手伸到田寡妇脖颈底下,想将她扶起来。奈何田寡妇全身已经梆硬,像一个直棍子一样,哪里折得回来。

田本宽年轻,没经过世事,见了这阵势,早吓得心惊肉跳,失魂落魄。他掷了油灯,大呐二喊起来。声音惊动了田庄村。

六六镇上,夜半三更,张家山民事调解所的大门,被敲得山响。张家山身子沉,醒是醒了,却不开门,脊梁骨依旧贴在炕板上,问是谁。敲门的人咋着哭声喊:"张干大救我。"张家山说:"你是谁,你不道出个名姓来,我不开门!"来人说他叫田本宽,田庄的,他妈死了。张家山听了,倒是吃了一惊,赶紧下炕开门,嘴里念叨道:"你是说田寡妇死了?那一天,我从田庄经过,还看见田寡妇提了把扫帚,硷畔上站着,面色红光光的。这婆姨,倒是走得快,怎么说死就悄没声息地死了!也不打个招呼,好让我相跟上!"

田本宽进窑,接住话茬,说道:"我也是这么说,张干大!事情蹊跷,怕是叫人害死的!"

"人命关天,你该出去报官!"

"我找派出所了。派出所不管,说这叫自然死亡!叫我不要声张,挖个坑坑,把我妈埋了算了!"

"话咋能这样说,一满不负责!死的是一个大活人,又不是一只鸡,咋能这么草率!"

"我也说得是,张干大!你看,我跑了四十里山路,跑得一头的米汤大汗,来搬你,就是求你到田庄走一趟的!这事得靠你做主。张干大,你给我个脸儿,咱们上路!"

张家山要田本宽先回去,自己明个儿一早就去田庄。田本宽说:"你可要把事当事!"张家山说:"你的事就是我的事,咋会不当事的?赶明儿,张家山民事调解所,尽圪崂端,娃娃打狼一齐上,都到田庄去,连红坨坨章子也带上,就地办公,如何?"田本宽见说,心安了些,径自去了。

第二天早晨,太阳冒红,六六镇上,走出一干人马。张家山叼着一根烟锅,神色开朗,前头走着。见人咧嘴一笑,露出一颗铁质的门牙来,煞是有趣。谷子干妈摇摇晃晃地迈着个"解放脚",形影不离,跟在后边,落在最后的是半大小子李文化,腋下夹着一个公文包,一边走着,一边捧着一本闲书在看,高一脚低一脚的。

路旁,有一个小孩站在那里撒尿,看见张家山一行过来了,小孩想收,收不住,只好转过身,背对大路,装作不知道路上有人,继续撒。

谷子干妈见了,脸上有些挂不住,用手捂了眼睛,擦着路边走。

张家山见了，哈哈一笑，吆喝小孩："转过来，让干大看，你狗日儿的交裆里，长了个什么？"

小孩也是一个怪物，撒尿的途中，用手扶着牛牛，扭过头来答道："不用看，你那地方也有！"

这话答得有水平，惹得张家山又笑。只是可怜了谷子干妈了，山路狭窄，躲又没个躲处，只得硬着头皮，以手遮脸，从这一老一小中间，快步走了过去。

"她有没有？"张家山指着闪身而过的谷子干妈。

"她没有！她那地方是个窝窝！"小孩认真地答。认真中，且透出一份骄傲。

张家山击掌大笑。

"一对老骚包！"李文化这时候赶到了，他眼睛离了书本，不满地说道。

张家山收敛笑容，正经起来："哎，李文化，你说说，这自然死亡是咋回事？条文上是咋说的？"

说话间，四十里路到了尽头。眼前灰蒙蒙的一座黄土山，山的下面雾气升腾，远处就是黄河了，半山上，稀稀拉拉的有些窑洞，田庄到了。

田家窑院里，人声嚷嚷。好个田本宽，正在和"派出所"拌嘴。

"这世界就没个理论！好端端个人，说声死了，就死了！死了就死了吧，你们偏要给安个罪名，叫自然死亡，大撒手不管。我妈就我这么一个儿子，她的事，得靠我出头！"田本宽说。

"你胡搅蛮缠！你胡搅蛮缠！""派出所"说。

"派出所"是个矮矮胖胖的中年人，头有点秃，长着个气死怀娃婆姨的大肚子，公安半衫穿在身上，撑得圆滚滚的。本来"派出所"不是个人名，乡下人不懂这些，见大家都这样叫，以为是个人名,或者是个官位,就跟上叫,叫着叫着,就叫顺口了,后来是解下了,却也不再改口。

双方正在争执,田本宽眼亮,一扭头,看见张家山一行来了,登时变得气壮起来,叫道:"替我出头的人来了!"那"派出所"搭眼一看,却也认识张家山,于是笑道:"我说这田本宽这么气盛,原来是从六六镇上请来你这么个有头有脸的人物!支上你这大脸来偎尻子哩!"

这是一句粗话。原来乡下人擦屁股,从来不用纸张,嫌纸张金贵,擦不起;要么是用石头蛋,要么是用糊墼疙瘩,要么是撅起屁股来,在墙角上,在树身上去偎。"支上大脸来偎尻子"一句,是说张家山多事,不该来惹这个韶叨。麻丝缠到鸡爪爪上了,我怕你到时候得唆不利。

张家山听了这话,并不介意。所长应该有所长的风度!他想。张家山老着面皮,和"派出所"打了招呼,转身问田本宽:"到底是咋回事哩,你细细说!"

田本宽说:"早晨,我上山受苦,临出门,还见我妈来着。她拿一把扫帚扫院子哩!往日,她总是做好饭等我。这日格儿,我回到家,冰锅冷灶的,不见了我妈。村里村外,四打圆都找遍了,后来,你猜,我在哪里找着了她!"

"在哪里?"

"在我家偏窑里!"

"尸首你动没动?"

"我没动!我上过普法学习班,解下这道理呢!"

"没动就好!咱们去看看!"

人死如灯灭。田寡妇直挺挺地躺在偏窑炕上,还是那日情景。谷子干妈见了,叫一声"老姐姐",大放悲声。张家山咳嗽了一声,听见咳嗽,谷子干妈便禁住了。这是礼数。活着的女人见了死了的女人,这一声长长的拖腔,既是哀悼,也是问候。这时候得有人劝,一声吆喝,便止住了。谷子干妈哭罢,默默地躲在了一边。李文化现在丢开了书本,从黑皮夹子里拿出个本本,一支油笔来,一满像个公家人一样,在一旁记录。

张家山细看田寡妇,看她白生生的一张脸,细皮嫩肉,泛着桃花色,再看眼角眉梢,像是吃了喜娃她妈奶一样,满是笑意。张家山有些诧异,扶起额颅,见那田寡妇脑袋底下,枕着一把扫帚。这扫帚张家山那日见过,后来又听田本宽反复讲起。是怎么回事,张家山心中已有几分把握了。回头,张家山再撩起裤子,不承想,两只裤腿,一只穿在腿上,另一只却是脱下来的。

"这裤腿,原先就是这样的么?"张家山问田本宽。

田本宽点点头。

张家山撩起裤腿,细细观察。田寡妇没有穿半裤,因此,这裤子一脱,便是光光的下半截身子。那下处,张家山伸出手指一压,鼓鼓的。旁边的田本宽,有些恼了,哼了一声,张家山的手,于是缩了回来。

"派出所"走上前来,抓住裤腿,将田寡妇的这一条腿盖住了,拽展,说道:"娃娃不听!我办过的案子不在少数!这一类案子,一眼就能看出。张干大,你说是也不是:这是通奸致死!"

"通奸致死?"张家山问道。

"是的,通奸致死!田寡妇守寡多年,她是这一带的人物梢子,难免有几个相好的!平日村里邻里,也有一些耳闻。你看这把当枕头用的扫帚!想那田寡妇,手提一把扫帚,只是佯装扫地而已。硷畔上站一站,摇身子摆浪的。母狗一摇尾巴,公狗就上身子了。幽会的地点就是这草窑。那田寡妇,毕竟有些年纪了,一紧张，一激动，一高兴，一张狂，就给折腾死了！那嫖客吓坏了，拾起身子就跑。临出门时，扭头一看，见田寡妇白花花的精腿把子，露在外面，怪寒碜的，就又返身回来，拽起裤腿，盖在腿上！"

田本宽见"派出所"说得头头是道，跳起来，说道："你在喧谎！我就不相信，干儿事还能把人干死！"

张家山没有搭理田本宽，转身又问"派出所"："身上你看过没有？"

"派出所"说："身上我也仔细验过，光光堂堂的，没有一点外伤！"

张家山点点头，不再言语。

一行人退出偏窑，来到正窑。走之前，谷子干妈掏出一方手帕来，抻展，盖在田寡妇脸上。"老妹妹，你咋把自己折腾成这个样子了！"谷子干妈叹息了一声。

"本宽，不要逞强！派出所同志说得对，这确是自然死亡。人非圣贤，孰能无过，你娘能走到今天这一步，也是她的命。咱就认了吧！你娘做闺女的时候，我就认得，一条川里的人样子！她年轻时候就守寡，好容易将你拉扯大，尔个，清闲了，生点余事，也是情理中的事。你看她，笑意还挂在脸上，喜得眉开眼笑的。你娘辛苦一生，能这样的死，也算她的福分了。退一步想，本宽，你应当高兴才对！"

正窑里，张家山闷了半天，找了这一番话来，说给田本宽。

田本宽一听，又跳起来："这是什么话！闹了半天，叫你们这个歪歪道理一说，倒是我田本宽不是人，胡搅蛮缠，无事生非哩！张干大，你可是我请来的，忙你帮不上，你要拆台子，也好！"

张家山说："好侄儿，凡事得有个道理才对！我这一把年纪了，不能胡说么！"

田本宽说:"就算我娘是那号死的吧!我认了!可是,一个巴掌拍不响,总得有个嫖客才对!这人是谁?"

"派出所"这时插话说:"田本宽,这嫖客不难找,抓住几个不顺眼的,铐子一铐,就问出事了。只是查出来,你也判不了人家的罪。通奸不犯法,抓住了,派出所也是干瞪眼,没法子的,弄不好,人家还要反咬一口,说你母亲勾引人家哩!"

"谁要你判他?我只是要他抬埋我娘!我要你们查出谁是嫖客,谁弄死谁埋!"田本宽说。

见田本宽这样说,张家山微微一笑:"这后生,逗了这半天的精,绕了这么大的圈子,却原来是为了找个替死鬼,替他抬埋母亲。"

"派出所"又说:"田本宽,遇上你这号牛板筋,你们家的事情,我管不了了!"

"谁要你管,你抬脚走人!事情反正是闹下了,一不做,二不休,我到县上去告,大不了将这一料庄稼,烂到地里!"

"派出所"见说,一跺脚,走了。

张家山这时来了气,他指着田本宽说:"好娃娃,你当你妈做了啥赢人的事,还要到县上去告,让满世界都知道?你不知道,这世人的舌头,有多毒,遇着好事的了,给你编成酸曲,唱出来,臭你家几辈子哩!"

田本宽说:"好你个张家山,你三番五次拦我,莫非你这儿老汉,也是我母亲的相好不成!"

"你这娃娃,咋成了混眼狗,见谁咬谁哩!还把你妈给贴赔上!"谷子干妈见田本宽这样说张家山,不情愿了,回敬了一句。

李文化一直没吭声,坐在炕沿上看书,这时,努了几努,也挤出一句话来:"张干大,我看,咱们也起身吧!这后生不能共事!我看,这一次,咱们钱是挣不下,弄不好,还叫这麻缠事给缠住了!"

田本宽见说，应声说道："你们不能走。你们都是嫌疑。李文化，我看你抱着一本书，装模作样地充你有文化，其实，你也不是什么好东西！"

张家山将鞋一脱，身子一横，坐在炕上，说道："我们不走了，田本宽，你去放心地告你的状去吧！看看你娘冷冰冰地停在那里，不有个交代，我也不忍心走的！"

"那就好！你们待着，我告状去了！"

田本宽说完，返身下了硷畔，朝公路上跑去。

张家山一行这一番折腾，村子几个光头老汉，坐不住了。张家山眼睛镬火，见田家隔壁一个光头老汉，隔着矮墙向这边院子望着。张家山用了眼光去逮，那老头有所感觉，脑袋迅速地沉没下去了。又有一个光头老汉，在硷畔底下的路口转悠，好像想上来，又不敢。另有一个，拿着一条火绳子，一把镰刀，上山收庄稼，躲出去了。

这叫作贼心虚。张家山见了，也不理会他们，想一想，从自个儿怀里掏出一些钱来，点一点交给李文化。

"到前面代销店，扯一些衣料，给田寡妇做寿衣，顺路再到村里打问打问，看谁家有现成的薄木棺材，买一口来！"张家山说。

谷子干妈见了，抢步过来，一把抓过钱："张家山，你真的要给田寡妇当孝子？"

张家山嘿嘿笑着："谷子，你看，田本宽这光景，哪里经得起事故。他所以不听人劝，一条道儿走到黑，并不是他不懂得事理，而是猴急了，抬埋不起老人！"

谷子干妈说："咱们抬埋，这事大理上不通。知道的人，说咱这是行善哩，不知道的人，还真当你张家山做下什么心虚的事了。再说，这些血汗钱，都是咱们一分一厘地攒下的，是公款！"

张家山说："钱在世上走着哩，今个儿转出去了，明个儿再转回来。人这么摆着,不入土,咋办?"

"你是领导,你决定吧!只是,你敢保险,这钱流出去了,还能转回来?"

张家山不再言语。

李文化接了钱,出去跑事情了。

谷子干妈脱了鞋,上到炕上,开始翻箱倒柜,找一些针头线脑,准备为田寡妇缝寿衣。

这时候,那个在硷畔底下徘徊的光头老汉,终于下了决心,硬着头皮上了硷畔,来到田家正窑。

张家山泡了一缸子酽茶,正在喝着,见了来人,屁股动了一下,说声"你坐",算是礼节。老汉屁股偎在炕边,坐下,张家山又将自己喝的茶杯,象征性地举起来:"你喝水!"让人是个礼,老汉摆摆手说:"不用不用!家里刚刚喝过米汤。"

炕边的墙上,掏了一个窑窝。窑窝里放着一瓶用了一半的雪花膏,还有一把蓝色的化学梳子。张家山看见老汉的眼睛往窑窝里溜了一眼。

老汉搭讪道:"这田寡妇,好端端的一个人,说声殁,就殁了!"

张家山呷了一口茶,说:"谁家也不挂免事牌!你说是吧?"

"这话说得好!那田本宽哩?"

"他上城里告状去了。看来,不弄个说法,他是不肯罢休了!"

"你说公家人,他们管不管这一类事情?"老汉说着,又朝窑窝里看了一眼。

张家山说:"遭下人命了。我看这事搁不下。不揪个嫖客出来,那田本宽,不回头哩!"

老汉有些难堪地笑一笑。他挪了一下屁股,离窑窝近了近。

张家山看了他一眼。

老汉说:"这娃娃,憨流少势的!他非得把这丑事张扬得满世界都知道哩!"

张家山低头喝水。

老汉见是个机会,又挪了一下屁股,伸出手,去拿窑窝里的梳子。

张家山的手比他先到。

张家山拿起梳子,左右打量一下,说:"这田寡妇,真是个俏人儿,老了老了,还用这么艳乍的一把梳子,你说哩!"

老汉连连点头:"是呀是呀!"

张家山将梳子似乎要交给老汉。老汉暗喜,伸手来接。

张家山缩回手,说:"你也跟我一样,长了个葫芦瓢。卖梳子的见了咱俩,算倒霉了。谷子,还是你来梳一梳吧!你的头发,山风吹得有些乱了!"

老汉尴尬地缩回手。

谷子干妈在头发上擦了擦针,看了一眼,说:"我才不用那梳子哩。我这头发,好金贵的,敢用那梳子?那梳子,谁知是谁送的!"

张家山摇摇头,对老汉说:"你看这些女人们,一个个假正经!"

老汉咿咿呀呀地附和着。

张家山拿着梳子,在自己的光头上比画着。

老汉看着梳子在动,他还不想离开。他没话找话地说:"张干大是张家畔人吧?"

"张家畔!"

"那可是个好地方,年轻时候我走过!有个陕北民歌中说,'好女子出在咱张家畔',说的就是这地方。"

张家山正待搭话,突然一声凄厉的警笛声传来。

老汉一惊,立起。

"怕是那田本宽,将一辆警车给吆回来了!他干大,你坐!他们忙乎他们的,咱们拉咱的古话!"张家山说。说话的途中,牵住这光头老汉的手。

"不了,不了!我家里还有事,不给你们添乱了!"老汉说。

老汉说完,站起,挣脱张家山的手,神色慌乱、心事重重地走了。

张家山一阵大笑。他将梳子仍旧放在窑窝里,出门。

警笛声尖叫着。一辆警车,在山脚下的公路上,紧急刹车。

首先跳下来的是田本宽,随后是一名警察、一名法医。警察是个戴着眼镜的中年人,腋下夹一个公文夹子。法医是个剪着短发面目清秀的年轻女同志,肩上搭个包儿。

警车停在了山下。田本宽引路,一行人指指点点,向田庄走来。田庄村里,高高低低的硷畔上,站满了看热闹的人。小孩子们学也不上了,背着个书包,跟在大人屁股后边起哄。田家硷畔上,"派出所"笑容可掬,迎上前去,和警察、法医握手。

张家山抱了个茶杯,在硷畔上蹲着。田本宽瞅了一眼张家山,有些得意。张家山摇了摇头。

偏窑里,这田寡妇的尸首,免不了又被翻来覆去,折腾了一番。验尸完毕,"眼镜"警官掏出手绢,擦擦手指,说要解剖。

法医见说,将包往炕上一搁,变戏法一样,从包里拿出白大褂、口罩、橡皮手套、手术工具等等,穿戴武装起来。

田寡妇穿的是大襟袄。大襟袄上是布绾的纽扣。法医解了一阵,没有解开,倒是掰了自个儿的一个指甲。田本宽见了,过来帮忙解。法医挥手拒绝了他。法医用手术剪,"嘣嘣"几下,铰断了纽扣,然后两手一拽,衣服揭开,田寡妇白花花的胸脯露出来了。

法医伸开手指,在田寡妇的胸口,量了一量,然后,顺过手术刀,像宰羊一样,从肚皮上划下来。田寡妇已死去几日,血不旺了,倒是肌肉被割开以后,白花花地向两边翻起,煞是怕人。田本宽见了，不由得倒吸一口冷气。

片刻，法医用一只手，托起一颗鲜红鲜红的心脏。

"哎呀，心脏开花！"法医惊叫了一声。

一语未了，院子里轰的一声乱了，大人娃娃，一个个都举着自个儿的头，往门里挤，想亲眼看看这千载难逢的稀罕。门太小，容不了几个头，于是，有人捅开窗户纸从窗子里看，一个娃娃头小，竟然将头从窗户格子里塞了进来。看见心脏的人，一个劲地惊叹，惹得后边看不见的人急切中挤得更欢了。

"派出所，你手里的警棒，是做样子看的？""眼镜"警官不满地嘟囔。

"派出所"见说，眼睛离了心脏，转过身，挥舞警棒，向门口扬去。警棒还没有到，人群"哗"的一声散了。可怜的是那个头塞进窗户格子里的小孩，急切中头被卡住，抽不出来了。这小孩留着个盖盖头，我们却认识，正是张家山在路上遇到的那位。"派出所"抢上前去，揪住小孩的"帽盖"，嚷道："进来进来，让这位白大褂阿姨，把你的牛牛给阄了！"话音未落，小孩杀猪一般地叫起来。

"这样的工作环境！""眼镜"警官拍了一下自己手中的记事本说。

"派出所"松了手，小孩的盖盖头，离了格子，不见了。

现在，法医将心脏举起来，给警官看。

"你看，心室呈破碎状。这是性行为过程中兴奋过度、亢奋过度所致！"法医用镊子拨着心脏说。

"眼镜"警官这时抽出笔来，匆匆记录。

旁边的田本宽，看得呆了。

"派出所"见自己逞能的机会到了，收了警棒，见缝插针说：

第一章 心脏开花 017

"我早就说过了,是干儿事干的!你们不信!"

"你去找个罐头瓶子来!""眼镜"警官对"派出所"说。

"你去!""派出所"又支使田本宽。

田本宽有些不情愿。

"我去吧!"门口的张家山说。说罢,向正窑走去。

那个曾经和张家山拉过话的光头老汉,正从正窑里出来,两人撞在一起。老汉一惊,一溜烟地跑了。

张家山瞅着他的背影,笑笑。

正窑里,张家山瞅了一下窑窝,见那只化学梳子已经不在了。

正窑的炕上,谷子干妈和几个村里的婆姨,正在为田寡妇缝寿衣。看来,李文化已经将衣料买回来了。

张家山找了一阵,找出一个玻璃罐头瓶儿。

偏窑里,张家山将瓶子递给法医。

法医将心脏装进去,将瓶儿放在自己的包旁边。

"还要不要继续开?"法医问"眼镜"警官。

"继续开,再看看子宫。看看子宫里面有没有残留物!""眼镜"警官说。

法医拽了拽手套,拾起手术刀,拿个架势,继续往下拉。

田本宽铁青着脸儿,看着,说不心疼,是假的,好歹是自个儿的母亲,用田寡妇当初的话说:"十月怀胎,疼过一回!"

田本宽喃喃地说道:"妈呀,妈呀,你死了死了,还要挨这么一刀!"

"眼镜"警官横了他一眼,没有言语。

法医操作期间,腾出嘴来,说道:"你亏,我们不亏呀!好端端个礼拜天,让你给搅和了!"

女法医手脚利索,技术老到,虽然举止有些轻浮,着装鲜艳,但是进入工作状态以后,可以看出,这是一个有敬业精神的人。

法医的刀子继续往下拉。

"你来看!"法医又惊讶起来,"你看子宫,已经怀孕了!"

"眼镜"警官凑上前去看,匆匆记录。

"俗话说,寡妇抓娃靠大家!我早就说过,这田寡妇是个不安生的主儿,腰里揣把牌,谁要跟谁来!""派出所"用警棒敲着自己的鞋帮说。

田本宽用手捂住自己的眼,不敢看。

张家山在一旁打哈哈:"本宽,这就是生你的那个地方!你在这里头舍了十个月,你该熟悉这景致的!"

田本宽听了这话,想发作,又忍了。

女法医长长地出了一口气,放下手术剪刀,直起腰:"事情很清楚,确如派出所所说,是性行为过程中致死。我看,这事弄得清清如水了,咱们也能打道回府了!"

"眼镜"警官点点头,"啪"的一声合上记录本。

法医迫不及待地拿起罐头瓶儿,放在眼前,细看:

"这次田庄之行,真有收获。在学校里听老师说,像这样心脏开花的事情,一万例中才有一例。想不到,这一例让我给碰上了。这可是个宝贝。我要把这作为标本,拿回去用药水养着,还要写成学术文章,评职称用!"

田本宽见女法医只顾举着瓶儿,自我欣赏,又见母亲剖腹剜心,停在那里,不由得一阵阵心疼。他愣冲冲地问道:"哎,你们是光管往开割哩嘛,还管缝不?"

"当然要缝!当然要缝!"法医见自己的工作程序还没完就分心了,有些脸红,赶紧放下瓶儿说。

法医在"眼镜"警官的记录本上签字。签完字后,将瓶儿交给警官,然后粗针大线,缝起尸体来。

"派出所"走过来,签字。

"来,田本宽,你也签上个字!"法官说。

田本宽签字。

签字的途中,田本宽停下来:"那谁是嫖客,你们就不管了?"

"眼镜"警官说:"男女之事,周瑜打黄盖,一家愿打,一家愿挨,法律不好干涉。这嫖客不难找,只是找到嫖客,没有法律条文,也不好定罪!"

田本宽说:"那谁抬埋我娘哩?"

"眼镜"警官说:"养儿防老,当然是你抬埋,莫非让我们抬埋不成?"

田本宽语塞。

一场乡间热闹眼看就要收场。女法医已经将尸首缝完,她脱下白大褂、塑料手套等等,重新装进包里。"眼镜"警官也将记事本合起,装进兜里,准备抬脚走人。"派出所"悠闲地挥舞着警棒,有一种了事一桩的神态。看热闹的人,也觉得这一场热闹,精彩部分已经结束,正在纷纷离去,准备回去以后,好给人卖弄。

满世界现在可怜了一个田本宽。田本宽现在哭丧着脸,六神无主,呆呆地看着这一干人离了偏窑,就要走下硷畔。瞎激动了一场,激动得没个结果,倒是给自己惹了一身的臊气。早知如今,何必当初?他那可怜兮兮的样子,叫人心疼。

不过,热闹并没有结束,压轴戏原来却在后头。

一行人离了偏窑,来到硷畔,就要离开时,早就跂蹴在硷畔上的张家山,威赫赫地站起来,身子一横,挡住了一行人的去路。

"你想干啥?""眼镜"警官说。

张家山没有理警官,他径直走到女法医跟前。女法医背着个包,手里拿着个罐头瓶儿。她有些吃惊,不知道这老汉挡住她有什么事。她想发作,谁知这老汉笑容可掬,态度谦恭,倒叫女法医不知如何是好。

张家山凑到法医跟前,说:"日怪,这号事弄得人心脏开花!若不是眼见为实,说什么也不敢相信。活了这么一大把年纪了,这回,是真真地开了眼界!"

女法医见荒山僻野,竟有人这么谦虚好学,说话受听,脸上不免有些得意之色。

她端起瓶儿,置到张家山眼前,讲解道:

"心脏像一个高压水泵,脉冲一跳一跳,向全身上下输送血液。心脏的承受能力也有它的极限,紧张过度,兴奋过度,劳累过度,都会造成心脏负荷过重,猝然爆裂!"

"乖乖,这里面有这么多深奥的知识!"张家山惊叹。

"我只是浅尝辄止而已,这里面的学问深着哩!"法医谦虚。

"让我看一看!俗话说,眼见稀罕物,寿增一季哩。"张家山伸手。

女法医迟疑了一下,还是将瓶儿交给了张家山。

瓶儿现在到了张家山的手中了。张家山端起瓶儿,眯着眼睛端详。

"好心好心,红格旦旦的!"张家山赞叹说。

山风起了,掠过坡坎,吹得树叶"哗哗"地响。

张家山对瓶儿里的心说:"田寡妇呀田寡妇,你的一颗红心,已经交给公家了,你知道吗?想不到你老了老了,还端上了一碗公家饭,真是造化。田寡妇,你的福分不浅呀!"

"眼镜"警官在那里,有些不耐烦了:"快起身吧!跟这儿老汉,磨这些闲牙干啥!你不是还急着要回城里去看《霸王别姬》吗!"

张家山手持瓶儿,哈哈大笑:"这不是闲牙,亲亲!田寡妇的心都交给公家了,她人,自然也成公家人了。除了男女之事,法律不予追究的条文外,我听说,公家还有一个条文:公家人死了,要公家出钱抬埋!各位,可有这话?"

女法医愣了。

"眼镜"警官手指张家山,斥道:"你是六六镇的张家山,我认得你!你跑到这儿要黑皮,想敲诈我们!"

张家山嘿嘿笑道:"敲诈这话不敢说。你也用不着用舌头打人。只是这田寡妇的心,你们可不能拿走。田本宽,你说是也不是?"

"是是是!"田本宽连连点头。

女法医急了,上来抢瓶儿。

张家山身高,将瓶儿举到头顶。女法医来抢时,他背转身子,给了个屁股。女法医转过来,再抢,张家山又原地一百八十度,转过去了。

"哼!""派出所"见状,手提警棍,气昂昂地过来了。

见"派出所"来得凶猛,张家山喊道:"田本宽,这可是你的事情!"

田本宽为人愚鲁,这一窍却是开着的。张家山一句话,点拨了他。他走上前去,从张家山手里一把抢过瓶儿,然后说道:

"你们不给抬埋费,我就不给这心!"

说完,将瓶儿在大家眼前晃了晃,然后撩起衣襟,将瓶儿往胳肘窝里一夹,一溜烟地跑回自个儿住的北窑里去了。

只见"咣当"一声,田本宽把门关了。

警察和法医面面相觑。回头再看张家山,只见张家山已经跐蹴到碾盘上面,像个无事人一样,抽开烟了。

女法医对"眼镜"警官说:"这心我一定要要!你一定要给我

找回来！我还要用它做标本，写论文哩。"

女法医自认是个讨人喜欢的姑娘，所以讲起话来，娇滴滴的。

"眼镜"警官埋怨说："都怪你，不当心！这么重要的东西，你轻轻易易地就让人从你手里诓去了！"

"那老汉也真神，睁着眼睛哄人！我当时一点警觉都没有！"女法医委屈地说。一边说一边看了张家山一眼。

张家山在那里悠闲地抽着烟，看着这出戏怎么演下去。

没奈何，几个警察一齐来到北窑门口。

"派出所""咚咚咚"地上前敲门："村民田本宽，你妨碍我们执行公务，看我不踏破门扇，一绳子捆了你！"

田本宽在窑里也不示弱："派出所，你狗日的吓唬谁！老子是吃馍饭长大的，不是给人吓大的！你要清楚，我手里拿着的，不是你的心，是我娘的心。我高兴给就给你们，不高兴给就不给。走到天涯海角，见了皇帝老子，理也在我田本宽这边哩！"

"派出所"见诈唬不住，无可奈何地摇摇头："这个黑皮！这地方民风彪悍！"

"眼镜"警官见"派出所"不济事，推开他，自己上来敲。警官接受过高等教育，敲门的方法，与"派出所"截然不同。他是将手指蜷起来，用指关节有节奏地敲。

"田本宽！田本宽同志！你有什么要求，提出来，咱们好好协商解决，你还是先把门开了。你把自己关在里面，咱们怎么商量！事情总得有个解决的办法么！"

"眼镜"警官拿腔拿调的声音，逗得张家山忍不住想笑。他赶快别过脸去。

田本宽在窑里对答道："任你把嘴皮磨破，这门哩，我就是不开。我三拳难敌四脚，开了门，你们把我这瓶儿抢了去，怎么办？"

"眼镜"警官跺跺脚，恨恨地说："县志上说，这一带民风刁野，看来，这话说得没错！"

女法医不满地说："你们两个大男人，连这一点办法都想不出！"

这时，张家山在碾盘上，伸了一下腿，说："田本宽家境贫寒，没有能力抬埋。他逗了这半天的精，无非是想抓挖两个抬埋费，安顿老娘入土而已。前响要寻嫖客，后响不给瓶儿，都是为了这事。你们公家人，蛇壮窟窿粗，也不在乎这两个，手稍松一松，给上两个，这事不就了了？"

女法医见有了办法，精神为之一振："他想要多少？"

"眼镜"警官伸手一拦："钱一分一厘也不能给。我不是心疼钱，我是看这田本宽年纪轻轻的，怕从此给他惯下毛病了！"

女法医不理，继续问道："他想要多少？能用钱解决的事，都不是事。"

张家山问窑里的田本宽。田本宽嫌夯口，不好意思说。张家山自个儿哩，也不好意思说，他脑子一转，又说道："抬埋费一项，好像公家也有条文！"

"有的！"女法医说，"规定上说，三百到八百！"

张家山见话说得越来越近了，于是不再拿捏，从碾盘上一闪身，下到地面，走过来说道："我自作主张，就给这田寡妇三百块抬埋费吧。虽然是最低的，可田寡妇吃公家这碗饭，才一天。一天的工龄，还给她抬埋费，算是高抬她了！"

"三百块，这不算多！"女法医说。

"田本宽，我自作主张，给人家同志开了个三百块的口。三百，你看咋样？"张家山朝窑里喊道。

窑里回答："既然张干大做主，我就不好说什么了！"

张家山说："你看，这娃娃还算是给我面子。他应承了！"

"三百块好说！"女法医说。

女法医顺过她的包，"啪"的一声打开，就要取钱。

"眼镜"警官伸手一挡："不能给钱！"

"这是我自己的钱！"女法医说。

"既然你执意要给，那还是公家出吧。反正这心脏拿回去，是做标本。司机身上有钱，是咱们这次的差旅费。你等着，我去取！"

"派出所"在一旁，一直闲着没事干，这回，好容易等来了个差事。"我去吧，我腿快！"说完，向山下的警车跑去，警棒一晃一晃的。

女法医的脸上露出了笑容。

"田本宽，你现在能开门了吧！"女法医隔着门缝，朝窑里喊。她觉得今天的事情很有趣。

"反正都是等了，不在这一阵儿。让我再等一等！"窑里说。

"你低估了乡里的人智力了，他们的心眼，不比咱们少！这叫农民的狡猾。""眼镜"警官碰了碰女法医的手说。

女法医缩回了手。让公家出钱，她心里有些不踏实。她认真地说："我真是诚心要给。少上几次卡拉OK，这钱就出来了！"

张家山见了，看不过眼，上前叫门："田本宽，事情得有个余地。同志已经答应了，还能诓你？你尔个能开门了！"

"张干大，我不能开。我这是叫世事经怕了。他们一会儿说是自然死亡，一会儿又说心脏开花，一会儿又是什么政策条文，钱不到手，我是不会开门的。"窑里说。

张家山叹了一口气："这娃娃，真是死牛顶墙！"

"派出所"气喘咻咻，把钱拿来。田本宽见了钱，"吱呀"一声，把门开了。田家窑院里，一手交钱，一手交瓶儿，这一场事情，算是圆满了。女法医接过瓶儿，金贵地抱在怀里，再也不敢显能。

"眼镜"警官说:"得写个收据,回去好有个交代!"

田本宽说:"我光会写名字,光认得男女厕所,还是扫盲时候扫的!"

"眼镜"警官说:"会写名字这就够了!"

"眼镜"警官摊开记事本,匆匆在上面划拉几笔,"呲喇"地一把撕下来,让田本宽在上面签字。

田本宽签了字。"眼镜"警官又说:"张家山,劳你老驾,也在上面签个字吧!"

张家山说道:"我这一笔狗爪爪字,也能上得了席面吗?"说完,握笔签字。张家山的握笔方法和别人不同,是握毛笔的指法,想来,这是古先生教的。

这时候,只见四个农村小伙,抬着一口薄棺,踩着号子,上了硷畔。还有一个李文化,一会儿在前,一会儿在后,不停地指指点点。

"眼镜"警官见了,说一声:"咱们能打道回府了吧?"

女法医说:"起身!凤凰展翅我们起身!"

完了,道一声别。女法医抱了个瓶儿,在前面走着。"派出所"本该就此告别最好,可他说:"一个系统的,送君送到大路旁吧!"

法医、警官见说,也不勉强,由他去送。

田家窑院里,一口薄棺,在偏窑门口放了。这时候谷子干妈和村上几个婆姨一起,也已将寿衣做好。李文化和谷子干妈,看见张家山、田本宽站在硷畔上呆呆地望着山下,于是走了过来。

李文化对张家山说:"棺木一百五十元,衣服八十元,一共花了二百三十元!"

"你给主家说吧!"张家山瞅了一眼田本宽。

田本宽掏出刚才得的那一沓钱来,用指头在舌头上一蘸,点出七十元自己装了,剩下的看也没看,塞给了李文化。

田本宽出手这么利索,倒叫李文化有些惊讶。他接过钱,不放心,又点了点,然后交给了张家山。

"我说过,钱在世上走着哩,今天转出去,明天又转回来!"张家山将钱揣进怀里,对谷子干妈说。

张家山的话说到半截,目光就被矮墙那边吸引过去了。院邻家的那个光头老汉,鬼鬼祟祟,正往这里看着。

张家山用手一指,说道:"田本宽,你不是要找嫖客么?你看你那个邻家,像也不像!"

田本宽见说,扭头去看,谁知那老汉,立即将头缩回去了。

这时,又听谷子干妈指着山下一阵叫喊。众人顺着手势向下望去,不由得啼笑皆非。

那个架着收庄稼为名、躲出去的光头老汉,这时在外边蹿了一圈回来了,正往坡上走,见一伙人气昂昂地下来了,"派出所"在前面一路小跑,挥着警棒,几个警察指指点点。老头以为是来抓他,吓得扭头就跑。

田本宽和张家山站在畔上,看着几个警察钻进汽车。

田本宽突然喊道:"我妈成了公家人,尔个公家人有个政策,叫顶替。我妈死了,理应由我去顶替的。你们不要走,事情还没完哩!"

"不要丢人现眼了,憨娃娃,回去抬埋老人吧!"张家山说。

第二章　敲银圆

李士旺老汉正在地里刨洋芋,一镢头下去,"咔嚓"一声响。李士旺蹲下来,用手一刨,见是一块石板。揭开石板,是一瓦罐光洋。

"日头照到我老李家门楼子上来了!"李士旺拍拍手上的土说。

李士旺年轻的时候,算过一卦,这一辈子,既没有儿子,也没有财物。

李士旺瞅了一眼旁边掏洋芋的儿子,心想,卦不灵,如今我儿子也有,财物也有了,我李士旺这一份人,算是活成了。

儿子李立生,有气无力地抡着镢头,看了叫人着气,手里一点活都不出,还顶不上他这个老汉。李士旺看了,有些生气,他悄声说:"你看他头上虚汗冒的,昨晚肯定没干好事。真应了那句老话了,牲口是知够不知羞,人呢,是知羞不知够!唉,人这一生,不尽的烦恼,年轻那阵子,盼儿长不大。长大了,又熬煎问不下婆姨。婆姨进了门,这红裤带一拴,自家的儿子,又成了外人了!"

银圆这事情,不能叫立生这狗日的知道!李士旺想。

李士旺一把脱下裤子,蹲在石板上,努了几努,拉出几星屎来。他对正在干活的儿子说:"立生,今个儿我肚子难受,咱不挖了。人这一辈子,眼底下的活还能干完?算了,你回去守着你媳妇去。我屙完这一泡屎,也回去!"

立生见说,停了镢头,认真地说:"大,要不要找医生?"

"不用看了!咱哪是多金贵的东西,称盐买辣子的钱都紧缺,还敢去看医生?"

"那我走了!"

立生说完,扛起镢头,下了坡坎。

李士旺心贼,怕儿子又来个二返长安,因此继续蹲着,往出努屎。

人骂人的话说"你再拾掇得干净,肚子里还不是装着一包屎",这话原来不假。李士旺努着努着,肚子一阵轰轰隆隆作响,倒是有干有稀,拉出一大摊来。

这却与李士旺今天的心境有关。平日拉屎,总是不敢鼓大劲儿,象征性地拉一点,肚子不憋就行了。穷惯了的日子,他知道拉空了,又得赶快从嘴里往进填,如果不填,肚子瘪瘪的,腰里没劲,就抡不动镢头了。可是,今个儿不同,屁股底下,有一罐子银圆哩。

李士旺努着劲儿,拉了个畅快。拉完了,神清气爽,分外精神。他站起来,正要提裤子,突然听到坡坎底下人声嚷嚷。好个李士旺,赶紧脱了裤子,又趷蹴下。

山路上,走来张家山和他的两个搭档。

田庄田寡妇的那一场事情,亏得个张家山从中周旋,才算有个结局。法医警官一走,张家山说:"为人为到底,送佛送到西天,咱们给这没经过世事的田本宽搭一把手,把人抬埋了再走吧!"李文化、谷子干妈没有异议。于是，张家山民事调解所全体人员，伙同田家的亲戚六人、邻里乡亲，七手八脚，把个田寡妇安顿到土里去了。

陕北人埋人，是在早晨。太阳冒红，人就要入土，这是规程。扶田寡妇上山以后，张家山一行，谢绝了田本宽的挽留，翻山串沟，回了六六镇，想不到却在这李村山上遇见李士旺。

女人家心细。谷子干妈在行走间，突然闻到一股屎腥味，她止了言笑，抬起头来，朝上一看，一眼瞅见了洋芋地里蹲着的李士旺。谷子干妈赶紧别过脸去，擦着路边走。

李士旺见来人了，低下头去，不朝路上看，硬着头皮硬撑。乡下人遇见这一类事情，就是这么处理的，双方睁眼不见，充耳不闻，凑合着把这一段尴尬挨过去就是了。因此，这李士旺的举止，也不算越外。

偏偏这个不识好歹的张家山，不放过李士旺。

张家山在山路上，正走得没滋没味，见了这个老相识李士旺，焉能放过？张家山站定，指着李士旺，说道："李士旺。你这儿老汉，还没死？"

李士旺只得抬起头来。他先瞅了谷子干妈一眼，这是致歉，意思是说，是张家山这老汉惹他，他不抬头，由不得他了。瞅罢，然后冲张家山吼道："我死？张家山，咱们两个，谁死到前头，还不一定哩！告诉你张家山，我李士旺还没活够，还要好好地风光风光几天哩！"

张家山见把李士旺的邪劲儿勾起来了，不由得一阵高兴。他答道："李士旺，咱俩谁先死，阎王爷的生死簿上自有安排。咱先不去管它。只是眼下，你有一样事情！"

"我能有啥事情？"李士旺紧张起来。

张家山竖起一根指头，有些神秘地说："你屁股底下坐的是啥，你当我不知道？"

"坐的是啥？"李士旺有些心虚。

"嘿嘿，我说了，怕你解下了。我还是不说，让你一辈子糊涂下去吧！"张家山故弄玄虚。

"你说，你不说你是女子养的！"

"坐的是……一……摊……屎！"

见说，李士旺松弛下来。

李士旺长长地出了一口气，说："张家畔的张家山，上你的路吧，不要在这里穷聒噪了。听说你在镇上，开了个什么调解所，瞎说溜道，哄人的钱，真是老了老了，老不安生。告诉你张家山，村上太平着哩，只怕你这几个耍嘴皮子的钱不好挣！"

张家山哈哈一笑："士旺老汉，这话可不敢说。谁家也不挂免事牌。事情不出，自然于大家都好，只怕要出，谁也挡不住。弄不好，还会出在你家！"

听了这话，士旺老汉有些恼了："张家山，你给我爬屎远远的。一大把年纪了，说这种不吉利的话。跑到我门口，来臭我来了！"

谷子干妈这时搭了茬，她用手在自己的鼻孔前扇了扇，老着面皮，看着士旺老汉说："谁臭谁，真不好说！"

"犯不着跟你费这些唾沫星子了，我们还要赶路！"张家山说。

说完，这一干人马，顺着那条白色小路，翻过梁去，朝六六镇方向去了。

瞅他们走远了，士旺老汉站起来，提起裤子。

他眼睛四处瞅了瞅，找件擦屁股的东西。结果，石头蛋儿没找到，只好拾起一棵洋芋来。

揩罢屁股，士旺老汉一手提着裤子，一手抡圆胳膊，将洋芋蛋向张家山去的方向扔去。

"张家山，我日你妈！"

骂罢，李士旺束住裤子，转身揭开石板。对着白花花的一罐子的光洋，他又欣赏了一阵，然后拔出瓦罐。

李士旺脱下上衣，将罐儿包住，抱在怀里，然后哼着歌儿，向村子走去。

他哼的大约是《光棍哭妻》。

李士旺抱着瓦罐，回到村子的时候，一面南墙背后，有一双眼睛在偷看。这人不是别人，却是李立生。

李立生见父亲今个儿的行为有些奇怪，他多了个心眼，在村头的墙角偷看。见父亲怀里衣服遮盖着，好像个瓦罐形状，他心里已有几分约莫。然后尾随父亲，回到家里，隔着窗户纸又瞅了一回，瞅确实，才回到自己窑里，给媳妇汇报。

立生和父亲李士旺，分开过着。自从媳妇过门那一年，就分门另户。三孔窑洞，士旺老汉占一孔，儿子媳妇占两孔。地也是分开种的，平日吃饭，自然也分开，各起各的灶。

按说，士旺老汉就这么一个儿子，因此，分开另过于大理上讲不通。可是，理归理，这一类事情，在六六镇地面却不在少数。说来说去，这麻搭，多半都出在媳妇身上。

尔个社会，抬高妇女，将女人们一个个都养成了"母大虫"。农村的半饥半饱的光景，一般说来，计出计入，要靠女人掌管。女人心细，会划算，缝缝补补，将将就就，银钱握在手里，攥出了水，才肯花下去，这样，日头撑日头，光景就凑合着往前撑了。

有了经济权力，这个家，就算当了一半。如果再遇到些会弄手段的女人，一阵甜言蜜语，下个荷包蛋给你吃；一阵又虎下脸来，不准你脱裤子上炕，叫你干熬着。如此这般，折腾上两回，不信你男人不尿。

男人一尿，这个家，女人就算全当了。女人当家的第一步，就是精打细算，看看家里的进出，能不能再节省，算来算去，就算到老人头上了。于是，一场哭闹，一场风波，老人若是不知趣，就来硬的；老人若是知趣，自己先提出分家，这事就算完成了。儿子自然是哭一场，挽留一阵，老人说我图个清闲自在，不必挽留了，你若是我的好儿子，你就放我一马吧。儿子的挽留，一般说来，也是半真半假，堵一堵村上的口舌而已，尓个见话说到这里，也就就势打住。

天下的事情，都有它的道理。经济制约，环境使然，因此大同小异。就拿我们讲的李家，亦是如此。大门一关，看来是浑浑全全的一户人家，刨根问底，其间却有这么多的玄妙，难怪士旺老汉得了银钱，要避开儿子。

这立生的媳妇，比起村子里别的婆姨来，又多了几分难缠。这是一个地主的女儿，邻村的。阶级烙印，毛主席说过的，不能不讲。媳妇人长得端正，白白的脸儿，两只大奶头，一走一晃荡，难怪把个立生整天闹得迷迷瞪瞪的。可是，论起做事，就差劲了，士旺老汉好歹一个锅里和她搅过几天，心里对这媳妇没有多少好感。

当下，立生隔着窗户纸瞅了一阵。这士旺老汉是个骚包，得了一罐子银圆，心里烧得不行，免不了取出来，又是看，又是敲。李立生隔着窗户瞅确实了，然后蹑手蹑脚，离了窗户，回到自个儿窑里。

立生媳妇正坐在炕边纳鞋底，见立生回来了，问道："你跟大今天刨洋芋，咋晌午太阳还没端，就回来了？"

立生如果嘴上有一把锁，不把这一瓦罐银圆的事情说出，也不至于后来惹出那么多的事端，可是这娃娃嘴碎，心里搁不得事，见了媳妇，恨不得把心掏出来给了媳妇，来讨媳妇的欢心。

立生在门口靠了镢头，又朝门外张望了一番，然后关上门，凑到媳妇跟前，要说话。

"你还能有个啥事情？"媳妇有些小看他。

立生说："我这事说出来，只怕你，也要涎水流到丈二长哩！"

"啥事？"媳妇认真起来。

立生说："你不知道，大的心，一满瞎了，今个儿早上刨洋芋时，大一镢头，刨出一罐银圆，怕我要分，硬是把我支开了，他一个人独吞！"

"这是真话？"

"真话！"

"不是编谎？"

"不是！"

"尔个，那银圆哩？"

"大把银圆抱回自个儿窑里去了。尔个，正在数着！"

媳妇见说，知道这事是真的了。她停了一下，恼道："他一个光棒老汉，有今没明的，要这些银圆干什么？"

"我也说哩！"

"立生，不要心焦，这事，搁不下！"

不说立生夫妇躲在窑里日谋夜算，打这银圆的主意，却说这士旺老汉，得了这一罐子银圆后，坐卧不安，犯起愁来。

士旺老汉人老几辈的穷光景，哪里见过这么多银钱。尔个空里得了这么大一笔外财，真把人脑晕死了。他抱着瓦罐看了几天，看腻了，觉得这钱不花，也不合适，花呢，又没个花处，想来想去，终于给钱想出个事情来。

村里有个寡妇，姓赵，因此人叫她赵寡妇。士旺老汉年轻时候，这赵寡妇也年轻，男人也还在世。一天在山上干活，避雨时，两人避在了一个拦羊汉挖的小土窑里。士旺老汉新死了老婆，精神正旺,小小个土窑里,两人挨在了一起,他不免起了贼胆,在这女人的身上,摸揣起来。开始,他还怕这女人翻脸,谁知见到他的猴急了的样子,女人不但不恼,反而"扑哧"一笑,说道:"尔个时兴吃救济粮,我今个儿,就救济一回你这难民吧!"一句话,说得士旺老汉腰间那东西越发硬了。山间空旷无人,窑外雷雨闪电的,两人便在这土窑里,做了一回美事。

有了一回,就想二回。谁知第二回,好容易遇上了,这女人不但不欢喜,还背过人去,给了他个脸色。第三次,他按捺不住了,就来到陈家后院,拾起个糊墼疙瘩往进撂,没引出陈寡妇,倒引出一条狗出来。要不是士旺老汉跑得快,非叫这狗咬了腿把子不可。

这是二三十年前的一宗事。尔个,士旺老汉百无聊赖之际,陡然将这事想起。对着银圆罐子想起这事时,他明白了,"不图银钱图红火"的女人,世上少有,他李士旺,干骨头榨不出四两油来,人家相好的图个啥?

道理想明白了,士旺老汉笑了起来。

士旺老汉手头还有几个活泛钱,这是平日攒的,应付急用。尔个,敢花它了。正逢六六镇有集,士旺老汉镇上跑了一趟,挑了件最便宜的夹克衫买了,穿在身上。尔个下乡来的干部,都这装束。又买了一双塑料底布鞋,穿在脚上。一颗光头,本来剃过不久,头发还不算长,放在往日,非得再等个半月才去剃,这回狠了狠心,让剃头匠正刮一遍,倒刮一遍,理得干干净净、爽爽正正。

这天晚上,士旺老汉腰里揣了个银圆,动身了。走到路途,又一想,成双成对最好,一则吉利,二则也给这瞧不起人的赵寡妇,能上一能。想妥了,转回身,又拿了一块。干这号事情,士旺老汉的脚步飞快,一阵工夫,就到了赵寡妇的后门口了,然后停住脚,隔着门缝瞅了一下,见只有赵寡妇一人,好个士旺老汉,于是从腰里摸出两块银圆,开始敲。

"当当当当"!"当当当当"!银圆的响声,十分清脆,就像村旁那条小河的流水声。

寡妇在窑里听到了响声,她不知道这是什么响声,却知道是有人来了。寡妇问了半天,问出是李士旺。不听这名字也罢,一听这名字,寡妇恼了,叫士旺快走。

寡妇说:"你想吃奶么,憨儿?我的奶,早就让家生的儿子给咂干了!"

李士旺见赵寡妇骂人,却不动气,只是劝赵寡妇,听这"当啷当啷"的,是什么声音,知道了,她保准开门。

寡妇做梦也没想到,这士旺老汉,尔个腰粗成这了,好几十年都没见过的光洋,他有,而且一拿两块。

寡妇不待这银圆继续敲,怕敲得久了,被旁人听到了,坏了她的好事,她衣服一披,溜下炕来,鞋也没穿,就一把打开门,再一伸手,一揽,把个士旺老汉揽在了自个儿怀里。

这样,士旺老汉便在这寡妇炕上,风流了一回。

不知道是寡妇不对,还是他不对,这一回,比起二十年前那一回,感觉上差远了。寡妇说这是他不对,镢把锨把,放得久了不用,性就退了,一使唤就坏,倒是那些经常使用的家什,十年八年,越用越硬朗。这道理好像也是个道理,士旺老汉对男女方面的事情,毕竟有半辈子是空过的,懂得没有寡妇多,不过这镢把锨把的道理却懂。

寡妇说,要他第二天再来。士旺老汉问,还要不要带银圆。寡妇说,当然要带,敲一回银圆,开一回门。士旺老汉这时已经开始迷了,当下应承了下来。

好事不出门,恶事一阵风。这士旺老汉拿着银圆,像个发情的公狗一样,夜夜在赵寡妇门上敲。你想,李村这巴掌大个村子,又能瞒得了谁?

这事传到了立生媳妇的耳朵。

这天早晨,立生媳妇到泉边担水,下了坡坎,转弯处,见赵寡妇担一担水,一闪一闪地过来了。赵寡妇平日脸色灰塌塌的,见了人,死眉搭眼的,今个儿却像换了一个人一样,脸上泛着光彩,眼睛里泛着风情。走到跟前,细细一看,却见脸上抹了些雪花膏、海蚌油之类的东西,再看脚下,裤脚高高挽着,露出脚上穿着的桃红色袜子。

"哎哟,婶子,你这袜子好鲜艳,是从货郎那儿买的吗?"立生媳妇问。

"嗯!"赵寡妇得意地吧嗒着脚,担子一闪一闪地过去了。

立生媳妇觉得赵寡妇今天有点异样。隔一会儿,在泉边,她就找到了原因。

立生媳妇担水走到泉边时,听村里两个长舌妇正在那里一边等水,一边拉悄悄话。言谈过往之间,提到这个赵寡妇,还提到她的老公公士旺老汉。媳妇听了,多了个心眼,站在那里,把话听完了。

一个婆姨说:"你知道赵寡妇,为啥能得,见了人,路都不会走了?"

"为啥?"另一个问。

"她交上个有钱的相好了!"

"咱村的,还是外村的?"

"咱村的!士旺老汉!"

"士旺老汉吗?你在说笑话哩!士旺老汉干尿打得胯骨响,他能有钱?他要有钱,这世上的人都有钱了!"

"尔个的士旺老汉,不似从前了。告诉你,听说他掏洋芋,掏出来一罐子元宝。有人见了，说得有鼻子有眼的！"

"见了元宝，慢说赵寡妇，谁不动心！"

"是呀，这些年，士旺老汉一直在人家面前骚情，赵寡妇嫌他又穷又赖，不让沾身。这回，李士旺晚上拿了两块银圆，到寡妇门前敲，那寡妇一点绊搭没打，吱呀一声，就把门开了！"

"你要眼热那元宝，你也去勾引那老汉，咱俩打赌，你保险能得手，你的脸蛋，比起赵寡妇来，光滑多了！"

"你再胡说，我扯烂你的嘴！"

两个妇女，"咯咯"地笑起来，扭成一团。

立生媳妇改变了主意，她担了一担空桶，又返回来了。

"立生，你出外揽工去吧！一年半载回来，这元宝，就成咱们的了！"媳妇对窑里的男人说。

立生不解地摸摸头："这元宝又没有长腿，如何我不在家，就成咱们的了？"

"元宝没有腿，人有腿。他有关门计，我有跳墙法，这里面的渠渠道道，你就不用细打问了！"

"我听你的！"立生说。

"走之前，把水缸担满。"

"那是自然！"

立生给水瓮担水，立生媳妇开始做饭。水瓮满了，饭也就好了，这是媳妇专门为立生做的一顿上好的饭食。吃罢饭，立生一个褡裢，背了石匠家具上路。上路之前，望着水灵灵的婆姨，有些不舍。媳妇一见，甜言蜜语，又说了几句，哄得李立生上路了。

立生一走，立生媳妇先滚了一锅开水，洗了个头，又擦了一遍身子，洗得全身清爽，又开始翻箱倒柜。她想找几件艳乍一些的衣服，打扮打扮。农村人的光景虽然穷些，但立生媳妇这衣服却有，毕竟刚刚结婚不久,大红大绿的衣服,箱子底下压了几件。有一件毛蓝色的上衣,最为可心,立生媳妇记得,当初她穿着它时,士旺老汉的眼神在她身上多溜了几回。女人的心计,光凭这个细节,就可以知道。立生媳妇记起了,于是不再犹豫,就挑这件穿了。

下身,则穿了一件红颜色的裤子。这颜色有点酸,连立生媳妇也感觉到了,可是,就因为它酸,立生媳妇才想到了它。脚下呢,则是一双襻带的塑料底鞋子。这鞋子尽管是自己手工做的,可是那块白花花的塑料底,却是立生花了八毛钱从六六镇买的。因此这鞋上,也算沾了一点儿洋气。

从头到脚,收拾停当了,又拿出个镜子,照了一回,然后,来到士旺老汉这边说话。

立生媳妇说:"立生出外揽工去了,十天半月不回来,大,你就不必另起炉灶了,咱们一起搭伙吃吧!"

媳妇的话,不算越外。农村中这样的家庭,分分合合,是经常的事情。平日立生在家时,有什么好吃的,也常常端一碗过来。就拿种地来说,虽然是分开种着,可是遇到要紧一些的活儿,立生还是过来帮忙,比如那天刨洋芋,就是立生过来主动帮父亲干的。说到底,还是一家人嘛。

士旺老汉见媳妇这样说,顺口就答应了。

答应过罢,再细看媳妇时,媳妇一手扶着门框,给他丢了个笑脸,然后转身,迅速地离开了。

窑里荡漾着一股洋胰子味儿。士旺老汉耸起鼻子,吸了两口,知道这事是真的。媳妇殷勤,这总叫人高兴。事到如今,士旺老汉还不敢想到那事上面去。他并不知道因为那一罐子银圆,这世事是完全地变了。

说士旺老汉完全没有想到那事上面,这也不确。媳妇那一副样子,用陕北话来说,叫"骚情劲儿",是给谁骚情不知道,不过这细皮嫩肉的媳妇,比起那赵寡妇来,简直是不敢比的,因此,这吃饭前的一段时间,士旺老汉觉得,他对那个赵寡妇,已经不那么想得厉害了。

对赵寡妇的心思一淡,士旺老汉就又心疼起那些银圆来了。他从墙上的窑窝里,取下瓦罐,开始数那些银圆。

下午到了,立生媳妇过来,请士旺老汉吃饭。"这一顿饭,是好吃难消化。"士旺老汉心里说。虽然话这样说,但是,还是身不由己,跟着那一股子洋胰子味进了厨房。

立生媳妇炒了几个下酒菜,外带一壶酒。这些,在农村都是鲜物。士旺老汉起初不肯动筷子,可是,架不住立生媳妇的一番劝。三杯酒下肚,立生媳妇就用话挑他,不怕个士旺老汉不上钩竿。

立生媳妇端起小碟儿,将碟子里切碎的红葱末儿,拨些到士旺老汉碗里,看他吃下,然后说:"大,这几天,你黑起半夜的,往外跑啥哩?"

这话问得尴尬。这士旺老汉,如果还能自持,听了这话,就该起身走了。可是,正如前面说的,合该有事,这士旺老汉,此刻水酒上头,脸色红堂堂的,眼睛明光光的,一个劲地瞅着媳妇,不愿挪窝。

士旺老汉说:"在你小辈面前,大说个丢人的话。大苦了大半辈子,又当爹又当娘的,把立生拉扯大,看着婆了娘妇,成了一家人。尔个,大是无事一身轻了,晚上,大一个人在窑里舍得心慌,是出去串串的。你也不要笑话大,大这一把老骨头,还能活几年哩!"

"串门子?"立生媳妇问。

"嗯,串门子!"士旺老汉有些脸红。

立生媳妇说:"大,这就是你的不是了。"

"咋了，碍着你的啥事了？"士旺老汉见说，有酒壮胆，气恼起来。

"大，我不是嫌你去串了，我是说，外面有女人，咱家里也有，何必黑灯瞎火地往外跑。你老胳膊老腿的，狗撵来了，你又跑不动！"

士旺老汉一大口玉米粒噙在嘴里，忘了嚼动，他瞅了媳妇一眼，说："有你这句话，今个儿晚上，大就不出去了！"

"就等你这一句话哩，大！"媳妇伸一下舌头，笑了。

这天夜里，士旺老汉抖起贼胆，前去敲门。三两声刚过，窑里果然有人应声。

"谁呀？"窑里问。

士旺老汉答道："是我！今个儿吃饭的时候，你不是叫我来吗？"

"谁叫谁来？你把话说清！"

士旺老汉急了："那是我勾搭你，这该行了吧！"

"这还差不多！"窑里，立生媳妇笑了，不过，她又说，"大，你在人家门上，也是这么个敲法吗？"

"那要咋敲？"

"你得出水，大！像你这号干指头蘸盐，咋行哩！"

士旺老汉无法，只得回窑里，拿出一块银圆来，在门上敲。

"声响不对，大！你没听人说一个巴掌拍不响！"

士旺老汉只得拿出两块来。

"当当当"！"当当当"！银圆声清脆地响起来。

门开了。立生媳妇精着身子，亮出两个大奶子，把门打开，然后转身，又钻回被窝里去了。

士旺老汉进门后，立生媳妇说："把门关上吧，大！陕北民歌中有《公公烧媳妇》一折，想不到在咱家，这事儿，又演了一回。"事已至此,士旺老汉,也顾不得羞了臊了,一揭被角,钻进了立生媳妇的被窝。

说话时间已到了初冬季节。李家院子的这一场龌龊,在村子里竟然无人知晓。隔三过五,这士旺老汉就要拿了银圆,去立生媳妇门上敲,这事也成了一个习惯。立生呢,秋里走后,一直没有回来,前些日子,托同村人捎了些钱回来,还捎话说,他在外面给人圈窑,管吃管喝,还可以挣几个工钱。眼下他正忙着,等窑圈起,他就回来了。

立生媳妇掐指一算,等立生回来,这士旺老汉瓦罐里的银圆,也就捣腾得差不多了,不过时间得抓紧才对。算计好了,对这老汉更为殷勤。而士旺老汉,人迷在事中,还是像往日一样,整天脑子里盘算着的,就是媳妇的那热被窝。

这天,六六镇的张家山,带了谷子干妈、李文化,路经李村,前往一个叫老庙沟的地方,处理马澄清和媳妇小翠的一场官司,在李村的村口,遇见了士旺老汉。

士旺老汉穿了一件新买的廉价羽绒衣棉袄,靠在村口的一面墙上晒太阳。这棉衣里大约装的是鸡毛,不时有粗粗细细的毛从衣服面子上露出来。村子里别的晒太阳的老汉,都离他远远的,嫌他这毛往别人身上粘。

张家山远远地瞅见李士旺,调侃开了:"李士旺,你一脸的晦气,你快要招祸咧!"

士旺老汉正闲得发慌,见有人搭理他,也还高兴,就回敬道:"我招祸?张家山你讹诈谁哩?告诉你,张家山,我李士旺帽辫子上拴辣子,活得正红漾哩!"

张家山说:"你不听我的话,我也就不说了。话放在肚里,也焐不坏,我说它干啥?我走我的阳关道,你行你的独木桥,两姓旁人,何必去惹这个韶叨哩!"

"你说,张家山,我咋价快招祸哩?"士旺老汉说这话时有些心虚,"你这老汉,莫不是听到什么话头了?"

"当然听到了!我走乡串户的,听到你这儿老汉的事情不少!"

"啥事?你说!"

"真的要我说,我就说。只是,我张家山金口难开,要我开口,点破迷津,士旺老汉,你得拿钱来。"

"尔个这世事,真是瞎了,啥事都得拿钱,全没个情分。张家山,你说,你要多少钱?"

"我听说了,你老汉得了外财了。我不多不少,只要两块大洋!"

"我腰粗着哩,两块大洋不算啥。只是,这钱出得得有个道理!"

"道理有,这叫咨询费。咨询费,你懂吗?就像你去医院看病,得先交挂号费一样。这是个新名词,张家山民事调解所订的章程条文。"

"瓷尿费!瓷尿费!"士旺老汉沉吟片刻,怒道,"张家山,闹了半天,你诓我银钱,把我当成瓷尿了。告诉你吧,我腰里没钱,就是有钱,也有钱的用场。你上你的路吧,我不听你在这里瞎聒噪了!"

"你不要后悔!"

张家山又吓诈了一句,等了半天,不见反应,抬头看时,见士旺老汉闭上了眼睛,嘴边流着哈喇子,不再理他。

离了李村,张家山一行继续行走,到了老庙沟。老庙沟这一案事情,不叫"心脏开花",不叫"敲银圆",却叫"生男生女在于男",较之前两桩更为蹊跷。饭要一口一口地吃,话要一句一句地说,容我们叙述完这"敲银圆",再说那"生男生女在于男"吧。

离了老庙沟,张家山一行又走村串户,在一处地方见到一个身子单薄的石匠,正在叮叮咚咚凿着石头,旁边三面新窑正待圈起。这石匠不认得张家山,张家山却认得这石匠。

"后生,你是李立生么?"

"你咋知道我叫立生?"石匠停了手中的活儿,问道。

"你是李村李士旺的儿子。你是立着出生的,所以叫立生。你忘了,你妈为生你,难产死了!"

"你这些话,却是说得句句是实。那么,你是谁哩?"

"我叫张家山!"

"哎呀,是张干大。你看我眼拙的,在家时,我常听我大说起你!"

"我们两个,小时候一块给地主揽过长工!他拦羊,我放牛!"

"张干大,你们是从李村那边过来的吧?路过李村时,我家里还好着哩吧!"

"哎呀,娃娃,有些不大好!"

"咋咧?"

"你媳妇让狼给叼去咧!"

"张干大说笑话了,尔个社会哪有狼!"

"咋没有狼?你看那《肤施日报》上,言之凿凿,说退耕还林,生态平衡,狼又回到了杏子河流域!"

立生听了,登时脸色煞白,没了主意:"那我咋办?我得回去!"

张家山见立生认了真,连忙说:"好侄儿,我这是开玩笑,没话找话,你千万不要当真。一个大活人,咋能叫狼叼去呢!过李村时,没有见到你媳妇,见到你大了,他老人家挺好,圪蹴在阳坡里晒太阳。"

"一嘴的毛了,说话还这么没轻没重,害得人家娃娃着急。"谷子干妈埋怨张家山。

瞅这机会,李文化又加了两句:"张干大四处点火,是嫌天下过于太平,得是?"

不管怎么说,张家山的话,还是说得李立生心里吃劲了。

"没事就好!"立生有些神色恍惚地说,"只是我出外揽工有些日子了,是得回家走一趟了。这几天心慌得不行,老惦家!"

"回家看一看,也好!"张家山说。

张家山的一番话,说得李立生心慌意乱,六神无主。当下辞了手头的活儿,结了工钱,背起家具,返回李村,三天的路程,两天就赶到了,赶到家时,正是晚上半夜光景。

立生推了推大门,大门关着。好在院墙不高,于是从院墙上跳了过来。往日,立生出外干活,回来迟了,也是这样翻墙而过,所以,说这一次这样做,也不是有什么别的企图,而纯粹出于好心,不愿惊动家人。

来到自家窑前,推推门,也还关着。这回,是跳不成墙了。立生尽管心疼媳妇,不想打搅媳妇的瞌睡,可是这次不打搅是不行了,于是抬起手来敲门。

士旺老汉命大,这天晚上,恰好撒了个懒,没有去叩媳妇的门。因此,这窑里只媳妇一个在舍着。本来,这样就不会有事了,奈何这媳妇,言语之间不够谨慎,终于让立生察觉,结果闹出一场乱子。

媳妇迷迷糊糊,被敲门声惊醒,以为又是那儿老汉前来骚扰。瞌睡被打搅了,本来就有些不高兴,又听这敲门声音不对,于是翻了个身,仍睡着,嘴里骂道:"你真是个记吃不记打的狗,咱们约好的暗号,你又忘了!"

"啥暗号?"窑外,立生不解地问。

"敲银圆呀!"

"敲银圆是咋回事,我不懂!"

媳妇听见话茬儿不对，明白是立生回来了，话语顿时有些凌乱："我当是谁，是掌柜的回来了。黑灯瞎火的，路上又不安宁，你咋连个招呼也不打，就冷不丁地回来了？"

"我回自己的家，还要打什么招呼！怪事！"立生站在门口，瓮声瓮气地说。

媳妇明白自己又说错话了，赶紧下炕开门。

"你瞧你，一身的石碴儿，来，我帮你扫一扫，再上炕！"媳妇说。

立生一闪身，进了窑里，他没理睬媳妇的殷勤，大声问道："你不要打岔，你这下贱的东西，刚才你是在等谁？"

"没等谁呀！"

"你瞒不过我！"

"实话实说吧，李立生，我是在等银圆！"

媳妇从柜子上，拿起个瓦罐来，摇了摇，瓦罐"呛啷呛啷"地响。媳妇说："立生，你再迟回来几天，这罐子就满了。谁叫你这么早回来的！"

立生一下子明白了。

"败坏门风的东西，我是缺你吃来，还是缺你穿来？你干下这号叫人戳脊梁骨的事，你叫我这脸以后咋见人哩！"

立生说完，扬手给了媳妇一巴掌。

媳妇手一松，银圆罐子掉在地上，撒了一地。

媳妇大哭起来。她也不是个省油的灯，哭着哭着，觉得委屈，就和立生扭打起来。

这边窑里，士旺老汉其实早早就醒了。这会儿，听到这边窑里厮打，穿了衣服，过来拉架。

推开门来，见满地都是银圆，士旺老汉俯身去捡。

媳妇在扭打中，瞅空喊李士旺："大，事情还不是因你而起，你光顾得捡银圆，不顾得我了。赶快来帮一手！"

士旺老汉见说，运足力气，一个箭步冲过去，用光头撞在李立生的胸膛上。

可怜立生，走了几天的山路，又饥又累，加上身子单薄，哪经得起这一撞，眼见得仰面朝天，向后倒去。

立生倒下后，后脑勺子恰好碰到了锅沿上，登时脑浆迸出，死了。

士旺老汉见了这阵势，吓坏了，弯腰去扶。扶是扶起来了，可是手一松开，立生的尸首，又软绵绵地倒下了。

"立生呀立生，你死得好可怜呀！你跟你大你妈，莫非是前世的冤家？你生下时，是立着生的，害了你娘一条命，今个儿，大又亲手把你送上了黄泉路。大这是怎么了？"

立生媳妇却还镇静，她冷眼看着，说："大，这是立生的福分浅，他的阳寿到了，怨不得谁！事已至此，也就不说这些淡屎话了。你说这摊场，咋办？"

"我也没经过这事，哪有个主意！我看，立生这样死了，恐怕得去报官！"

"是要报官，蝼蚁虽小，也是一条命哩！夫妻斗殴，误伤致死，前庄有的是例子，不会把我怎么样的。你是无事人，你把银圆拾了，回窑里睡觉去吧，就当不知道这回事！我收拾收拾，前去报官！"

法医验过尸以后，断定是夫妻斗殴，误伤致死。将媳妇拘留了半个月，放了。

媳妇回来后，说："这下，用不着偷偷摸摸了，晚上大门一关，你过来舍就是了。"

"那用不着敲银圆了?"士旺老汉还记着敲银圆的事。

"用不着了。你把银圆,连罐子抱过来就是了!"

瓦罐拿过来后,瞅了空儿,趁士旺老汉不注意,媳妇将满满的一罐子银圆,抱回了娘家。

娘家人拿起瓦罐一看,吃了一惊。原来这银圆就是她家祖上的。瓦罐上刻的有字,字原来叫土遮着,看不清,稍一擦拭,字便清清楚楚地显露出来了。

媳妇让娘家人将瓦罐藏好了,然后折过身,回到李村。进了门,见到士旺老汉,媳妇说:"大,有个事情,我得告知你老一声!"

"啥事?"

"我要回娘家。我已经给娘家说好了,暂且搬回娘家去住。有了合适的主儿,就改嫁!"

"你再说一遍!"

"我要改嫁走了!"

"你不能走!"

"大,你管不了这些事情了。《婚姻法》上有规定,寡妇改嫁,理所应当。立生一死,我就成了自由的身子了。"

"你敢走!你活着是我李家的人,死了是我李家的鬼。你敢迈出楼门半步,看我不打断你的腿!"

"尔个是新社会了,没人吃你这一套。我是好心,给你打一声招呼,搁给别人,招呼都不打一声,就抬脚走人了。"

话说到这里,士旺老汉算是没诀了,他软了下来。他央告媳妇,看媳妇能不能再留些日子,不要回娘家了,就在这李家舍着,慢慢物色了人再走。

"我不留了,大!你做过的事你知道。叫人抓住,坏了名声,到时候谁再要我?"

"你是在吓诈我？"

"就算是吧！"

至此，士旺老汉明白了，这出戏该收场了，这场梦该醒了。他颓然地跕蹴下来，两手抱住头，恨恨地说："自从得了那一罐子银圆以后，我好像做梦一般，尔个，一场大梦算是醒了。歹毒不过妇人心，原来你逗了这么多的精，都是为了那银圆！"

媳妇接住话头说："大，你说对了！不过你也没有吃亏，你好风光了些日子哩！"

媳妇腋下夹着个包袱，离去了。

院子里现在空荡荡的，好像一座坟墓一般。李士旺站在大门口，目送着媳妇的背影，消失在一道山梁后边了。

他折回眼光，望了望这个家，自言自语地说："尔个我儿子也没有了，媳妇也没有了，财宝也没有了，落得了个场光地净。唉，洪福太浅，浮不起财，反而惹了一身的臊气。"

春天，夏天，秋天，冬天。一年有四季，四季有二十四节气。永远有的。生活踏着它的节拍，缓慢地走着。你欢乐，它是这样；你痛苦，它也是这样。它走着自己的行程，呆板，固定，冷酷。

又过了些日子，张家山一行经过李村的时候，看见士旺老汉正跕蹴在那里晒太阳。腔子前挂一个手帕，他正用手帕擦鼻涕。张家山看见，士旺老汉明显地苍老了。

张家山说："李大哥，你的事情我都听说了。我真后悔。我这舌头根子上有毒，你看，几句玩笑话，说得你家破人亡。老伙计，你骂我一顿吧！"

李士旺睁开半闭的眼睛，说："不怨你，张老弟！命里该吃屎，走到天尽头！你忘了，年轻时咱们一块儿上南路，路上，算命先生给我算过一卦，说我无儿无女，老景凄凉。尔个，这一卦应了！"

张家山没话找话:"事情就这么认了么?我是说那一坛子元宝。李大哥,你要是想折腾这事,我给你出头。这次纯粹是情义,不要什么咨询费了!"

李士旺的眼睛里,亮了一下火花,接着又熄灭了:"算了吧,张老弟!我也不怕你笑话,我有短头在那婆姨手里攥着哩!"

"这么说……认了?"

"认咧!"

第三章　生男生女在于男

张家山调解所对面,有个向阳的土台。这天,张家山闲着无事,就搬了个高脚小凳,坐在那里,看《参考消息》。注意,是看《参考消息》。

知道的人说,这是张家山当村干部那阵子养成的好习惯,关心天下大事哩;不知道的人说,这儿老汉,认不认得字,也捧着一张报纸,冒充斯文。

张家山民事调解所,是一座低矮的三间民房,乱石头插的花墙,琉璃瓦盖的顶。这是调解所成立时,从镇上一个住户手里租来的。

紧靠调解所的,是一个安着水泥结构门楼的小镇法庭——小镇的最高法律机构。

张家山跷起二郎腿,眼睛就在报纸跟前,正在看着,突然听到法庭门口,人声嚷嚷。

法庭门口,老庙沟村民马澄清,正在把婆姨王小翠往法庭大堂上拉。王小翠坐在地上，"耍死狗"不起来。马澄清拽着她的一条胳膊，地上落下了一道土印来。陕北人把这叫拖在地上磨哩。

张家山见了，折好报纸，呼地站起，指着马澄清喝道："马家小子，你这是干啥哩？耍社火，正月还不到哩！"

马澄清见有人干涉，扭头一看，却是张家山。他不再拉了，可是，手里仍然攥着小翠的胳膊。

马澄清说道："张干大，我们这是打离婚去哩！"

"离婚？"张家山说，"小翠这百里挑一的好人样，放给别人，爱还爱不够哩，咋敢说离婚？你这小子，恐怕是吃错药了吧！"

马澄清说："一家不知一家的难。干大，我这离婚，是有理由的！"

"啥理由，你且说说！"

"小翠那肚子，不知道咋了，光养女娃娃。过了门，满打满算才四年，扑里扑腾，养了四个女娃了。害得乡上罚款，县上点名。不跟她离婚，我这一辈子，是别想有个男丁了！"

"就为这事，要跟老婆离婚？好娃娃哩，尔个新社会，男女平等，生男生女都一样嘛！"

"话是这么说。可事情搁到谁跟前，谁都想不通。咱们农村人，家里有个顶门立户的男丁，实在！"

"你看人家城里人，只一个娃娃，还不过来了！"

"咱跟城里人咋能比？龙生一子定乾坤，猪下一窝拱墙根！"

"你啥时学了这一张利嘴！我不跟你耍嘴皮子了。你狗日的，给我回去，好好过光景去！"

"张干大，我给你个面子，我回去了。只是，这婚还得离！不离，我思想上通不过！"

马澄清说完，又一拉小翠："小翠，走，回老庙沟！"

小翠见说,一骨碌从地上站起来,一边拍屁股上的土,一边说:"张干大,小翠这里谢谢你了!"

"不要谢!"

马澄清夫妇走后,张家山又坐在小凳上,拿起报纸来看。可是刚才的心境给破坏了,眼睛怎么也盯不住行。

"我平生最恨四种人:兄弟相残的人,打老婆的人,不敬老人的人,和邻居不和的人!"张家山自言自语。

李文化见张家山端着张报纸,受了感染,也学张家山的样儿,提了个小凳,拿了本书,坐在张家山跟前。

正巧谷子干妈出来倒水,见了一老一少这样,"扑哧"一笑,说了句脏话:"南山上过来一群猴,一人揣尿都揣尿!"

张家山"嗯"了一声,算是抗议。"嗯"完以后,对李文化说:"文化,你到镇上文化站去借些书报来,我要好好找些道理,开导开导这马家小子!"

李文化屁股刚把板凳坐热,不情愿去:"你不长腿?"

"你是领导我是领导?"张家山说。

李文化没诀了,只得站起,"啪"的一声,把书本放到小凳上,去了。

一会儿工夫,李文化回来了,兴冲冲的。

"张干大,我一眼就瞧准了,这一篇文章,正是你要找的!"李文化说。

"啥文章?"

"《生男生女在于男》!"

"生男生女在于男!生男生女在于男!这道理倒挺新鲜!李文化,你念!"

这是新近出的一期《参考消息》,二版下角补白的位置,有这么一篇小文章,文章篇幅不大,但是《生男生女在于男》几个标题大字,赫然纸上。

李文化拿着报纸念道:

"生命的营造,是宇宙间的一个蓝色大奥秘。一个精子与一个卵子的结合,于是,便有一个新生命来到人间。长期以来,人们一直认为,生男生女的主要责任者在于女性,因为这个生命,是由于女性的十月怀胎,才以物质的形式带给这个世界的。其实,这种观点现在被认为是错误的。生命学的最新研究成果认为,生男生女的主导者在于男性。种瓜得瓜,种豆得豆。当精子……"

张家山一拍大腿,说:"好了,留下口才,一会儿到老庙沟再施展吧!这道理说得清清楚楚的,不信他马澄清不服!"

说完,要过报纸,很仔细地折起,装进口袋里。

"李文化,你去叫谷子干妈,咱们动身!"

老庙沟是个很偏僻的村子,位于子午岭腹地。当年,这里也许有一座庙。庙后来毁了,只在半山梁上留着半截石头砌成的旧窑洞。这几年,上头管得不怎么紧了,村里又一人摊五块钱,将窑洞接上了口。重建以后,小小的庙里倒也香火不断。

庙下面,靠山根的地方,是一溜错落有致的窑洞建筑,这就是原先的老庙沟生产队,现在的老庙沟村民小组了。

王小翠站在硷畔上,手拿木勺,正在喂猪。嘴里"儿唠唠唠……"地叫着,木勺磕在石槽上,"咣咣咣咣"直响。几头猪摇着尾巴,嘴往槽里拱。

小翠的几个女女,在窑院里跑着玩耍。

大路上,村民笨牛脖子上架一个男孩,正在赶一群牛上山。

"王小翠,你站在硷畔上,丢魂失魄的,莫非有什么心事?"笨牛搭讪。

"你个烂舌头的，全没个正经话。告诉你，我在眺'山现'哩！"王小翠答。

"山现"是指太阳光照下远处的山的轮廓。

"白脸脸妹妹硷畔上站，眺不见哥哥眺山现！民歌里唱的，没错！"笨牛说。

"好我的笨牛哥哩！你不去拉你的牛，在这里胡骚情啥哩！当心马澄清一会儿回来，撕烂你的嘴，打断你的腿！"

"你不要拿马澄清来吓唬我。他成天闹着要离婚，要把你一脚踹到门外边哩！"

一句话，说到小翠的难受处，小翠脸色一下子灰塌塌的。

笨牛又说："真的，小翠，我跟你说句正经话。马澄清要是不要你了，你到我窑里来舍。哥每晚上给你打洗脚水。"

小翠受了委屈，泪花花在眼眶里转着，说道："笨牛，你再在这里磨闲牙，说些没眉眼的话，我就喊人了！"

"别！别！我走！唉，人家的婆姨好，自家的儿子亲！"笨牛自言自语，赶牛走了。

"吃着碗里，看着锅里！尿泡尿把自个儿照照，看你脏尿样子，还想打我的主意，没门！"

王小翠朝笨牛的背影，吐了口唾沫说。

王小翠转过身，正待进窑，又见从远远的山路上，下来了一拨人。她手搭凉棚，眺了眺，见是张家山一行。

"哎呀，张干大，今个儿咋有空，走到我们这山旮旯来了！"王小翠是小辈，远远看了，先出声。

"人在世上，不走的路还走三遭哩！告诉你吧小翠，今个儿，我们调解所娃娃打狼一齐上，来到老庙沟，就是为调解你和马澄清的事情的！"

第三章 生男生女在于男 055

"你可不敢叫我们离婚!"

"咋能哩!干大这一把年纪了,咋能做这号缺德事。遇官司说散,遇婚姻说合,是张家山调解所的规程。干大这次来,是带了灵丹妙药,专为治马澄清那小子的病的!"

"那敢情好!"王小翠说。

王小翠放下木勺,从家里拿出个笤帚疙瘩,扫张家山身上的土,一边扫,一边拣好听的说。

"老庙沟,老庙沟,原先有座庙,文化革命时候拆了。尔个,人们咋呼着,把庙建起来了,可这庙里空空的,缺个菩萨。我看,张干大,你就不用走了,住到庙里去吧,我王小翠一天三次给你烧高香!"

"小翠,你这话叫人听了心里滋润。住我是想住,只是怕你谷子干妈不答应。她雇下我,晚上给她暖脚哩!"

谷子干妈一听,红了脸:"张家山,你真没出息,有一点福,都从嘴上跑了!"

"一对老骚包!"李文化说。

"马澄清呢?"张家山收敛笑容,认真起来。

"他在窑里挺尸哩!镇上一回来,他就茶不思饭不进的,躺在炕上哼哼。地里的庄稼都叫草'豁'了,他也不管。张干大,一'豁'三不收,这光景,是没法过了!"

王小翠说这话时,撩起围裙擦了一下眼睛。

"马澄清这小子,把戏唱得就和真的一样!"张家山摇摇头。

王小翠请张家山一行,到窑里坐。

小翠上前推门时,却发现门从里头关上了。原来这马澄清听到外面张家山的声音,知道他又来寻事,就从里头把门给插上了。

张家山上前敲门:"马澄清,马澄清,你真有本事,一个大男人家，大天白日，像个怀娃婆姨一样，把自个儿关在家里！"

窑里马澄清答道："你是张干大，我早就听出来了！你在六六镇待得好好的，跑到这儿来干啥！我惹不起你，还躲不起你吗？尔个这社会，吃屎的倒把屙屎的给箍住了！"

张家山有些恼了，他使劲捶着门，嚷道："马家小子，你把舌头伸展了，再跟我拉话！"

"我爹娘生就这一张嘴。你不爱听，你拔根尿毛，把耳朵塞住！"

张家山这回真的生气了，他一跺脚，说道："谷子，李文化，咱们走！"

王小翠见了，赶快阻拦。

"哎呀，张干大，你可不能走呀！仗你的势，马澄清才不敢胡作非为，你要一走，我们这婚是离定了。"

张家山恼汹汹、气咻咻地站在那里，不说话。

拦定了张家山，王小翠上前捣门。

"掌柜的，事有事在，你得把门打开。有礼不打上门客，这是礼势。张干大为咱们的事，行了几十里山路来调解，你看你这脏尿样子，一满不够成色！告诉你，张干大的怀里，揣着灵丹妙药哩！"

窑里迟疑了一下，还是把门开了。

马澄清探出个头来："什么灵丹妙药！张干大，你干脆拿来一包老鼠药给我吃，这事就一了百了了。"

"欠打！"张家山吼了一声，进门。

马家窑内，张家山一行落座。

张家山说："我是吃饱了撑的，不看到我跟你大的那一点老交情上，我才不管你娃娃的事哩！"

马澄清的父亲，原来和张家山都是农村干部。

"你不要提我大。他当了一回村干部，把个老庙沟越弄越穷。

他执事的最后几年，手里握个生产队的红坨坨，唯一做的事情，是给出外讨吃的开通行证！"

"你大辛苦了一辈子，到头来，就落下你这么两句话。你光记得他的喝米汤、屙一炕，就不记得他的'过五关斩六将'了。娃呀，你大地下有知，会骂你的！"张家山说。

马澄清说："张干大，你不知道村上人怎么说的。我一个劲地生女娃，村上人说，这是我大原先做了亏人事！"

张家山说："你这秃脑小子，一会儿怪老婆，一会儿怪你大，你就不能开展一下自我批评，检查一下你自己？"

"好你个张干大，你拿反车塌人，莫非你要把这生女娃的责任，搁到我头上不成？"马澄清说。

"你小子还算聪明，善解人意。告诉你，我张家山手里握的是科学。科学上说：生女娃的责任，在你马家小子身上哩！"

"你胡说！红嘴白牙胡说。"

"是你胡说还是我胡说，咱们两个说的都不算数。这里有报纸，《参考消息》，且看报纸上是咋说的。"

张家山从怀里掏出报纸，递给李文化："马澄清，你驴耳朵伸长，听着！小翠，你也听着！"

李文化手端报纸，环顾四周，清清嗓子，念《生男生女在于男》：

"生命的营造，是宇宙间的一个蓝色大奥秘。一个精子与一个卵子结合，于是便有一个新生命来到人间。长期以来，人们一直认为，生男生女的主要责任者在于女性，因为这个生命，正是由于女性的十月怀胎，才得以以物质的形式，带给这个世界的。其实，这种观点现在被认为是错误的。生命学的最新研究成果认为：生男生女的主导者在于男性。种瓜得瓜，种豆得豆。当精子……"

李文化正念着，张家山手一举，说："对了，就到这里！这里面这么多洋名词,谅你马澄清也解不下。不过,这意味,你该解下咧吧!种瓜得瓜,种豆得豆,这生女娃的责任,在你哩!"

马澄清有些傻眼。

马澄清要过报纸,翻来覆去地看了一阵,说:"他妈的,这是哪里出的报纸,真是没见过面的冤家,成心跟我马澄清作对!"

"你怨报纸做甚?报纸上说的是官话,它并不知道老庙沟有个你马澄清。"

马澄清有些灰。

张家山进一步说:"憨小子,生女娃这事,你怨不得报纸,怨不得张家山,也怨不得小翠,一揽子责任都在你。这回,你该服气了吧?"

马澄清转向小翠,寻求支持:"小翠,你看,大早白晨,这一竿子人,撵到咱家门口,要我!"

王小翠说:"咋是要你哩!报纸上说的是实话。种瓜得瓜,种豆得豆,你种下个西葫芦,想叫我结下个老南瓜,我咋能给结下哩!你说是不是这个理?"

马澄清木然地点点头。

谷子干妈低着头偷偷笑。

谷子干妈忍住笑,扬起头来,面孔板起:"澄清,听干妈一句话,不要嫌弃小翠了。多好的一户人家,散了多可惜。回头,到镇上卫生院,给小翠把手术做了,不要淘气了,两口子安安生生地奔咱们的小康日子,多好!生男生女,那是天意,咱就认命了吧!"

"你说得对,谷子干妈!既然这样,我也就只好认命。"

李文化也说:"反过来想,有些人,纯粹就是骡子托生的,压根就不会生。比起他们来,你马澄清又强他们许多了。"

这个理也说得扎实,不由马澄清不服。

马澄清又将李文化的这个道理，发挥一下，说："人比人，活不成，驴比骡子驮不成。我马澄清比上不足，比下有余，是该满意了！"

张家山见说，欣喜地一拍大腿："这不就对了！能这样想，才叫明白人！有你这句话，干大这一趟路，也算没有白跑。澄清，咱们是男人说话，今个儿是个界线，从此以后，你可不能再跟小翠闹离婚了！"

"不离了，张干大。幸亏你提醒，要不，我要再恋了婆姨，还不是照生女娃，花费银钱不说，劳人哩！"

"你给婆姨一个保证！"

"小翠，从前都是我的不对，现在张干大一开导，我算明白了，种下西葫芦咋能收下老南瓜哩！完完全全是种子的事。小翠，咱们从此收心吧，到医院做个绝育手术，安安生生过咱们的日子吧！"

小翠说："话说到这里了，我也不能不说两句。其实，娃他大，光生女娃，我这心里，也不是滋味哩，总觉得对不起你们马家！"

小翠眼泪在眼眶里转。

马澄清一阵心疼，挨过来，用袖子为小翠擦眼泪。

张家山见自己轻轻易易地排解了一桩离婚案，有些得意，乐颠颠地望了谷子干妈一眼。

谷子干妈别过脸去，故意不看他。

张家山有些遗憾。

张家山站起来："马澄清，干大这是闲不住的身子。既然这桩事情到头了，我们也就该动身了！"

马澄清说："我知道你老价重要，到处是事情，我也就不留你们了！"

"吃了饭再走！"小翠有些过意不去。

谷子干妈说："不了！"

张家山一行离去。

张家山走了几步,站住,回过头来,对硷畔上的马家夫妇说:"马澄清,咱这是男人说话,你可要算数。真的,叫我张家山再来一次老庙沟,可就没有今天这么多好话了!"

"你抬脚走人吧,张干大!小翠是我婆姨,我不心疼她,谁心疼哩!"硷畔上,马澄清扬扬手臂说。

"那好,就当我刚才那话没说。"张家山咽了口唾沫,又叮咛道,"哦,还有,你要领小翠来镇上结扎,你找我,我给她寻最好的医生!"

"谢谢张干大!"没容马澄清回话,小翠代他说了。

硷畔上,马家夫妇看着张家山一行渐渐隐入窑后。

马澄清回头看了一眼小翠,见她头发乱乱的,眼睛红红的,脸上还有原先厮打时留下的黑青印儿。

马澄清突然可怜起小翠。他亲昵地捡去小翠头发上的一片草屑,这是小翠刚才喂猪时留下的。

小翠将头偎在男人怀里。

小翠说:"咱不忙着结扎!等我再生一次,完了再结扎,你看咋样?"

马澄清说:"再不敢了,都四个了!"

小翠说:"这次,我保险给咱生下个男娃!"

马澄清:"保险?"

"保险!只是,你要依我一件事情!"

"啥事?"

"明个儿早上,你背上褡裢,走趟南路。过两三个月,再回来!"

"你这是唱的哪出戏,我不明白!"

"我要说破了,你不要恼!"

"你说！"

"张干大不是说了，生男生女在于男吗？你看人家笨牛媳妇，简直长了屙金尿银的神仙肚子，和我同一年嫁到老庙沟的，如今，跟前有四个男娃了！"

"你提笨牛媳妇做甚？我还是不明白！"

"我都不好意思说了。我说的不是笨牛媳妇……"

"那是谁？"

"是笨牛！"

说出以后，小翠有些后悔，用手捂住嘴。她脸色绯红，生怕马澄清怪罪。

这话果然惹恼了马澄清。

马澄清伸出手掌，"啪"的一声掴了王小翠一个耳光。掴完，还不解恨，又骂道："人说这世上的女人，不要看人前一个个人模狗样的，其实都是些脏下水，我还不信，说你王小翠是例外。今个儿，你安下这号心事了，你说，这是咋回事？"

王小翠的眼泪又出来了。

"谁看下那个笨牛了？他那个脏样子，哪比得上你端正！"王小翠说，"我这么胡成精，不为我个啥啥，纯粹是为了你们马家有后呀！"

"叫我当盖老，不行！"

"娃娃一坐住，咱就不张他了！人不知鬼不觉的，有啥不行！是咱占便宜，是他吃亏，羊打羊羔猪打圈，还得给人家出钱哩！"

"这事总不美气！哼哼，他的娃娃……"

"谁的娃娃，生到咱炕上了，就是咱的娃娃！他敢不把你叫大，把我叫妈？"

马澄清咽了口唾沫："我只让他一回！"

"一回就够了！"

"还不能让他知道我知道这事！"

"不让他知道！"

马家夫妇在硷畔上酝酿这个阴谋，走在山路上的张家山还不知道。他一路小调，唱得正欢，为自己的本事高兴。

张家山突然停止唱歌，问李文化："那张报纸，你拾掇着没有？"

"拾掇着。在我怀里揣着哩！"

"把那张报纸拿好！不，给我，让我揣着。这一类生男生女的官司，还会遇到，有这张报纸，一念，事情就解决了，也省得咱们多费口舌！"

张家山把报纸要过来，揣进怀里，又说："李文化，你说，这报纸还真厉害！"

"报纸当然厉害。有个叫拿破仑的外国人说：一张报纸，能顶上十万支毛瑟枪！"

"这话好！可惜不是我张家山说的！我要把它记下来！"

张家山跐蹴在路旁，掏出小本记下这句话。

老庙沟里，王小翠一杆唢呐，支走了马澄清，然后，穿着一件鲜艳的衣服，站在硷畔上，等着笨牛上钩。

像往日一样，笨牛赶着牛，从门前经过。

好小翠，上前主动搭话："笨牛，你澄清哥不在，你把你拦牛鞭，让给别人几天，你腾出身子来，给嫂子帮几天忙！"

笨牛一听，乐了："帮工可以，白干都行！只是，小翠，你要做好吃的给我吃！"

"那是自然！"小翠说，"笨牛，我听说，你月子里没了娘，欠奶吃！等嫂子高兴了，亮开奶头，给你吃口奶吧！"

笨牛跳起来："你骂人！"

"这回不是骂人,这回说的是真心话。"

王小翠说这话时,表情上有些苦涩。

笨牛兴奋地"呀"了一声,上身一晃,单脚往起一踢,一只鞋飞到天上去了。

一番言语过往,笨牛撂了拦牛鞭,来给小翠帮忙。

原来这笨牛拦的牛,自个儿只有几头,大半是村上人的。各家都有牛,交给一个人放了,出些工钱,或者工换工。六六镇地面,都是这样的。尔个笨牛有事,这牛鞭交给别人就是了。

包产到户以后,邻里之间,互相帮忙,因此这小翠雇用笨牛的事,也在情理之中,不会惹出什么话头。

正值春耕大忙季节,笨牛在前面扶犁,王小翠在后面撒种,年年都是这样的农活,轻车熟路,他们干得倒也默契。

这一天,又是下种。笨牛在前面扶着犁,有些躁。三停的地,已经种了两停了,那王小翠,整天把他哄得像个猴一样燥热,说归说,就是到了节骨眼上,就让她给滑走了。笨牛疑心,这王小翠是哄着让他出憨力气,给她种地哩,根本就没有那一门的心思。

"小翠,你巧口口说下些哄人话,把我笨牛当憨娃娃耍哩!"笨牛弯过头来,不满地说。

"你当你有多值钱的!你不想干,就回去算了!守着你那丑媳妇去!"

笨牛翻了翻白眼,心里很矛盾。后来他说:"我不走,守着你王小翠,每天看两眼,心里也舒坦!"

王小翠一听,"扑哧"一声笑了:"这话听起来才耳顺!"

笨牛跟着牛,继续走着。

撒种的王小翠却停下来,掰起手指算起了日子。

牛犋已经走远了,小翠赶紧撒着种,撵上来。

小翠说:"笨牛,你说心里话,你想不想?"

"想!"

"真想还是假想?"

"真想!"

"嫂子要是把裤子脱了,你真的敢……?"

"我敢!我怕谁哩?"

"那好,今个儿晚上,你就不要回去了!"

"当真?"

"当真!"

"你又逗我,把我逗得硬硬的,到了晚上,不等天黑,你就把窑门关了!"

"这回是真的。不怕你笑话。你澄清哥走了这么些日子,我也急得撑不定了!"

笨牛高兴地跳起来:"谁说我笨牛没本事!我笨牛尔个也活成人了,吃了碗里的还有锅里的!"

"你不怕你那丑媳妇来遭我?"

"她敢来,看我不打断她的腿!她也不尿泡尿把自己照一照,看她那人样儿,摆到当街上,把裤子脱了,都没人张她!嫌她恶心!"

小翠抿嘴一笑,继而严肃起来。

"只准你偷吃这一次!笨牛,你听着!"小翠一本正经地说。

"一次就一次!"

笨牛眼睛瞅着西天,只恨那圆坨坨迟迟不落。太阳终于落山了,牛通人性,犁到地头,便不走了,扬起脖子,"哞哞"地叫唤。笨牛抬头看小翠,小翠发了话,说"收工吧"。

夜色幽暗,繁星满天,子午岭山下这个小小的村庄,笼罩在一片安详的静谧中。

窑院里，卸了牛犋，喂了牲口，喝过汤，小翠打来一盆水，盆上放个毛巾，端到院子，说："洗一洗，听我的招呼，再过来！"

笨牛洗脸。

小翠走回了自己窑里。

笨牛侧耳听着，是小翠哼着小曲，哄孩子入睡的声音。

笨牛洗完脸，在院子里转圈。

一会儿，哄孩子的声音停止了。

门"吱呀"一声开了一条缝，王小翠探出半个脑袋来。

笨牛一晃身子，进了窑。

王小翠和笨牛，就这样人不知鬼不觉的，做了一夜夫妻。"好灶火费炭，好婆姨费汉"，这话不假。笨牛平日和自家婆姨在一起，哪有这种感觉，用他的话来说，往日吃的是粗茶淡饭，今个儿吃的是细米白面，因此那个狂呀，自不待说了。至于那小翠，田野地头上的那句"急得撑不定了"的话，却也是真话，靠了半个月的身子，真是遇火就着，更兼这笨牛，来得很粗野。王小翠嘴里叫唤着，"轻些轻些，慢些慢些"，莽汉笨牛哪里等得，一阵急风暴雨，直叫个王小翠全身的骨头都酥了，肠肠肚肚都翻腾起来，身不由己，只有挺直身子去迎。

折腾到半夜，王小翠说："够了吧，你该动身了吧！一会儿天亮了，你从这窑里就出不去了。"笨牛嘴里应承着，正待离去，这时候月亮从东山那边出来了，月光透过窗户纸，照在小翠白生生的脸上。笨牛见了，舍不得走，又上来趁波了一回，才恋恋不舍地提着裤子，走了。

小翠原先答应过马澄清，只让笨牛一回。尔个有了这第一夜，于是身不由己，又连续几个晚上，让那笨牛上了自己的身子。小翠心想：一回也是做，几回也是做，拔了萝卜坑坑在，自己不说，他马澄清又如何晓得？

说话间，到了一月头上，地里种下的春玉米，已经破土，长得有半拃高了。

笨牛依旧给王小翠家帮工，自家的庄稼荒了，也不管。笨牛媳妇打发孩子来叫了几回，笨牛嘴里支吾着，把孩子支走了。

村上人见了，不说笨牛，却说王小翠："这婆姨好手段，把个莽汉笨牛，拴到她的红裤带上了！"

这天，笨牛正在锄地，王小翠提了个饭罐来送饭。地里，笨牛正在吃饭期间，小翠感到一阵恶心，于是背转身子，蹲在那里，想要呕吐，却又呕吐不出，一副痛苦的样子。

"你这是咋了？"笨牛停止吃饭，问道。

王小翠看了他一眼，继续呕吐了两下，停止了。一丝笑意爬上了她的眉梢。她以手扶腰，站起来。

笨牛要来扶她，她摆了摆手。

王小翠收敛了笑容，一本正经地说："笨牛，帮工就帮到今个儿。算起来，你澄清哥快回来了，等他回来，给你结工钱！"

笨牛吃了一惊："小翠，你咋冷不防就要辞退我？工钱我不要了，愿意白干，你别打发我走就行！"

王小翠正色道："这不行，吃屎的还把屙屎的给箍住了？锄放下，你现在就走！"

"你别在我面前装正经了！咱们两个，谁跟谁呀！你看你那脸色凶的，一满就像真的一样。"笨牛说。

有了前面那一档子事，笨牛投手举足，不免有失检点，他说着，一只糙手，要往小翠脸上摸。

"大胆！"小翠用手隔开，就势就是一巴掌。

"槽里偷吃的驴，吃顺嘴了？"小翠又骂道。

笨牛摸着自己发烫的脸颊，翻了翻白眼。眼前的小翠，好像换了个人似的。他瞅着小翠，看了半天，闹不清这到底是怎么回事。他想亲近一下小翠，看小翠那凶狠的样子，不敢；想发作，朝四下看了看，见地里还有锄庄稼的人，怕人笑话。想了想，咽了口唾沫，只好作罢。

"我走！"笨牛雄赳赳地说道，"咱们就此罢了，一刀两断！以后，你想我，八抬大轿抬我，我也不上你这钩竿了！"

"我小翠会想你？"王小翠哈哈大笑。

笨牛将锄头撇在地里，垂着头，怏怏地走了。

走到地头，弯回头，贪恋地看了一眼王小翠风摆杨柳一样的身段，自言自语道："他妈的，莫名其妙地叫雇上，莫名其妙地叫辞了，莫名其妙地风流了一回。女人的心，真是摸不透。"

王小翠在地里捡起锄把，继续锄地。

大路上，有人下南路。王小翠手拉着锄，满面春风地给过路客说："捎个话，给南路，叫我家男人回来，就说庄稼苗坐住了，叫他回家作务！"

六六镇上，这日无事，张家山仍在太阳底下晒太阳，看《参考消息》。看着看着，突然想起老庙沟的事。

张家山对旁边坐着的李文化说："李文化，你到卫生院问一下李院长，不知道老庙沟的王小翠，来做过结扎没有。要是还没做，你让院长挑个好大夫，小翠要来了，让大夫给小翠把活儿做得细一些。"

"知道了！"李文化有些不情愿地向小镇另一头走去。

望着李文化的背影，张家山说："男人家做事，要说到做到，莫让那马澄清说我没给卫生院打招呼。"

张家山说着，又看报纸。

"报纸这东西，就是日怪。一张报纸能顶上十万兵丁。咦，这话是谁说的来？李文化！李文化？"

张家山想询问一下李文化，抬眼看时，才想起李文化到镇卫生院去了。

王小翠坐在硷畔上，两手捧着肚子。她的肚子已经显形，像一口锅一样，扣在肚子上。因为怀孕，脚面发胀，鞋后跟勾不上，鞋子像拖鞋一样拖着。

王小翠骄傲地平视着川道。

马澄清烧好了米汤，端来一碗。

"回窑里喝吧！当心有风，凉了你！你是双身子，自个儿要招呼自个儿！"马澄清说。

"不，就在这里。这里眼界宽！"

王小翠端起碗，喝面汤。

马澄清又回窑里，端来一小碟酸菜，放到王小翠跟前。

马澄清趷蹴在那里，满怀敬意地看着王小翠的肚子。

马澄清说："尔个这科学，要能造出一副眼镜多好，隔着肚子一看，长没长鸡牛牛，一眼就看见了！"

王小翠腾地把碗放在地上："我给你说了八十遍了，是个男丁！你老是不信我的话！你再不信，我偷偷跑到卫生院去，把他（她）流了！"

"我咋能不信哩！只是孩子没落生以前，我这心里，老不踏实！"马澄清说着，端起碗，递给婆姨。

"我给你保险！"王小翠蛮有把握地说。

王小翠接过碗，继续吃起来。

"这孩子金贵，我看，放到卫生院去生吧！"

"不行，还是放在家里生。我听说，医生见了这超生下来的孩子，脑门上给一针，登时就咽气了。咱这个宝贝儿子，得来的不容易,可不能去冒这个险!"

"你这话在理!"

距马家夫妇这番拉话不久,王小翠就生了。那天,马澄清从外村请来了最好的接生婆,又红糖鸡蛋准备了一大摊,单等王小翠给他带来好消息。婆姨王小翠大约比他还急,着急之外,又不能不有一份担心。

门户紧闭。

马澄清在窗外,踱来踱去。他板着个脸儿,一副庄严的神情,和凡人不搭话。

屋里,王小翠正在生孩子。

接生婆的声音:"不要怕,小翠,你看你浑身颤的!你这又不是头生,怕什么!"

"怎么了,小翠?"马澄清在窑外喊。

接生婆在窑内喊:"马澄清,你少在外面聒噪!尻子屙屎尿鼓劲!"

窑里,王小翠呻吟声和喊叫声,阵阵传来。

一会儿,声音渐渐小了。

"怎么样了,小翠,男的还是女的?"马澄清在窑外按捺不住,又问。

小翠突然在窑内,大声地哭起来。

马澄清明白了大事不妙,可他还抱着一线希望。他说:"你们倒是说话呀,交裆里长不长鸡牛牛?"

接生婆答道:"马澄清,你不要难过!看来,你这辈子注定是丈人命!"

马澄清见说,颓然地蹲下来,两手抱住头哭泣。

"我命真苦!"马澄清说。

接生婆走出门，拍了拍马澄清的肩膀，走了。

马澄清一闪身，进了窑。

王小翠躺在那里，半盖着被子，鼻涕眼泪的。见了马澄清进来，有些怕，不敢用正眼看他。

"这事没完，小翠！你实话实说，这孩子，可是笨牛的？"

婴儿用一件小褥子包着，放在里炕。马澄清乌青着脸儿，指着孩子问。

小翠说："是笨牛的。可是这事真日怪，笨牛给自己一连生了四个，轮到咱烧香，庙门子就关了！"

"你真不要脸，用这号子办法，还说！前一阵子，你钢嘴铁牙的，还说保险是个男孩！"

马澄清说着，气喘咻咻，一副受了委屈的样子。

王小翠低着头，任马澄清使威，只是不吭声。

"不，我不能吃这个亏，我要找狗日的笨牛拼命去！"马澄清说着，霍地站了起来。

"你不能去，马澄清！和人家笨牛没关系！"

"怎么，你向着笨牛？"

"不是这个意思！"

马澄清不再啰唆，顺手从墙边操起一把大铡刀。王小翠拦了拦，没有拦住，被马澄清一把掀得栽倒在地。

马澄清向笨牛家跑去。

"狗日的笨牛，你给我出来！我下了趟南路，不在家，你竟敢勾引我老婆。我今天和你拼了！"马澄清站在笨牛家院门口，骂道。

笨牛走出窑门说："是有这档子事儿，我认。只是，你不该来问我，你最好回去问问自家婆姨，看是她勾引我，还是我勾引她。俗话说得好：母狗不摇尾巴，公狗不敢上身子！"

"你还敢嘴硬,看我不铡刀劈了你!"

"澄清哥,有话好说,反正这儿事已经做下了,多说无益。这样吧,你要是嫌吃了亏,这也好办。就我这泔水婆姨,你不嫌弃,你也用上一回,正好,我也想要个女孩!"

笨牛婆姨在窑里听见话头不对,"哐啷"一声将门开圆:"马澄清,你净想些好事,看我不放恶狗咬你!"

说时迟那时快,笨牛婆姨话音刚落,窑里"嗖"地蹿出一条大黑狗。

笨牛婆姨一指马澄清,嘴里再一吆喝,狗"呼"地一下扑向马澄清。

这畜生来得凶猛。马澄清吃了一惊,倒提铡刀,反身就跑,跑了一阵,见狗不追了,停了下来,抬头去看,一时不知如何是好。

狗夹着尾巴,吐着舌头,回去了。

笨牛站在自家硷畔上,伸手摩挲着狗毛,说:"澄清哥,你的心思,小翠的心思,我是解下了。我知道,你们猴急了,是想要个男孩。凡事得有个起根发苗,这一场事情,不怨天不怨地,算来算去,这祸事的根子,是六六镇的儿老汉张家山。"

一句话提醒了马澄清。

马澄清朝自己脑门拍了两掌,扭身向家里走去。

马家窑里。

马澄清说:"这事不能怪笨牛。我现在想明白了。日弄咱的,是张家山那狗日的。冤有头,债有主,我要到六六镇,找张家山算账去!"

小翠也说:"是怪张家山,什么破报纸,生男生女在于男,硬是给咱们乡里人灌迷汤哩!咱们真傻,还信了!"

马澄清弯腰抱孩子。

"你去就去，抱孩子干啥？"王小翠问。

"我要把孩子扔给张家山！"

"你不能！"小翠说。

马澄清抱起孩子，头也不回地走了。

小翠手扶门框望着。

是一个夜晚，六六镇上，张家山民事调解所门口。

怒气冲冲的马澄清，抱着孩子来到门口，刚想推门进去，听见屋里正在拉话。

张家山的声音："李文化，你说那句话怎么说？"

李文化的声音："你都问过一百遍了，那叫一张报纸顶得上十万毛瑟枪。"

"好了好了，这是最后一遍了。哎，年纪大了，记性没有忘性大了！"

马澄清到底是农村人，有些怯张家山，怕闹腾起来，自己占不了便宜。于是，低声骂了一句，将孩子往门口一放，返身走了。

女婴"哇哇"地哭起来。

屋里。谷子干妈侧耳听了听，说："是我这耳朵响，还是真有响动？我怎么听着，好像有娃娃哭！"

张家山也侧耳听听："是娃娃哭，好像就在门口！"

张家山要出去。

谷子干妈说："他干大，怕是狼叫！狼饿极了，会装吃奶娃哭，黑更半夜的，蹲在门口，等人上当！"

谷子干妈的话，说得张家山也有一些嘀咕，步子缓了。

"狗怕摸，狼怕戳！"谷子干妈将一根擀面杖递给张家山。

张家山"哗"地一下把门打开，手提擀面杖，冲出来，大叫一声："谁？"

躲在墙角偷看的马澄清，吓得打了个趔趄。

女婴"哇哇"地哭起来。

"真是女娃娃！"张家山挠挠头，将女婴抱起来。

张家山将女婴交给随后走出来的谷子干妈。

马澄清看见门"嗵"的一声关了，于是返身回了老庙沟。

翌日，张家山民事调解所内。

女婴"哇哇"地哭着。

谷子干妈把女婴抱在怀里，怎么哄也哄不下。谷子干妈无奈，只得揭开衣襟，让孩子嚼自己干瘪下垂的奶头。

孩子哭得张家山烦透了，他烦躁地在屋里转圈圈。

"哪一家父母，禽兽不如，将自己的亲骨肉，丢在咱们门口！"谷子干妈嘟囔。

"咱慢慢查访，送回去就是了！"张家山说，"只是，眼下，你得出去给她找一口奶。你看镇上哪家婆姨有奶？"

谷子干妈抱着孩子，嘟嘟囔囔地出去了。

俄顷，屋外传来了谷子干妈的声音："张家山，我是不出去了，丢人败兴的！"

谷子干妈进来。

"咋了？"张家山问。

"儿不儿孙不孙的！你叫我抱着她，像啥？奶倒是给喂了，一点绊搭没打。只是，我前脚走，后脚不断地有人指脊背，说这孩子怕是我生养的，还把你也给拉扯上了！还有人扬言，要到计划生育专干那里去告咱们哩！"

"随他们说去，随他们告去，咱们全当是扩大张家山调解所的影响哩！"

"说得轻巧！你不嫌丢人，我还嫌丢人哩！咱们这一大把年纪了,叫儿孙们听见,以后咋活人哩!"

张家山抱过孩子,逗一逗:"好歹是一条命哩,撂到咱家门前了,这就叫缘分。你先养着,容我四处打问打问,就这么大个六六镇,我不信找不到主儿家!"

正说着,李文化突然急匆匆地闯进来:"张干大,这孩子有主了。刚才,我在镇政府遇到了老庙沟的笨牛!"

"哦,这孩子莫非是他的——马澄清?"张家山问。

"听笨牛说,正是的!"

"这狗日的,不听我的劝,驴下驴驹子一样,又生了一回,走,谷子,李文化,咱们二进老庙沟!"

谷子干妈接过孩子,抱好。

张家山一行说走就走,当下锁了门,一路前行,直奔老庙沟。行走之间,大人吵娃娃闹的,煞是热闹。

到了老庙沟,张家山气喘咻咻,在马澄清家硷畔上站定,然后高喉咙大嗓子地一阵叫喊:

"马澄清,你狗日的,给我出来!啥弄手,年纪轻轻的,日娃不管娃,还放到我的调解所门口。你可知道,法律条文里有一条叫弃婴罪,这顶帽子给你戴上,刚合适。像你这号瞎尿,要判你三年徒刑哩!"

马澄清将门打开,两扇门开圆,走出来,双手叉腰,站在那里。

马澄清说:"我不来寻你,你倒自己找上门寻死来了!好,张家山,今天咱们把这事情理论清楚。"

张家山有些诧异:"咦,你还有道理!好,你说,我不妨听听!"

"都是你那张破报纸上的生男生女的文章,引起的这一摊子韶叨!话我也不想往明地说,说了嫌夯口,你去问王小翠,你去问笨牛吧!"马澄清怒气冲冲地说。

婴儿哭泣起来。

王小翠从窑里跑出,把婴儿从谷子干妈怀里抢过来,撩开衣襟,给孩子喂奶。到底是亲生,为这小东西疼过一回,小翠现在亲昵着自己的孩子。

"澄清,那是丑事,搁不到桌面上。你就不要提它了!"王小翠拽拽马澄清的衣角,哀求他。

马澄清双手抱头,蹲下来。

"有什么话,到窑里再说吧,张干大!又不是做下什么赢人的事情了,何必嚷得让满世界都知道!"小翠说。

张家山一行进了窑。

小翠拽了拽马澄清的衣角,马澄清不情愿地跟了进来。

马澄清窑里。

张家山说:"马家侄儿,干大不是跟你开玩笑,法律铁面无情,弃婴罪这个大帽子,可是轻易戴不得的!"

"弃婴?弃谁的婴?实话实说了吧,张家山,这孩子不是我的!"

"不是你的,那是谁的?"

"是笨牛的!"

"我不管,生到你家炕上,就是你的!"

"你这是歪理!"

王小翠这时插言:"张干大,你放心,好歹是娘身上掉下来的一块肉,咋会扔掉哩!他不养,我养!"

王小翠紧紧地抱住孩子,惊恐地坐在炕上。

"你看小翠多懂道理!一个是犯了弃婴罪,坐牢房;一个是抱了孩子到镇上结扎,接受罚款,这两样,哪头轻,哪头重?马澄清,你又不是孩子,你能掂量出的!"

张家山坐在炕边,循循善诱。

马澄清抬眼看了一眼张家山，不紧不慢地说："张干大，你枉费心机了！你指出的那两条，都与我马澄清不沾边。我还是安安宁宁过我的日子，既不会坐班房，也不会交罚款！"

"咦，这么能行的人，我真还没有看出！马澄清，你有啥道理呢，能一个萝卜两头切？"张家山蛮有兴趣地问。

马澄清继续说道："诚如你说，生到我家炕上，就是我的孩子了，我当然要养她，这样，弃婴罪和我沾不上边了！"

"这一条有理！"

"第二条更有理！凡事得讲个来龙去脉。俗话说，不怕杀人，单怕递刀。王小翠的这一抹心思，都是你那报纸上的丑文章引起的。那文章就是祸事根子。镇上要罚款，得罚你！"

"好侄儿，世界上的道理，咋有这样说的哩！那文章，是报纸上的，又不是我自己造出来的！"

"所以你也不要怕，乡上找你，你再去找报社，不就得了吗？"

"报社在北京城里，我到哪里去找？"

"那我不管！"

"生男生女在于男"这个故事，就这样结束了。马家夫妇像对待他们的其他四个女孩一样，认真地抚养起了这个女婴。王小翠很愉快地到镇卫生院做了结扎手术。笨牛经了这一事，也不敢胡成精了，还是觉得搂着自己的婆姨睡觉踏实，丑是丑点，不开灯就是了。张家山民事调解所支付了三百元计划生育罚款。张家山有没有去找那家报社，我们不知道。不过据李文化说，张家山原本是想去找的，是李文化拦了他。李文化说："参考参考，那《参考消息》上的文章，本身就是供你参考的，又没说一准是这样。你要去找，不碰上一鼻子灰，你来问我！"张家山听了，也觉得李文化言之有理，这一口气，只好受了。

第四章　贺红梅告状

却说六六镇法庭门口，这天又是一场热闹。一大清早，一个农家姑娘，来到法庭门口盘腿往地上一坐，身前摊开一张纸来。

这天恰好逢集，镇上的人，六六镇周围的卫星村庄的人，早晨九点钟左右，就把个街道，挤得乱乱的了。街上人的叫声，各种牲口的叫声，一阵低一阵高。法庭门口，这时候成了一处景致，来来往往的人中，不少人停下脚步，来这里观看。观看的人们很自然地围成一个圈儿，将那姑娘围在核心。

谷子干妈将早饭做好了，要张家山出去买一点豆腐、青菜，调饭用。张家山出得门来，头一眼就看见这一大堆人了。张家山生性好热闹，谷子干妈安顿的活儿，先搁在了一边，也挤进人堆里去看。

圈子里的姑娘身材矮小，衣着寒碜，头发有些零乱，扎着两根羊角小辫。不过姑娘的两只眼睛很大，很动人，水汪汪地看着大家。

乡下人见了这不花钱的好戏，兴趣浓烈，不断地有人议论纷纷，问长问短。那姑娘见问，并不言传，只用手指一指那纸。

原来纸上有字。后边的人只能见到姑娘，却看不到这纸上的字，不免吵吵闹闹，要往前挤。一个妇女干部模样的人见了，说了声："不要挤，我来念！"我们的张家山，本来也在挤着，伸长脖子想看那纸上的字，如今听了这话，也就松了劲儿，不挤了，让眼睛闲着，只乍参耳朵来听。

妇女干部念道：

干大干妈、大哥大嫂、各位革命同志：

  我叫贺红梅，本镇贺家沟人。我大贺老五是个赌博汉。他一满不是人。赌博输了，把我输给了周家的周宝元。周宝元是个老光棍，老骚脑。我不愿意跟他。各位乡亲，各位革命同志，我求求大家能伸出援助之手，给我一点赞助，凑够四百块钱，帮我大还了周宝元的四百块钱赌债，让我跳出火坑，重新找个好人家。救人一命，胜造七级浮屠。小女子贺红梅在这里给大家叩头。

            一九九×年×月×日

妇女干部念完，摇摇头："真可怜，怕还不到十六岁哩！"说完，扔下几角钱，走了。她有一些感慨和愤怒，为这个贺红梅的事；她又有一些自得，为找了个合适的机会，显露了一下自己的口才。因此，这一天，她精神都会很愉快。

一个男干部模样的人说："这是给法庭丢人哩！这号事，法庭应当管。老百姓纳税，养活这些龟孙子做什么？"他也扔下一张一元票，走了。

贺红梅将落在纸上的钱捡起。

贺红梅捡钱的当儿，举着个头，向人群看着，张家山的身材高，因此贺红梅的眼光，在他身上停了一下。这是要钱，张家山明白。

张家山有些脸红。他手里捏着几张毛票，这是谷子干妈给他买菜用的。他想将这钱也扔到纸上去，一则有点舍不得，二则呢，觉得有点少。张家山是个死要面子的人，脑子里常常有些不切实际的想法，常想学学古代的那些英雄豪杰，见了不平的事，包袱打开，说一句："这些银两，一点儿小意思，聊补无米之炊吧！"

"无米之炊"这句话，还是跟毛主席学的。那时候张家山还当大队干部。一个乡村女教师写信给毛主席哭穷，毛主席大笔一挥，说："寄赠三百元，聊补无米之炊！"张家山别的事没记住，这事是记住了，因为他领着社员，将这条语录学了好长一段时间。

张家山握着毛票，正在两难，这时候，一个卖瓜子的矮个老汉的一句话，帮他解脱了。

矮个老汉说："尔个开放搞活，啥事都有。这小女子，莫非是编了些好听的故事，来骗人钱的吧？"

听了这话，张家山心想："对呀，我可不能让这小女子，当憨憨捉了！"当下把这桩事情搁到耳后，离了人群去小镇的另一头，买菜去了。

张家山到西头割了豆腐，伸开五个指头，托着往回里走。豆腐水大，有汩汩的水滴下来，顺他的胳膊肘拐子往下流。"这也是斤两，出钱买的！"张家山说着，不时伸开舌头去舔。

边走边舔，到了小镇东头，法庭门口。只见法庭门口，刚才围得圆圆的一圈人，现在乱成了一窝蜂，人们嘈嘈杂杂的，而其间夹杂着贺红梅的哭叫声。

张家山见了，叫声"不好"，手托豆腐，大步赶价过去。

刚才摊开那张纸的地方，现在站着一个四十开外的半大老汉。

这人捡起那张纸,握在手里,正一条一条地撕着,一边撕,一边骂四周围观的人,要大家走开。

撕完,那人骂声也停了。然后俯下身子,拽起贺红梅的头发拖着走。

贺红梅哭着不离开。奈何身薄力单,眼见得被那人连头带身子,一股脑儿提了起来。

旁边停着一辆驴拉车儿。只见那人一使劲,将个贺红梅扔到了驴拉车上。

贺红梅两手扳着车帮儿,回过头来,哭诉道:"满街的人儿,你们的眼睛都瞎了,心都叫狗掏得吃了!你们眼见得周宝元欺侮一个弱女子,就是不管!"

贺红梅这一句话,说得张家山的脸上火辣辣的一阵发烧。按说,没这话,以张家山的秉性,这事也要管的,尔个又被贺红梅这话一激,好个张家山,登时涨红了脸,赶前两步,大声喝道:

"周家硷的周宝元,你给老子站住!你狗日的好大的胆子,跑到六六镇上来撒野。我今天不治治你,你就不知道自己姓啥为老几了!"

周宝元听到喊声,站住,见是张家山,嘿嘿一笑说:"谁的裤裆破了,把你给露出来了,跑到这里充好汉!告诉你,张干大,这是我们家的家务事。老婆老汉,难免闹一点是是非非的,你少管!"

张家山说道:"不是我管,是张家山民事调解所管。调解所是协助法庭办案的。告诉你,周宝元,你小子这事,犯法了!"

周宝元是个老油皮,哪把张家山放在眼里,他接住话茬说:"你不要抬出法庭来吓人,张干大。这事,你问问你侄儿去,他把老子也没办法!"

周宝元说完,一跃,屁股枕到了车辕上,然后,一拍毛驴的屁股,驴车载着贺红梅,跑了起来。

"你给老子站住！"张家山喊。

张家山见驴车不站，撵了两步，一扬手，将手里的那块豆腐，向前掷去。

周宝元的毛驴车，早跑了。豆腐没有打上他，却落在了街道上，散成了白花花的一片子。

望着驴车的背影，张家山骂了一句脏话。

逢集对于六六镇的人们，算是一个节日。这天，所有的人都会很高兴，机关单位只上半天班，就放假了，张家山民事调解所效仿公家人，这一天也是半天休假，让大家散散心，自由活动。今天逢集，张家山的心情本来很好，可经这一场事一搅和，好心情一下子没有了。

张家山在衣襟上擦了擦湿漉漉的手，阴沉着脸往所里走，走了两步，又翻心了，转了身子，朝六六镇法庭走去。他想找法庭说说这桩事儿，法庭庭长张建南是他的侄儿。当初办这个民事调解所，就是侄儿给他出的点子。

法庭庭长张建南身穿制服，正端坐在办公桌旁，两手支着下巴发呆。见了张家山，让座。

张家山不坐。张家山指着张建南骂道："大门外边，驴都把人快日死了。你身为法庭庭长，却像个无事人一样，端坐在那里，连个屁都不放一声！"

仗着是张建南的叔老子，这话说得粗糙。

张建南听了，却也不恼。法庭的事太多、太杂，各样事情都管，各样委屈都受，长此以往，早把张建南的性子给曲下来了。遇到难听的话，只当是说给墙听。

"叔老子，你不要气恼。你若坐到我这位位上，一天遇一案这号事情，早把你气得得了气臌了。贺红梅这事情，法庭不是不管，只是管不了，管不下！"

"那贺红梅说的，可是实情？"

"句句是实！"

"那不就得了。从周宝元手里，把贺红梅抢回来，交给贺老五，让贺红梅自由恋爱，另找个婆家，这事不就了了？"

"那周宝元他肯善罢甘休？"

"他小子有啥说的。他要不服，一根火绳子拴了，叫他四堵墙，蹲上些日子，看他狗日的，还敢不敢嚣张？"

"好叔老子哩，这些招数，法庭都用过了，不济事！公家人是公家人的闹手，这些天不收、地不管的老百姓，又有他们自己的闹手。法不治众，这类事情太多了！"

原来，去年贺红梅逃出周家，前来告状，一状告准。张建南让"派出所"带了贺红梅来到贺家，张建南把个贺老五骂得狗血淋头，骂毕，将贺红梅交还给贺老五，要他好生照管，可不能再交给周宝元了。

罢了，又来到周家硷。周家硷的周宝元不见了贺红梅，正灰塌塌地圪蹴在硷畔上想事。猛抬头，见来了两个戴大盖帽的，知道事情不好，叫声"光棍不吃眼前亏"，撒开脚丫子就跑。

"周宝元，你狗日的给我站住！你要敢跑，老子这枪子可不认人！""派出所"见周宝元跑了，掏出枪来，诈唬他。

这一招挺灵。周宝元给镇住了，站在那里，不再动弹。

周宝元说："我又没做违法的事，凭什么抓我！我跟贺红梅，明媒正娶，割过结婚证的！"

"你瞅瞅你那猪嘴龙王相，人家多好的一个姑娘，让你给糟蹋了！"

"贺老五欠我钱！"

"派出所"不再多说话,抢前一步,抓住周宝元的胳膊,一拧,再肘子一打,把个周宝元打翻在地,铐子铐了。

叙述完毕,张建南双手一摊,说道:"将这周宝元行政拘留十五天,释放了。释放的同时,宣布这桩婚姻无效。谁知,过了些天,这贺红梅又来告状,说周宝元出来后,又到贺家沟来要钱,贺老五拿不出来钱,就又用绳子牵着她,送到周宝元家。"

张家山听了,阴沉着脸,不言语。

张建南又说:"好叔老子哩,农村这号事情,多着哩!这都是经济不发达的缘故,把人不当人!你打听打听去,不要光说六六镇,这方圆各乡镇,哪一家法庭门口,没有这么几个告状专业户!我是水平不高,没个良法。"

这时法庭里来人告状。张建南见了,露出请张家山离去的意思。张家山明白,自己再费些唾沫,也是无益,于是站起身,怏怏地走了。

贺红梅这事情,却是搁不下!第二天,张家山端一只老碗,正在吃饭,突然听到门外人声嚷嚷。张家山推门一看,只见那贺红梅,又来了。

这贺红梅与那天的情形,又不一样。那天是眼睛前面铺一张纸,一言不发。今天,却是披头散发的,使出女儿家的手段,泼妇一般,使劲捶着法庭的门。间或,鼻涕一把泪一把地抹起胳膊、裤腿,让人看她身上的青伤红伤。

张家山见了,一把将老碗递给谷子干妈,而后,几个大步,跨出门去。

法庭的大门死死地关着。

贺红梅一边捶门,一边喊道:"法庭今个儿再不给我做主,我贺红梅就一根麻绳儿,吊死在这儿了。不要说我诈唬人,我是说到做到！死一回给你们看看，看看我这事，还有没有人管？"

贺红梅说着，真的解下自己的红裤带，往铁门的花栏杆上搭。

张家山见这贺红梅，动起了真的，走上前去，劝解道："贺红梅，事情有事情在，你可不能这样！好娃娃，你还没有活人哩！"

"张干大，你不知道，周宝元狗日的，咋样虐待我！"贺红梅见有人理茬了，心里一软，眼泪汪汪地说。

张家山推开贺红梅，让她在旁边站着，然后，自己上前来敲门。

"张建南，你开门。你见事情就躲，这咋能行！"张家山喊。

敲了一阵，屋里，张建南磨磨蹭蹭地走出来，将门开了。

庭长避开张家山的目光，指着贺红梅说："贺红梅，你的尿事情已经处理过了，结了案，你又来纠缠！大家都像你，我这法庭，就是再增加十个编制，也忙不过来！"

贺红梅告状时间长了，也有些油了，她说："庭长，我不跟你磨闲牙了。我要上吊，张干大不允，那我脱了裤子，睡到你床上去，看你管不管！反正我也不是女子了，我怕尿！"

贺红梅说完，真的从庭长的腋下钻过，进了院子，奔到庭长"宿办合一"的办公室，拉开被子，蒙头就睡。

"都是你惹的这些韶叨，我要不开门，啥事都没有了！"张建南埋怨张家山。

"没有了？"张家山不以为然道，"事情总得摆平，瞌睡总得从眼里过！这事你一眼看下，推不过去的！"

"尔个这贺红梅，睡到我床上了，这可咋办？我可不敢进屋去，我要进去，这事就说不清了！"张建南挠挠头说。

张家山想了想说："随我来！"

张家山说完，向房间里走去。

张建南抬脚走了两步，见看热闹的人，竟然也越过大铁门，跟着他往房间走。他反身将人群挡住,又将铁门合了,嘴里骂道:"这又不是唱戏,有啥好看的!"说完,"啪"的一声,将门关了。

张家山站在床边骂道:"贺红梅,你给我爬起来!一个女娃家,没鼻子没脸的,好的不学,学下这赖毛病,耍死狗,装洋蒜!"

被子里的声音有些嗡:"张干大,谁没有一张脸,我这是叫逼的来着。今个儿,我这是豁出去了。还不是我丢人,是法庭丢人。法庭不给我做主,我真的就赖到这儿了!这公家人的木板床,比起我家石板炕,睡起舒服多了!"

"你有委屈,这我知道!只是,你看看你,这是啥做法!"张家山说着,伸出手来,想揭被子,又一想,这样做不妥,于是,伸出去的手,在半路上停了。

被子里,贺红梅不吭声。

张建南这时候进来了。他在一旁吓唬道:"我去叫派出所,把她给铐了,办她个妨碍公务罪!"

被子里仍然一声不吭。

"红梅,你这事情,干大给你拾起吧!干大办了个张家山民事调解所,就是协助公家处理这样纠纷的。大路不平众人铲,这桩事情,我这个大个子揽了,我不把个周宝元狗日的制死才怪哩!"

"当真?"贺红梅一把掀开被子,坐起。

"我不说谎话!"张家山郑重其事地说。

"我这事,有人管了!"贺红梅脸上露出了笑意,她一把掀开被子,溜下床。

"张干大,我给你磕头!"贺红梅一扑,要磕。

张家山正色道:"你先把裤带衿上,再跟我说话!"

法庭门口,张家山对侄儿说:"这事你就丢手吧,交给我办!"

张家山和贺红梅，走出法庭，向调解所走去："你先在所里，跟上你谷子干妈，舍上几天，我跟李文化到贺家沟跑一趟，咋样？"

贺红梅点点头。

六六镇方圆的卫星村庄，贺家沟大约是最小最穷的一个。拥拥挤挤、连绵起伏的黄土圪梁上，下雨水冲了条浅浅的沟儿。沟里，住了几户姓贺的人家，这就叫贺家沟。贺家在这六六镇地面，可不是没名没姓，离我们最近的那场战争中，贺家曾经出过一位将军，官做到司令，但这些是旧话了。好汉不提当年勇。

应诺了贺红梅的事，就得去做。这天，张家山前面走着，李文化夹了个质地不怎么样的皮夹，走走停停，直奔贺家沟。贺家沟倒也不远，只一晌的工夫，两人就上了贺家沟的硷畔，抬眼望时，只见贺家院子里，贺红梅的父亲贺老五的身子旁边，放一堆荆条柠条，那贺老五正低头编着驮粪的驮子。

贺老五听到硷畔上有响动，停了手中活计，抬头去看。未看清是谁，就先赔笑脸。

为什么要赔笑？这正如陕北话说的：人活低了，就按低的来！贺家的光景不如人，见人难免矮三分，那登门的，不管是来要债的，还是来给送福的，没说话，先得给个笑脸，才算合适。

笑罢了，认出是张家畔的张家山，贺老五招呼道："怪不得今早上花喜鹊在门上喳喳叫，原来是张干大今个儿要来！"

在农村，这就是最中听的礼宾用词了。贺老五说完，偷眼看张家山的脸色，见张家山板着面孔，听了这话，并没有一丝反应。

张家山蹲下来，掏出烟袋。

贺老五赶快掏出火柴，要点烟。可是，李文化比他的手快。李文化拿出个一次性打火机，"啪"的一声燃着，张家山往跟前凑了凑，燃着了烟。

贺老五有些难堪。他将火柴重新装上,抬眼再看张家山。

张家山徐徐地吐了一口烟,仍不说话,只用两只眼睛,死死地瞅着贺老五。

两人距离太近,张家山的白眼睛仁,瞅得贺老五心里发毛,手脚没处放。他只得赔了个笑脸,再打招呼。

"你有啥话,你就说吧,看得我心里怪咯咧的!张干大,我是吃你的了,还是喝你的了,你咋这样看我!"贺老五有些胆怯地说。

"你可是贺老五?"张家山哑着嗓子,沉郁地问。

"我是!张干大笑话了,你认得我的!"贺老五说。

"是就好!贺老五,大早白晨的,赶了三十里的路来找你,当然有事。事不大,我是向你来请教一句话!"

"啥话?"

"我想问问你,啥叫不要脸!"

贺老五脸一红,说:"不要脸就是不要脸嘛,是咱乡里人骂人的话!"

"不,这话有讲究。"张家山说,"我老汉琢磨了大半辈子,才算把这话琢磨透了,所以今天赶来告诉你哩。话咋说哩,人跟人弄那号事情,是脸对脸的,所以叫要脸;牲口跟牲口弄那号事情,是脸对着脑把子的,所以叫不要脸。人骂人,说你不要脸,意思是说,你不是人,你是牲口!"

贺老五站起来:"张家山,你骂得好!我是不是人,我是牲口,我赌博把女儿给贴进去了!"

"是你说你是牲口的,可不是我说的!"张家山一本正经地说。

李文化背过脸去,抿着嘴笑。

贺老五长叹一声:"唉!张家山,你一上硷畔,我就知道你是干啥来了。虎毒不食子,谁不知道心疼女儿?看见女儿跳进了火坑,我不难受?怪来怪去,谁也不怪,就怪我长了两只贱手,爱赌!我有时候想起来,真恨不得拿把板斧,把这两只狗爪爪剁了!"

贺老五说着说着,看见了地上割条子用的镰刀,一低身捡起来,往自己手背上就割。

张家山抢前一步,拦住,夺了镰刀。

贺老五的手背上割了一条口子,血从捂着的手指缝里流出来。

李文化掏出自己叠得四四方方的一个新手绢,要给贺老五包伤。

贺老五摆摆手不要。贺老五自己有的是土法子。他转过身,解了裤带,先冲这伤口热辣辣一泡大尿,算是冲洗伤口、消毒,冲毕了,又掏出火柴来,剥下火柴盒那个有磷的片子,贴在伤口上,再用手指握紧,这是止血。

贺老五握着手背,说:"你们不要管我!我这样作践自己,心里反而好受一些!"

"你这是何必哩,贺老五。"张家山说,"你做下这戏,是给谁看哩!我这次来,一不打你,二不骂你,我只是告诉你,红梅从周家逃出来了,尔个,在我那里躲着哩。我来给你叮顿好,好让娃回来。"

贺老五先是听说贺红梅逃出周家了,一喜,又听说张家山要把贺红梅送回来,又是一愁。他连忙说:"红梅可不敢回来!红梅可不敢回来!你得明白,病根子不在我这里,是那周宝元,不肯善罢甘休,三天两头,过来要人哩!"

"你就那么怕周宝元?"张家山皱起眉头问。

正在这时,大路上传来一阵叫骂。众人抬眼看时,见那坡下面,正是周宝元。

周宝元站在大路上,指天说地,一阵大骂。

陕北人做事，一般说来，但凡有个回旋的余地，不会把事情闹得公开，让满世界知道。假如要撕破脸皮，公开叫上阵了，这就是说，他是泼上劲了，准备跟你要黑皮了。好汉怕赖汉，赖汉怕死汉，就是这个道理。

周宝元骂道："杀人偿命，欠债还钱，是人老几辈子传下来的古训。好你个贺老五，欠了我的钱，不还我，拿女儿顶。你那女儿，饥颜寡瘦的，你当那能卖个骡子价马价，拿来充数。顶就顶了吧，我周宝元大人大量，算是认了。不承想，你又三天两头教唆女儿，老母猪跑圈一样，人一不照，她就跑。害得我周宝元如今，人财两空！"

周宝元这话，骂得难听。连李文化听了也看不过眼，站起来想要答对。这时，张家山一个眼色，制止了他，张家山想看看，贺老五如何说话。

贺老五见了周宝元，好像老鼠见猫一般，想缩回去，又不敢，只得壮着胆子，朝硷畔上走了几步，应事。

贺老五说道："周宝元，红梅那天，不是你从这里领走了吗？我不找你要人，你怎么又跑回来找我要人？"

周宝元说："领是领了，我不说没领的话。可我一不留神，她就揭瓦了。前次是跑到了镇上，让我给抓回来了。这次，谁知道她又跑到哪里去了。跑了龙王跑不了庙，贺老五，你说她不回贺家沟，又能跑到哪里去？你说我不找你贺老五要人，又找谁去？"

"找我要！"张家山应声答道。

说罢，拾身站起，双手叉到腰里，朝硷畔上走来。

见了半截黑塔一样的张家山，周宝元的气焰顿时减了一半。"请来个大个子，来探河水深浅来了！"周宝元沉吟道。

周宝元眼儿亮，抢前两步，说道："张家畔的张干大，什么风把你老给吹来了？你不在家里，品着个茶壶，享你的清福，跑到这荒沟野山里来，管这些人间的口舌，干什么！"

"哼，什么风！一年刮两场的老黄风。"张家山答道，"喂，周宝元，你这小子还是人下的吗？你把人家的黄花闺女，硬往你炕上拉，你就不怕断子绝孙？你尿泡尿照照自个儿，看你脏尿样子，般配不般配？"

"喂，张干大，你嘴里可要放干净点。谁断子绝孙来着？我周宝元正是怕断种，才找这贺红梅的，要不，我还不要她哩，一个人过着多轻松！"

周宝元又说："贺家沟这一案事，说到金銮殿，理都在我周宝元手里，不信！他欠我的钱，我娶他的人，周瑜打黄盖，一家愿打，一家愿挨，关你张家山鸟事！"

"大路不平众人铲！贺红梅告到我调解所里了。告诉你周宝元，这个闲瓷器我是揽定了！"

"这事实际上好办，张干大，你腰里有，掏出四百块钱来，这事就一风吹了不是！那时我发誓，一辈子再不踏进这贺家沟了。哪个脚踏进来，你剁我哪个脚！"

提到钱，张家山出言有些木讷。好在李文化，这时接过口，说道："钱有的是，机器一开，'哗啦啦'地就出来了。只是，钱给了你这号人，还不如拿去打水漂！"

"你看看，是我胡说还是你胡说，红口白牙，明明是你们在这里胡说哩！"

"你聚众赌博，不判你的罪，就算便宜你了，你还敢要钱？"李文化又说。

"赌博赢下的钱就不是钱了？"周宝元振振有词，"劳动所得嘛！你有本事，你也给我赢去！"

周宝元说着,一步一摇,上了硷畔,来到贺家窑院。贺老五忍气吞声,搬个小凳,请周宝元坐。周宝元"哼"了一声,不坐。所谓的"立客难打发",看来,今天不说出个张道李胡子,这周宝元是不肯善罢甘休了。

"你不要声高!"张家山见周宝元来到了跟前,迎上前去,不紧不慢地问道,"周宝元,你跟贺老五,是咋样个赌法?"

"押明宝!"

"好吧,话说到这儿了。周宝元,今个儿我就和你赌上一回!"

周宝元见说,喜滋滋地从怀里掏出个宝盒,讨好地问:"张干大,你也会这营生?"

张家山哈哈一笑:"自小卖蒸馍,啥事没经过!"

见周宝元、贺老五,包括李文化,都有些吃惊,张家山不免得意。他接着又是一阵排侃:"不瞒你们说,陕北的各样赌博,梦和、顶棍、明宝、纸牌、掀棋棋、抹花花、掷骰子,各种玩意儿,没有能难得住我张家山的。只是,后来当了村干部,把这些营生都丢开了而已。告诉你周家小子,我押明宝那阵子,你还没出世哩!"

说着话,一行人来到窑里。

"这真是,英雄访好汉,我周宝元,今个儿算是遇到对手了。张干大,亮赚!"

周宝元说完,从腰里掏出一沓钱来。

"亮赚就亮赚!"张家山也从腰里掏出一沓。

"有些单薄!"周宝元见张家山的钱少,有些下眼观。

"不要怕,我带的有秘书!秘书的外黑皮夹,你当是摆设!里面装的,都是钱。"

两个人脱鞋,上炕,将一块小毡拽过来,放在炕当中。两人在小毡的两边蹲下。

贺老五没钱,红着眼睛在旁边看。

李文化没有上炕,他腋下夹着夹子,坐在炕边。

张家山摸出一张十元钱,拽展,往钱上唾了口干唾沫:"呸,钱这东西,是世上第一大害物!"

周宝元拿出两张十元钱:"我不这样看,钱可是好东西!"说完,弹两下。

两人把钱放在炕边。

"我的稍大,我执宝盒!"周宝元说。

周宝元拿起宝盒,执到胸前,用小拇指一拨。

在宝芯转动的那一刻,将宝盒盖住,捂在手里,放在炕上的毡上。

约莫宝盒不转了,周宝元的手,轻轻离开。

周宝元的小拇指上,戴着一个戒指。李文化很认真地看了这个戒指一眼。

周宝元说:"我押红扣!"

"那么,我押黑棒!"张家山说。

宝盒揭开,张家山赢了。

周宝元说:"再来!"

三番五次下来,双方虽互有输赢,但是明显地张家山输得多。

张家山腰里的钱输完了,又向李文化那里,借了几张。

谁知,张家山又输了,张家山看也没看,将手伸向炕沿这边,半天没有接到钱,抬头看时,见李文化用皮夹拍着自己的口袋。

"咋了?可倒没咧?"张家山脱口而出。

"张干大,你不是说,你皮包里,都是票子?"周宝元问道。

张家山辩道:"那是公款,动了要犯法的!"

见说,周宝元将宝盒收起,一猫腰,一趔身子,下了炕。周宝元一边用脚找鞋,一边说:"张干大,看来你好长时间不耍了,业务生疏。今个儿咱就到这了,改日你再捞吧!这钱我先给你存着。"

张家山仍旧蹲在那里,不想走。

他快快地看了一眼周宝元的口袋,刚才还是自己的钱,变魔术一样,现在成了周宝元的,他有些心疼这些钱,又有些于心不甘。

贺老五这人心眼不坏,他也有些心疼张家山:"越有钱越能赢!那狗日的财神爷,也长着个偏心眼,瞅红蔑黑!"

贺老五正说着,见周宝元拿眼睛瞪他,赶紧把嘴封了。

张家山咽了口唾沫,下炕,临与周宝元分手时,他说:"今个儿在你这小河沟里翻了船,算我倒霉。好,三日以后,你到六六镇上来,咱再刀对刀、枪对枪,较量上一回!"

"能成!"周宝元说。

周宝元又对贺老五说:"黄瓜菜搁不凉。咱们的事情,先搁一阵儿,六六镇那一场事情完了,我再到贺家沟来找你!"

路途上,李文化说:"张干大,你不要赌了!你再赌,还是个输!"

"连你这小子,也小看起我来了!"张家山有些气恼。

"不是你赌艺不精,是周宝元那小子,做手脚哩!"

"他咋样做手脚?"

"他带的那个戒指,是吸铁石做的。我给文化站放过电影,解下这吸铁石。宝芯里有铁片,有吸铁石吸着,他想叫宝芯咋样停,宝芯就咋样停!"

"这狗日的,给我眼里揉沙子。怪不得贺老五输得那样惨。嗨,我说你这半脑子,场合上,你咋不说哩?"

"我不好意思说。当面锣对面鼓的,我怕周宝元难堪!"

"人家把刀都架到咱脖子上了,你还这么软面薄情。唉,你这后生,啥时能长大哩!"

张家山和李文化，一脸的晦气，灰塌塌地往回走，全没有早晨去时候的那个欢实劲儿了。周宝元这狗日的，使这么个毒招，却是张家山所没有料到的。赌博场上最恨的，就是这种昧了良心做手脚的人。尔个，张家山对这周宝元在恨的程度上，又深一层。恨罢周宝元，又气恨这自家的李文化，解不下个轻重，该揭穿时候不去揭穿。这么个单位，就靠张家山这个大个子撑着，张家山现在感到自己有些身单力薄。

远远的，山根下的川道里，一条小小的街道，街道左右两排建筑，六六镇到了。贺红梅站在事务所门口，把着门框张望。

"怎么样了，张干大？事情办妥了？"瞅见从山路上下来的张家山，贺红梅眼巴巴地问。

张家山，李文化，一老一少，这灰塌塌的一对儿，下了山，走进屋里。

张家山强作欢颜，对红梅说："孩子，不要着急，事情迟早得解决！这次去，不凑巧，没有见上你大！"

贺红梅信了，她说："这倒灶鬼，跑到哪里去了！"

"谷子，我跟你商量一件事情！"张家山把谷子干妈拉到一边，悄声说。

"啥事？"

"咱所里，还能不能腾挪出来几个钱？"

"我明白你的意思，你是想去填那个黑窟窿，得是？"谷子干妈说着，望了贺红梅一眼。

"也是，也不是。反正，你不要问了，你先给我腾挪几个，救救急，几天以后，我就会还你的！"

"你是领导，我服从！不过，钱往这上头花，我思想上通不过！"

谷子干妈说着，从衣服口袋里掏出一沓钱："这是这一阵子咱们的收入！"又从毡底下摸出一个手绢，打开手绢，手绢里包着一沓钱："这是那年卖猫的钱！"末了，想一想，又从箱子底下，摸出一沓钱："这是我的一点私房钱！"

"这些钱一共加在一起，也不足二百！"谷子干妈将三沓钱撂在一起，递给张家山。

张家山像接一团火一样，去接这些钱。

钱在手里，他想了想，将谷子干妈的私房钱取出，还给她。

"这个我不能要，你收回去吧！"张家山说。

谷子干妈没有表情地将钱收回去了。

张家山将剩下的钱点一点，揣到腰里。

门外，张家山日常看报纸的那个土台上，李文化正和一个小青年，在地上划了些方格，用些石子玩"老婆补裤裆"或者"狼吃娃"的游戏。

"这娃娃，一满不担事！"张家山见了，说了句，然后走出屋子，来到土台上。"让我来！"他说。

张家山将李文化拨拉到一边，蹲下来，三棰两梆子，把那小青年赢了。那小青年挠着头走了。

张家山一边在手里拨拉着石子，一边和李文化拉话。

"一想到三天以后的那一场赌博，我就心慌得一满舍不定。这次，咱是赢起输不起了！"

"干脆，给周家硷回个话，咱们不赌了！"

"不，要赌，不出这口恶气，我张家山，还叫什么张家山？事情逼到这个份上了。那贺红梅，还在窑里舍着哩！这次，咱要把贺家沟咱们输的钱捞回来，还要把贺老五输的钱也捞回来，治一治这周宝元！"

"既然是赌博，那么谁输谁赢，就很难确定！"

"不，我这一次，一定要赢！"

"要赢，只有一个办法，万无一失。你给派出所打一声招呼，正赌着，让派出所来抓赌，这样，周宝元腰里的钱，就都拿出来。罢了，再用这钱，交给贺红梅赎身！"

"我是要赢，但不能这样。赌博场上栽了，还得赌博场上往回捞，这才过瘾。你刚才说的，也算一种弄法，不过不合我张家山的脾气。倘若叫社会上知道了，会笑话我的！"

"既然你一定要赌，叫我说，这明宝咱是不能押了，再押还是输。咱要另想一些门道！"

"哎呀，咱们想到一块去了。李文化，我是人在事中，一满有些迷糊，你也动动脑筋，想一想，看怎样赌，哪种赌法，咱们把握大些！"

李文化闷着头，想了想说："镇上有个两兄弟联手，打麻将一年盖起了两层小楼。大家都说，他俩一定在麻将场上，做了什么手脚！"

"好，你收拾一下，提上二斤点心，咱们去请教！"

张家山将石子扔了，站起，拍拍身上的土。

"点心你买，我腰里没钱了！"李文化说。

这天夜里，六六镇星斗满天，张家山、李文化提了二斤点心，来到一幢二层简易小楼门前，敲门。两兄弟见是张家山，分外热情。楼上落座以后，张家山曲曲弯弯，说明来意，只见兄弟两个面面相觑，吭哧了半天，那老大说道：

"我俩已金盆洗手，不干这事了。张干大，你这是难为我们！"

张家山说："贺红梅的事情，二位该听说了吧！我走这一着险棋，正是为了救贺红梅。况且，那对方是周宝元，他要世人，咱们要要他，也不为过！你俩说是耶不是？"

兄弟两个凑到一起，又嘀嘀咕咕了一阵，看来是商量通了。

老大走到一个架板前，拿出一副麻将，"哗"地倒在桌上。

老大一边用手指抹牌，一边讲解道："怎么偷牌？两个指头，夹着一张牌，打出去以后，手心上的肌肉一夹，就把牌桌上的牌，夹回来了。这是小技巧，有些南方的大耍家，身上原先就揣着几张要紧的牌，紧火了，将这几张牌插上，就和了。不过不能叫人抓住。那一次，在县城里，一个南方耍家，就这么弄法，叫抓住了，众人一声喊，将他打了个半死！"

老二见老大逞能，也不甘寂寞，说道："一个人势单力孤，最好的办法是二人联手。这叫溜通和。咋样溜法，这里高深莫测、玄机四伏，一个眼色，一个手势，一句八竿子打不着的题外话，对方就解开了，拆副子放牌。"

张家山对这"溜通和"的事情，蛮有兴趣，正想细问，不料那老大又把话岔开了。老大说了另一招。老大说：

"当然，最简单的办法，是摞牌上做手脚。摞牌时，你将好牌摞到一层，牌底子摞到另一层。这样，你们两个，老揭好牌，别人老揭烂牌，遇到错开了，你吃一张牌，就倒转了！"

张家山听了，拍手道："这真是行行出状元，不经一事，不长一智。麻将牌上，这么多般数。不过我和李文化业务生疏，真要弄成这事，最好还是定些口诀，溜通和，顺当！"

听张家山这样说，老二于是亮开家底，将他们当年麻将场上定下些的口诀，一一传授。

罢了，老大说："张干大，我们这是没有拿你当外人，才核桃、枣儿一齐往出倒腾，你可不能到处瞎说，卖我们！"

老二也说："自从挣下这座小楼以后，我们真的是金盆洗手了！"

张家山说："我一向口紧的，二位放心！"

起身时，张家山又说："帮人帮到底，这麻将牌，也借我们一用!"

老二将麻将整起,交给李文化。

一夜无话,第二日一早,放下饭碗,张家山对谷子干妈说:

"谷子,我听说李家村的李士旺老汉,这两天走了。可怜兮兮的,身后连个烧纸的人都没有。你去买个花圈,代表咱们事务所给送去,顺路,你再回家看看,看你那几个宝贝儿子,把地种了没有。"

"我这几天,正想回家去看看的!"谷子干妈说。

张家山又说:"你把红梅也带上,有个伴儿,反正她在这里也没事!"

"好!"

支走了她俩,张家山神色严肃地将门关上,然后支起桌子,放上毡片,将牌三三两两地取出。

"来,咱们商议一下,定出些口诀!"张家山叫李文化。

两人关起门来,圈到家里,像做贼一样,从早上一直干到下午红日西斜。参考那二兄弟提供的口诀,再加上他们自己的思考,凑成九字真言。这九个字是:松、顶、打、成、和、吃、乱、摸、风。

九字口诀既已定出,张家山说:"写上两张,咱一人一张,从今个儿起,咱就是不吃不喝,也要把这口诀背会。李文化,你说咋样?"

李文化说:"论起背功来,我比你强。说不定,我有个时对时,就背会了!"

"光背会不行,还要现场发挥,灵活运用!"

李文化已经不再听张家山的聒噪,扯开嗓子,背起来。

"松——我这一次满是松了!"

"顶——把庄家顶紧!"

"打——打牌打牌!"

"成——这次看来只有我成了!"

"和——没和没和！有和有和！"

"吃——不吃牌了，吃牌漏张！"

"乱——我这牌还乱着哩！"

"摸——自摸自摸！"

"风——出风报停！"

张家山说："这九个只是顶九个数目字用，牌有条、饼、万，如何要条，如何要饼，如何要万，咱们还得规划一番。我思谋着：要条时牌顺着出，要万时牌斜着出，要饼时牌横着出，如何？"

"好！"李文化表示赞同，接着他又说，"咦，张干大，我这里还有个问题，明明是一抹牌，你拆了一张放和，这不合常规。牌推倒，明眼人一眼就会看穿的！"

张家山说："这还不好办！比如我手里的牌顺着出来，诈唬一声下家吃牌，这是要六条了。你手里有个五条，有个六条，你先打出五条，转过一圈后，揭起牌来，倒两倒，将六条在手里攥攥，问问大伙：牌回头了，留不留？算了不留了。说话间，六条顺手打出，我不就和了？我若还想再骚情上两句，不妨说：幸亏我没碰牌，要么，对面就自摸了！"

李文化鼓掌说："张干大，你真是聪明过人！"

张家山说："聪明人干啥事都聪明！"

两个男人都不再说话，每人拿着纸，踱着方步，念念有词，像小学生背书一般。纸背在后边，故意不去看，哪个字记不住了，拿着眼前看一下，又赶快把那纸背着屁股后边去了。

正背着，有人敲门，听声音是谷子干妈。

"大天白日的，把门关起来干什么？"谷子干妈在门外大声地问。

李文化念叨着，毫无表情地将门关子拉开。

谷子干妈看了念念有词的李文化，又看了看念念有词的张家山,一边用笤帚扫鞋上的土,一边说:"一天没见,你们两个大男人,咋就像叫狐狸精给缠住了,成了瓷人!"

两人都正在情绪中,没搭理她,继续念念有词地背。

谷子干妈抡起笤帚,朝张家山的屁股上给了一下。

张家山好容易有了一点儿感觉。

他瓷着眼睛,看了一眼谷子干妈,说道:"谷子,后个儿,你跟红梅出去躲上一天,我要和周宝元在这屋里来一场大赌。"

谷子干妈想说点什么,看了看张家山严肃得怕人的脸色,她没有说。

贺红梅在屋外悄声说:"谷子干妈,张干大要赌博,你不劝劝他!"

"你张干大不是那号糊涂人。他要做这事,自有他这样做的道理。唉,男人们!"

谷子干妈说完,开始挽起袖子做饭。贺红梅忙抱来柴禾,拢火。

三天时间,说话间就到了。这天一早,公鸡"喔喔"地啼着。贪睡的张家山,这天破例起了个大早,将两扇房门开圆,然后抱了把扫帚,在大门口慢吞吞地扫着。

这不叫扫地,这叫拿了把扫帚在做运动。地上横一道、竖一道的,用老百姓的话说,这叫"给关老爷画胡子"。

"让我扫吧,张干大!"贺红梅过来抢扫帚。

张家山头也不回地摆摆手,继续扫着。

谷子干妈使了个眼色,叫红梅不要去惊扰张家山。

太阳初升的时候,早饭已经吃过。地很干净,上面洒了些水。麻将桌子端端正正地摆在屋子中间。桌上的麻将,四堵墙一样,也端端正正地摆好。

谷子干妈背个小包袱,和贺红梅要躲出去。

门口。

谷子干妈充满爱意的目光,在张家山脸上停下来。

"他张干大,你不是那二年了。凡事不可逞强!能撑过去,就撑,撑不过,就松下来,毕竟是有搭几岁的人了!"谷子干妈说。

"我知道!"

张家山的眼神中,突然出现一种温柔的东西。他抬起头来望着谷子干妈。突然,越过谷子干妈的头顶,他看见远远的山路上,一颠一颠地,过来了周宝元,于是,混浊的眼神,突然像豹子一样锐利和明亮起来。

谷子干妈从张家山的眼神发现了什么,扭头一看,也看见了周宝元。

"红梅,咱们走!"

谷子干妈手牵着贺红梅,匆匆而去。

周宝元下了山路,拐过墙角。在拐过墙角的时候,顺便撒了一泡尿。撒罢尿,一边拴裤带,一边来到门口。

"哈哈哈哈!哈哈哈哈!你这赖人手,果然说到做到!我在这里,迎候你多时了!"张家山手扶门框,一面大笑,跟刚才好像换了个人似的。

"男人家说话,一口唾沫一个坑,况且这次,遇的是你张干大!"周宝元已经把裤带拴好,他拽拽衣襟,拍拍小肚子,回答说。

"闲话少说,咱们进屋吧!"

"张干大,我刚才在山梁上,瞅见你家门口有个人影,瞧那走势,好像是贺红梅!"

"周宝元,你这是瞅花眼了,那是你谷子干妈!"

"我想也是!"

闲拉着,进了屋子,周宝元见屋子中间,端端正正地支了个桌子，放着麻将，他有些意外。

"张干大，你看，我把明宝盒子都带来了！"

张家山接过明宝盒子，一把扔到炕上："尔个社会，讲究潮流。十亿人民九亿赌，剩下一亿作候补。这赌的，就是麻将！咱们撵撵潮流，最好！"

周宝元哼唧了两声，只好坐在桌前。

"三缺一！"他说。

"李文化，你到门口瞅瞅，看见个过路的，拉过来，支个桌子腿儿！"

李文化往门口一站，恰好遇见田庄的田本宽，于是不容分说，拉了进来。

麻将场上，一场昏天黑地的大赌，张家山、李文化有备而来，依计而行，直赢得周宝元场光地净，叫苦连天。

暮色四合。

周宝元栽得不明不白的，哭丧着脸，走了。

"张干大，这事没完！"周宝元说。

谷子干妈、贺红梅见周宝元走了，急急地回到所里。谷子干妈进门第一眼，先看张家山的脸色。张家山面色沉重，耷拉着眼皮，脸上根本看不出个输赢。

有一串鼻涕，从张家山的鼻子上掉下来，挂在腔子上。

谷子干妈掏出手绢，将这鼻涕擦掉。

"赢了！踢死了周宝元！"李文化觉得屋里的气氛有些压抑，他瞅了谷子干妈一眼，将结果说出。

说完，李文化将赢下的钱，一张不剩地掏出来，交给张家山。

张家山将自己身上的钱，也掏出来，两沓钱合在一起，全部交给了谷子干妈。

"你数一数,谷子!"

说完,张家山挪动身子,走过来,心不在焉地摞麻将,往盒里送。

李文化眼瞅着谷子干妈数钱,他想知道究竟赢了多少。

"一共是七百一十三块钱!"谷子干妈说。

"将那钱,取出二百,你拿着,是你交给我的本钱。取出四百,交给贺红梅,让她拿给她大,去还周宝元的赌债。剩下的,给我吧,这是那天在贺家沟,我输的!"

谷子干妈应了一声,然后给指头蘸了些唾沫,又一五一十,按张家山吩咐的,将这些钱分开。

接过谷子干妈递过来的钱,张家山数出三张,给李文化:"这是那天贺家沟,我借你的!"

张家山扶着桌子站起,挪到炕上,身子一横,上了炕。上炕以后,他指着还没有摞完的麻将,对李文化说:

"李文化,你将麻将拾掇了,送给西头那两兄弟去吧!我有些累了,让我躺一躺!"

张家山感到全身筋骨疼痛,他呻吟起来。

谷子干妈拿起一只枕头,塞到他头底下。

稀里哗啦,李文化在装麻将。谷子干妈和贺红梅在扫地、拾掇房子,乍舞着做饭。

李文化说:"张干大,我看这麻将桌子,就支着吧!牌也放在咱这儿!这营生能干,长着个神仙手,空里叼着吃,又省心,又不要摊本,比咱办这个民事调解所,来钱快多了!"

张家山见说,一扑拾起来,骂道:"屁话,你经过多少事情!小子,见好就收吧!这种营生,干多了,要折我老汉的阳寿哩!"

第五章　招夫养夫

高山顶，流水旁，有个小村叫上驿。

按理说，有上驿，就该有中驿和下驿。可是六六镇方圆，搜索遍了，没有后两个地名的影子。于是，大家说，过去的驿道路程远，村庄稀，上驿在这里，那中驿和下驿，弄不好，在北草地，或是在关中平原上哩。

上驿村有个小婆姨，人称秀嫂。是叫成秀嫂后，人才长得秀气了；还是因为秀气，所以叫秀嫂，不知道。

秀嫂长得眉清目秀，身材苗条，卡腰大襟夹袄往身上一穿，长长的腰身，别提多好看。陕北民谚说："长腰婆姨短腰汉！"是说这样腰身的男人和女人，好那一方面的事情。

秀嫂正是这样的"长腰婆姨"，秀嫂的男人王大锤，也正是这样的"短腰汉"。这真是金瓜配银瓜，西葫芦配南瓜，这一对宝贝，要提多般配有多般配。三年五载下来，两个精耕细作，一气养了五个娃娃。

一场大祸从天而降。这是一年前的事。山上要修公路,出民工,将那朝朝代代只能走高脚牲口的驿道,修成简易公路。王大锤年轻力壮,他不出民工,谁出?

石砭上炸石头,出了个哑炮。大家说:王大锤,你手脚利索,你去排吧!王大锤说:能行!王大锤拾起身子,刚走到哑炮跟前,还没动手,炮捻子就又"噗噗噗噗"地冒开了火星。王大锤叫声"不好",赶紧来了个就地十八滚。随后,炮响了,一阵大石头,把个王大锤给埋住了。

幸亏这个就地十八滚,王大锤才没有死,拣了一条命回来。众人刨开乱石,救出王大锤,只见有一块石头,不算太大,砸在王大锤的腰上,正是这块石头,把王大锤砸成了瘫子。

家里的光景一下子不行了。王大锤现在成了个只会张嘴吃饭的废人。满世界现在忙坏了一个秀嫂。拉扯着一个男人、五个娃娃过光景,忙了地里,又要忙家里,一年下来,秀嫂明显地苍老了。

"人凭土地虎凭山,婆姨凭的是男子汉!"王大锤如今成了这样,叫这秀嫂的光景,可咋样往前撑哩!

这一年春耕时节,上驿村家家都忙得热火朝天。秀嫂不会扶犁,去求王大锤的几个兄弟,不知道是这几个兄弟不是人,还是几个兄弟媳妇戳弄,生怕自家男人靠近了秀嫂,总之,几个兄弟互相推辞,各人顾各人的光景,不肯白出这个力气。人误地一时,地误人一年,没良法,秀嫂只好硬着头皮,自己来扶犁揭地。

秀嫂扛着犁,放在地头。又拉来牛,往绳索上套。牛欺她是女人,哪肯就范。

"稍——,稍——"秀嫂给牛把犁套上了,然后拽住牛缰,弯了牛头,让牛往后退。牛退是退后去了,可是,一只牛蹄子,踩在了曳绳上。往日遇到这种情况，王大锤吆喝一声"抬儿——抬儿"，再用鞭杆打一下牛蹄子，牛蹄子就自然抬起来了。可是今天，任秀嫂喊，任秀嫂用鞭杆打，牛就是不听。牛非但不听，还抬起眼睛，望着秀嫂，意思是"我就这样了，看你咋办"？

没办法，秀嫂只好弯腰到牛肚子底下去捡曳绳。秀嫂不知，牛往前弹，马往后踢，那牛肚子底下，是万万去不得的。

牛见秀嫂到了它蹄子底下了，蹄子往起一举，往前一弹。秀嫂还算利索，见蹄子来了叫一声，赶快转身逃走，因此，牛蹄子只弹在了她的屁股上，踢黑青了。

王大锤的大弟弟王大屁，就在不远处犁地。秀嫂走过去，请王大屁帮忙。王大屁不情愿地卸下自己的犁，过来把牛套好。又把牛摆顺，犁了两三丈远。这时候，王大屁撒种子的婆姨，站在远处喊他。

"我的地正紧火着！你学着犁吧！"王大屁说完，将犁把一提，犁头往地里一插，忙自己的去了。

秀嫂摸了摸自己发疼的屁股，走上前去扶犁。

平日看王大锤犁地，一满不费事，就像打耍耍一样。嘴里唱着歌，犁头子蛇一样地在地上走，黑油油的泥土"哗哗"地翻着。可是轮到秀嫂，就不一样了，正所谓"会家不难，难家不会"！

犁头一会儿窜到地面上，搭不住土，挑了。这样牛倒轻快，可是搭不住土，地皮没有翻起来，这犁地又顶什么用？犁头一会儿又往地心里钻，越钻越深，拔也拔不出来，害得老牛停了步子，弯过脖项来，用眼睛嘲笑她。

犁了一个来回，到了这边地头，秀嫂再也忍耐不住了，她把犁往地头上一撇，蹲在路边，用手搭着脸，哭起来。

女人的眼泪，一旦出来，就像断了线的珍珠，滴滴答答的，一时半刻，很难收刹住。秀嫂哭着，越哭越伤心，这一年来所受的委屈，都哭出来了。一边哭着，嘴里还一边念念有词。说的是啥，说的无非是："王大锤，你狗日的，咱俩相跟得好好的，你一个马趴，栽倒了，把我闪到了半路上，叫我前不着村，后不着店的，惹世人下眼观！"

正在这时，大路上雄起起地走来了个山东大汉王谋子。

秀嫂哭了一回，心里痛快多了。心想哭也不是办法，生活还得做。就又从臂弯里抬起头来。这一抬头不要紧，只见自己面前，站着黑凶凶一个大汉，正瞅着自己。秀嫂不由得吓了一跳。

"我在这里看了多时了。这位大嫂，你有什么难肠事，你不妨给我说说！"王谋子站在那里问。

秀嫂赶紧用袖子将眼泪擦净，又两手向后，刨了刨自己有些凌乱的头发。她站起来，说："我不认识你！你是哪里来的过路客，你行你的路吧！"

王谋子笑一笑，抱起地头的凉开水罐儿，扬起脖子，喝了一气，然后一抹嘴，说："犁地这活儿，其实不难！牛要踏到犁沟里，犁把儿要捉得活泛一点，平稳一点，眼睛儿，不要看脚底下，要往前看！"

秀嫂有些发愣，她不知道该说什么才好。

"离家快半年了，看见这犁把儿，手就发痒！"王谋子说着，来了情绪，他过去扶住犁，一声吆喝，曳绳一拽，犁缓缓地动了。犁到地头，又弯回去。也就是说，犁了一个来回。

大汉身量高，这牛犋在他手里，像玩个玩具一样，秀嫂站在地头，欣赏地看着，都有些呆了。地里春耕的人们，不少人也都停下手头的活计，看这大汉犁地，嘴里赞着"好把式"。

"就这样！就这样！"到了地头，王谋子将犁头往地里一戳，犁站住了，他扭过头来，对秀嫂说。

"大兄弟,你真是个好把式!"秀嫂回过神来,赞叹说。

"揽工的,啥活都干!犁地这活儿,不算啥!"

王谋子说完,从地头捡起自己刚才放下的褡裢,往肩头一搭,说了一句告辞的话,就又顺着这条老驿道,往北草地方向去了。

大汉走了好远,秀嫂才像想起什么似的,扬手冲那人的背影喊道:"喂,大兄弟,你既然是个揽工的,你就给我揽吧!反正走到哪里,都是下苦!"

听到喊声,王谋子停住了脚步,他扭头问道:"那工钱怎么算?"

"村上有的是市价,我不诓你!揽到春种完毕,咱们算天天,每天吃住以外,付你三块工钱!"

"那敢情好!"大汉说着,弯转身子,返了回来。

"你叫啥名字?"秀嫂问。

"王谋子,山东人!"大汉回答。

车到山前必有路,船到桥头自会直。有了王谋子这帮工,今年这春庄稼,不愁种不到地里了。想到这里,秀嫂长长地出了一口气。

王谋子往手心里吐了口唾沫,上前扶犁。秀嫂从地头的口袋里,倒些籽种,掺些农家肥,然后手提箩筐,亦步亦趋,跟在后面溜种。泥土"哗哗"地翻着,秀嫂的脸上,难得地露出了笑容。

晚上回到家里,吃饭时,这大汉一顿吃了一笼蒸馍,喝了半锅米汤,把秀嫂全家的饭都吃光了。秀嫂见了,暗暗叫苦:"好个大肚汉,怪不得出来揽工。娘养不起了,只好打发出来吃这千家饭!"

秀嫂不该叫苦。因为这王谋子,不但能吃,更能干活,两相抵消,倒是秀嫂家要占便宜一些。话到这里,说一些题外的话:据说旧社会地主雇长工,请到家里,第一次测试,不是看干活,而是看吃饭,理论是能吃就能干!

第二天早晨,大汉将一麻袋籽种,轻轻一提,放在牛背上,然后扛着犁,大喝一声"走"。

牛不愿意走。牛让秀嫂给惯下毛病了。昨日格儿,这籽种是秀嫂用架子车,拉到地头去的。牛觉得今天也应该由秀嫂去拉,它是耕牛,不是驮牛。

大汉见了,放下犁杖,抡起两个拳头,就打牛。窑里的王大锤,身子动不了,眼睛却能看见,他隔着窗子说:"牛是犟脾气,打不得的,越打它越给你示威!打马摩挲牛,这句老话,你忘了!"

大汉听了,更不搭话,一手掰住牛角,一手掰住牛嘴,发一声喊,将个老犍牛,摔了个仰脚朝天。

牛这下疢了!牛在地上打个滚,站起来。王谋子将籽种搁在牛背上,扛起犁杖。牛向地里走去。

秀嫂跟在了后边。

王谋子不光有蛮力,人也勤快。忙完了地里的,下午回来,吃罢饭,喂了牛,见天色还早,就从当年王大锤受伤的那个石砭上,往回背石头。他眼里有活儿,看见院墙有个豁口,背来石头来补。秀嫂说:"你惜些力气吧,明个儿地里还有活哩。"王谋子挥挥胳膊说:"累不着,一身的力气,没处使。秀嫂听了抿着嘴笑。"

春耕很快就结束了。有王谋子这么个强劳力,秀嫂家的地,在村子里是种得最快最好的。可是一想到地一种完,这王谋子又得走,以后,那孤苦伶仃的漫长日月又在等待着她,秀嫂不由得又唉声叹气起来。

眼下,这个小婆姨还没有别的心思。她的所有的考虑都是从生活这个角度考虑。但是,仅仅这一点,王谋子也不能再叫离开了。

种子种到地里,一场春雨,苗出齐了。农忙农忙,农村的活儿,都是一阵忙一阵闲的。眼见得地已经种上,锄地这类的轻活,有秀嫂就够了，这王谋子张了张嘴，说出要走的话。

秀嫂把对付的话，早就想好了，她说："干到忙罢吧！现在走，粮食没下来，我也没法给你付工钱！"

这话说得在理，山东大汉王谋子也就不再勉强，留了下来。说心里话，他在这里住了些日子，对这秀嫂也有了一些感情，抬脚就走，心里也有一些不是滋味。

世界上好些事情，都是让世人的嘴给说瞎的。这王谋子住在秀嫂家里，不啻是雇了个会说话的牲口，遇见活儿，出力气就是，于秀嫂，于王谋子，都是这样看待的。两人相敬如宾，各尽本分，原本并没有什么勾连，可是这天，井台上几句闲话，惹得个秀嫂动了心思。

那天，秀嫂担了担桶，去井上绞水。上驿村的井深，井上边安着一个辘轳。秀嫂正"吱吱呀呀"绞着，远处的王谋子看到了："谁叫你担的，累坏了身子！"喊罢，走过来，抢过辘轳把就绞。绞满两桶，扁担一闪一闪地担上走了。

秀嫂有点得意，跟在后边。可是，得意的神情并没有保留多久，脸色就红扑扑地恼怒起来。原来，她听见井台边上，上驿村的几个婆姨女子在那里嚼舌头，说她。

"这秀嫂好手段！男人的家具，不管用了，就明目张胆地勾引个野汉，睡在自家炕上。上驿村的乡俗，都让这小婆姨给糟蹋坏了！"

"谁勾引谁，还说不定！那山东大汉，牛一样的力气，干靠着的身子见了这狐狸精，焉能不动心！"

"哎哟哟，你是口里不说心里话，分明你是对那山东大汉，心里起了意了，吃不到嘴里，只好眼馋人家秀嫂！"

"我家男人，我还支应不过来哩，我眼馋她！我家男人，你不要看腰身短，腰里那东西长着哩，足足一拃！"

"哪有这么夸自家男人的，没羞。我不是吹，要我吹，我家男

第五章　招夫养夫

人,更长,腰里缠三匝,还要上天奔着日老鸹哩!"

这两个女人,越说越没有正形,秀嫂听了,抿嘴一笑,她脸上刚才的恼怒消失了,现在换成了笑颜。"不做白不做!"她想。"时辰就在今晚上!"她又想。

平日的身子,是自己把自己禁着哩,有个妄念,压一压,就过去了。今个儿秀嫂这念头一出,登时人就不对了,全身风扇火燎的,一阵燥热,心口上,像有只猫儿在挠一样,两腿发酥,从井台到家门口,牙长的一截路程,竟走了半天。

秀嫂现在眼巴巴地盼天黑。从王大锤受伤到今个儿,这一年多时间,她真不知道是怎么熬过来的。

井台上,那两个婆姨说的秀嫂和这王谋子睡在一架炕上的话,却也是实情。原来,秀嫂家只一面大窑,窑里一面大炕,那王谋子来了,住在别人家,不合适,住在院里,也不合适。秀嫂就说:你就将就着睡在炕上吧。炕很大,王大锤睡在火眼头上,王谋子睡在窗台这边,中间一大片地方,秀嫂经管着五个娃娃。奇怪的是,王谋子来了这么久了,彼此竟相安无事,可见这两人,都是正人君子。

井台边的那一堆脏话,点拨了秀嫂。挨到天黑,侍候着让五个娃娃都睡了,让王大锤小解一回,也睡了,好个秀嫂,偷偷掀开山东大汉王谋子的被角,一闪身子,钻了进去。

"今天井台边几个婆姨的一席话,开了我的窍,明白了不少世事。王谋子大哥,咱们一个炕上睡着哩,有也是有,没有也是有,咱何必要为难自个儿!"

这番话说得在理,不由王谋子不从。更兼这秀嫂是过来人,又是长腰婆姨,床第上的事情,通得最多,勾引个没经见过女人的王谋子,简直是手到擒来。

王谋子伸开亮晃晃的一条胳膊,一揽,把秀嫂揽到了怀里。

这一胳膊搂得有力，让这个小婆姨从头顶舒坦到脚心。好久没有受到男人这样的宠爱了，秀嫂想到这里不由得一阵心酸。

一面火炕上，五个娃娃，两个男人，一个女人，那娃娃们瞌睡多，少不更事，哪里知道这些。知道的除了两个当事人以外，还有另一个男人。

怪却也怪秀嫂，一经入港，便再也不能自持，施展些女人的手段，非要这一夜就把以前的损失弥补得差不多才罢休。而那王谋子，被秀嫂激得一时兴起，也就不再顾得许多，漂泊的身子，哪里能轻轻易易地就碰到这样的温柔所在，因此也就放胆来做。

两人翻箱倒柜，正折腾着，响动太大，惊醒了炕上的另一个男人。

那王大锤虽说身子不是自己的了，那脑子却还精明，惊醒以后，耳朵听着，眼睛看着，窗台底下那是咋一回事，立马就解下了。

他想喊，又嫌喊出来失他的面子，想过去阻拦这事，又没有能力。好个明眼人，只好眼睛睁得明溜溜的，肚子气得圆鼓鼓的。

王大锤把他的气，放在吃饭时出。

平时，大家各人忙各人的，没有理他，遇到吃饭，才坐在一起来了。

这天吃饭，王大锤仰着身子，坐在炕上，背上垫着被子。

饭来张口，衣来伸手，尔个的王大锤，就成了这个样子。就连屙屎、尿尿，也是秀嫂端着一个便盆来接。

饭熟以后，秀嫂先盛了一碗，端给王大锤。往日，王大锤接这碗时，总是面有愧色，沉默不语，可是今天，脸面上却带有一种怨毒之色，叫人看了害怕。

秀嫂两手递了过去，王大锤先是不接。后来见秀嫂递得殷勤，只得接了。碗到嘴边，想一想，气又来了，于是，将一老碗饭，在手里掂一掂,一扬手,"啪"的一声,老碗带饭,摔在了地上。老碗成了碎片,饭漾了一地。

五个娃娃正在吃饭,见了这阵势,不知道老子王大锤的病是在哪里害着,一个个号啕大哭起来。

这病秀嫂知道!秀嫂见王大锤这样,脸色一红,知道昨晚上的事情,让王大锤知道了。秀嫂心想,既然已经迈出一步了,那么也就决心不再回头。王大锤知道了,也好,反正迟早得知道。

秀嫂给五个孩子背上书包,让大的拖小的,一窝端上学去了。老大上五年级,老小上育红班。孩子走了以后,秀嫂又捅了捅王谋子的脊背,让他端着老碗,到硷畔上吃去。

现在,窑里只剩下秀嫂和王大锤。秀嫂一扑,上了炕,扳住王大锤的肩膀,抽泣起来。直哭得王大锤也伤心起来,秀嫂才说话。

秀嫂说:"咱这光景,总得往前撵哩!你都成这个样子了,你叫我咋办?你不为我着想,你也得为你的五个狼娃子着想么!"

见王大锤沉吟不语,秀嫂又摩挲着王大锤的头发,说:"想咱们夫妇,原先何等恩爱。我不是野,我若不这样,就拴不住那个山东大汉,其实,我跟他在那里胡成精的时候,心里想的却是你!你也应当这样想,雇来的帮工的,就当他替掌柜做事哩!你说对不对?"

秀嫂又是甜言蜜语地乖哄,又是鼻涕眼泪的一副可怜相,终于说得王大锤心软了,长叹了一声。

"来,吃饭,你不吃饿的是你肚子!"秀嫂说着,盛好饭,又拿来勺子,给王大锤喂。

王大锤勉强地张开了口。

秀嫂以为,她这一番乖哄,就把这事给压了。没有想到,事情没有压住,那王大锤根本不吃这一套。

有了那一档子事以后，这王大锤饭也吃得少了，觉也睡不着了，一天到晚在炕上长吁短叹地生闷气。孩子叫他，他也不应，秀嫂给他说些顺耳的软话，他也不搭。

这天，孩子们上学走了，王谋子又到石砭上背石头，想给秀嫂家垒个猪圈，秀嫂呢，相跟了村上几个姑娘媳妇，上山挑地菜去了，满孔窑里，只剩下王大锤。

王大锤觉得自己还不如死了算了，活在世上，活啥味气哩。想着想着，就从炕席底下，摸出一把老鼠药来。这老鼠药，是他得病以后早就预备好的。村里经常来走乡串户卖老鼠药的。

乡里人要死，一般是跳崖，又省事又不要花销，眼睛一闭，身子一纵，就啥也不知道了。其次是上吊，自己身上有的是裤带，抽出来，找个歪脖树往上一拴，就能乍舞了。可怜个王大锤，连这两样事都做不得，所以只好求助于老鼠药。

"这世界不公平！"王大锤说完，一扬脖子，把一包老鼠药吞到了肚里。

也是王大锤命不该绝。上育红班的那个孩子，今天老师有事放假，她跳跳蹦蹦唱着儿歌，从育红班回来，见了王大锤的样子，吓了一跳。

王大锤口吐白沫，人事不省，趴在炕沿上，一只手还伸在喉咙里，好像要往出掏什么。

孩子摇晃了两下，叫"大"。王大锤翻了翻白眼，并不搭话。孩子吓坏了，大哭起来，赶快跑到硷畔上喊人。

农闲时节，村里游游荡荡的闲人倒不少。听到喊声，村子里好多人都来了。跑得最欢的，当然是王大锤那几个兄弟。"打虎还得亲兄弟"，不管怎么说，毕竟还是亲的嘛，秀嫂是外人，王大锤并不是外人。

兄弟们有的挖鼻子,有的掐人中,有的从茅坑里舀出一勺人粪尿,倒进王大锤的嘴里。平日道听途说的,电视电影里看到的各种救人的方子,现在都用上了。

这些方子却也管用。只见王大锤一个喷嚏,恶臭从口中涌出,人粪尿、老鼠药,再加上肚子里原先的饭食,随着喷嚏,天女散花一般,星星点点,飘了半窑。

这老鼠药倒却还是真的。窑里原先有些苍蝇,嗡嗡乱飞。尔个,有的翅膀扇动两下,便直升飞机一般落下来,打几个滚不动了,有的灵巧,嗅见气味不对,从门里窗里,夺路而逃。

大吐大泻一场以后,王大锤算是脱离了危险。他睁开眼睛以后,见是自家兄弟,不免以泪洗脸,哽咽不止。

"为啥要救我,兄弟?让我死了,多好!于我,眼底下干净,于旁人,成全人家的好事!"王大锤说。

"你到底是咋了?说出来,兄弟们为你做主!"

"啥事情,还不明摆着哩么,欺我不能动弹,一对奸夫淫妇,明铺暗盖的!"

"好!野毛光棍飞了四十里,跑到咱们上驿村,蹲到咱们头上拉屎来了!"众兄弟们吵吵道。

王大锤之外,王大屁为长,该他出头。王大屁说道:"事不来咱不揽事,事来了咱不怕事!尔个,这盖老的帽子,给咱哥扣上了,这是欺咱们兄弟,欺咱们上驿村,那王谋子,咱们不能饶他!"

一语说罢,村里人也都人声鼎沸,义愤填膺,纷纷嚷道:"王谋子在哪儿?""王谋子在哪儿?"

王谋子我们知道,他正在石砭上。当年修完公路,炸完石头,路旁还有一些零散的破开的石头。王谋子见闲着没事,就搜罗着背些石头，想给秀嫂盖猪圈，娃娃上学，花销大，一年能养两槽猪，就把这个窟窿补上了。

这当儿，王谋子背着一块小山一样的石头，从石砭上一步一挪地往回走。秀嫂窑里发生了天大的事情，他还一点儿不知道。

"那不是他？"有人眼尖，看见了，一指。

众人见了，发一声喊，向王谋子撵去。

王大屁顺手抓了一根火绳子。

王谋子见大家撵他来了，不知是咋回事。他朝四周看了看，看四周并没有什么吸引人的事情，明白了这一拨人是奔他来的。他找了个拐坎，款款地将那块大石头放在上面。石头离了脊背，他直起腰，并且捶了捶后腰。

如狼似虎的一伙儿，走上前去，一脚踢翻了山东大汉王谋子。王大屁适时赶到，一根火绳儿，将王谋子五花大绑。

王谋子为人温顺，他没有反抗。

秀嫂在山上挖野菜，早瞧见这自家门口的事情了，待她赶来时，王谋子已经被五花大绑，缩成一团，停在院子，那阵势，分明像缚了一只虎。

"你们众人欺侮一个外乡人，算什么本事！王谋子是吃你的来，还是喝你的来！"秀嫂大着胆子，走上前去，想要解绳。

王大屁骂道："你这贱货！你把你×夹紧，滚到一边去。你再胡骚情，连你也一根绳子绑了！拴蚂蚱一样，把你们拴到一块！"

王大屁说着，朝秀嫂脸上，吐了口唾沫。

秀嫂捂着脸，羞愧难当，趿蹴在一边，不敢言语。

王大屁说道："乡亲们，大家给个主意，你们说，该怎么发落这王谋子！"

众人起哄："按老规程办！"

"按老规程办!"

贺家沟贺红梅的事情,得了个圆满解决,至此,六六镇的张家山,名声大振,一些积年陈案,一些法庭解决不了的事情,都来寻张家山民事调解所。张家山好个高帽子戴,于是,来求他的人,一顿米汤就灌得张家山不知道自己是谁了,件件事情,只要求到门下,他都应承下来,然后,跑烂鞋底,磨破嘴皮,去调解。有些事情,办好了,落了个皆大欢喜;有些事情,非人力所为,张家山也是尽心尽力,回天无术,心却是尽到了。众眼是秤。大家说,有张家山这么个好人,低头不见抬头见,在眼皮底下晃荡,这六六镇,太平了许多,公平了许多哩!

这天,张家山是去赶一个场合,回来得晚了。

啥场合?贺家沟的贺红梅结婚!贺红梅自由恋爱,找了自己小学时候的一个同学,婚礼订下日子,那贺老五捎话到六六镇来,叫张干大无论如何要去。贺老五这是真心。于是,张家山忙里偷闲,只身去了趟贺家沟。酒席之间,言谈过往中,有人又不免拿高帽子给张家山戴。张家山嘴里说着"谦虚使人进步",心里却乐得像孩子一样,这样,不免多喝了两杯酒。天黑以后,便辞了众人,一路踉跄,直奔六六镇。

山风吹来,酒往上涌,张家山见山路空寥,没人听见,于是,不免放浪形骸,唱起酸曲来:

花开能有几日红,
要交朋友趁年轻。

没有朋友跟你走,
活在世上不如狗。

年轻人看见年轻人好,

白胡子老汉尿势了!

…… ……

正唱着,突然看见头顶上的上驿村,灯笼火把,人声嚷嚷,就像1947年那阵跑胡宗南一样。张家山见了,吃了一惊。

秀嫂家硷畔底下,是一个场。场边堆些麦秸垛。

场中间,挖了一个大坑。

一个大活人,五花大绑,站在坑里。

灯笼火把照耀处,几个壮小伙子正挥动铁锨,往坑里丢土。土都快埋到这壮汉的胸脯上了。

张家山走上前,夺过一把铁锨,喊道:"国有国法,家有家规,世事都到了什么年月了,你们这上驿村的人,咋还这么大胆,敢把一个大活人,眼睁得明明地往土里埋!"

这一声喊得突然,几个挥铁锨的人,都停了手,去看张家山,看罢张家山,又看王大屁。

王大屁还没有言语,弟兄们中有个小的,就按捺不住了。这也是个八成货,他指手画脚,往前扑坎:"谁的裤裆破了,露出个你,跑到这里来充人物!"

这话骂得难听。农村人大约把聪明,都用到这骂人上了。

王大屁认识张家山,他见兄弟出言粗鲁,训斥了两声,然后,拨开自家兄弟,走到张家山跟前,说道:

"张干大,正应了你这家有家规,国有国法这句话。这个外路人,从小的讲,他犯了家规,从大处讲,他犯了国法。我们这是替天行道,为民除害哩!"

张家山说:"他倒是把你们咋了?犯了你们的啥王法?"

"他蹲在上风头拉屎,要臭这上驿村一村人哩!"王大屁说。

"你不要咬舌头,说实在一点!"

"他要把盖老这个帽子,朝我哥王大锤头上戴哩!"

"噢,是这事?"张家山听了,沉吟道,"王大锤的事情,我却知道,那年修公路,炸石头,我们张家畔也参加来。我是领头。大锤兄弟成了那样,叫人心疼,我这几年忙背的,也没顾上来看,不知道他这光景,怎样过的!"

秀嫂见张家山强人出头,心里已经有几分胆壮。尔个,见张家山又提到"光景"二字,不由得眼圈红了。她霍地站起,指着王大屁以及另外几个兄弟骂道:"不提光景来,我不生气,提起光景,我是满肚子的委屈。你们自己说说,你们哪个算人?我庄稼种不到地里,种到地里又收不回来。你们像两姓旁人一样,爽着手,站在旁边看哈哈笑。自从来了王谋子兄弟,我这光景,才往前撵了。我是跟王谋子睡来,我欠下人家的了!你们谁要眼热,谁来给我帮忙,反正我这×也不值钱,我夜夜侍候你们睡!"

这话说得厉害!女人逼急了,简直就是一只母老虎。村上人平日见惯了秀嫂低眉下眼的样子,今天秀嫂一番话,算是叫众人开了眼,知道了不要小觑女人这个道理。

秀嫂的话等于给张家山把理送到了手里。张家山见秀嫂说罢,四周鸦雀无声,于是趁机打劝道:

"王谋子做事,是有不对的地方。可是大锤兄弟的情形,也是秃子头上的虱子,明摆着的。秀嫂刚才的话,话丑理端。看你们几个兄弟的嘴脸,五个娃娃,一个瘫痪,你们先说好,谁负担这些,说定了,再说埋人的话吧!"

见张家山这样说,大家觉得这事确实有些麻缠,都不敢随便言语了。抬起眼睛,看王家兄弟们怎么办。

王家几个兄弟见理上说不过,就避开话头说:"咱们不管,咱们埋人就是了。大不了大牢蹲上几年,吃上一回公家饭。"

"蹲大牢"这句话,点拨了众人,那几个拿铁锨的,像扔什么一样,扔掉铁锨,钻进人堆里,变成看热闹的人了。

"一不做,二不休!"王大屁说完,亲自拿起一把铁锨。其余那几个,也都捡起铁锨。那个老小,刚才抢张家山手中的铁锨让拦了,这回趋前一步,一把抢过,叫道:"咱们丢土!"

一时节铁锨乱飞,向坑里丢去。

张家山见了,没奈何,使出了黑皮手段。他眼窝一闭,一纵身跳进坑里,说道:"你们要埋,连我这一把老骨头,也一块儿埋了!捎带着再哭上两声,算是我的孝子!"

兄弟们硬着头皮,又扔了一阵土,见张家山撑得梆硬,死活不出来,只好罢手。

王大屁停止丢土,朝坑里说:"你比我们厉害,张干大!算了,不埋人了,你说,这事该咋办哩?"

"办法咱们一块想。活人不能叫尿憋死,两全其美的办法,总是有的。只是,先回到窑里,让我洗把脸,喝口水,再说吧!"

"依你!"

半个时辰之后,张家山坐在村委会的办公室里,正襟危坐,道貌岸然,全不是前番狼狈模样。只是脸虽然揩过,头发茬子里还是有不少的土,害得他不时地用手拨拉。那耳朵里,大约也没少钻土,只见他拿了个火柴棒,不停地掏着。

王大锤的几个兄弟,村上的几个白胡子老汉,村民小组的领导成员,都坐在这里。那秀嫂,抱了个最小的孩子,站在门口。

王谋子仍被捆着,放在门外的台沿上。

张家山咳嗽了两声,加强他这番话的重要性,然后说:"有个

第五章 招夫养夫

两全其美的法子。这法子,实际上老辈子经常用。文明一点,这叫招夫养夫,用咱乡间的粗话讲,这叫拉帮套!"

"拉帮套?这我们解下!"村上几个白胡子老汉说。

"解下就好!这样就少费我许多唾沫了。招夫养夫,于王大锤,于五个孩子,于秀嫂,都好。咱把光景往前撺,才是正主意,得是?只是,怕就怕你们几兄弟,怕面子上搁不住!"

王家几个兄弟,一个看一个,拿不定主意。

倒是几个妯娌,闯了进来。原来,她们几个也尾随着来到会议室,躲在院子听着。

"啥面子不面子的!尔个活埋了一回王谋子,就顶给咱把面子拉住了。这事儿,就照张干大说的办。王大锤那烂光景,看你们谁敢往身上染!"

这些婆姨们讲究实际,她们现在翻开这个道理了,觉得真的把这王谋子拾掇了,于她们并没有多少好处,反倒是后患不少。

尔个世事,婆姨都是当家的,她们的话就是圣旨。况且,这些婆姨说这些话的当儿,都用眼睛找着了自己的男人,死眼瞅他。

事到如今,王大锤那几个兄弟,还有什么话可说呢!

张家山说:"有人言传没有?没人言传,这就是同意了,赞成了,那我就开始写。谁有不同意见,现在说还来得及,不要等条约立了,又瞎吵吵!"

张家山这一套,完全是当大队干部时候的路数。

"没意见!"

"没意见!"

"没意见,那我就写了!"张家山问道,"有纸没有?"

有人从王大锤家的小学生作业本上,撕下一沓纸。

张家山从自己身上,掏出那支老式金星笔,写起来。他用的是握毛笔的姿势,这让人想起:这是一个快要过时的人物了。

招夫养夫文书

兹有六六镇上驿村村民王大锤,家有妻子一个,儿女五个,石窑一孔,牛两头,羊五只,猪一口,承包地三十亩,另有小件家当不计。王大锤因伤残丧失劳动力,卧炕不起,无力养家糊口,今经中人张家山调解说和,愿招山东人王谋子上门,与其妻卢氏秀结为夫妻。膝下子女,随王大锤姓,不得更改。上门以后,王谋子负责五个孩子的生活兼学业事宜,并尽力照顾王大锤的生活,不准虐待,不准有不良企图;王大锤死后,并负有送终义务。

白纸黑字,立此为证。乡规民约,大家监督。

此约:甲　方:王大屁
乙　方:王谋子
公证方:张家山
×年×月×日

一式三份,誊抄好后,王大屁瞅了瞅,按上手印。

"事已至此,那王谋子,恐怕得放了吧!"张家山说着,向外走去。

没想到门外有人,比他手脚还快。这个秀嫂,喜坏了的秀嫂,将孩子放在地上,跪在那里,用牙齿咬结在王谋子身上的死疙瘩。

张家山上手,将王谋子解开。

王谋子颤巍巍地站起来,个头高张家山半头,张家山不由赞叹说:"好一条大汉!"

一身是土的王谋子,走到灯光底下,按照张家山的指点,在

《招夫养夫文书》上按了手印。

"你也按吧，张干大！"王大屁说。

"我是要按。不过，我是自己的嘴，公家的身子，要按，得按这个！"

张家山说完，从怀里掏出"张家山民事调解所"的红坨坨，蘸上印色，又在嘴上哈两下，"啪、啪、啪"，一式三份，都盖了。

哈气是一道多年的程序。这个下数，是张家山跟镇政府的文书学的。有了这道程序，张家山自己感觉良好，像个公家人。

一场乡村热闹，至此告一段落。张家山将一份文书折了，交给王大屁。王大屁接了，兄弟们妯娌们，又传着看了一回，都觉得这样蛮好。见好就收，男的女的，互相使了个眼色，离开这是非之地了。

张家山将另一份文书折了，交给王谋子。王谋子迟疑了一下，秀嫂在旁边，赶紧捅他。王谋子也就伸手，将文书接了。

第三份，折好，张家山自个儿揣上。

"各位乡亲，张家山在六六镇，还有一摊子事，就不在这里耽搁大家的工夫了。改日到镇上赶集，莫忘了到我那调解所里喝杯茶！"

张家山向仍然坐在电灯底下，岿然不动的几个白胡子老汉，点头告辞。

"那是自然！那是自然！"

"张家畔的，好走好走！"

老汉们站起来说，个个礼势周到。

出了会议室，张家山见卢秀、王谋子，还有那个在卢秀怀里睡熟的孩子，都在台沿底下等他。

秀嫂说："我们是在等你，不说上几句谢忱的话，我们心里下不去。张干大,今天要不是你,这摊场,不知道弄成啥了!"

"你不要说这话。你不了解你张干大,他平日最怕人给戴高帽子。好卢嫂哩,今个儿这事结得体面,用一句洋名词,叫皆大欢喜,只是——"

一行人离了灯亮处,踩着月光,向秀嫂家走去。路上,张家山继续说:"只是,我张家山还有一句话,要给你们夫妇叮咛。其实,我不说,你们也明白,就是要对王大锤好一点,不记别的,就记这一日夫妻百日恩,你也不能亏待他。他是活天天的人了,咱们尽个心吧!好心总有好报的!"

秀嫂说:"我是个明白人,张干大!这道理我解下!"

"解下就好!丑话说到前头,往后,要是叫我张家山听到什么事情了,看你卢秀儿,咋有脸见我!"

"哪能哩,张干大!"

夜已深沉。张家山送王谋子卢秀夫妇,进了窑门,然后折身,仍然是一路唱着,向山下走去。

到了六六镇,敲门进了所里。谷子干妈还在灯底下坐着等他。

谷子干妈说:"人家贺红梅结婚,把你惊得,连觉都不睡了!"

张家山说:"你不知道事情!不是贺红梅,是卢秀儿。我晚上路过上驿村,几句话,就把一场人命官司化解了。谷子,你说我能不能!"

"你能!你干的哪一件事情,不赢人!"谷子干妈说。

有了这个《招夫养夫文书》,算是堵住了天下人的口,秀嫂和王谋子,名正言顺钻进了一个被窝。王谋子原先是雇工,短期行为,尔个,就像个被塞进辕里的高脚牲口一样,这一摊子,都是他的了,他只有拉着车,往前走。秀嫂殷勤,因此这王谋子,也不生外心。

那王大锤,有这《招夫养夫文书》遮丑,因此也不过于计较,晚上也能睡着觉了。有时一觉醒来,见这两个折腾个不停,气恼之余嘟囔一句:唉,人活低了,就按低的来!叹息完毕了,用被子蒙住头,眼不见心不恼,一会儿就沉沉睡去了。

王家的几位兄弟,原先那一场韶叨,也并不是为了王大锤,而是为了自个儿的面子。一场活埋闹剧,面子就收回来了,尔个又有这《招夫养夫文书》障人眼目,因此也就分门另户,不再理秀嫂的事。余下的只有一件事,就是等王大锤啥时起身,兄弟们再合力送他上路,这兄弟情分就算完了。

秀嫂的光景,现在真真是男耕女织,上了正路。猪圈垒起来了,猪也育肥了,田里的庄稼,也长得不比别人的差。孩子们都穿上了新衣服。秀嫂没忘了她给张干大说过的话,对王大锤小心侍候,像对待老人一样。

秀嫂本来就是个妖娆的女子。尔个有黑凶凶的山东大汉王谋子在身边站着,好衣服也敢往身上穿了,村子放个电影,也敢去看了,见人言谈举止,也不那么低声下气了。

女人全凭男人宠。有人宠她,这秀嫂紧皱的眉心舒开了,脸色变得红扑扑、秀溜溜的。秀嫂还嫌自己不俊样,又去镇上,一篮子鸡蛋,换回来一瓶增白霜,一早一晚往脸上搽。山东大汉见了,喜得合不拢嘴,干起活来,更卖力气了。

那次张家山离开上驿村,千安顿万嘱托,要秀嫂对王大锤好一点。张家山怕的是秀嫂和王谋子,配成夫妻以后,嫌这王大锤碍手碍脚,找个碴儿,把王大锤给绝灭了。以前这一带,就发生过这号事情。

张家山的担心,不算多余,后来果然发生了一件事情,不过不是张家山担心的这件,而是另外的事情。

村里有个二流子后生,叫王光耀。自小惯大的,偷鸡摸狗,打架斗殴,无所不为。老百姓说谁坏到家了,就说他"扒绝户坟,跳寡妇墙",这话用给王光耀,不算屈说他。公路修通后,这王光耀赤条条一个,出去逛世事了。好长一阵不回来,村里人都以为他死到外边了,这一害算是除了。谁知,有一天,摩托声轰轰隆隆地响,车后边放着屁,这后生穿得流丽皮张地回来了。大家都说,这摩托是偷的,王光耀肯定在外边没干好事。大家见这王光耀,三天两头,骑了摩托在公路上跑,又说:"他妈的,这公路是给他修的!"

这一天,秀嫂在涝池边洗衣服。涝池旁边,靠近村委会的那一面墙壁下,有人在杀猪,一口热气腾腾的大锅旁边,一群孩子在看热闹。这时,石砭那边,"呜呜"地一阵叫,二流子王光耀,骑着摩托进了村子。

孩子们见了摩托车,转过身子,不再看杀猪了,对着二流子王光耀,唱起了口歌:

> 上驿村,王光耀,
> 你的名字我知道。
> 脚穿皮鞋手戴表,
> 尻门子抹的雪花膏!

摩托冲到跟前,那王光耀停下摩托,扬手要打,这些小人们,"哇"的一声散了。

秀嫂的衣服已经洗完,搁在脸盆里,正要端走,见了这西洋景儿,手拄着长腰笑。前面说了,自有了王谋子撑腰,秀嫂比起原先算是活泛了许多，该说时候就说，该笑时候就笑，不再时时为难着自己了。"人凭土地虎凭山，婆姨凭的男子汉"，这话不是虚说。

二流子王光耀，见打不着孩子，正在懊丧，一扭头，见秀嫂龇着个白牙，正在笑他。别人笑，没说的，这秀嫂不能笑。王光耀想到这里，一拍腔子，指着秀嫂就骂：

"你是谁？你把你臭×，放到架板上去卖，看能值几个钱？别人笑我，倒罢了，你也配笑我！你是仗你×脸生得白，得是？那么，成全你，今个儿晚上，我骑上摩托，到你窑里，走上一回！"

秀嫂见这话说得难听，心里有些怯，她辩道："谁笑你来，王光耀，你嘴放干净点。我是自个儿想笑！"

秀嫂这么一说，如果王光耀不再回嘴，那事就算罢了。秀嫂这类零碎丢人，丢得多了，换回一点面子，就收场。不料那二流子王光耀不识相，见秀嫂话软，又见秀嫂的脸蛋确实生得白，不舍得这个好机会白白丢了，就又纠缠道：

"你戳戳一群猴娃，骂我，你当我不知道！"

秀嫂见王光耀还不放过她，有些恼了，心想，我又不比别人活得低，我又没做下短头，怕啥？想到这里，于是回道："我自个儿的事都理不精明哩，还管你这号淡尿事！"

"三天不见，你卢秀儿也成了人物了，看我羞羞你！"

王光耀走前去。那杀猪的，正割下一副猪尿泡，拎在手里，要往旁边枣刺上挂。王光耀伸手将猪尿泡抢了，车转身，将个血糊啦啦、臭不烘烘的猪尿泡，一扬手，扔到了秀嫂的脸上。

"哈哈哈哈，这就叫猪尿泡打人，臊气难闻！"二流子王光耀双手叉腰，哈哈大笑道。

这一猪尿泡，把个秀嫂给打闷了。她想不到王光耀这么胆大。许久，秀嫂挥动袖子，擦了擦脸，哽咽着，回家去了。

"你欺侮我，你是瞎了眼了！看我家男人，能饶你！"秀嫂走了几步，回过头来，眼泪花花在眼眶里打转，恨声恨气地说。

二流子王光耀听罢，哈哈大笑："你是说王大锤吧！你叫去，我在这里等着。"

难怪二流子王光耀敢在秀嫂跟前撒野，原来是他不知道"招夫养夫"这回事。这一场是非，看来是惹下了。

秀嫂回到家。窑院里，王谋子精着身子，手提一柄长把斧子，在劈一个柏树疙瘩。王谋子见秀嫂灰塌塌的，问她是咋了，秀嫂不说。秀嫂拿起衣服，往窑院的铁丝上晾。晾着晾着，眼泪花掉下来。王谋子见秀嫂抽泣，又问。这下，秀嫂终于支持不住了，她一把扔了洗衣盆，一扑，扑进王谋子的怀里，号啕大哭起来。

俗话说，"打人不打脸"，这婆姨就是男人的脸。听了秀嫂的一番哭诉，把个王谋子气得七窍生烟，一把推开秀嫂，往起一站，瓮声瓮气地说道："好狗日的，敢欺侮我婆姨！"说罢，摸起斧头，大吼一声向涝池边跑去。

不知死活的王光耀，还站在那里逍遥。涝池水清，他是在对着水，理自己的分头。突然一条黑大汉，手提斧头，自天而降。王光耀知道大事不好，刚想撒腿跑掉，没想到王谋子来得更快，早一斧子把，打在他屁股上。

"你是谁？你是谁？"王光耀一边伸手护自己的屁股，一边嘴里胡乌拉。

王谋子接着又是一下。打的同时，骂道："你看我是谁？我是你爷！好小子，敢在我婆姨面前骚情，看我不打死你狗日的！"

话说到这里，这王光耀才明白，今天自己这一场黑皮，是耍错地方了。光棍不吃眼前亏，王光耀一纵身，跳出圈子，到了自己摩托跟前，右腿一跨，上了车想一走了之。

王谋子见了，哪里肯依。又一个箭步，冲上前去。王光耀正将摩托拨拉响，还未起步，王谋子早伸出双手，老鹰抓小鸡一般，一把把王光耀拽下车，撇到一边，王谋子恨这王光耀，连这摩托也恨，见这摩托还在"嘟嘟"地响，一时兴起，两手举起摩托，一使神力，好端端一个摩托，让他给扔到涝池里去了。

摩托进了水里，"咕嘟咕嘟"两声，沉下去了。也不见它再响了。

摩托就是王光耀的命。见摩托成了这样了，王光耀也就不再躲闪，耍起黑皮手段，一扑过来，借个惯性，把王谋子也掀下了水，然后去捡斧头，来劈王谋子。

第一斧子劈空了。第二斧子再劈！王谋子一闪身子，闪过了，捉住斧子，一跃身，又上了岸。上了岸，轻轻一拽，又把斧子夺到手，顺着斧子把，又朝王光耀屁股上，抽去。

王光耀这回撒腿就跑。他这次是往家里跑。王谋子一身水淋淋，跟着王光耀身后，追了一阵，见他回到自己家了，就停了步子，依旧握着斧子，站在那儿看。

没承想，王光耀前脚刚进去，后脚走出来个白胡子老汉。这老汉是王光耀他爷。老汉手里拿一把铜锣，"当当当"地敲着，嘴里嚷道："动户了！动户了！各家的男人，都出来帮忙了！王谋子这个外路人，要把我家小耀，灭了呢！"

上驿村是一族。陕北话中，"动户"这个词，就是"动员户族""纠集户族""出动户族"的意思。户族中一家有难，大家来帮，锣锣儿当街一敲，各家都得出来一个男丁应卯，听候调遣，该玩命时就得玩命。这其实是长期以来，在战争与饥荒双重苦难的压迫下，陕北人维护种族不灭的一种行之有效的规程。

铜锣儿当当当，上驿村全村出动，各种农具一齐上手，可怜个王谋子,纵有一身好力气,三拳难敌四脚,哪里能招架得住。再加上王谋子生性温顺,不愿还手,那就只有挨打的份了。

这真是一场好打。直到把个外路人王谋子,打得遍体鳞伤,躺在当街上,只剩下一口气了,这上驿村的人才罢休。

秀嫂在旁边拉架,哪里能拉得开。直到最后,众人打够了,各回各家了,秀嫂才得以靠近王谋子。

当街上,秀嫂跪下来,一只胳膊把王谋子的头扶起,又撕下衫襟,擦王谋子额上的血。

秀嫂家的孩子,倒也懂事,一个一个地跑来"爸爸,爸爸"地叫着,伸出小手,拽王谋子的衣服。

王谋子睁开眼,长叹一声,说道:"秀嫂,这一场打,叫我这做了几个月的梦,终于醒了。我是谁?你是谁?那王大锤又是谁?我站得起坐得下的一个大活人,何必要待在这上驿村,待在你家,不清不白地过这日子。我想,我得走了。秀儿,你对我好,我心里清楚。你若有情,你抛开这个四面透风的家,咱们一块走,饿不死我就饿不死你;你若无意,你就留在这里吧,咱们这一场缘分,就此断了吧!"

王谋子平日言辞不多,说起话来却句句在理。

秀嫂听了,黯然泪下,说道:"我的亲人哪,你看你都成了啥样子了,还说这种傻话。天大的事情,等你养好伤,咱们再说吧!"

躺在当街上总不是个办法。秀嫂一番好话,乖哄得王谋子站起来,然后,搀着他,向自己家里拖。王谋子纵有别的想法,眼下,也只有昏昏沉沉,跟着秀嫂走。

前面走着两个大人,后面一群娃娃,拽着衣服,这情景,确实有些恓惶。路过王大屁家门口时,王大屁探头探脑地往外看。见秀嫂看他,赶紧缩回了头。秀嫂冲着大门,吐了口唾沫。

这天晚上,王谋子脱成了个精脊背,趴在炕沿。秀嫂烧了一锅盐水,用毛巾蘸着盐水,给王谋子疗伤。一群孩子,胆怯地挤在炕旮旯里看着。王大锤靠在被子上,半仰着身子,双目呆滞。

秀嫂叨空儿,一个劲劝说,想叫王谋子回头。王谋子听了,阴沉着脸,并不言语。

第二天一早,大家默默地吃饭。吃罢饭,搁下碗,王谋子说:"走吧,秀儿,咱们到镇上去,打离婚!"秀嫂说:"你要去你自个儿去,我是不去!昨晚上我八八八、九九九,说了那么多,你真的一点情义都不讲了!"

"你不去也行,我自个儿去!我又不是不认得去六六镇的路!"王谋子说罢,从席底下摸出那个《招夫养夫文书》,揣在怀里,又从门背后找了个枣木棍,"笃笃"点地,迈出窑门。

"你给我回来!"秀嫂见王谋子真的要走,"哇"的一声哭了。

炕上的王大锤,这时也缓缓地说:"王谋子兄弟,世间的事情,原本就没个道理。比如我这腰,它要坏,它就坏了,一点道理不和你讲。我说的意思是,既然卢秀执意留你,你就念在她的好处上,留下来。不要理会村上那些恼人的事情。我是过一天,算一天,有今没明的人了!"

王谋子见王大锤这样说,赶紧停住拐杖,回过头来:"王大哥,你这是多心了。我绝不是嫌你,这你放心。秀儿的恩义,我也会记得的。只是,这上驿村,户族势力太重,我一个外路人,终究难站住脚的。不要把我困在这里吧,趁我年轻,四处走一走,或许还有个发展!"

王谋子说完,离了窑院,拐杖一点一点,向石砭方向走去。涝池旁边站了一堆人,在捞摩托,王谋子的眼睛,瞅也没往这边瞅。

秀嫂倚着门框,眼巴巴地看着王谋子离去。她想哭,已经没有眼泪了。

这王谋子一走,秀嫂家就算塌了天了。王谋子走后,这秀嫂不吃不喝,也不言语。傻呆呆地扶着个门框,眼睛瞅着石砭,盼王谋子能回头。

等到后晌,秀嫂眼前一亮:分明是王谋子,从石砭那边一闪一闪地走近了。秀嫂再细看时,不免又吃了一惊,只见这王谋子,手上戴着铐子,身后,跟着两个戴大盖帽的人。

秀嫂正在纳闷,这两个人,押着个王谋子,上了砭畔,直奔秀嫂家而来。

这两个戴大盖帽子的人,秀嫂不认识,我们却认识,一个是"派出所",一个是法庭庭长张建南。

走到窑门口,拦住卢秀儿,张建南问道:"你是上驿村的卢秀吗?"

秀嫂点头应承。

"派出所"上前,掏出逮捕证:"卢秀,你被逮捕了!"

秀嫂一听,吓得脸色煞白。那王谋子大声喊道:"秀儿,你快跑,他们是来抓你的!"秀嫂听了,才回过神来,想往外边跑,门已经被堵死,只好朝窑里跑。跑到窑障,钻到粮食囤里去了。

"派出所"跟进去,就像笼里抓小鸡一样,把秀嫂抓住,提出粮食囤,把手铐给铐上。

秀嫂见跑不脱了,心一横,叫起来:"公家人,你为什么抓我?我一个妇道人家,不偷不抢的,犯了什么罪?"

"啥罪?"张建南冷笑道,"卢秀,我问你,你家有几口人,都是谁?"

"我家有八口子,五个猴娃娃,还有一个王大锤,一个王谋子,一个我!"

"这王大锤是你什么人?"

"是我男人!"

"有结婚证吗?"

"有,我们两个,双双到镇政府割的!"

"那王谋子又是谁?"

"也是我男人!"

"有结婚证吗?"

"没有结婚证,不过,有《招夫养夫文书》,上面还有张干大盖的红坨坨!王谋子手里有!"

"王谋子那个《招夫养夫文书》,我们已经存入档案。看来,不光你们,就连张家山民事调解所,也逃脱不了干系!"

"我们到底犯了啥罪,值得你们这样兴师动众的?"秀嫂问。

"啥罪?重婚罪!你和前夫王大锤,那是明媒正娶,登记结婚,受法律保护。你和后夫王谋子,那叫乡规民约,事实婚姻,犯了王法!"

自从张建南进窑的那一刻,炕上的王大锤,就急得浑身打战,说不出话,这时,他说:"我们这是情愿的!"

在一旁戴着手铐的王谋子也说:"我们都愿意的!"

张建南说:"愿意也不行!一夫一妻制,毛主席他老在世时定的,金科玉律,要都像你们,那世事不早就乱套了,人都成了混油狗了。"

张建南不再多费口舌,示意"派出所"带人走。

"一会儿娃娃放学回来,你叫他们自己做饭,将就着哄住肚子!"临踏出门坎时,秀嫂扭头对王大锤说。

"我不服!你们这是啥尿子法律!"王大锤在炕上骂道。

上驿村碴畔上，高高低低站满了人，看热闹。

行走间，秀嫂狠狠地对王谋子说："都怨你，自己给自己找事！你没听人说，见官三分灾么？"

"我真不知道，会有这结局。人没长前后眼，我要是知道，打死我也不会去法庭的。后悔药难吃，听说，要判咱们坐上几年牢哩！"山东大汉王谋子，低着头说。

这天，谷子干妈上街买菜，听到一街两行，风言风语，都在说卢秀和王谋子的事情。案件中，这一类花案，最为吸引人，况且大家听说，这卢秀儿长得还有几分姿色，于是，嚼起舌头来，更是有滋有味了，有的说上，没的捏上，权当是给自己的嘴巴过生日。谷子干妈听说后，吃了一惊，胡乱地买了些菜，赶紧回到调解所里，告诉张家山知道。

"张家山，看你还逞能不逞！你半年前在上驿村处理过的那个案子，惹下大麻缠了，小事酿成大事，聋子治成哑巴了！"

"哪件事？哦，是卢秀和王谋子？"

"正是他俩，两个娃娃，一对可怜人。听说，让法庭给逮住了，双双对对，捆在一起，要判重婚罪哩！"

"确实？"

"千真万确！一街两行，都在聒噪这事哩！"

"唉，是我一时糊涂，害了人家娃娃。谷子，你再到街上探一探，看他们准备咋判，什么时候判？最好，你去找我侄儿张建南，探探口气！"

"你侄儿那里，还是你去。紧火了，你可以抹下老脸来，骂他！"

"这事，我是有短处。口张是能张，不过张了口，人家会说张建南是徇私情。这样吧，你先去打头阵，我肯定是要惹这一场韶叨的，不过，容我想一想，再看咋办。"

"好！"谷子干妈应承着，又出去了。

张家山刚才是在看《参考消息》，尔个，这一桩事闯进门来，扰乱了他的心思，《参考消息》也无心看了，折起报纸，在屋里来回踱步。

一阵工夫，谷子干妈转了回来："我打问仔细了，明天上午开庭，公开审理，听建南的口气，好像初步定下，要给卢秀判三年，给王谋子判一年。"

"好小子，刀子真残，全不知这世上的事情，曲曲弯弯的，不能总拿一根尺子量！好，且看我，明日给他来个大闹公堂！"

"你说啥？你可不敢胡来，操心把张建南惹毛了，翻脸！"

"我不胡来！尔个，谷子，我要上上驿村一趟，搬兵，晚上回来，你多准备一点儿饭食！"

开庭是在第二天上午。这是一次公开审理。类似这样的公开审理，在六六镇法庭还是第一次。一间不算太大的会议室里，坐满了人。台下是小镇的各方代表、头面人物。台上，面对代表的，是法庭庭长张建南，镇政府打发来的一个陪审员，还有"派出所"。那奸夫淫妇王谋子、卢秀儿，灰塌塌地站在台子一侧，看张建南怎么摆布他们。

一切进行得还算有程序。公诉人公诉，辩护人辩护，虽然是小镇法庭，但和那些城里的大法庭进行这一类事情，倒也没有什么差别。法庭庭长张建南头一回这样办案，开始时有些紧张，后来见一切顺顺当当，也就松弛下来。

审理已接近尾声。法庭庭长张建南，一边整理卷宗，一边说道：

"如果各位再没有什么异议，上驿村卢秀、王谋子重婚一案的公开审理，就到此为止。下来，我们将依据《中华人民共和国婚姻法》中关于重婚案的处理条款，对罪犯卢秀、王谋子量刑施法！"

张建南的话音未落，突然，门外一片嘈杂，一片哭声。所有的在场的人都被吸引，扭头向门口望去。

秀嫂的五个孩子，好像是从地上冒出来的老鼠一样，一个接一个，夸张地哭着闯了进来。

一个小孩爬到桌子上，摔坏了杯子。一个小孩从桌子底下钻过去，抱住张建南的一条腿，隔着裤子咬他，咬得张建南哇哇大叫。

最小的那个女孩，跟过去，一手拉着卢秀，一手拉着王谋子，哭着说："爸、妈，咱们回家！"

场上秩序大乱，代表们窃窃私语。

张建南突然看见张家山，两手抱着肘，靠在门框上笑，他明白了，祸事的根子原来在这里。

"张家山，原来是你捣的鬼！你煽动罪犯家属，滋事公堂，妨碍公务，你说，这该当何罪？"张建南忘了场合，用手一指，嚷道。

张家山好容易谋了这一宝，眼看就谋成了，此时不出言，更待何时。只见他清清嗓子，用眼睛扫了一下众人，说道：

"大庭长，你先不要熬煎我，你先熬煎熬煎你自己。憨娃娃，你这么个判法，完了这五个小东西，还有一个瘫瘫王大锤，都得靠你这法庭养活。到时候，你是开法庭哩，还是开孤儿院、养老院哩。今天这么个闹法，才是个开头，那王大锤身子骨不能动，改日，他才要来大闹哩！你弄下这一摊子，到时候，看谁来给你擦屁股！"

这些话说得入情入理，代表们听了，都议论开了。

张建南也有一些傻眼，他想了想，往地上吐了口唾沫，说：

第五章 招夫养夫

"休庭十分钟!"

张建南偷偷地向张家山招招手,示意他到房间去议事。

张建南房间。这地方我们见过,就是贺红梅脱裤子的那个地方。

"好我的叔老子哩,你咋能这样做事!你瞎好给我一点面子嘛!你叫我以后工作怎样开展,说话还有谁听!有啥事,你底下不能说?"

"底下说?底下说时,不就迟了,你那刀子早就砍下来了。憨娃娃,人命关天,你咋能这样草率!"

"有法律条文哩,我一行一行地对过!"

"条款是死的,人是活的,啥事都得看客下菜么!"

"你说咋办?"

"你是真的向我请主意,还是人前一句话。是真的,那我就献策给你,这事要摆平,只一个办法,你叫秀儿跟王大锤离婚,跟王谋子结婚,这样既不违法,又把一大家子人都救了!"

"依你!"

张建南重新走向法庭时,法庭依然闹哄哄的,大家仍在议论纷纷,秀嫂那五个小东西,仍在示威。

张建南用手敲敲桌子,示意大家静下来,然后清清嗓子,说:"经过复议后,本法庭撤回原判,决定重新做出处理!"

一句话刚说完,场上顿时鸦雀无声,大家现在都盯着法庭庭长张建南的嘴巴,等待下文。

张建南又说道:

"鉴于卢秀和王谋子重婚一事,事出有因,迫于无奈,且二人一贯品行端正,表现良好,本法庭本着给出路的政策,特判决:卢秀与前夫王大锤解除婚约,与王谋子登记结婚。王谋子有责任抚养王大锤所生的所有子女，直到成人，并负责王大锤的衣食起居和养老送终。特此判决。六六镇人民法庭。×年×月×日。"

台下怔了一下，突然爆发出一阵热烈的掌声。

张家山的大巴掌，拍得最响。

"另外，"张建南瞪了一眼兴高采烈的张家山，说道，"鉴于在这宗重婚案中，张家山民事调解所作为公证方，错误地签写了《招夫养夫文书》，有藐视国家法律之嫌，本庭特裁决：张家山民事调解所停业整顿一个星期，责成法人代表张家山，闭门思过，将《中华人民共和国婚姻法》重新学习一遍，并写出学习心得一份，交给法庭存档！"

张家山半边脸还在笑着，半边脸突然凝固。

卢秀、王谋子被当庭释放，他们领着孩子，千恩万谢地走了。法庭上别的人，也都陆续离去，现在，偌大个会议室，空荡荡的，只剩下个张家山和张建南。

张家山说："好侄儿，算你能行，这一刀子，没捅向卢秀、王谋子，却捅向了我！"

张建南赔着笑说："叔老子，你当众出我的丑，我得挽回一点面子，是不是？你不要气恼，就当我关心你，给你老放一个星期的假，成不成？"

第六章　杨树倒了

马家砭有个马占山,是个远近闻名的黑皮。啥叫黑皮?《陕北方言词典》上说,黑皮是无赖、赖痞的意思。词典上的话,只说对了一半,除了无赖、赖痞的意思之外,黑皮的特征还应该再加上强悍、霸道这一点,才算完整。

这个马占山,村上人见了,凡事让他三分,外村人从他门前经过,绕道儿走。可见这黑皮,在一块地面,熬出一份地望,这也是件了不得的事情,确实应当算到强人的数里。

有一条横穿陕北高原的道路,叫210国道。这国道从马家砭穿过,就经过马占山的门口。不知道这建路的人,当年是不知道马占山的厉害,还是知道了,觉得区区个平头百姓马占山,他又能怎样。这路就这样修成了,一晃几十年,却也无事。

不出事是没有到时间。俗话说,靠山吃山,靠水吃水,这马占山,一抹心思,早就给这公路,打卦上了。

这天，家门口，树荫下，马占山躺在一个简陋的交椅上，半闭着眼睛，对儿子马牙说：

"娃呀，我是不行了。今年的秋庄稼，我看是吃不到嘴里了。大逞强了一世，穷了一世，到老来，也没给你们置下什么家当。大要是死了，你们也不要破费，两个酸菜缸一扣，挖个坑坑，把大撂到山上算了！"

大儿子马牙也在树荫下乘凉，听了这话，他说："大，你咋能说这话哩！你老要走，就放心地走吧！咱家光景虽然不怎么样，但是，我们兄弟三个合力，也要给你老，把事情办得红红火火的，排排场场的，不叫外人有闲话！"

"外人有闲话，又怎么样？男子汉大丈夫，主意自己拿。做事不要怕别人说长道短！"

"闲话"这两个字，说得马占山害了气，他觉得儿子涉世太浅，见识太短，太注重一钱不值的名声了。

他抓住最后的机会，教训儿子："大这一世，背了个黑皮的名，可以说老虎不吃人，恶名在外。担上黑皮这个名，大占了不少的便宜，当然也吃了不少的亏。两相抵消，还是占便宜的回数多。谁要在咱头上找个气头，他不掂量掂量自己，是不敢随便挠挖的，你说不是？唉，一人一个活法嘛！"

"骂你黑皮，是村上人没刷牙，嘴不干净，胡说！"

"不，这黑皮是我出了几身水，挣下的！马家砭的人，好些想学我，可是，这黑皮耍不出去，只好把脚蜷了，当尿囊鬼！唉，你们兄弟，有一个能像我，这我就走得放心了！"

马牙见父亲这样说，低下头来，不再言语。

马占山等了半天，不见马牙回话。睁开眼睛，虽然七老八十了，那眼睛依旧炯炯有神，十分机警。

马占山说:"我的儿,我说了这么多话,你解下我的意思了吗?"

"大不是在安排后事吗?"

"是在安排后事!不过,后事之前,大还有一宗事,这宗事不了,大是死不瞑目。门前这公路,大对它动了几十年心思了,咱可不能让它从咱门前白白地过上这几十年。大耍了一辈子黑皮,尔个,想最后再耍一次!"

"我不明白大的意思,大是说……"

"老百姓有一句话,叫靠山吃山,靠水吃水。咱马家砭这地方,山是穷山,水是恶水,哪样都靠不住。我寻思,要想富,得靠这条大公路。大盘算,瞅个空儿,躺到这公路上去,让车给碾了。这样,大的棺木老衣,就有人给出了,弄不好,还可以给你们兄弟几个弄点钱!"

"大,这个瞎瞎想法,你可不敢有!人咋能那样死呢?那叫横死!"

"啥叫横死?人死如灯灭,咋样死,跟自己本身,一点屎相干都没有!"

"我没有你那理论。不过,大不能那样死!那样死,给亲戚六人,也没法交代!"

马牙说话的当儿,远处有汽车声轰鸣。

"不论干啥事情,都得舍下身子。亏你还是我儿子哩,一点儿硬性都没有!"马占山感慨地摇头。

马占山拄着拐杖,颤巍巍地站起来。瞅马牙不注意,拄着拐杖,到了公路边上,挪两步,到了公路三分之一路面处,然后就地一滚,到了公路中间,躺下。

一辆大卡车风驰电掣般驶来。

"大呀,你咋能这样!"

马牙一见,大叫一声,向公路中间冲去。

马占山倒在地上,像滩泥。马牙俯下身子拖他。老汉不让拖,他伸出手来,挡马牙的手。

汽车怪叫着刹车。

马牙惊恐得面色煞白。

汽车在距离马占山、马牙一步远的地方,停下了。司机脸色煞白地从司机楼里伸出个头来。司机骂道:

"马家砭的马占山,你要死,你就往车轱辘底下钻。我不怕你,我这车是保了险的!"

"放开我,让我钻!"马占山见司机这样说,掰开马牙的手,要钻。

"大!"马牙规劝道。

"唉!"马占山长叹一声,他明白,今天这一场黑皮,是耍不出去了。心劲一没,全身也就酥软了下来。

马牙拖着马占山,向家里走去。

司机等这一幕平息了,按按喇叭,车走了。

经过刚才那一番折腾,马占山现在躺在自家炕上,大口大口地喘着粗气。"有一句老话叫'善始善终'。老了老了,我想再耍一次黑皮,唉,耍不成!"马占山嘴里念叨着,埋怨着儿子。

突然,风吹得窗户纸"啪啪"作响,电线杆子"呜呜"地叫。也是日怪,晴天晌午的,哪里刮来这一股怪风。伴随着风声,只听见窗外,有什么物什"吱吱呀呀"一声声响动。

"这是阎王老子来叫我了,我好遗憾!"马占山说。

这时二儿子马面一脚踹开门,叫道:"大,不好了!杨树倒了!"

"你是说公路段栽在咱家门口,我刚才歇荫凉的那棵?"

"嗯,就是,猪圈里那棵。"

"确实有鬼。前不栽桑,后不栽柳,中间不栽鬼拍手!当年公路段栽的时候,我就劝他们别栽。那不是杨树,那是鬼拍手呀!"马占山说着,突然从炕上坐起,他一拍手掌,又说,"早不倒,晚不倒,单单这时候倒,这是天意!老天见我殁得了,瞌睡处递枕头,倒下这棵杨树,分明是要我再耍一次黑皮,做一次人物。娃儿,快,你们几个,要是孝顺的话,把我抬到屋外去!"

马牙、马面互相看了一眼,不明白老父亲的意思。

"快!"马占山有些生气了。

这样,马牙、马面将父亲抬到了屋外。到了屋外,马占山又示意,往倒下的杨树跟前抬。到了杨树跟前,他又要儿子们把杨树抬起来,露出个缝隙,然后他一个胳膊,从缝隙中塞进去,抱住树身子,倒下。

这时候风停了,一群小学生唱着歌儿,由老师带队,从公路那边走了过来。这是马家砭小学校放学了。

马占山把杨树抱住,死死不丢。他在临咽气的时候,对儿子说:"把公路断了。让公路段给抬埋费!"说完,闭上了眼睛。

见父亲已死,马牙和马面不免大哭两声。这时,一群小学生围了上来,马家兄弟,折下个杨树股,把小学生们断走了。断走小学生以后,一面给还在地里干活的小兄弟马脑捎话,让他回来,一面跑回家中,把一家老小,都叫到公路上来。

这样,片刻工夫之后,国道马家砭段,马牙、马面、马脑,再加上他们的婆姨娃娃,一家人手牵着手,把个国道便给堵住了。上行和下行的几百辆汽车被堵,这条南北经济大动脉中断,消息立即传到了六六镇。

一辆吉普驶向马家砭。六六镇十分重视这个事件，责成镇上主管公交的副镇长担任事件处理小组组长，公路段段长和法庭张庭长担任副组长，以最快速度，赶往事件现场。

公路上歪歪斜斜地堆满了汽车。吉普在汽车堆里穿梭着。这是公路段的汽车，鸣着喇叭，因此，道路上大家也就争相让道。马家砭也不远，一会儿工夫，吉普就到马占山家门口了。

"这像什么话？事情有事情在，把个国道竟然给断了，这还了得！"副镇长一下汽车，"啪"的把车门一关，指着现场骂道。

马牙是老大，得他出头。马牙松了手，走过来："大镇长，你可得给我们做主呀！公路段的杨树，把我大给塌死了。人命关天，我们要公路段偿命！"

众人指指点点，来到杨树跟前，

一棵大杨树，足有一搂粗，横在公路当中。那马占山，人已经死去，但神色安详，两手环抱大杨树。

法庭庭长张建南，蹲下来，掰了掰马占山的手，手把得很紧，没有掰开。

公路段长拿一根皮尺，在量着路面，一边量一边嘟囔着："要死，也不挑个地方，真是害人！"

副镇长站在那里，指手画脚："人总是要死的，今天不死，明天也会死的。这叫辩证法。辩证法你们懂吗？谅你们不懂！其实，我也不太懂，不说这个了，咱们现在说说这事情咋个处理。道旁树塌死了人，这责任说怪公路段，也对；说不怪公路段，也对。这树又不是人，你叫它去塌谁它就塌谁？你说对吧，段长？"

副镇长是镇上的秀才，他的一段话，说了半天也不知道是在说什么，听得个段长云里雾里的，摸不着头脑。他茫然地点点头，他感到，这些话后面，还有下文。

果然,副镇长又说了。

"但是它确确实实把人塌了,这叫客观存在。既然塌了,我们就给它想个善后的办法!办法总是会有的!我的意思,是公路段认了,出上一点钱。折财消灾,息事宁人,先让中华人民共和国国道畅通,才是正理!"

"只要国道畅通,钱我出!"段长说。他有些不乐意。

副镇长又说:"多少钱呢?钱不能多出,出多了,那叫掏腾国家的。咱们不能多出,自然也不能少出,出得少了,安抚不下这马家砭的,咱们自个儿心里也下不去。所以嘛,我的意思,是出两千块!"

段长吊着个脸,没有言传。

马牙见这数目,说得合辙,心中暗暗一喜,不过嘴头子上,他还得争执一番,商人把这叫"讨价还价",农村人把这叫"掰扯"。

马牙说:"两千块太少,镇长你再把口开大一点。好歹是个人,又不是一条狗,两千块,你就想把我们的嘴堵住!"

副镇长见这马牙,不给他面子,有些恼了,说道:"我说两千块就两千块,多一个子儿也不给你。马牙,你不要不识好歹,顺着竿儿往上爬!"

马牙见副镇长真恼了,赶紧说:"那我就认了吧!老实说,没有这两千块钱,我也一样地抬埋老人哩!"

"不要多嘴!"副镇长拦住马牙的话头,又弯过头来,对张建南说,"虽然这桩事情,是由我牵头负责,可是,张庭长,法庭独立办案,党政部门无权干涉;因此,我这只是一个建议,具体咋办,还得你庭长拍板定案。"

副镇长话虽然这么说,其实,这事就等于已经定板了,只是人面面上，给张建南一个尊重而已。张建南好歹有了十几年工龄了，焉能不明白这个道理。

张建南应声说道："就按镇长的意思办。两千块抬埋费，我是没有意见。段长，你说哩？你要没有异议的话，那就公路段十天之内，将这笔钱交清，你看咋样？"

"事已至此，就这么办了吧！"段长阴沉着脸说。

"那好，马家砭杨树案，这就算结案了！"张建南说。说罢，又弯回头来，大声对马牙说："马牙，你都听见了，十天之内，公路段将两千块抬埋费送来。而你从现在起，叫回你的家人，叫他们不要闹事，保证国道畅通。再要闹，连同前面断路的事，一齐追究。听见了没有？"

马牙说："我听公家的！"

"好，现场办公，快刀斩乱麻，痛快！"副镇长高兴地说。

因为上驿村"招夫养夫"案，张家山民事调解所被停业整顿一个礼拜，张家山本人，被勒令写出书面检查一份，交法庭存档，记得这样判了以后，侄儿张建南说，权当是给他叔老子，放一个礼拜假哩。

这个假可没有放好。农村人有个怪毛病，就是天生下是干活的，一不跑跑坎坎，身上就来病。张家山也是这样。对付着，和李文化两个，把检查写完，交上去了，通过了。这事一毕，他就感冒了。只觉得头重脚轻，腰酸背疼。

张家山一病，急坏了谷子干妈，心净不由人，要领着张家山，去镇卫生院看。张家山嫌花钱，不去。谷子干妈说，那我用土办法，给你治一治吧！

谷子干妈说，这是头上钻进去风了。说罢，在张家山额颅上，抒一抒，抒罢，点亮一盏煤油灯，用一根纳鞋的针，烧红，然后在张家山额颅上挑。

"嘣！""嘣！"张家山额颅上的肉皮，直响。

"匪！匪！"张家山疼倒不是十分疼。只是心里寒碜，他把个头一个劲地往旁边趔。

谷子干妈将张家山的头扳过来，抱在怀里，继续挑。一边挑一边数落道："瞧你，男子汉大丈夫，一点背头都没有！"

张家山的额头，沁出一珠发黑的血珠。

"瞧，血都成了黑的了！"谷子干妈说着，腾出手，挤血。挤完以后，用指头蛋抹去。接着，又在两边太阳穴上，照这个办法，挑了一阵。

完了，谷子干妈又说："风冲得不轻，罢了，我再给你瓯一瓯！"

正要瓯时，"笃笃笃"，有人敲门。张家山说："这门敲得蛮有节奏，是个公家人。谷子，你且看看，是谁！"

光凭敲门声，就能判断出公家人，谷子干妈有点不信。她下了炕。将门打开，不由一愣。

门开处，站着个衣冠整齐的段长，段长后边还跟着个提黑皮包的文书。

有客人，平时谷子干妈肯定要褒奖张家山两句，说声"算你能！"如今，见是公家人，于是将话咽了，赔个笑脸，请客人进屋。

进得屋来，段长抬头一看，见张家山横在炕上，像是有病的样子，于是伸出两只手，往前压，嘴里说道："你不要起来！你不要起来！"

其实，张家山根本没有起来的意思，他的背上还背着个罐头瓶儿哩。段长所以这么说，是搭话的一种方式。

张家山见说，身子闪了闪，又躺下："那我就不起来了。"

"张干大，你感冒了？"段长俯下身子问。

"有点冒风。"

"你要药？完了，我让文书给你捎来些！"

"不用了，谷子给我整治了整治！"

"土办法，也好，尔个弘扬国粹！"

"段长，你找我来，肯定有事。我看你，今个儿灰塌塌的，好像受了什么欺侮似的。我这人爱干脆，有啥，你说！"

"事情也不大，两千块钱个事情。"段长停顿了一下，让烟。让完烟后，继续说道：

"张干大，你知道马家砭那个马占山么？前几天，道旁树下来，把他给塌死了。是不是塌的，现在还难说。法庭偏偏斧头往下砍哩，罚公路段赔款。罚就罚，两千元是个小数，公路段腰粗着哩！问题是这样判，叫人气不顺，这明明是坑公家哩么！"

谷子干妈拿了个小一点的黑瓯罐，开始往张家山的额颅上，刚才火针挑过的地方瓯。

段长继续说："法庭判了，叫十天之内付清。今个儿恰好十天，我带了钱，就要去马家砭。出了门，就又翻心了。他妈的，我想这理不公！国道上有多少棵树，数都数不清，你不能叫我每一棵树底下都站着个养路工。天有不测风云，谁知道会有什么事情！这个先例一开，汽车碰到树上了，都会来找我们！庄稼让树荫歇了，会来找我们！谁家女人想不开，解裤带在树上吊死了，也要来找我们！我们这公路段，从此不要想有安生日子过了！"

"你这话说得在理！只是，马家砭马占山的事情，我不想管！"

"你这是怕马占山？你张干大要不管，我也就认了。有一出戏,叫作《死诸葛吓走活司马》,原来我不懂,死人咋能把活人吓走哩,现在我懂了!"

"你小子,少给我来激将法!马占山活着的时候,我都没有怕过他,何况现在死了,我张家山平日,就是专治这号人的。我是可怜他。他要了一辈子黑皮,都要过去了,这最后一次,却要我去拦住。我想,他阴曹地府里,都会骂我的!"

"张干大,我们不是白请你,我们付劳务费!文书!"

文书顺过黑皮包,往出一倒,倒出一堆钱来。

"实话实说吧,这是两千块。本来是往马家砭送的,今个儿,送给你,请你出门,去赢这场官司。人争一口气,佛争一炉香,你也看出,张干大,我不在乎钱,我是纯粹想争这一口气的!"

"既然这样,张家山民事调解所,就揽下这一件案子吧!只是,钱,只能收二十块,算是受理费。输赢都收。官司赢了以后,那又另当别论!"

"好!算你给我脸!文书,把钱收起来,拿出二十块,要个收条!张干大,咱们动身,你看身体能行不?"

"走就走!只是,去马家砭之前,你得先到法庭,提出诉讼,这样,给咱们宽限几天。"

"好!"段长站起。

吉普就停在门外。当下,公路段段长去六六镇法庭,打了声招呼,接着拉了张家山,直奔马家砭。

途中,迎面过来一辆大卡车。卡车司机认得这辆公路段的吉普。会车时,司机从车窗里探出头来,叫道:"段长,到底让马占山把你们公路段给讹住了!"

"你咋知道?"

"这一条线上,大家都在说。本该,这马占山是想讹我。咽气那天,这死老汉,一拾一拾地,往我车轱辘底下钻,幸亏我那一天换了个新刹车,才躲过了这一场枉烦。想不到,却让公路段给摊上了!"

司机的话,对段长来说,不啻是一把火。马家砭杨树案,他是非翻腾不可了。

张家山从小车另一侧下来,问:"小师傅,你是说,这马占山,那一天,是先跟你寻过一回事?"

"是寻过,只是没有寻成。哈,树把人塌死了,这事好蹊跷,树是死的,人是活的,树没有长腿,人却长两条腿,人咋能叫树塌死?真是奇了!"

"你言下之意是说,马占山不是叫树塌死的,是树先倒,然后,他抱住树死去的!"

"我没有看见,我不敢胡说。不过,这事,你们查访查访吧,天底下的人,眼睛又不都瞎了!"

"这话在理!小师傅,如果法庭传讯,你愿意不愿意去做个证人?"

"证啥?"

"不是叫你去证树塌死人这事,是叫你证明,死人这天,马占山曾经想往你这车轱辘底下钻来着。"

"这事我能证明!"

闲言少叙。当下,张家山辞了汽车司机,重新钻入吉普,吉普一个发动,那马家砭,说声到,就到了。

马占山家,一场葬埋刚刚结束。大人孩子,头上都还蒙着白布,马家三兄弟正在门口拆灵棚。

那棵树,树梢已经被砍去,搭了灵棚。那树身还在,只是,原先是横在公路上的,现在为了不妨碍车的通行,顺了过来,搁在路旁。

今天恰好是十天期限。那马家兄弟，早就在这里眼巴巴地望着大路，等钱了。尔个，见小车过来，认得是公路段的，于是停了手中活儿，站着看。车刚停，老大马牙就凑了过来。

马牙努了努，做出一副刁蛮状，上来搭话："段长，你果然准时，请吧，屋里坐！"

段长心想，可不能进屋，进了屋子，话说投机了，面情上下不来，话说得不投机了，这一家老少，正在伤心处，弄不好会被堵在屋里，打上一顿。自己是干啥来了，自己心里清楚，还是疏远些才好。想到这里，于是说道：

"先不急着进屋。马牙，我们这次来，只有一个任务，是还想仔细看看。上次来，仓仓促促的，看得不仔细！"

"段长，你这话是什么意思？"马牙见话不投机，心里有些吃惊，追问道。

"没啥意思！"段长品着脸说，"事情有些不明白。我们公路段，不能平白无故地挨个肚里疼！"

"好狗日的，你哄得我人也埋了，路也通了，尔个，嘴巴上安了个转轴子，上紧了的弦，又一圈一圈地往松的转！"

马面、马脑都是些愣头儿青，加之父亲新丧，心里都有些不痛快，尔个，见话不投机，一个个嗷嗷叫着，扑过来。

"大哥，少跟他啰唆，白费唾沫星子，只问他一句话，看带钱来了没有。带钱来了，万事皆休；没带钱，先把这小子放展再说！"

段长见了这阵势，有几分怯。一想到吉普里，还有个张家山，就赶紧抬了眼睛，往车里瞅。

张家山在车里，一直不动声色，这时候，一开车门，下来了。

张家山的额颅上，有个明显的火罐印，乌青的一个圆。他的额颅上，还沁着一些虚汗，大约感冒还没完全好。

"嗯，没个王法了！马家的这几颗灰汉，大天白日的，你们想干啥？"张家山半截塔一样的身子，往那里一站，瓮声瓮气地说。

"哎呀，张干大，是你！麻纸糊的一张大脸，是处都有个你！你能不能放我们兄弟一马，不要揽这号闲瓷器。我们是掏腾公家的，又不是掏腾你的！"

见车厢里突然钻出个大个子张家山，马家三兄弟有些怵，但是嘴上还撑得梆硬。

张家山说："君子爱财，取之有道！掏腾国家的，掏腾个人的，这都不对！马家侄儿，我跟你大，也都是多年的老相识。咱们穷虽穷，可不能做这号事，让人指脊背！"

"做什么事来？你说一说。我大叫树塌死了，尸首都在那儿明摆着哩！又不是讹人！谁不服气，谁也往下死！"

"马面，你不要声高！段长请我来，也只是踏访踏访，问个究竟。真的是叫树塌了，再说；如果不是树塌的，你可不要哄人！"

"那天有镇长，有法庭庭长，人家看了的就不算数，就你张家山长了个鸡牛牛，尿得高。身正不怕影子斜，你要踏访，你就踏访吧！"

"这话说得多好！"张家山说。

马家三兄弟都不是善茬儿，马家门前摆开这阵势，也不敢叫人掉以轻心。言谈过往之间，那张家山虽然出语犀利，其实内心也是有些毛的，生怕吓诈不住场面，被这兄弟闹事，惹出一场械斗来。

尔个，话说到这里，双方都还没有撕破面皮，见好就收，张家山赶紧拉了段长，跳出圈子，到就近的一户人家踏访。

前面说了，这马占山老虎不吃人，威名在外，左邻右舍，凡事都让他三分。尔个,马占山虽然死了,可是人怕人是心里怕,左邻右舍,提起这马家,仍然畏怯。那天大杨树底下的事情,不信没人看见,只是,看见归看见,要叫大家把装到眼里的事情说出来,却不那么容易。

张家山和段长,到左邻右舍踏访,大家都装聋作哑。问得紧了,左邻说:"你问的事情,我们不知道!那天是刮过一场大风,正是晌午端,吃晌午饭的时候!"问罢左邻,又问右舍,右舍也是这号说:"晌午端,还有谁在路上哩!大家都在家里,正端碗哩!"

问来问去,问不出个名堂,二人只好灰塌塌地离开了房子,又来到大路上。

段长说:"尔个这人,一点儿觉悟也没有。事不关己,高高挂起,难怪坏人坏事这么多!我看,没诀了,咱们走吧!"

张家山不搭话。他仍龅蹴在路旁,发闷。左邻右舍的态度,原本就不出他的所料,因此上,他也就对于刚才的失败并不介意,倒是刚才的问话中,反复出现的"晌午端""晌午端"这个字眼,引起了他的注意。

"晌午端!晌午端!老百姓说话,你要想他话里的意思。晌午端,狼吃烟!这五黄六月时节的晴天晌午,歇晌的歇晌,吃饭的吃饭,还会有谁,顶着个大日头,在路上走哩!"

"你的意思是不走?"

"不走,咱们待到晌午端,再走!"

两人龅蹴在路旁,闷着头抽烟。

树荫慢慢地移动着,越来越小,最后完全消失了。段长看了看表,时间正是中午12点。

两人望着路面。

突然，传来了一阵歌声。马家砭小学放学了。一队小学生排着队，出了校门，顺着公路走来。一位剪着短发的女教师，正领着孩子们唱歌。

"是这些小学生！这些小学生是目击者！"张家山兴奋得眼睛熠熠发光。

段长也精神一振，一抬身子，站起来。

张家山一拽他的衣襟，又往马家门口瞅了瞅，说："不急！等下午上学以后，咱到学校去！"

这天下午，马家砭小学里，上课铃响过之后，漂亮的女教师站在讲台上，一甩短发，讲道：

"同学们，咱们学习了《读读写写》，又学习了对照图画讲故事，今天，咱们的学习进入一个新的阶段，就是作文。作文分两种，一种是记叙文，一种是议论文。咱们先学记叙文。今天，咱们要记一件事情，咱们要尽量地把这事记得翔实、准确。什么事情呢？十天前，放学回家的路上，在马家门前，有一棵杨树倒了。我记得，有许多同学，都去围观来着。今天，咱们就记这件事情，标题就叫——"

女教师说着，用粉笔在黑板上写下《杨树倒了》这个标题，接着，又用粉笔，在标题底下画了四个圈圈，继续说道：

"标题就叫《杨树倒了》。大家不是想当作家么？作家的最基本的训练，就是观察，看你能不能把这事观察得准确，描绘得准确。好，现在开始写，下课铃响交卷！"

老师讲毕，看看同学们纷纷抓起笔，写开了，老师来到了教室外面。

教室外面，张家山和段长，蹲在那儿，张家山一脸严肃的样子，那神态，好像正在酝酿一次大阴谋。

"这样讲，行吗？"女教师问。

"好！好！"张家山赞许道。

女教师见说，很高兴，整了一下自己的头发，就进去监堂去了。

公路上过来一个走乡串户，卖冰棍的。骑着辆破自行车，后边带着白色的冰棍箱子，连走带吆喝。"卖冰棍的，你过来！"张家山喊，"你这冰棍，我全要了！"

张家山示意，卖冰棍的将他的自行车，靠在教室的墙上。

下课铃"当当当"地响起来。

女教师手里拿着收到的第一份作文，半个身子还在教室里，手伸出来："老同志，你看看，怎么样？"

张家山接到手，段长性急，一把拿过去："我先看！"段长念道——

杨树倒了

十天以前，我们放学回家。大家排着路队，唱着歌，一想到马上就要吃到香喷喷的午饭了，大家的肚子都不客气地叫起来。

天有不测风云。突然，川道里刮起一阵旋风，只听"咔嚓"一声响，马家门前的那棵大杨树倒了。

奶奶说，遇到旋风，要一边躲，一边向它吐唾沫，口里还要说：旋风旋风你是鬼，我拿刀刀剁你腿！可是我们路队的小朋友，没有一个躲的，也没有一个吐唾沫的（张小丽同学除外，她吐了唾沫，因为她唱歌时嘴张得最大，结果吃了一口沙子）。因为我们是少先队员，我们不迷信。

杨树倒下的那个地方，我们看见马家的几个大人，齐心协力把老马大爷抬到了门外,放在树的跟前。"他们想干什么呢?"我想。

马大爷就要死了。他用最后的力气,抱住了这棵树。

这事真稀罕。我想了半天,也想不明白老马大爷为什么这样做。他是不是想要告诉我们:十年树木,百年树人,要我们长大后当个好孩子。或者,他是告诉人们,要爱护树木,一棵树要长这么大,可真不容易的!

我脑瓜仁都想疼了,也没翻开这个事的道理。

我们围上去看,老师说:"从小就要注意观察事物。"

我们真想把这事看完,可是,马家的几个大人,赶走了我们。

过后,我偷偷地捋了些树叶,喂羊吃。我这样做是不对的,不能占公家的小便宜。

植树造林,绿化祖国。

段长在念,张家山不由得笑。张家山心想:老师老要学生在一篇作文里挖掘出什么主题思想来,也真难为了这些学生了,《杨树倒了》这个题目,如何挖掘?

念罢,段长一拍大腿,嘴里连声说道:"好!好!孩童嘴里吐真言!我看你狗日的马牙,尔个还有什么话可说!"

女教师笑眯眯地将一沓作文都拿来了:"乡村小学,教学质量不高,两位见笑了!这作文,不知道是挑着要几篇,还是都要?"

"都要都要!"张家山赶快走过来。

接的同时,张家山又说:"老师,这一箱子冰棍,是公路段慰问小朋友们的,发给他们吧!"

老师一宣布,交了卷的小朋友,一窝蜂地围住了冰棍箱子。

教室门口吵成了一锅粥。

张家山将作文收起来,揣到腰里:"有这东西,这一场官司,大概就算赢了!"

六六镇法庭,这一天为马家砭杨树案举行一次公开审理。这个场面,与那一次上驿村"招夫养夫"案,却也有些相似,不同的是,如流水一般,上次的一茬人,现在又换成了另一茬。

前面坐着的,有马家三兄弟,有公路段段长和文书,有那位漂亮的乡村女教师,那位开大卡车的小师傅也来了。庭长和"派出所"是重要人物,当然不能缺席。除此之外,一个重要的人物副镇长,今天也到了。他是庭长张建南硬拉来的。

张家山民事调解所,今天是倾巢出动,张家山、谷子干妈、李文化都来了。法庭还给了张家山一个面子,让他坐在主席台,和庭长、副镇长坐在一起。

审理开始。庭长张建南开言道:"马家砭杨树案一审定案后,公路段不服,并委托张家山民事调解所重新调查此事。现在,我们请调解所的张家山,申述要求重新审理的理由。"

这样,宣布开庭后,先由张家山民事调解所代理公路段陈述理由。

张家山清清嗓子,说道:"道旁树压死人,即便实有其事,我认为,不问青红皂白,武断地要求公路段赔款,也是不对的。更何况,事情有很大的出入。至于如何出入,我们先可以问问司机小王。其实,早在杨树案以前几个小时,死者马占山就曾经横卧马路,想制造一起事端!"

庭长问道:"王为民,是否确有其事?"

那位卡车司机答:"确有其事!马占山耍黑皮,硬往我汽车轱辘底下钻。幸亏那天换了个新刹车,要不,今天坐在这被告席上的，怕就是我了！"

"少扯闲！"庭长说。接着又示意张家山，要他继续说。

张家山说："这件事由于司机采取了应急措施，没有形成肇事。但是，这件事起码可以说，马占山预感到他死期到了，他想制造出一场事端。这次不行，他还会等下一次。下一次果然等到了，这就是公路段的道旁树，让风给吹倒了！"

"你胡说！"

"你胡说！"

马家三兄弟，见话头儿越说越不妙，纷纷站起来抗议。

"我不敢胡说！我这身子，是在法庭上哩，旁边又坐了大镇长。我就是想胡说，也不敢的！"张家山挥手之间，送出两顶高帽子，送出以后，接着说，"我有证据！啥证据呢？下面请马家砭小学的教师薛冬梅，宣读一下该校学生提供的证词。"

"谁是薛冬梅？"庭长伸长脖子，往底下看。

"我是！"女教师落落大方地站起来，一甩长发。

女教师说："严格地讲来，这不是证词，是我为学生们出的一道命题作文：《杨树倒了》。能在这里宣读学生们的习作，我很高兴！"

说完，女教师就拿起作文，念开了。

女教师念的这篇，正是我们曾经见识过的那篇。不可否认，除了"中心思想"有些过于牵强附会以外，这篇作文写得十分精彩。而此刻，在这堪称庄严的场合，再由女教师那清脆美丽、抑扬顿挫的声音朗诵出来，这篇作文便产生了意料不到的喜剧效果。

开始时大家还都一本正经地听着，念着念着，有人笑起来。一个人一笑，这笑声便遏制不住了，到后来，是女教师念一句，大家笑一句。法庭一时间变得热闹起来。

大家开始是笑这小学生的作文,听着听着,后来的笑声,便变成了笑马占山这一场事情了。大家觉得这事情稀奇古怪,真是稀罕。

女教师念完了,她停顿了一下。台下是一片吵嚷声,吵嚷声中,夹杂着马家兄弟的抗议声。

"你完了吗?完了,请坐下!"法庭庭长张建南,见法庭的秩序有些乱,他把这看作是损害了自己的尊严,因此有些恼火。

女教师可以说是够单纯。她好容易有了个表现自己口才的机会,焉能就此罢休?听到庭长问话,她赶紧答道:"还有!还有!"接着又拿出第二篇,说道:

"一共是45篇作文。我刚才念的是第一篇。现在我念第二篇。第二篇《杨树倒了》,用的是倒叙法,先从马家大爷之死写起,再写他抱住杨树,再写杨树倒了。这种叙事文体我还没有教过,是孩子们自己想出来的,这孩子真聪明!我现在开始念了:《杨树倒了》……"

庭长终于忍耐不住了,他用拳头叩了叩桌子,说道:"行了,行了,不要念了。你的口才很好,你的学生的作文也写得很好,改天,教学观摩会上,你再显露吧!今个儿,就算了!"

女教师见说,不无遗憾地坐下来,胸膛一起一伏地,情绪还处在刚才的激动中。

庭长接着又说:"秃子头上的虱子,明摆着,这件事有水分。马牙,还有马面、马脑,你们说哩!"

马牙硬着头皮说:"这明明是张家山串通了几个人,设计来害我们!可惜,我大死了,我大要在,看你们谁敢这样欺侮我们马家!"

这话等于没说。话一出口,众人哄堂大笑。张家山忧郁的脸上，也露出笑意。女教师掏出叠得四四方方的手绢，擦了擦鼻子。

场上只有一个人，从始到终，都品着脸儿，不笑不恼，这是副镇长。大家在笑罢以后，看看副镇长，羡慕地想：你看，人家怪不得是领导，拿得多稳！

庭长看了副镇长一眼，然后说："休庭十分钟，待我们合议以后，宣布判决结果。"

说完，叫起副镇长、"派出所"，到他的那个宿办两用的房间里去了。

庭长大约觉得这"杨树案"，也有一些稀奇，回到房间，张口说道："马占山这老黑皮，真不是个东西，死呀死呀，还把咱们日弄了一回！"

说过以后，等了半晌，不见副镇长搭茬，抬头看时，见副镇长脸上有些不高兴，就又说："刚才我是乱发议论，现在咱们进入正题。镇长，你看这案子……"

副镇长严肃地说："咋能说日弄？这杨树倒和马占山的死，明明是有因果关系嘛！要不，咋能这样巧，倒下个杨树，就死下个人！"

"你是说……"庭长试探着问。

"我是说，凡事总有个因果关系，这是辩证法。马家砭杨树案也是这样。那杨树，即便不是直接地塌在马占山身上，也是那一声咔嚓，把马占山给吓死的。塌死和吓死，当然表现的形式有所不同，但是它的本质是一样的，这就是：杨树倒从而导致马占山死亡！"

庭长拍手道："有道理！有道理！还是镇长水平高，学过辩证法，看问题能看到实质上。那么，马家砭杨树案，你的意思是：咱们还按照原来预定的方案判？"

"我没有意思!"副镇长说,"公检法独立办案,党政部门无权干涉,你是政法战线的老同志,应该懂得这一点。至于我,我今天也不是什么镇长,而是你们临时拉来的个什么什么陪审而已!"

"人民陪审员!""派出所"纠正说。

"对,人民陪审员!"副镇长说。

庭长张建南,听了副镇长这一席话,算是有了主心骨,知道这马家砭杨树案,该怎么判了。二回回来,往主席台上一站,挥挥手,示意大家安静,然后红口白牙,说出一番话来。

张建南说:"法庭合议结果,认为张家山民事调解所所查事实,虽系属实,但是,杨树倒与马占山死在同一时间发生,绝非偶然。虽然杨树没有直接导致马占山死亡,但是,杨树倒下时所产生的巨大声音,不能不说是造成马占山死亡的重要原因。故此,六六镇法庭判决如下:从即日起,十天之内,公路段务必将两千元葬埋费,交到死者的第一顺序继承人马牙手里,不得拖延。本庭在此特郑重宣布,这是终审判决,不得再提出上诉!"

张建南说完,好一阵,不见台下有声响。"不管是好的反响,还是不好的反响,总该有点才对呀?"张建南想。

张建南朝台下一看,见台下人人目瞪口呆,看来,是他刚才那一番理论,把大家给说愣了。见是这样,张建南只好再用拳头敲敲桌子说:"今天的开庭,就到这儿,散场了。谁要坐,谁就继续坐吧,坐到晚上,这里放电影!"

话刚说完,首先惊醒的是马家三兄弟的马牙,马牙原来以为,这次是输定了,赢得意外,他刚才也有些目瞪口呆,不相信庭长张建南的话。尔个,他明白,千真万确,他赢了,于是,一个马趴,向前一跪,抱住张建南,嘴里学着戏剧里的唱词:"青天大老爷哪,草民这里给你下跪了!"

接着清醒过来的是公路段段长。本来，段长眼见事态发展，心中不免得意，觉得公路段这次是胜券在握了，想不到，半边脸还在笑着，半边脸就成了哭相了。段长和庭长，算是平级，就是比科长低一级的那一级，叫股长，因此，这段长，尔个气愤之余，也就指着张建南，骂道："张建南，你这浆子官！你这么办案，是羞先人哩！"

张建南听见了，权当没有听见，工作嘛，难免惹个把人的，因此，他也不十分在意。

副镇长要走，张建南陪着副镇长出了法庭。

张家山用嘲讽的目光，望着他的侄儿，看着他走远。

尔个，所有的人都走了，法庭只剩下了张家山、谷子干妈、李文化，还有公路段段长和文书。

段长像被霜打蔫的庄稼一样，哭丧着脸。他对张家山说："还有什么好说的！牙打了，咽到肚里就是了，你的疼，你给谁哭去！"

"这件事没完，段长，走，咱们再去马家砭，看能不能再搜腾些事！这口气我咽不下去！"张家山一拍桌子说。

"我不去，我是尿了！反正是公家的钱，出就出，权当是给张建南他大买药吃了！"段长说。说到最后一句话时，见张家山不满意地"嗯"了一声，段长明白自己这话有语病：谁是张建南他大？张建南他大就是张家山的亲哥。想到这里，段长拍了拍张家山的肩膀，算是道歉，拍罢，抬脚走了。

"谷子、李文化，收拾一下，咱们走！"张家山说。

谷子干妈说："人家公路段都受了！八竿子打不着个你，张家山你去逞什么英雄哩！"

"我就不信活着个张家山，斗不过你个死了的马占山！废话少说，咱们起身！"

"这不是跟马占山斗，是跟你糊脑尻侄儿斗哩！"谷子干妈摇摇头，表示无可奈何。

只为了一口气，张家山二返马家砭，蓄意寻事，要为公路段出这一口窝囊气。也是苍天不负有心人，这一次，张家山倒真的，又找出一宗事情来。

马家砭马占山家门口，如今是静悄悄的，只那棵树身，还静静地躺在那里，让人记起这宗"杨树案"。开始农忙了，马家三兄弟都上山锄庄稼去了。他们心里已经坦然，明白公路段这一次是栽定了，十天之内，他们不敢不送钱来。事情弄到这地步，已经不是他们马家和公路段的事情，而是法庭在和公路段较劲了。

既然这棵树还在，那么，就只有在这棵树上做文章了。

张家山绕着这棵树，转了三圈，感慨地骂树："树呀树，别人家门前的树，都立得端端的，独有你，爱惹事，倒了。你不知道，你这一倒，给世间添了多少麻烦呀！"

骂罢，张家山突然一拍脑门，省悟道："对呀，别的树都没倒，独独这棵树倒了，这里面，真该有一点儿名堂的！"说罢，在树的根部蹲下来，开始端详。

"李文化，你给我找个树枝，硬些的！"

李文化从马家的柴禾摞里，抽出一根狼牙刺棍儿，交给张家山。

张家山用棍儿，在树的根部捅起来。这一捅不要紧，有木屑纷纷地落下来，还有几条蛆一样的虫子，蚍蛹蚍蛹乱动。

"咋能不倒，树根都朽了，都让虫给掏空了！"张家山说。

"杨树就是爱招虫！"谷子干妈说。

"爱招虫？别的杨树，咋都好好的！"张家山白了谷子干妈一眼，又问，"树的根，在哪一块？"

"在猪圈里！"李文化说。

"猪圈里？谁家的猪圈？"

"还有谁家的！谁能把猪圈修到马占山家的门口？马占山家的呗！"

"马占山，我这一次，算是把你的把柄又抓到手了！咱们看看，是你能还是我能！"张家山站起来，捶了捶后腰，笑道。

猪圈围墙不高，石片砌的，张家山打量了一下，一跃身跳了进去。

一头大公猪，嗷嗷叫着，向张家山扑来，龇牙咧嘴的。张家山吓得一闪身子，又跳了出来。

"谁喂的猪像谁！"张家山解嘲道。

"看我来！"谷子干妈说。

谷子干妈迈动"解放脚"，挣扎着爬上墙去。张家山又掐着屁股，扶了一把。过了墙后，谷子干妈手里挥动着棍儿，嘴里"唠唠唠唠"地叫着，赶猪。

却也怪，猪不但不咬，还驯服地摇着尾巴。

谷子干妈用棍儿打着猪屁股，将猪轰进了一个石砌的小房间里，关死门。

"关死了？"张家山仍然心有余悸。

"关死了！"谷子干妈答道。

张家山一跃身跳了进来。

猪发觉上当了，这不是来喂它吃食的，于是在栅栏门里，"哼哼"地叫着，使劲拱门。

张家山伸出两只大手，刨开稀稀的猪屎。

根部显露了出来。

谷子干妈在旁边用棍儿戳,又戳出几条虫子来。

突然,响起一阵汽车的喇叭声,一辆吉普款款地停在猪圈墙外。

段长和文书走下车。

"我放心不下这事儿,又赶来了!"段长解释道。

"你看,蛆虫咬,猪嘴拱,这树焉有不倒之理!"张家山猫起腰来说。

"马占山这小子,就是逞强!公路上三令五申,不准把道旁树圈到猪圈、茅房里去,别人都不敢,就他敢!"

"公路上,可有关于这道旁树的管理和处罚条例?"

"关于道旁树的没有。有一个条例,是针对整个公路设施而言的。不过,我想,这道旁树,也属公路设施的一部分吧!"

"这就好!车走车路,马走马路,前一案事,已经下成死棋,咱们就不提它了,尔个,咱就提这后一宗事。咱们就以马占山破坏公路设施为名,也罚他狗日的两千块!"

"行是行,不过,像这种情况,罚款数额,最多只有五百。"

"咱这是特殊情况,特殊情况要特殊处理。树都把人塌死了,你看,这破坏有多严重!"

"好!"

"能把这拍照上,最好!"

"文书,你回段上去,火速取个照相机来!"

张家山拿着厚墩墩的一沓材料,还有花花绿绿的一堆照片,来找庭长。庭长正在吃饭。张家山故意把一张拍有蛆虫的照片,往庭长面前一搁。庭长见了,恶心,饭也吃不下去了,只好把碗放下。

"张建南,你狗日的,马家砭一案,你肯定吃了黑拐!"张家山开门见山,骂道。

"好叔老子（二大）哩，你冤枉我，兔子不吃窝边草，我张建南真要吃，也不能吃咱六六镇的。你看我这一头沉的光景，像个吃黑拐的人吗？"

"那马家砭杨树案，你咋能这号处理？"

"叔老子，我有我的难处。我不好说。不过你也不是外人，那我就实话实说吧，马家砭这事，副镇长参与意见了！副镇长是副科级，我是股级，虽然我那任命书上，有个括弧，括弧里说股级干部，按副科级对待，可是，在人家正儿八经的副科级面前，总觉得辈分低些！"

"我不懂你们这些渠渠道道，不过，我早就知道，你背后，肯定有人拽着你一条筋，看看，不是？"张家山有些可怜侄子，觉得这官也真是难做，原先的气，也有些消了。

他将那一摞材料、照片，往张建南眼前推一推，又说道："我今个儿来，还是杨树案。不过不是上一次的那个，那一个，你大庭长一锤定音，已经走成死棋了。我这次，是受公路段之约，状告马占山破坏公路设施，致死人命的。本该由段长拿到县上，找公路稽查处去办。我说，还是让法庭办吧！这不，状纸、照片，都在这里，一目了然的一件事情，你受不受理？"

庭长将状子、照片翻了翻："先放这里吧，待我考虑考虑！"

"我等你回话！"张家山一甩袖子离去。

送走叔老子以后，法庭庭长张建南，捧着这状纸、照片犯了难。他明白这事搁不下，张道李胡子，你非得给他有个交代不行。想来想去，还是觉得应该找副镇长，向他请请主意。既然这事副镇长插手过问了，那么出了新的情况，就得给他通通气才对。想透了，于是一个大卷宗，将这状纸、照片装了，来到镇政府。

"镇长，马家砭杨树案，公路段又翻腾开了。"副镇长办公室,张建南展开卷宗,汇报道。

"那不是都定了么,又翻腾什么?法律还有个尊严没有?威信威信,一是威二是信,没了这两样,还叫法律?"

"镇长,不是上次的那个。上次那个,已经定了,他们自然不敢翻腾。这次,是张家山出面,又状告马占山将杨树圈在了猪圈里,猪拱虫咬,导致杨树倒下,致死人命一事。张家山还扬言,法庭要是不管,他们上县里去!"

"受理是要受理的!发生在咱们地段上的事,咱们不管,哪能行?这事,轻点说,叫推卸责任;重点说,叫失职。至于如何处理,你去办吧,不要把大小个事情,都推到我这里!我要腾出身子来,抓大事。工作方法中,最忌讳的一条,就是事务缠身!"

"镇长,这我解下,来惊动你,我也于心不安。我这次来,只是来讨一句话,只要有了你这一句话,我就知道咋样处理了。"

"啥话?"

"你跟马家砭那边,可曾沾亲带故?"

"既没有亲,也没有故!"

"可还有别的啥关系?"

"你这娃娃,咋能这号说话。我是外县人,大学毕业,分到这六六镇的,那马家砭,谁家大门朝哪边安着哩,我都不知道!"

"那那天?"

"那天是那天,今天是今天。此一时,彼一时。那天,国道上汽车堵了三天,你不放那一句话,马家那几个愣后生,能撤兵?话既放了,就得执行;哪怕是违心,也得执行。军中无戏言,要不,一镇之长,以后说话,谁还听?"

"我明白了。镇长!今个儿,我算是又长了一番见识!"

庭长说完,毕恭毕敬地离去。

"下次开庭,你还去不去?"庭长出门时,又问。

"杨树案一了,我还去干什么!公务这么多!你要到镇上拉陪审员,你找别人去!"

几天以后,法庭又开庭。这次开庭,仍然是上次的那些人。只少了个副镇长,换了个镇政府做饭的大师傅。

庭长张建南朗声说道:"这次开庭,是为马家砭的杨树案。不过这个杨树案,不是上次的那个,上次的那个,已经结案。这次,是公路段状告马占山,破坏公路设施……"

张家山坐在那里,见侄儿还是嘴硬,言语之间,不忘了肯定他上一次的判案,不由得有些好笑。

法庭处理结果,判马占山赔偿公路段两千元,由马占山的第一顺序继承人马牙十日内付清。鉴于两案实属一案,且赔偿数目相当,故并作一案处理,双方均不再向对方索赔和赔款,从此两清。

这件事结案以后,张家山民事调解所收取公路段200元胜诉费,并用这笔钱,为李文化买了一架照相机。

三十年风水轮流转。马家砭马氏三兄弟见黑皮耍不出去,明白老父亲马占山一死,不比从前了,为人处世须谨慎些才好,门风得改一改才好。于是从此收心,安分守己,成为良民。这是后话。

第六章 杨树倒了

第七章　三轮四轮

马家砭"杨树案",张家山费了吃奶的力气,算是和老汉马占山,打了个平手。事情一过,张家山说:"以后咱们接案子,得有个选择。不要学那些混眼狗,人一吆喝,就去咬。咋个选择法呢?遇到难缠的黑皮、死狗,咱们能不染手,就不染手了。要不,经这么几回事,咱们自己,也叫踹成黑皮了!"

谷子干妈见说,笑了。她说这是地气的事,籽种的事,一方水土养一方物,这六六镇地面,就出这号黑皮,你是打着灯笼拾粪——寻着往屎上踏哩,你还怪谁?这号事,不信你看,瘸子担水,一瘸一瘸的,又来了!

谷子干妈的话,没有说错,不久以后,张家山果然又碰到一桩案子。这个案子,叫"三轮四轮"案,边墙村的事情。上次马家砭村,遇到的是死老汉马占山,这次边墙村,遇到的却是活老汉麻子牛。

事情还得从个体户马文明说起。

六六镇有个后生,叫马文明,瘦瘦的身材,矮矮的个子,嘴里补一颗铁青色门牙。论年龄,今年才二十五六岁,因为是少白头,所以显得老面。适逢改革开放,这马文明就从信用社里,贷了笔款子,买了个四轮拖拉机,跑运输。

马文明跑的是北路。这天晚上,天黑漆漆的,马文明开着四轮出了六六镇,正忙着赶路,突然听到路旁有人叫喊。天太黑,又是荒郊野外的,马文明不想多事,可又一想,这一月是文明礼貌月,能做点好事最好,加之这叫声又来得凄惨,罢罢罢,停下车吧。

"过路的干大,你行行好,把我哥捎一程吧,我哥受伤了!"一个小后生,站在路旁说。

马文明打开车灯一照,见小后生身边的地上,还躺着一位。他说:"不要叫我干大,怪不好意思的,叫我马文明吧!"马文明摸了一下自己的下巴,又说:"咋样受的伤?黑天半夜的,躺在个半路上。"

小后生答道:"唉,不要提了,行走间,后边过来了个三轮,睁着眼睛往人身上撞。见撞着了人,屁股底下一冒烟,一阵突突,就揭瓦了。这还是个文明礼貌月哩,啥弄手?"

"闲话不说了,上车吧,我还要赶路哩!"马文明说。

那人喜悦,俯身抬地下躺着的那位。抬了几抬,没抬动。地下躺着的,"哼哼唧唧"直呻吟。

"枉烦!"马文明说了句,下了司机座,帮那人抬。

"他叫拴牢,我叫圈牢,我们是这前边,边墙村的!"小后生说。

这样,马文明半路上做了一件好事。那兄弟俩上车以后,马文明开着四轮,继续前行。边墙村却也不远,说话间就到了。到了边墙,四轮停下来。圈牢跳出车厢,背起拴牢,说道:"垴畔上亮灯的那家,就是!马师傅,你不上去喝口水?"

让人是个理,不去才是正主意,马文明答道:"免了吧!"

圈牢见说,也就不再勉强,俯身背起拴牢,摇摇晃晃地向坡坎上走去。

马文明见圈牢有些力亏,就说:"看在这个文明礼貌月的份儿上,帮人帮到底,我送你到家吧,兄弟!"

圈牢背着,马文明在尻子后边搁着,两人说着客气话儿,向坡坎走去。

这家的老掌柜的叫麻子牛,也算方圆地面一个人物,两个儿子,六六镇上办事,天这么晚了,不见回家,这麻子牛不免有些着急。正在心慌不定,听到坡坎上,有些响动,于是出了窑门,朝底下张望。

"坡坎底下是谁?你答个声!"麻子牛喊道,"你不答声,我就放狗来咬了!"

"大,天大的事摊下了。我哥叫车给撞了!"圈牢喘着气,答道。

麻子牛听了,没有答话。

一阵儿。圈牢和马文明,气喘咻咻地算是把个伤号拴牢,弄到了家门口。

这时,麻子牛袖着手,在旁边说:"谁撞了,让谁拉上看病就是了。你们拉回家来干什么?家里又不开医院!"

圈牢见麻子牛误会了,就说:"撞人的三轮早跑了,没抓住。这位师傅是做好事的,他开的是四轮!"

麻子牛说:"你咋这么死板!三轮是拖拉机,四轮也是拖拉机,抓住谁算谁。叫他扔下八百块养伤费再走!"

圈牢说:"咱不能做这号事!将恩不报反为仇,这是小人的做法!"

"他妈的,你解下啥叫世事!你哥挺在炕上,你说咋办?"麻子牛训斥儿子。

说话间,进了窑,拴牢被放在了炕上。

一直没有说话的拴牢,这时说:"大的话有理,圈牢!那三轮早揭瓦了,黑灯瞎火的,哪里去找!没办法的办法,只好拉上这个四轮,来垫背!"

马文明见说,暗暗叫苦:"天地良心,你们咋能这号做事!"此时不走,更待何时,他说了声:"你们好自为之,我走了!"说完,就想离开。

事到如今,要走也迟了。麻子牛见马文明抬脚要走,一闪身子,拦住了门:"钱不出,你就想走?圈牢,你赶快到公路上,把四轮那摇把儿,卸了!"

"我不去!"圈牢说。

"你不去,看我打你!"

圈牢见父亲真要打,只得跑了下去,将那四轮的摇把儿拿了回来。

麻子牛将摇把儿拿到手里,他说:"现在,你走吧!没了摇把儿,你那四轮就开不走了!"

马文明有些急了,舍下身子,来抢摇把。

二人厮打起来。

"哟儿哟儿,大黄大黄!"麻子牛见不是马文明的对手,要圈牢帮忙,圈牢不肯,麻子牛于是张嘴唤狗。

从屋里的灶火口上,突然蹿出个大黄狗来。

"咬他!咬他!"炕上的拴牢,忍着痛苦,支棱着腰,喊狗去咬马文明。

狗昂着头,端参着尾巴,"呜"地叫了一声,向马文明扑去。

狗一口咬住了马文明的小腿。

"妈呀,你真咬!"马文明松了手,一个箭步冲出门,连滚带爬地向坡下跑去。

黄狗兴犹未尽,继续追赶。

"大黄回来!大黄回来!"麻子牛唤狗。

狗摇着尾巴回来了。

麻子牛一手握摇把,另一只手为狗摩挲着毛,冲坡下喊道:"开车的,你是个聪明人的话,明天带八百块钱来,取你的摇把。不要计较这些小钱,要往大处想,你车轱辘多转两圈,这钱不就回来了!"

狗温顺地摇着尾巴,舔着麻子牛的手。

第二日,马文明来到边墙。他没有按麻子牛说的那样,带八百块钱来,却带来了一个稽查。这稽查我们认识,正是"杨树案"中的文书,姓贾。

这一天阳光灿烂,不比昨夜,黑漆漆的怕人,加之又有一个穿绿皮、戴大盖帽的壮胆,马文明也不似昨夜那么畏首畏尾,他气昂昂地,很有几分得意。

"贾稽查,那血口喷人的,就是头顶那家,百家姓中,他姓了个牛!"马文明向上一指,又指了指路旁的拖拉机:"这就是我的那四轮,昨晚做好事,用的就是它!"

贾稽查手搭凉棚,朝头顶上看了看,又走到四轮跟前,抬起皮鞋踢了踢车轮胎,说道:"小事一桩。走,上!"

两人相跟着上坡。马文明照见,那麻子牛手里摩挲着黄狗,一只手叉腰,正在硷畔上站着,大声吼道:"边墙的麻子牛,你参起耳朵听着。我一状告到了公路段。有公路段给我撑腰，你这黑皮，要不出去了。识相的，把我的摇把儿交出来，这事便了了；不识相的，叫你吃一回官司。告诉你，这是公路段的稽查员，老贾！"

上了硷畔，面对麻子牛，贾稽查表态道："麻子牛，我是公平判案，这你不必有思想顾虑。先告的不一定是赢家，尔个社会，恶人先告状的事情，不是没有！"

马文明觉得话语有些不对，神色上不似刚才那么胸有成竹了。

麻子牛殷勤地回贾稽查的话："这我知道！这我知道！有贾稽查出面，我就放心了。能吃上公家这碗饭，肯定都是有两把刷子的！"说罢，看了马文明一眼。

马文明的心里，犯开了嘀咕，心里想：今天这个救兵，很可能没有搬好。

窑里，伤号拴牢听见外面的响动，呻吟起来。

"进屋去看看，见见当事人！"贾稽查说。

正在呻吟的拴牢，见了贾稽查，张口要说什么，麻子牛"嗯"了一声，拴牢就把话咽回去了。

"伤在哪里？"贾稽查问。

"在腿上！"拴牢答道。

"昨个儿晚上，你们看清了没有？到底是三轮，还是四轮？"贾稽查又问。

"是四轮！倘若不是四轮，四轮为啥要揽这闲瓷器，把我娃捎回来，又送到家里？"麻子牛说。

正在笔录的稽查员，停止记录，说："我不是问你！"

"是四轮，我敢保证！"拴牢说。

稽查员记录。

"你咋能血口喷人，硬往我身上塌茬哩。我真是好心做了驴肝肺了!"马文明说。

贾稽查看了马文明一眼,没有吱声,又问:"另一个当事人哩?"

"你是说圈牢,他到地段医院,请接骨匠去了!"

"嗯!"

贾稽查将笔帽拧上,将记事本"啪"地一合:"事情只能到此为止了!"

贾稽查说:"马文明,牛拴牢,你们双方都听着。你们一个说是三轮撞了,一个说是四轮撞了。三轮四轮,黑灯瞎火的没个对证,一时半刻也说不清。我的意见,咱们先不说事,先不说理,先不说谁长谁短,治伤要紧。马文明你先拿出八百元治伤费来,给牛拴牢看病,不要让这牛拴牢,落下残废了。三轮四轮问题,容后咱们再细致调查,做出处理!"

"凭什么叫我出钱,我不服!"马文明见说,跳起来,"我请你来,实指望你给我做主,贾稽查,你咋能眼窝睁得明明的,钝刀子割我的肉哩!"

"马文明,你不要生气。我知道你是个万元户,这几年开四轮挣了不少的钱。谁叫你染上这事了,你就权当拿出八百元赞助吧。文明礼貌月嘛!"

"文明礼貌月也不行!赞助是赞助,赔偿是赔偿,这样处理,分明是欺侮人哩嘛!"

"这仅仅是初步处理。容后,还要仔细调查哩。查清了,真的不是你的责任,返还不就行了!"

"初步也不行,我是不交!"

"你请我来的,又不是我爱来!我裁决了,你又不听。你当我把你没办法了:你的四轮,公路段先扣下!"

麻子牛见说，喜迷了眼。

麻子牛将摇把儿从枕头底下取出来，交给稽查："贾稽查，这是摇把儿，我这里交给你了！"

贾稽查接过摇把儿，说道："我要走！我这稽查，不是给你一个人当的！前村还有一桩事情，我得到那里去。马文明，你要是想好了，来公路段找我！"

"贾稽查，你不能走呀！"马文明哭丧着脸，拉住贾稽查的袖子。

贾稽查拽。

马文明不丢手。

"你妨碍国家工作人员执行公务！"

"我不敢！"

"那你丢手！"

马文明丢手。

贾稽查大摇大摆地离去。下了坡坎，又返回来："麻子牛，摇把儿这铁家伙，怪重的，先放到你这儿。我啥时要，啥时再取！"

"搁到这还不是跟搁到段上一样，谁敢来抢！有我家大黄看着！"麻子牛说着，白了马文明一眼。

麻子牛将摇把儿拿回屋子，仍然放到拴牢的枕头底下。

马文明站在硷畔上，眼睁睁地看着贾稽查离去，想拉住他，又不敢，只好拿言语说道："尔个这世事，好人一满没活路了。天大大，地妈妈，你叫我咋办哩！麻子牛不讲理，这还能说得过去，你一个稽查，戴大盖帽，吃国库粮，人面前的人，也这么胡说八道！"

这时，圈牢领着医生来了，看见马文明蹲在硷畔上，有些可怜他，上去搭话："马师傅，你今个儿又来了？"

没容马文明搭茬,麻子牛训斥道:"就你嘴长!不抓挖几个现钱,给你哥咋样看病?好人谁不会当!你要能拿出钱来,这事自然了了!"

圈牢不再言语,低着头,领着医生进屋去了。

突然公路上有喇叭声响起。

马文明听出这是他的四轮的喇叭声,抬头一看,见公路上,边墙村的一群孩子,上到四轮上玩耍,那喇叭声,是小孩按出的。

"麻子牛,事情有事情在,这车,你可一定要看好!成物不可破坏,你当心让小孩把零件卸了,或者让谁偷油,把车给烧了!"马文明说。

麻子牛笑道:"车是公路段扣的!贾稽查一经手,便成公路段的事了。我是事外之人,我管尿它哩!"

马文明长叹了一声,只得抬脚走人。

临下坡坎时,马文明扭头指着麻子牛说:"麻子牛,我这次是跟你摽上了。老百姓有一句话:为挣一口气,输了二亩地。凡事都是让事情逼上梁山的!我这回就是倾家荡产,也要出这口气,讨个公道。麻子牛,你听着,六六镇上出了个张家山,就是专治你们这号黑皮的。我不行,可是有能行人,恶人还得恶人治,我这就去求他!"

说罢,马文明离去。

六六镇上,张家山正蹲在那里,看《参考消息》,风风火火地,从街西头走过来个马文明。

"你这是咋了,没出车?驴脸拉得有丈二长,好像谁欠你二百串铜钱似的。这个月是文明礼貌月,你这形象不要影响市容!"张家山这样和马文明打招呼。

马文明心里有事,他想笑,笑不起来。停顿了一下,他发了一句大感慨:"张干大,尔个这世事,好人一满没个活路了!"

张家山听了,皱起了眉头:"你这娃娃,舌头也未免摊得太宽了。你说这话,伤众人哩,坏人有,这是事实,哪一片天底下,都有几个坏人哩!可好人毕竟是多数。即便是坏人,也是叫事情逼的,不得不坏,半夜里,他的良心,在折磨他哩!"

"大道理上我说不过你,不过,这次,我可是叫事情遇上了!"

"啥事情?车仰马翻了,还是叫人活抢了?"

"这些都不是,是叫人讹住了!张干大,边墙村麻子牛,一满不是人,他家拴牢让三轮撞了,我好心好意救他回家,这麻子牛,不但不领情,反回来用翻车塌,诬我撞了他家拴牢。最叫人气恼的是,公路段那个稽查员,纯粹他妈的睁着眼睛说瞎话,硬判我出八百块医疗费。"

"那稽查员姓啥?"

"姓贾,贾稽查!"

"噢,就是公路段原先那个文书,绵绵的一个后生嘛!马文明,世界上的事情,总有它的道理,你知道不,那姓贾的,跟边墙村沾亲着,他娘,是边墙村牛家的女子!"

"怪不得!这事,我早有疑惑!怪不得麻子牛那只大黄狗,光咬我不咬他!"

"所以说嘛,你不要遇了一点点事,就把天底下的人都看扁了。娃娃,世事大着哩,你才吃了几年的咸盐,过了几座桥,晒了几天太阳!"

"是我不对,张干大!"

"知道不对就好!"

"那咱这一口气,就咽了?"

"咽是不能咽,憋到肚里,会憋出病来的!这样吧,我去找公路段！贾稽查以公徇私，这还了得！"

张家山把这件事揽到身上，领了马文明，来到公路段。一进大门，恰好遇见了段长。

"哎呀，张干大，有什么事，你尽管说，马家砭杨树案，我还欠你一笔人情哩！"段长见是张家山，满脸堆笑。

张家山说："那个文书，啥时成了稽查员了？"

"你是说小贾。这还不是杨树案之后的事。杨树案给了我一个教训，公路上的事情，还得公路上管。恰好，上边要求给各公路段配稽查员，我就让小贾穿上那身绿皮了！"

"绿皮是能穿！只是，这小贾胆子也太大了。边墙村三轮四轮案，明显地是以公徇私！"

"是不是，有这回事？好，我回来说他。不过，稽查这事，双向领导，一边是段上，一边是法庭。张干大，你最好再找找法庭。一般说来，按政策条文，段上不干涉稽查员独立办案！"

"那好，我找找庭长去！"

张家山起身告辞。

和张家山一起去的马文明，毕恭毕敬，局促不安地坐在那里，不时给段长和张家山递烟。

出来后，马文明说："这段长态度还不错！"

"不错个屁！这是推辞话，官样文章！你不了解官场上，尔个，这段长把皮球又扔到庭长脚底下了！"

没奈何，张家山又领着个马文明，来找庭长张建南。

张建南也有些不悦，嫌张家山给他惹事。有张家山这老面子，他又不好推辞，于是说道："屁大的事情，都找人民法庭。好吧，传那边墙村的麻子牛、六六镇的马文明，明个儿早上问话！"

晚上张家山回到所里，免不得又遭谷子干妈一番奚落，说那麻子牛，比起马占山来，也逊色不了多少，更兼他家里养着一条大黄狗，麻子牛叫咬谁就咬谁，你与他较量，还是小心一点为好。张家山说，碌碡曳到半坡了，还是曳上去吧。

第二日早晨，事主马文明、民事调解所张家山，跂蹰在法庭门口，眼巴巴等到响午端，大路上就是不见麻子牛的踪影。

张建南拿了个饭盒，到镇政府食堂去吃饭。

"还没来？"张建南问。

"没来！"

张建南望了望大路，说："传票都发了！这不知死活的麻子牛，耍黑皮不来，你叫我有什么办法！"

张家山站起来说："短不下我去跑一趟吧！"

"也是没办法的办法！"张建南说。

"边墙"是指长城。陕北说书中"秦始皇修边墙天下共怨""孟姜女三两声哭倒边墙"，说的正是长城。村子以"边墙"做名字，想来，过去的年代里，这里是该有一段长城的。陕北境内的长城，最早的是战国时期的魏长城，最长的一段是明长城。边墙村四周，只有高高低低的山，没有个长城的影子，想来，这长城，是毁灭于哪一次战乱中了，于是只空留下这个名字，让后世猜测。

麻子牛是边墙村最老的住户。别的住户，都是后来移民移来的。有明朝年间，从山西大槐树底下移来的；有"民国十八年"大年馑中，从关中平原逃荒上来的；而更多的住户，是陕甘宁边区政府时候，响应政府号召从北路移民下来的。

先入为主，老住户麻子牛，以及麻子牛往上的这个家族，长期以来，有一种莫名其妙的骄傲感。这种骄傲感主要是后来迁来的住户给培养起来的。麻子牛觉得，这山坡上的树木，山坡下的小河，以及那条道路，总之，这个方圆几里的地域，从名分上讲，都在某种意义上是属于他们家族的,这个概念,直到山下的土路变成简易乡村公路后,才逐渐淡薄。

村子里家家养狗,狗成为生活的一部分。这里大约是陕北地面最穷的地方,所以长期以来,这里流传这样的一句笑话,就是"狗咬穿整齐衣服的"。狗少见多怪,它一生下来,看见的就是穿烂衣服的,因此见了穿新衣服的,就觉得这事情不正常。

这当然是前些年的事情了。这几年,大家的生活相对来说好了些,公路修起来后,这个封闭的地域也被打破。穿整齐衣服的人逐渐多起来,穿烂衣服的人也慢慢少了。这样,就给狗出了难题,不知道该咬穿新衣服的,还是该咬穿烂衣服的。想来想去,觉得还是听主家的,主家叫咬谁就咬谁吧,不主动出击了。

随着生活好起来,养狗的习惯也得到改变,好些人家不养了。不过对于麻子牛来说,狗是非养不可的,传统不能丢,而确实在某种程度上,狗成为家庭的一员,它的威势成为这个家庭的重要特征。试想,如果没有大黄狗的出现,那天晚上和马文明的争执,麻子牛的优势就该减弱许多了。

张家山也有一些怕狗。站在公路边上,他先呐喊了一阵,麻子牛搭声了。那麻子牛说,他不放话,大黄是不会咬人的。张家山听了,心才有些放下了。

来到麻子牛家里,未曾搭话,先见那拴牢躺在炕上,"哎哟哎哟"地叫着,张家山想,话就从这里开始吧。

"看病来没有?"张家山问道。

未待拴牢搭话,麻子牛截住话头,答道:"病是看来,骨头也给接上了。只是药单子还在这里。没钱抓药,眼睁睁地等着那八百块哩!"

麻子牛好不精明。张家山一露脸儿,他就知道是干啥来了。所以先把这个难题摆给张家山。

窑里的陈设确实有些寒碜,一盘大炕,一个锅台,几床脏兮兮的被子摊在炕上,满室的家当凑起来,大约也不过二三百块,再加上那拴牢长一声、短一声地叫着,这场景,令张家山也有一些难受。

张家山努力了一阵,从自己腰里掏出五十块钱,递给拴牢:"不吃药怎么行,先拿这个看吧!"

拴牢有些不好意思接,麻子牛说:"拾到篮篮都是菜,拴牢,收起它!"拴牢见说,收起钱,嘴里说道:"谢谢张干大!"

"张干大,得等那八百块钱到手,我才能还你!"麻子牛说。

"还不还是次要的事,我手头不管怎么说,比你宽裕一些!"张家山说,"我此番来,专为了一样事情……"

没容张家山往下说,麻子牛打断了他的话。麻子牛说:"若是为了别的事情,张干大你尽管说,若是为了四轮的事情,你最好不要说,省得闹个脸红!"

"我说的就是四轮的事情,牛老弟!"张家山逗起了性子,"不是我说你!孩子有病,当然要看,要寻钱,只是,你这做法不对。三轮碰了,咱们找三轮,你咋能蛮不讲理,硬把粪兜往人家四轮头上扣哩!"

麻子牛岂肯示弱,他虎下一张脸来,颗颗麻子涨得通红:"张家山,你是干啥来了?谁搬你来的,呲上你这大脸来偎尻子。你要是来串门,咱们还是老弟兄,以礼相待,你要是来充当说客,你就抬脚走人!我家的事,你少管!"

麻子牛说完,一声吆喝,大黄狗又从灶火边出来了。大黄狗走到麻子牛跟前,摇着尾巴听候使唤。麻子牛蹲下来,用胳膊将狗脖项抱住,腾出一只手,顺着狗的脊梁,一路摩挲下来。狗舒服地舒着长腰。

"你咋还不走？你真的要撕破了面皮才走？"麻子牛见张家山还不动身，扬声说道。

狗听见麻子牛的声高了，摩挲时的手指僵硬了，它"腾"地站直四条腿，弓起腰，翘着尾巴，夆起耳朵，嘴里发出"呜呜"的恐吓声。

这地方的狗大，大得有点像藏獒。陕北说书中说，"柠条梁的家狗大如牛"，那说的就是这地方的狗。这狗为什么这么大呢？有个好事者考证说，那个现今已经不见踪影的西夏王朝，当年是转悠着从青藏高原过来的，难说，他们来时，把那地方的狗也带过来了。

张家山明白自己该走了。

走归走，可这张家山，比起那马文明来，到底多吃了几年咸盐，多一层智慧。他明白自己不能跑，一跑，那狗就会追来的。人怕狗，狗却也怕人，即便是在自家门口，可它毕竟还是畜生，心里怯人着哩，只要你舒稳一点，放缓步子，倒退着走，狗不一定敢上身子。

这一招还真灵，狗没有扑过来。不过没有扑过来的另一个原因，大约是麻子牛没有继续发布口令，他委委实实是想给张家山一个面子。

下到坡坎底下的公路上，张家山心定了。狗歪歪在家门口，到了这公路上，众人的地盘，狗就不敢那么狂了。张家山脚踩在公路上，站定，然后冲硷畔上站着的麻子牛喊道：

"你不够意思，麻子牛！搁给前二年，我不一顿拳脚，把你那狗，打死才怪哩！"

麻子牛站在硷畔上，一手扶狗，笑道："是我给你面子，你却还不领情，还说大话！老百姓说，狗是一口人，这话算是说对了。有大黄给我护驾，你们谁也不要想欺侮我，任你世事变化，我躲在我这山上，来个老虎不出洞，你又把我奈何！"

张家山在山下，突然想起传票的事情，于是把这事抬出来，压他一压："麻子牛，我差点忘了，我这次来，是成命在身，六六镇法庭，要我问你，传票的事。"

"什么传票？"

"法庭传你去过堂的传票！"

"传票是收到了，我就是不去，你把我咋！公路段的贾稽查放话了，这事他们管，龙多不治水，就听他们一家的，谁要插手，你不要理他！"

"这话当真？"

"当真！"

"当真就好！"

说完最后一句话，张家山站在公路上，不再言语。今天这个人看来是丢定了，想到这里，他有些恼怒起麻子牛来，觉得这人太有些逞强，横行乡里，一点儿王法都不讲。

正恼怒着，见旁边有个老汉，正在挥舞着拐杖，驱赶那些在拖拉机上玩耍的孩子。张家山见了，却也认得，于是强作一副笑脸来，前去搭话。三言两语，拉到麻子牛身上，那老汉说出一番话来。

老汉说："说出麻子牛，我有一句话啰唆。麻子脸也是脸，而且比咱们这些光脸，把脸看得更重。他何尝不想装人，不想拿出一沓票子，往你跟前一甩，嘴里说一声：钱不多，先凑合着应急吧！他委实是没法子，才要这号黑皮。张家山，你尔个在太阳坡里站着哩，你要体谅一点阴坡里站着的他，才对！"

老汉这话，藏头藏尾，并不打人，却把张家山刚才掏出50块钱那桩事，揶揄了几句，并且话语之间，处处可怜着麻子牛。张家山初听这话，有些不高兴，细细一想，却都觉得这话句句在理，于是恼怒有些消了，咽了口唾沫，点点头。

张家山说道："我张家山民事调解所受理了这事，就得给这事有个交代。俗话说，劈柴劈小头，问路问老头，老人家，你比我年长几岁，这一河水，咋样开，我得请教你了！"

老汉说："人在事中，难免迷惑，请教二字不敢当，我只是个在旁边看西湖景的人，插两句闲话，如此而已。依我看，这一河水要开，得找到那个开三轮的。麻子牛没有力量去找。你该动动这个心思，才对！"

这话算是点拨了张家山。张家山听了，连连称是。想了一想，他又问道："这公路上，跳跳蹦蹦的，到处都是些三轮四轮，我该如何去找？老人家既然把话说到这里了，莫非心里已经有几分约莫？"

老汉心里果然有几分约莫。原来，他成天蹲在这公路边晒太阳，过往的三轮四轮，却也知道个大概。他说，跑这一路的，多半是从子洲下来的，结帮成伙，出外谋生。想来，他们该有个头才对，找到头儿，查一查，这件事，总该留下些蛛丝马迹的。

张家山听了，不觉大喜。好话能当钱使，当下双手一拍，叫了声"仙人指路"，算是对老汉的赞美。罢了，离了边墙村，赶回六六镇。六六镇上，约了马文明，又调动了谷子干妈和李文化，一伙人满镇查访，找到了这"子洲帮"的窝儿，然后一桌酒席，将这些满身油腻的拖拉机手们，请到了饭桌上。

陕北地面，十里不同俗，一条沟岔，一个山窝，一处河川，一架梁峁，人民说话的方言土语，便有差异，性格的暴烈或者柔顺，往往大相径庭。究其原因，一说是地理环境、生存状态对人的制约，一说是来源于人种。民族战争，烽烟不断两千年，一支又一支泯灭在历史进程中的民族，将它们零散的后裔交给深沟大山去遮掩庇护。例如有着赫连勃勃墓的那个地方，生出一群横行无忌、目空天下、心比天高命比纸薄的家伙；例如西夏王元昊一路掩杀而过的宁夏川，生出一群谙熟床笫之事的长腰婆姨短腰汉；例如延水注入黄河的那一处地面，生出一群精明过人工于心计的良善百姓；例如无定河以远辽阔的北方大漠上，男人们赶着牲灵，女人们唱着热烈的情歌，男人女人，个个天生的美人坯子；又比如我们的六六镇，张家山想用他的道德力量改造的这一块地面，黑皮丛生，人性猥琐，蹊蹊跷跷，尽生些叫人啼笑皆非的闲事。

这子洲最初的名字大约叫怀远。怀远在民族历史进程中曾经是一个杀气腾腾的地名称谓，边塞烽烟，金戈铁马，无定河边骨，春闺梦里人。它在20世纪因李子洲而易名。这一处地面，是黄土高原和毛乌素沙漠的结合部，光秃秃的黄土山崖，险峻苍凉，飞飞扬扬的黄沙荒滩，无边无界。这一处地面，好像从黄土高原的胳肘窝里生出来一股怪风一样，生出一支性情刚烈、好勇善斗的人类族群，好结伙成团，好抱打不平，爱闯事惹事，爱排侃显能，因了地头的苦焦，本土不能谋生，往往像鸟儿一样，四处觅食。偌大高原上，只要谁呐喊一声：子洲人来了！大家赶紧噤声，退避三舍，让子洲人出头。六六镇上，顺蔓摸瓜，找到那"子洲帮"的头儿，却也不是一件难事。这是一个脸上有一块亮斑的中年人。

听了张家山一番叙说，这亮斑面皮渐渐变了颜色，凭空说出一句话来，说这是给子洲人头上栽赃。要不是这张家山在六六镇上有些势力，地望又好，说不定两人会口角起来。那亮斑说："你要栽赃，你也不打问打问，大理河，小理河，生出一个无定河，这一方水土养出来的人,你敢往他眼里,揉沙子么?"

张家山见话不投机,嘿嘿一笑,拿出最后一招,他说这事情也不是他的事情,他是尿闲了,往骡子身上蹭哩。你道这是谁的事情,这是马文明的事情,马文明是谁,马文明是子洲马蹄沟的马家,正宗的一个子洲人,这是你们窝子里的事情,你们自己看着处理吧,我张家山是不管了。

听说这开四轮的也是子洲人,况且是马蹄沟的,这亮斑的语音有些变了。又经不住这马文明一副哭相摆上,在旁边唉声叹气,这亮斑终于答应了往席面上坐。

席面上,酒过三巡,人人都赤红了脸,张嘴问着,看有啥事。亮斑见了,敲敲桌子,待众人静了,三言两语,说明事情。亮斑一番开场白后,张家山开了言。

张家山说:"各位,今天这个场合,是老大给的面子,把各位都请到了。设席容易请客难,各位一到,这桩事情,就算成了一半了。我先介绍一下,这位是马文明,子洲马蹄沟的,你们的老乡,又是同行。这桌饭,就是他破费的。马文明尔个有一件事情,缠住手了。啥事情?你们恐怕也听说了。一挂三轮,把人撞了。三轮找不着,尔个,边墙村的麻子牛,把马文明这个开四轮的给染住了。事情也不大,八百块的银钱过往,马文明出得起,我张家山这个旁人,看不过眼。只是,这气不顺,公路段那个贾稽查,太欺侮人了。人争一口气,佛争一炉香。尔个马文明四处查访,见人叩头,见庙烧香,是想找到那个开三轮的,还自己一个清白之身。各位兄弟,就是这事情,我张家山快人快语,无遮无拦,一股脑儿倒出来,至于咋样解决,大家看着办吧!"

张家山一路排侃,滔滔如泻,手里打着手势,嘴角挂着白沫,把个李文化,在一旁看得有些呆了。心想火车不是推的,牛皮不是吹的，张干大这两下子，轻易不露，露出来确实惊人。

没容李文化在一旁惊叹，那亮斑喝了几口酒，又得了张家山这一场话，头早晕了，将个大手往桌子上一拍，骂道："他妈的，你们谁撞了人，给我往出说！谁要不说是女子养的！谁也不说，我就认了，把马文明先开脱了！"

众人听了，互相看了一眼，都摇摇头，说不知道这事情。

亮斑又说："出门闯生活，遇事情，连这个悍性都没有，咋行？没人认，我就认了吧，张干大，你说咋样？"

张家山没有答亮斑的话。他见一个留着乱糟糟的长发，长着瘦脸尖下巴的后生，自坐在席上以后，一言不发，也不敢拿正眼看人，只一个劲地拿着筷子，往嘴里填菜。他心里已有几分约莫，于是拿眼睛盯着，又用言语撩拨道："那位小兄弟，我看你心里有事。有什么话，你就说吧，都是自己人！"

"没事没事！"那小后生，赶紧低了头，搪塞道。

亮斑见了，明白这就是肇事者了，于是把筷子"啪"的一声，甩到桌子上，大喝一声："小子洲，你狗日的站起来！"说完，扬起拳头要打。

众人见了，赶紧阻挡。

那叫小子洲的，被逼不过，只得点头认了。他说："是我来！我见撞了人，怕挨打，慌慌张张地就跑了。再说，我刚开上拖拉机，腰里也拿不出来钱！"

张家山一见，喜道："说出来就好！说出来就好！千万不要为难这个小兄弟。腰里不方便，也不打紧，我这里先垫上。了事才是正主意！"

"不，钱得自个儿出！"亮斑张口拦住张家山的话头，说道，"没钱，我们几个先垫上，出门在外，仗义是第一紧要。不要为难张干大了,他本来是事外之人,能为朋友,这么出力,就让人感动了!"

俗话说"两好搁一好,你好我也好",双方都这么做事,于是,这席面上,气氛越发变得融洽起来,真真地成了一群君子国的红脸汉子了。

接着,张家山又说道:"这位小兄弟,我也是个急性子的人。了一事少一事,咱们说好,明个儿一早,法庭上走一道程序,了了这事,咋样?"

"去法庭,该不会把我关起来吧!"小子洲胆怯地说。

"哪能哩,张干大已经和法庭庭长说好了,一手交钱,一手了事!"马文明说。

亮斑说:"怕啥哩,自己屙下的,自己拾掇!赶明儿,我们几个一起去,给你壮胆!"

"好吧!"小子洲勉强答道。

话拉到这里,就算拉好了。张家山见事情已经有了着落,踏实下来,嚷着让马文明看酒,借这事打断了刚才的话头,"店家,有红塔山么,再拿来两盒!"张家山又说。

随后,所有的话题,都被猜拳行令声淹没了。

第二天早晨,六六镇法庭,张建南庭长摇摇摆摆地登堂。

那马文明,云开雾散见日头,自然是一脸的喜气。张家山见这事就要出头,脸色也见和缓了些。小子洲没经过事,脸色有些苍白,被同伴们簇拥着,日上三竿,还不见边墙村麻子牛,庭长有些恼了,那张家山想起那日受的窝囊气,便说,那麻子牛,狗眼看人低,眼中只有个贾稽查,哪有法庭哩。张家山心想:这句话算是报复,仅此为止。听了这话,庭长是恼了,叫"派出所"开了一辆摩托去,一时三刻,擒拿回来了麻子牛,搁到大堂上。没了"大黄"

护驾,那麻子牛,现在是缩成一团,全没了那日的威势。

方方面面,只公路段贾稽查还没有到。庭长咳嗽了一声,说道:"没来,就不管他了。咱们先处理咱们的事,公路段那边,容后再说!"

这话算是开场白。开场白完了,庭长厉声问道:"麻子牛,那次传你,你为啥不来?人民法庭人民管,人民法庭管人民,你是不是人民中的一分子?"

"我本来要来,只是,公路段贾稽查说了,这事公路段管,谁传你,你都装作没听见,不要理!"

"那你今天,咋又来了?"

"我不敢不来!派出所往硷畔上一站,不要说我,连我家大黄都叫镇住了!"

"你倒眼亮!"庭长听到这话,有点得意。他没有听出,这句话里有骂人的意思。

"你手里拿的那是什么?"

"是摇把儿,马文明四轮上的摇把儿。我听派出所说,三轮找到了,赔款的事也说定了,就顺手把摇把儿也带来了,反正有摩托驮着,不用我背!"

"你倒聪明!"

麻子牛说着话,把个摇把儿放在庭长面前。马文明见了这摇把儿,按捺不住,有些心切,上去要拿。张家山见了,一把挡住马文明的手。

"我插一句话,我想问问,牛老弟,这摇把,到底是你扣的,还是公路段扣的?"挡住马文明的手后,张家山问道。

麻子牛答:"开始是我扣的,后来经了公路段贾稽查。本来他要带走,嫌沉,寄放在我这里!"

"既然摇把是公路段扣的,庭长,我代表马文明一方提出,公路段今儿必须到场,并且,马文明只能从公路段手里,接这个摇把儿!"

"有这个必要吗?"

"也许有!"

"好!书记员,你去公路段,传那贾稽查来。稽查不在,务必请来别人,最好把法人代表——段长请来!"

"是!"书记员停止记录,出去了。

"咱们继续开庭!"庭长清了清嗓子,表示进行下一个阶段。他说:"哎,我说小子洲,你这是人小鬼大,锤子像个镢把,把人撞了,没说赶快下车救人,你车一突突,就揭瓦了。事情是不严重,问题是,你这性质恶劣。"

亮斑说:"这小子洲年龄小,一满没经过事,你张庭长大人大量,就饶了他这一回吧!"

庭长没有理会亮斑的求情,他吐出两个字:"执照!"

小子洲乖乖地把执照从油腻的工作服里掏出来,双手递给庭长。

庭长将执照拿了,放在手里,翻来覆去地看了一阵,放进抽斗里:"会还你的,等一会儿公路段来人了,再说!"庭长横了小子洲一眼。

接下来的时间是冷场。大家都一言不发,静静地等着公路段来人。这种气氛,正是庭长所需要的,他觉得公路段是兄弟单位,一满不懂得相互支持工作的道理,老给法庭难堪,这回,他想造成一个冷场效果,刺刺这公路段。

冷场的效果没有造成。因为那段长人还没进来,哈哈一面大笑,声先到了,笑声过罢,段长进门。进门进得过于随便,就像进自己单位门一样,进门以后,先不看四周是谁,就直冲庭长,喊道:"庭长你好!俗话说,不走的路还走三遭哩!你看,杨树案刚结束,还没凉下,这法庭的门槛,我又迈进来了!"

说罢,径直走到庭长跟前,伸出手来。

庭长好像记得,条文上说,这种场合,不宜和任何一方握手。因此他不打算站起来。但是段长的手已经伸到了你跟前,不由你不握。不握吧,庭长这人脾气好,没有这个悍性。想来想去,还是握了,一边握一边想:念在同僚的份儿上,算是我给你个面子。

庭长是握手,可是屁股没离板凳。一边握着,一边问道:"稽查员不在?"

"不在!"

"你那贾稽查,是个稽查不假,只是,可惜姓没姓好!"

"咋啦?"

庭长脸上掠过一股敌视的态度,不过这表情转瞬即逝,他信口回道:"不咋!"

庭长张建南又咳嗽了一声,算是提醒各位,冷场结束,再莫打岔,他要言归正传了。咳嗽过罢,庭长调整舌头,用半普通话说道:

"段长,边墙村三轮四轮案,已调查取证结束,今个儿结案。之所以请你来,一是咱是兄弟单位,通报一下情况,做到心中有数;二是马文明的四轮,是公路段扣的,处理事项中,有交还四轮一项。因此,务必请你到场。情况就是这样。你看,要不要就本案处理,咱们再单独交换一下意见?"

"不要了,公检法独立办案,你说咋处理就咋处理。我到这儿来,是只带了耳朵,没有带嘴巴的!"段长在某一次会议上,听一位领导这么谦虚过一句,从此记下了这句话,一直想找个机会说。

这回,是碰上机会了。他说完,摇晃了一下脑袋,为这句话得意。

"既然这样,那么,我就宣判了。"庭长说道,"各有关人员听着,就边墙村三轮四轮案,本庭宣判审理结果如下:一、责成三轮拖拉机驾驶员小子洲,负担牛拴牢医疗费八百元,当庭交清。二、马文明助人为乐,是雷锋精神,应予以表扬。三、责成公路段将扣马文明的四轮拖拉机原物交还,不得延误。此判,六六镇人民法庭。"

庭长说完,张家山一拍大腿,说声"好"!

"那我,拖拉机的误工损失哩?都耽搁了大半个月了!"马文明叫道。

庭长说道:"你这人咋贪心不足,误就误了吧,就当你这半个月,害病来着!"

马文明听了,不再言语。

"我的蓝本本,还在你抽斗里哩!"小子洲哭丧着脸说。

"噢,我这记性!"庭长说着,从抽屉斗里把执照拿出来,就要交给小子洲时,脑子一转,"执照这事,得交给段长,不是有个贾稽查么?贾稽查处理。"说罢,将本本交给段长。

段长接了本本,纳闷道:"哎儿,张庭长,你说啥三轮四轮的,公路段院子,文明礼貌月,打扫得干干净净的,哪见什么拖拉机呀?"

"四轮这事,你得问麻子牛!"庭长说。

麻子牛见点到他,也是眼亮,那摇把儿早就提在手里了,这时赶紧提着摇把儿,走过来答道:"段长呀,四轮被贾稽查扣在我们村了,这是摇把儿。贾稽查托我,保管着哩!"说罢,将摇把儿往段长手里递。

"我要这摇把儿干啥?"段长将手背到后边去,不接。

"我转手给你,你再交给马文明!"

"这不是脱裤子放屁,多费一道手续么!"段长迟迟疑疑地接摇把儿。接的途中,不满地望了庭长一眼,说:"将我这忙身子,日急三慌地叫来,就为这屁大一点事情!"

庭长见段长话里有气,回言道:"你不听人说解铃还须系铃人,这一场枉烦,是你的部属——贾稽查,为你挣的!"

段长不再言语,伸手接过摇把儿,又转身,将这摇把儿交给早站在一旁手痒痒了的马文明。

与此同时,那边,小子洲给麻子牛数钱。

一场官司,算是结束。那马文明,现在挥舞着个摇把儿,兴奋地说:"张干大,庭长,谢谢你们!看来这天底下,还是有个公道哩!我就不耽搁了,我得到边墙村,开那四轮去!"

"要去快去!马文明,那四轮放在野地里,难免出事!"张家山说。

"相跟上!"麻子牛将钱揣到怀里,讨好马文明说。

那段长眼见得马文明和麻子牛,抬脚走了,就说:"没我的事,我也走咧!"

"哎呀,段长,你还没有还我那蓝本本哩!"小子洲拦住了段长。

与此同时,亮斑和几个子洲汉,也围了上来。亮斑脸上的亮斑,一闪一闪,脸阴沉着说:"段长你就抬抬手吧,下不为例!"

段长见状,不知如何是好。抬头看庭长,庭长早脚底下擦油,溜了。

张家山这时候凑上前来,大声说:"只罚不打,只打不罚。段长,咱们不能一个萝卜两头切,既罚了款,又吊销人家执照!"

段长见说,想了想,"这话好像也对!"说完,将蓝本本递给小子洲。

段长摇头晃脑地走了,边走边说:"真是枉烦!天下本无事,庸人自扰之!"

六六镇上,一拨人还在为你长我短,争不精明,那边墙村,马文明的小四轮,早着火了。

一群孩子,在路边搭火堆玩,火燃着了油箱,油箱又燃着了车厢,于是一场大火,将个小四轮,烧成了一堆废铁。

这些,马文明和麻子牛还不知道。两人边走边谈,向边墙村走去。没有了利害,这人情味,马上就有了。那麻子牛,生怕马文明嫉恨,主动说道:"马老弟,我这人是铁嘴豆腐心,言语之间,有打了你的地方,你可不敢往心里去。乡里乡亲的,可不敢结下怨了!"

马文明却也开通,他说道:"我要怪你,我就不会跟你相跟了!"

"这摇把儿怪重的,我帮你扛一阵!"

"谁扛都一样!好,依你!"

两人正你谦我让的,比着看谁开通豁达,突然不知是谁,一眼看到了,边墙村上空腾起的浓烟,一指,于是两人都不约而同,吓了一跳。

"该不是我的家着火了?"麻子牛停住脚,嚷道。

"八成是我那四轮!"马文明说。

麻子牛说:"我不给你拿摇把儿了,你快拿走!"说完,不待马文明接,将那摇把儿,一把扔到地上,然后趟开大步,向前跑去。

"是你要拿,又不是我强往你手里塞!"马文明说着,俯身去拣摇把儿。

麻子牛是虚惊了一场,他家的窑好好的,灾祸是落到马文明的头上了。那四轮,一场大火以后,烧成了一堆废铁,那铁的形状,也都有一些弯曲,颜色泛白,还有烟在冒,那冒烟的地方,却是小四轮的四个轮胎。

马文明走到跟前,见此情景,瘫了,一屁股坐在地上,"哇哇"地哭开了。

四轮旁边,却还有一个人在抢救。那人脱下衣服来,去打四轮上燃着的火苗。那人眉眼都叫烟火熏黑了。

麻子牛瞅了半天,问道:"你莫不是我家圈牢?"

"是圈牢,大!"

"事情是你惹下的?"

"是村上一群娃娃拢火玩,燃着了油箱。我在硷畔上站着哩,看火势起了,就赶快来救。"

"你是吃饱了撑的,管这些闲事干什么?火要烧,谅你能救得了吗?快跟大回去,当心叫事把你给染住了。"

麻子牛攀着圈牢,上坡去了。上到半杆,扭头一看,见倒灶鬼马文明,仍坐在那里哭,于是有些可怜他。

麻子牛喊道:"马文明,你真是个半脑子!你坐在那里,干号甚哩?你号,就能把拖拉机号回来?你还不快去找公路段。这四轮是公路段扣的,公路段还没交到你手哩,你怕啥?"

一句话说醒事中人。马文明站起来,用袖子抹了一把眼泪,扛着摇把儿,灰塌塌地往回程走了。

经了这许多的事情,这马文明脑子也学乖巧了,盘算了一路,想好了如何给公路段说话,然后扛着摇把,进了公路段院子。

"段长,那拖拉机,扣在哪里了?法庭已经判了,我得去取!"马文明收拾起原先灰塌塌的面孔,神色平静地问。

"怪事,不是在边墙村吗?我记得,今早上,你跟麻子牛一块去取了!"

"我没跟他去。我跟麻子牛冤家对头,不着嘴。我想叫贾稽查,陪我一块去,给我壮胆,免得边墙村的人,又不叫我开拖拉机!"

"法庭都判了,谁敢不给!这么窝囊的人,把你也活在世上!"段长有些蔑视地望着马文明。

"嘿嘿嘿!"马文明勉强地做出笑容,心里却说:尔个这世事,是"精精捉憨憨,灵尻倒笨尻",一个套一个,看谁耍得圆。你现在笑我,我认了,不过,我一会儿要笑你。

段长说道:"罢罢罢,小贾,你过来,陪这个马文明,走一趟边墙村。"

贾稽查走出自己房间:"段长叫我?"

"嗯!"

"去去也行,只是,天不早了,能不能叫我屁股底下,把咱们吉普车,压上一回!"贾稽查说。

"你给司机说一声去吧!就说我说的。"

"好!"贾稽查欢喜。

贾稽查、马文明,往车上一坐,吉普屁股后边一冒烟,离了六六镇。贾稽查往日坐车,都是坐后边,车上也有领导,他只是个随从而已,今个儿,这车这一阵儿,是姓了贾了,因此也就不再犹豫,理所当然地坐在了首长位置。

车行进间,贾稽查又想,当了稽查,他还没有回家去转一转哩。这回,是吆着个吉普车回家,何不等边墙村的事完了,顺路回家一趟,让车,在村子里转一圈,让家里的人,也跟上风光风光,知道儿子尔个在外头,闹成世事了。

想定了，就跟司机说："一会儿到了边墙村，撂下马文明，到我家里打个转身，我请你吃好吃食！"

"你家里能有啥好吃食？"司机问。

"一碗炖羊肉，总该有的吧！"

"你哪里是想请我吃炖羊肉，你是想在村子，风光上一回！"司机揭穿他。

贾稽查也不忌讳，他说："你说对了。我家老人常说，你啥时也吆回一辆车来，羡羡村上的人，我想，不迟不早，就在今天吧！"

听着两人拉话，马文明坐在后边，一声不吭，他心想：光想美事哩，过上一阵，到了边墙村，我叫你贾稽查，哭都没有眼泪！

汽车的腿快，只一阵儿，就在边墙村了。马文明知道那个摊场，他闭着眼睛，故意不去看。贾稽查的一门心思，还在云里雾里，哪顾得上去看。倒是司机眼尖，一眼看见，公路边一堆废铁，于是一脚把刹车踩住，说道：

"咦，那是什么？"

车停在四轮跟前，贾稽查这才大梦方醒，瞅着一堆废铁，叫苦连天："妈呀，惹下大乱子了！几天不见，这好端端的一架四轮，咋成了一堆废铜烂铁了！"

没容贾稽查反应过来，马文明举起摇把儿，一把塞到贾稽查手里，说道："法庭判了，要你还我扣着的四轮。尔个，四轮在哪里，你给我说！"

"四轮是叫麻子牛扣的。车烧了，你找麻子牛去！"贾稽查想推卸责任。

"好娃娃，法庭上，麻子牛将摇把儿，交给段长，段长将摇把交给我。那麻子牛，好精不死，他早把自己身子腾利索了。三倒葫芦两倒瓢,尔个,人人都是事外人了,就套住了你个贾稽查!"

贾稽查尔个才明白这世事不像他想象得那么简单,他是把黄河看成一条线了。

贾稽查猛然醒悟,觉得那摇把儿还在自己手里,于是,像扔掉一条蛇一样,赶紧把它扔掉,嘴里说道:"这事我不管了。你去找法庭,叫派出所来查,看是谁家娃娃烧的!"

马文明看了一眼地上扔着的摇把儿,说:"反正我把摇把儿,交到你手里了,你愿意往哪扔,是你的事。谁家娃娃烧的,我不管,叫派出所来查,我也不管,那是你们公路段的事。尔个,我也不跟你在这里白费唾沫了,我要到法庭去告你,叫你公路段执行裁决!"

马文明说完,瞅了那摇把儿一眼,气昂昂地扬长而去。

年轻气盛的贾稽查,这回真是傻了眼了。那吉普车司机不识相,还一个劲地问贾稽查回不回家。贾稽查说道:"回屎哩!这一屁股的屎,都按到我脑上了,还有心思回家?走,回段上去,给段长汇报!"

"青天大老爷,你给我做主!"六六镇法庭门口,马文明大叫一声,扑倒在地,长跪不起。一街两行的人,都不知道今个儿又发生了什么新鲜事,一个跟一个围了上来。这马文明大家都认得,于是七嘴八舌,纷纷询问。马文明只为造声势,并不回答,单等那法庭庭长张建南出来问话。

庭长听到门外人声嚷嚷,出来一看,见是马文明,不由得皱起眉头,吼道:"马文明,三轮四轮案,我张建南处理得清清如水的。你这又是咋了,跑到法庭门口,耍社火,出洋相!"

马文明见庭长出来了,一半面向众人,一半面向庭长,凄惶惶地说道:"公路段保管不善,拿工作当儿戏,我那四轮已经被一场大火烧成一堆废铁了！"

法庭和公路段，因了马家砭"杨树案"，已经有了一些隔阂，因这"三轮四轮"案，隔阂又深了一层。"三轮四轮"案虽已处理了，但是张建南想起这事来，心里总有不平之意。尔个，见这马文明把刀把递到自己手中了，不觉一喜，说道：

"可是真的？"

马文明赶紧强调："当然是真的！我跟贾稽查，刚刚到边墙村，跑了一趟。"

见说，庭长自言自语道："这张家山，真是化学脑子，把个事情考虑得严铆扎楔，滴水不漏。这回，把公路段，给逼到死旮旯了。贾稽查这娃娃，我看你这回还跳弹不！"

法庭门口，人声嚷嚷之中，庭长张建南俯下身子，把马文明双手扶起，朗声说道："人民法庭执法如山。既然判定了公路段归还四轮，这公路段，就非归还不可。四轮没有了，那他们就只有出钱了。马文明，你不要怕，有法庭为你撑腰。法庭马上发个督促书，限公路段十日内，将四轮款付清，逾期不付，扣押公路段吉普车，作为抵押，并追究法人代表——公路段段长刑事责任！"

这一番话，说得慷慨激昂，义正词严，四周围观者听了，都禁不住鼓起掌来。那马文明更是感恩涕零，他顺着竿竿往上爬，说道：

"张庭长办案，确实是一口唾沫一个坑，有言必果。有法庭给我做主，我这心，就放到实处了！"

"不要说这些多余话，公正执法是我的责任。我的工作性质虽然特殊，但是和工人做工、农民种田没有本质的差别，都是为人民服务。"庭长"能"够了，又问，"你那四轮，多少钱买的，可有发票？"

第七章 三轮四轮　201

"有有有！五千五百块钱买的，发票我老婆保管着哩！"

"有发票就好说，你快快拿来！"

法庭一纸督促书，发到公路段。此一刻，公路段段长正在院子里批评贾稽查，拿了这督促书，段长一看，更是火上泼油，不由得手指贾稽查，破口大骂起来。

段长手里的督促书，这样写道：

六六镇公路段：

  边墙村"三轮四轮"案，本庭已结案处理。处理意见中，有"公路段将所扣马文明四轮拖拉机完璧归赵"一项。今事主马文明反映，因公路段管理不善，致使四轮烧毁，经法庭调查，马文明所反映之情况属实。故改判公路段赔偿马文明小四轮车费五千元（小四轮原购价五千五百元，减去五百元折旧费），限十日内交清。若逾期不交，将以藐视法庭，拒不执行裁决，继而追究公路段法人代表、段长刑事责任。

  希望公路段，配合人民法庭工作。特此通知。

  附：小四轮原购发票复印件。

六六镇人民法庭（盖章）
×年×月×日

段长看完督促书，站在院里，顾不得风度涵养，破口大骂贾稽查。那贾稽查尔个是彻底成了龟孙子了，他沉着头，趿蹴在那里，脸色煞白，一声不吭，干受着。

骂完了，段长说："就不敢给你个权，有了一点权力，你就不知道自己姓啥，为老几了。你看，你惹下这乱子，叫我给揩屁股。

你不要走，我找镇长去，看镇长能不能出面，调解一下，把这个场给圆了。"

说罢，横了贾稽查一眼，出门找镇长去了。

闲言少叙。这公路段段长拿了督促书，心急火燎地找到镇长，先把个督促书让镇长看了，然后说道：

"你看，这法庭一点儿理都不讲。我们也是执行公务呀！弄来弄去，织下个网，把自己给套进去了。镇长，庭长听你的，算是我们公路段，求你了，你给张建南说一说，看能不能少出点款。老实说，这五千块一出，我们公路段这大半年的奖金，就发不出去了！"

镇长听了，沉吟半晌，又拿起这"督促书"，搁到眼睛底下，细看了一遍，然后，伸出一根指头，指着督促书那红坨坨，说：

"段长，你的心情我理解。只是，人民法庭独立办案，党政部门无权干涉。这是上级三令五申了的。段长，咱们私人关系是私人关系，可是你总不至于让我去犯错误吧！"

段长见说，明白镇长是不肯帮忙了，拿起"督促书"，站起来就走。

段长回到公路段，那贾稽查还傻呆呆地站在院子，等待结果，见了段长，赶快迎上前去，问道："段长，那镇长，肯不肯帮忙？"

段长阴沉着脸，没有言传，半晌，才说："小贾，你去通知开会！"

"都谁来？"

"全体人员都来！记着，连做饭的大师傅，也一块叫上！"

会议室里，待人员到齐，段长拿出那个"督促书"，交给贾稽查，让贾稽查念。念完了，大家都不言传，都举着眼睛，看段长有什么下文。

段长乌青着个脸,说道:"会计,你从账上,取下五千块现金,一会儿,交到法庭去。小贾,你不要穿那身绿皮四处唬人了,一会儿回屋里去,脱下它,交给大师傅。从明个儿起。你下厨房做饭,大师傅担任稽查。"

听了这话,大家面面相觑,那贾稽查,更是羞愧满面,恨不得找个地缝,当时就钻下去。

段长又说:"还有会计,你记着,从下月开始,每月从小贾的工资里,扣三十元,一直扣到五千元还清为止。小贾,你有什么意见没有?没有就好,咱们散会!"

马文明的肚子里,藏不住隔宿屁,五千元罚款一到手,他就兴冲冲地来找张家山,报喜。张家山听了马文明的诉说,叹息了一阵,说这一下,可把小贾那娃娃整惨了。他掐上指头,一五一十地算了半天,最后算出,这小贾得十四年光景,才能把这笔钱还清,他这日子,不知道该怎样过呀!停了半晌,又说,这段长也是糊弄,怎么让贾稽查成了大师傅,当心小贾哪一天想不开,一把老鼠药,往米汤锅里一撂,这可咋办?

第八章　碾盘事件

初夏的一天，秀延河的左岸，叮当有声，李忠厚老汉，正在岸边的石层上，凿一副碾盘。河谷间吹来些小风，地里的麦子已经秀穗，风中掀着一个一个的绿色波浪。玉米、花生、洋芋之类青苗，绿葱葱的，有半拃高了。

顺着河岸，吵吵闹闹地过来了一拨人。走在前面的是李文化。小伙子经了这几年的磨炼，单薄的身材已经变得硬朗多了，脸色也显得比以前红润，说起话来，也敢跟人对视了。一股青春的东西正洋溢在他的身上。他见不得磨磨蹭蹭，所以现在一个人离了队伍，前面走着，边走边亮开嗓子，唱着那些代代相传的高原野调。

相形之下，张家山是有些衰老了。背比以前有些驼了，头发茬子，也没有以前那么硬了。刚走了不到三十里山路，他的步子拉着地，明显地有些拖不动了。

谷子干妈有些心疼他。

河岸上栽了些"柳栽"。有一株"柳栽",根部活着,生着些柳枝,上边却已经干了,光秃秃的。谷子干妈走过去,两手抱住,使劲一掰。

柳木棍倒是掰下来了,可是她抱着个柳木棍,跌了个"尻子墩"。

谷子干妈用手拄着棍子,站起来,她拍了拍屁股上的土,然后将棍子交给张家山。

"你眼里,我非得拄这棍子不可么?"张家山有些不高兴,摆摆手不要。

"不要逞强了!不是那二年了!"谷子干妈说。

张家山朝四周看了看,见没人注意他,就接过了棍子。

"笃笃笃!笃笃笃!"棍子墩在石板上的声音,清晰地响在河谷。声音和李忠厚老汉那"当当当!当当当!"的凿碾盘的声音交织在一起。

李文化腿快。他已经走到李忠厚跟前了。见李忠厚在凿碾盘,他停住脚步,一边等人,一边看着。

李忠厚见是李文化,隐约认得,于是抬起下颌,指了一下旁边的水罐儿。

李文化明白这是叫他喝水。"不客气了,李干大!"李文化说着,端起水罐儿,扬起脖子,将水喝干。

"李干大,打搅一下!"李文化蹲下来,煞有介事地说。

李忠厚的锤声停了,扬起脸:"还有啥事?"

"我有个爱好,就是收集名人名言。听六六镇的人说,你肚子里的古董,多着哩!李干大,你能不能给我倒一倒,让我增长增长见识,也好有个长进!"

李忠厚笑着说:"名人才有名言哩!我一个乡巴佬,这辈子，走州过县，都是有数的几回，我能说出什么？你不要听人瞎曰曰，我有时候发干，管不住自己的嘴巴，说些调皮话，那是打要要哩！"

"那也是文化！李干大，就你那调皮话，给我说上两句吧！"李文化紧张地从腋下取出个皮夹，打开来，要记。

见李文化确实出于真诚，李忠厚说："真要我说？"

"真要！"

"那我就说一段给你听！只是，李文化，你听了，不要笑话我，也不要给镇政府揭发我，说我这老汉，思想有问题哩！"

"我不说！"

"那好，我就显能了。李文化，你知道从古到今传下来一句话：啥叫四香？"

"'四香'是什么，我不知道！"

"谅你们年轻人也不知道，告诉你，四香就是'猪的骨头，羊的髓，黎明的瞌睡……'"

"这一点也不酸嘛！还有啥……"

"小姨子的嘴！"

"好好！大文化，大文化，'猪的骨头，羊的髓，黎明的瞌睡，小姨子的嘴'！这四样东西，确实一样比一样香！"

李文化赞叹着，提起笔来记录。

后边走来了张家山。到了李忠厚跟前，张家山清了清嗓子，要打招呼，又一怔，先把拐杖扔了。

谷子干妈在后边，数落了两句，拾起拐杖，夹在自己胳肘窝里。

"打碾盘？"张家山朝罐子里，探了探头，见瓦罐已经见了底了，于是咽一咽唾沫，没话找话，问道。

"打碾盘！"李忠厚回答。"几个儿子？""三个！"

"三副碾盘，够你老东西打的！"

"自己的罪，得自己受！"

"咋样往家里搬哩，隔着条河？"

"那儿有桥！"

张家山顺着李忠厚拿着锤子的手望去，见那儿有座桥，而李文化，已经开始过桥了。

李文化得了"四香"这句话，心中欢喜，细细琢磨，越琢磨越觉得这话有意思，不由得边走边笑。正要过桥，又见一个叫王禄的老汉，扛了把锄头，从桥上过来。

"王干大，你知道啥叫'四香'？"李文化问。

"李文化，你没头没脑地问我这话干啥？告诉你李文化，你王干大不但知道啥叫'四香'，还知道这世界上，啥叫'四臭'！"那王禄说。

"还有'四臭'这个说法？"李文化有些诧异。

"当然有！你想不想听？"

"想听！"李文化又掏出个小本来。

"杀了猪的水，连疮腿，娃娃的尻子，老汉嘴！"

李文化低头想了想，觉得这四样东西，确实是一样比一样臭，于是点点头，表示叹服。点罢头，继续赶路，走到桥的中间，又遇见个赵老大。李文化想人前卖弄一下，就拦住赵老大，问道：

"赵干大，你知道啥叫'四香'，啥叫'四臭'？"

"啥叫'四香''四臭'，我不知道，不过……"赵老大谦虚下接着说："不过我知道啥叫'四软''四硬'！"

"咋个说法？"

"姑娘腰，棉花包，火晶柿子，猪尿泡，这是'四软'。铁匠的钻子,石匠的凿,小娃牛牛,金刚钻,这是'四硬'。"

说罢,赵老大一闪身子,过去了。

李文化合上本子,感叹地说:"鼻子底下一张嘴,只要肯问,到处都是学问。你看我今个儿,尽遇上些大文化。"

以上是扯淡,和这"碾盘事件"没有丝毫的关系,重要的是这李文化一番打搅,为我们打搅出来三个人物,一个李忠厚,一个王禄,一个赵老大。

现在,这三个老汉,站在了碾盘跟前。

李忠厚已经将碾盘凿出。一个完整的青石板上,他用凿子,凿出一个很大的圆。然后,再加木楔子,顺着凿开的石口。斜着砸进去,碾盘慢慢地松动了。接着,他又用一根铁的撬杠,伸进石口,一闪一闪地撬起来,试图让碾盘与石层脱离。

李忠厚正撬着,一前一后,王禄和赵老大来了。遇到这类事情,邻里之间,搭个手,是正常的事情。王禄、赵老大问一句:"打碾盘?"不待回答,就凑上前去帮忙。

这样,三个老汉,李忠厚唱主角,站在撬杠的顶端,两手抱住撬杠,屁股坠地,用全身的力气往下拉。王禄、赵老大分列左右,双脚跳起来,往下压。

这个活儿,一半用的是力气,一半用的是巧劲儿。三个人,都是石头碴子里滚出来的老石匠,干起这活儿来,得心应手,配合默契,一阵"嗨哟!嗨哟"号子声喊过,一块完整的碾盘,离了那石穴儿,侧棱地停在那里。

三个老汉,鼓起余勇,将这碾盘,立起来,又滚动到离河岸远一点的一个坡坎边,立着靠在那里。

这桩事算是干完了。现在,三个老汉喘着气,跐踞在那里,抽起了旱烟。

那王禄和赵老大,原来是没有过门的儿女亲家。瞅这个空儿,王禄对赵老大说:"亲家,咱们那儿女婚事,啥时办理?"

赵老大说:"媳妇我给你看着哩,跑不了!过了忙罢再过门吧,让她帮家里,收完了麦!"

王禄说:"那好!一天不过门,我这心里是一天不踏实!"

王禄接着又对李忠厚说:"李干大,这么重的东西,你咋往回搬哩?我都替你熬煎!"

"咋搬?"李忠厚咂了一口旱烟,说:"赶明个儿,叫上八个后生,从桥上抬过去!"

"叫我家小毛,也来给你帮忙!"王禄说。

"小毛就免了吧。十亩地里一棵苗,他是个金贵身子。况且,刚才不是说了,过了忙罢,就结婚!"

"乡里乡亲的,说这种见外话!一定,叫小毛一声!"

"好!"

老百姓有一句话,叫作"麻绳单从细处断",这句话这一次又说准了。第二天,抬碾盘过桥的时候,桥突然塌了。八个后生,别人都好好的,单单塌死了个王小毛。

桥是一座临时性质的桥,全部用圆木搭成。圆木的连接处,用码钉码定。这桥,冬天搭上,赶夏天第一次涨水,拆掉,年年如此。

木头是有些朽了。八个后生,抬着碾盘,走在桥上时,桥承力过重,吱吱哑哑直响。响的同时,还左右摇晃。八个后生,随着晃动一闪一闪的。

李忠厚跟在后边,手背着。手里拿着根烟袋。他个儿劲侧下身子,伸长脖子往桥下看,心都提到嗓子眼上了。人没长前后眼,要知道会出事,而且是出在独根苗王小毛身上,他无论如何也不会叫他抬这碾盘的。

到了桥的中间，桥摇得更厉害了。桥下是湍急的河流，看了让人头晕。

突然，吱吱哑哑的一阵响，桥上蓬的几根圆木，齐茬断了，"妈呀！妈呀！"八个后生，"扑扑通通"地全部掉进了水里。

别的后生都扶着木头站起来，李忠厚扳着脑袋数了数，独独不见个王小毛。"屙下了，小毛让碾盘给塌住了，快捞！"李忠厚带着哭声说。

一块门板，将个王小毛的尸首，抬进了王禄家。进门的那一刻，李忠厚实在是不敢进，但是事情已经惹下了，没法子的事情。门板在前，李忠厚在后，他跪在当院，说："王干大，怕怕处有鬼，这事，摊到咱们头上了。"

王小毛躺在门板上，好像睡着了一样，面孔白白净净的，身上红背心，水浸过以后，还没有干，红艳艳的。

这事对王禄不啻是一声晴天霹雳。王禄不信这事：活生生的一个人，一眨眼的工夫，咋就成了一具尸首了。他上前来往起扶儿子，扶起来，手一松，儿子又躺下了。好久，王禄才明白，这事是真的，他的独生子，确实是死了！

王禄抱住王小毛的尸首，放声大哭："好孩子，你还没有活人哩！大正爹舞着，忙罢以后，给你办事哩！你咋说声走，就连一句话也不留，抛下大、妈，自个儿走了！"

李忠厚走过来，往起拉王禄。

王禄一把格开李忠厚的手，他边擦眼泪，边冲着李忠厚吼道："李忠厚，事情已经惹下了，不怪你，怪我家小毛阳寿到了；也不要你偿命，只是，三天之内，你拿出八千块钱，算是命价。你拿不出，我家小毛的尸首，你往你家烧火炕上抬！"

这天六六镇逢集。张家山、李文化闲着无事，便在集市上转悠。一头毛驴"咯哇咯哇"地叫着，吸引了张家山的注意。抬头看时，见一头毛驴，拴在树上，毛驴头上插了一根谷杆，李忠厚老汉，灰塌塌地圪蹴在毛驴跟前。

"李干大，你在卖驴？"张家山过去搭讪。他掰了掰驴嘴，拍了拍驴脑门，又说："这驴正是出力气的时候，你咋舍得卖？"

"等钱用！"李忠厚闷声闷气地说。

"那一合碾盘，打出来了么？"张家山记起河滩上那合碾盘的事，又问。

李忠厚正待回答，冷不丁地，蹿出个李文化。

"李干大，是你在这里。真好！你把你肚子里的那些名人名言，再给我掏一掏。你瞧，'四香四臭'，'四软四硬'，我都记到这上头了！"李文化说着，扬一扬黑皮夹。

张家山见李忠厚脸色不对，于是训斥李文化："你这娃娃，一满没个眼色，你不见你李干大，心里有事！"

李忠厚眼泪都在眼眶里打转了，他强作欢颜，说："我再给你说个'四大难听'吧，李文化！四大难听是'铲锅，伐锯，驴叫唤，瓦碴滩里磨铁锨'。你张干大说得有理，确实，我今个儿心情不好。等我哪一天，心情好了，坐下来，多给你说！"

李文化到底年轻，不知道个轻重，得了这句话，喜滋滋地，嘴里念叨着"铲锅，伐锯，驴叫唤……"夹着他的黑皮夹儿，一颠一颠地走了。

张家山说："李干大，有什么难肠事，你不妨给我说说。说出来，看我能不能帮你一个主意。不要憋到肚里，憋到肚里，会憋出病的！"

"张干大！"有张家山这一句话一引，李忠厚登时抽泣起来，他说:"怪来怪去,就怪我!谁叫我去打那个碾盘,我是手咬了手;谁叫我叫人家王禄家小子来抬!尔个,碾盘把人塌死了,王禄要我三天之内交出八千块钱来,拿不出钱,他就要将尸首,往我家炕上抬。好张干大,明个儿就是期限,我就是砸锅卖铁,也凑不够八千块呀!你瞧,这头毛驴,就是出手,也不过二百来块呀!"

"王禄那样说,未必那样做。人在事中,急了,难免说些没深浅的话!"张家山宽慰道。

"他是认真的!"

"李干大,你不要心焦,赶明儿,我到你们'三姓庄',打劝打劝王禄!"

"乱子已经惹下了。张干大,你就是来,能顶啥用?自己的罪,自己受吧!"

这些话说了的第二天,也就是出事的第四天,王禄和婆姨,用门板抬着王小毛的尸首,进了李忠厚家的门,这时,李忠厚一家,正在吃饭。李忠厚见了,赶紧站起来,又是让座,又是让吃饭。

"我叫你吃你娘的×!"王禄和婆姨,将尸首往炕上一放,那王禄顺手从灶火里,抓起一把灰,扬到锅里,嘴里骂道:"把我儿给灭了,你倒像个没事人一样,一家子消消停停地在吃安宁饭!"

王禄说话的当儿,婆姨抱住尸首,大哭起来:"可怜我的娃呀!你走了,你轻省了,丢下我们这两个棺材瓢子,谁抬埋呀!"

女人一哭,大家也都陪上落泪。李忠厚的婆姨撂下饭碗,来劝王禄婆姨:"他干妈,你的身子要紧,那是娃没福,阳寿到了,不怪咱们!"

这话是没说好。王禄婆姨听了,骂道:"你滚!谁说我娃阳寿到了!你家李忠厚是小鬼,把我娃勾引上奈何桥的!"

李忠厚推开自家婆姨,让她不要多嘴,然后从身上,摸摸索索,掏出一沓钱来:"他干大,你看,窑里的家当都打掇净了,连那头毛驴都卖了,满打满算,一共凑了一千五百块。这钱你先拿着,我再慢慢想办法。我是做下这鳖事了,我认!"

"你看你那个恓惶劲!你这么说,好像是我讹你似的!"

"我咋敢说你讹我,没了人,用钱补补心,我心里也好受些!只是,你这数额太大。你就是把我杀了,一时半刻,也凑不下这个数呀!"

"我的儿呀,你走得好可怜呀!"王禄哭两声,然后,一把打落李忠厚手里的钱,他说:"李忠厚,这回是个难,你就把这难做了吧!凑不够八千块,这尸首,就先在你家炕上,停着吧!"

说罢,王禄叫婆姨:"咱们走!"

婆姨又哭了两声,被王禄拉走了。

李忠厚的大小子已经长成了,五大三粗,火暴脾气。那天抬碾盘,他也参加来。刚才王禄和婆姨抬着尸首进门,他努了几努,想发作,又想到自家有短处在人家手里,于是忍了。这下,见王禄真的把尸首抬来了,他恼了,撵出门,叫道:

"王干大,天底下哪有你这号做事的!你把尸首放在我家,让我们家这光景,咋过哩!我大良善,可是我不依你!"

王禄见这小子,气冲冲的,一副闹事的样子,他拧了拧脖子,不理,自走自的。

"塌死的为啥不是我?没人疼,没人爱,又没个媳妇,老天为啥不睁眼,把我给塌死?"大小子站在门口,冲着王禄的背影,双手一拍大腿,吼道。

集市上,听了李忠厚一席话,张家山心里,一直放不下。第二天,他领了李文化,来到三姓庄,调解这一场事情。

他是来迟了一步。李忠厚家里,王禄刚走,尸首直挺挺地躺在炕上，那李忠厚，跪下一条腿，正在拣地上的钱。

"咋回事，王禄来过了吗？"张家山的话说到半截，停住了，他看见了炕上挺着的尸首。他凑上前去，看了看，又掏出个手帕，给尸首把面部盖住，盖的同时，说道："真是应了老百姓那句话了，生死路上没老少！"

转过身，张家山又冲李忠厚说了一句，算是打招呼："这王禄，真是说到做到了！"

李忠厚跂蹴在那里，手里握着钱，说："我砸锅卖铁，一峁家当腾净了，给他凑够了一千五。他嫌少，不接，非要八千。张干大，你说我偷没个偷处，抢没个抢处，借没个借处，我到哪里弄这八千块钱去，这不是逼得叫人跳崖哩么？"

"事有事在，咋样个解决法，再说。这王禄，也实在是欺人太甚了！"张家山也有一些恼火。

"五黄六月的，死人摆在炕上，你叫我这光景，咋过哩！"李忠厚用手扶着膝盖，艰难地站起来，说。

"我找这狗日的王禄去！"

张家山说完，又劝慰了李忠厚几句，然后，拉了李文化，径直奔向王禄的家。

王禄家，冷冷落落，一孔新窑洞，已经收拾好，单等媳妇过门。院子里，一棵枣树，青青的小枣，结得很稠，王禄蹲在一面碾盘上抽烟，王禄婆姨，坐在门框上，用袄襟擦眼泪。

见张家山进来了，王禄横了他一眼，屁股挪也没挪，头勾下去，继续抽烟。张家山走过去，站在王禄跟前，想说话，搭不上茬，他挠了挠头。

王禄婆姨见张家山来了，用衣襟擦擦眼泪，从屋里端起了茶壶茶杯。她将茶壶茶杯放在碾盘上。

张家山不是爱喝那一杯水,而是找个由头,缓解一下气氛。他往茶杯里倒了些水,倒满后,伸手去端,可是,一只手比他先到。

这是王禄的手。王禄连茶杯带水,一把端起,又一扬手,摔到了院子里。茶杯成了碎片。

"有手不打上门客!王禄,你这是……"婆姨不好意思地看着张家山,说。

"你爬尿远远的,女人家,少管男人的事!"王禄吼道。

张家山笑一笑,示意婆姨走开。

"兄弟,事情已经出了。出在谁头上,谁都不好受。既然挽也挽不回来了,咱也就认了吧!想想以后的日子吧!"张家山恳切地说。

王禄正待搭话,突然,大门"呼"的一声被踢开了,李忠厚家的大小子,一扑闯了进来。

"王禄,你这个棺材瓢子,你给老子站起来!"大小子站在院子里,双手叉腰,指着王禄,骂道。

这一声喊得突然,王禄打了个趔趄,条件反射,冷不丁一下站起来。

张家山闷着头,眼睛眨了两眨,不动声色。

"是你叫儿子来帮忙的,又不是我们八抬大轿抬来的。尔个,出事了,你把你大尸首,挺到我家炕上,吓得我家老老少少,不敢进窑。我家的光景没法过了,王禄,你也不要想安生!"

王禄吓傻了,仍直挺挺地站在那里。

大小子抢前一步,拽住王禄的领口,一把把他拉了过来,嘴里念叨道:"东风吹,战鼓擂,尔个世事谁怕谁!王禄,我们今天是光棍对光棍,不拼个你死我活,决不罢休!"

大小子说完,扬起拳头,就打。那王禄,将他的光头,往大小子身上撞。大小子伸手一按，将他的光头，夹在了自己裤裆里，挥动拳头，捶王禄的屁股。

张家山故意迟缓了一阵，眼见得，王禄有些厌了，张家山才站起来，他走到大小子跟前，说道："你小子，不想活了。事情有事情在，我正说和着，谁叫你这小子，前来撒野！"

大小子正在气头上，哪里肯听，挽了挽袖子，继续打着。

"还不收煞！"张家山嚷道。拦了两拦，没有拦住，张家山生气了，一扬手，捆了大小子一巴掌。

大小子愣了一下，停手了。"你又不是我大，你敢打我！"他说。

王禄见这事有人理了，于是便开了势，将个光头，使劲往大小子身上撞。

王禄边撞边说："我不活了，我不活了！我成了绝户，再活着有啥意思哩。我跟我儿子，一起走呀！"

双方狗联蛋一样，联在一起，张家山拉这个，那个得势，拉那个，这个得势，整得张家山也摘不利手了，正在焦急中，李忠厚来了。张家山一见，赶紧喊道："李忠厚，快来管你家小子！"

李忠厚说："大小子，你给我往回走！你还嫌乱子惹得不够，跑到这儿，又给你大惹事来了！"

王禄见李忠厚来了，益发气盛，拿个光头，像个抵架的公羊一样，又往李忠厚身上撞来。

王禄喊道："乡亲们快来看呀！李家父子，打上门来，定要我的老命呀！"

李忠厚只得伸出手去挡。

张家山在旁边，指着李忠厚数落道："李忠厚，这就是你的不对了！我说过，这事我揽了，由我出面调停。我说和好了就是了，谁叫你打发你这二杆子后生,来王禄家闹事!"

"好张干大哩,我躲都来不及,还敢再闹事!是我家大小子,硬要把尸首,背起来往后沟扔。让我给拦住了,骂了一顿,他气没处出,就跑到这儿,寻衅王干大来了!"

张家山挥挥手说:"谁长谁短,不说了,你快领上你那二杆子上路!"

大小子还站在那里,气喘咻咻,兴犹未尽。

李忠厚一面防御,一面往门口退。退到门口,喊道:"大小子,你还不快跑!"

"不说个张道李胡子,我不走!"儿子趔着脖子说。

李忠厚一见,褪下个鞋来,用鞋底来打儿子。儿子挨了几下,只得抱着头跑了。儿子一跑,李忠厚追着儿子,也就离开了这个是非之地。

王禄站在门口,益发气盛:"李忠厚,今个儿不是看到张干大的面子上,我现在就把你扭到法庭上去!"

张家山走过来,拍拍王禄的肩膀,说了句"窑里说话"。

窑里,王禄婆姨,做了一锅洋芋擦擦,一只黑瓷小盆,盛了,放在炕上,任人舀。饭食之外,还有一盘炒酸菜,一盘生黄瓜。

王禄和张家山,盘腿坐在炕上,吃饭。

那李文化,也坐在炕边吃饭。他的脑子里,还盘算着那些"名人名言",紧忙进入不了自己的角色。

张家山和王禄,一边吃饭,一边拉话。乡里人的这一类拉话,往往从那些遥远的,和眼前事情毫不相干的话题拉起。拉着拉着,才逐渐引到正题。当经过一番艰难的迂回,终于说到眼前这件事情时,张家山含蓄地指出,王禄的口开得太大了,他不该这样逼李忠厚,李忠厚一眼看到底的穷光景,你这样逼他,莫非真的要叫他跳崖不成?

王禄不同意张家山的话,他说:"张干大,你说我是冒开口,张口就是八千。告诉你,我不冒,这八千是有下数的!"

"你说!"

"三年前,我给我家小毛,问了赵老大的女儿。说好忙罢就过门。现在儿没有了,媳妇自然也就没有了。为这媳妇,一见面,二坐,三订婚,四回门,五扯衣服,再加上聘礼,再加上逢年过节的来来往往,这些加起来,没眼的钱不算,有眼的,能摆到桌面上的,也七八千块了!"

"噢,是这么回事,怪不得你一口咬定个八千。既然咱家出了事,娶不成这媳妇,那赵老大,十停,总该退上五停的吧?"

"一分一厘也不会退的!张家山你给儿子没问过媳妇?你这是明白装糊涂,还是咋的?论起这农村的各种歪歪道理,你比我懂得多。如果女方要退婚,那么连吃饭的炭钱,连上街时候的鞋底费,都要退的;如果男方要退,所有的花销,都一风吹了。"

"那赵老大,出事以后,你再见过他没有?"

"他听说小毛死了,躲屎的远远的,连个人影也不见。他不见倒也罢了,女娃也不见。按说,她装样子,也该来装装的,把礼数走到。我想,此刻,那赵老大在家里,正捂着嘴,偷着笑哩!弄不好,快腿的媒人,已经登门了!"

"赵老大家在哪里,我去看看!"张家山放下碗说。

"村南头那家,门口有一棵花杏树!"

"好!"

张家山和李文化出门。

王禄把他俩送到大门口,看他俩走远,扶着大门,哭着说:"李忠厚,你这个碾盘,是害了我家三条命呀!没有这一场事,我忙罢，媳妇就娶到窑里了，过罢年，孙子就抱到怀里了！"

"王干大，你不熬愁，我张家山的肚子里，已经有主意了！"张家山扭过头，对王禄说。

三姓村确实有三个姓，一是李姓，一是王姓，一是赵姓。

那赵姓人家的赵老大家，居住在山根下。家中三面石窑，门口一棵花杏树。

王禄的话没有说错，就在张家山正和王禄拉话的那时候，快腿媒婆，已经登了赵老大的门。

此刻，赵老大和一个额上印着一个瓯窝的老媒婆，正在窑里神神秘秘地议事。窑外，赵老大的女儿，一个叫女娃的姑娘，正在偷听。

女娃半洋半土，剪发头，襻带鞋，有几分清秀，是一个中学毕业返乡青年。

窑里，赵老大说："王小毛刚出事，尸首还在那摆着哩，咱这就给女娃说亲。众人听了，会骂我不是人的！"

媒婆说："是他儿子要死，又不是咱逼死的，咱怕人说啥？再说，有人能看下女娃，是咱的运气，咱顺势把女娃嫁了，多好！人家的手也大，放话给我了，王家出了多少彩礼，他们也出多少！赵老大，这是好大一笔钱呀！我真眼馋，好事都叫你遇上了！"

"这事，还是搁一搁再说！"赵老大有些二心不定。

"赵老大，夜长梦多，你不知道，四邻八乡，都在瞎咯噪些啥哩！"

"他们能说啥？"

"说你家女娃，天生的克夫命，还未过门，就把男人给克死了。这话要是传开了，谁还敢娶她呀！"

这门外偷听的女娃，听了这话，怒容满面，刚要推门进去，这时，硷畔底下有人喊叫，原来是张家山，离了王禄家，一路寻找，找到这里了。

"这是赵老大家吗？"张家山站在硷畔底下喊。

女娃却认得张家山，于是搭话道："咦，是张家畔的张干大，你咋跑到我们这山旮旯了。我认识你。我在学校里，你给我们来上过科学种田课！"

女娃这一搭声，窑里的媒婆听见，紧张起来："赵老大，我走了。咱们说定了，三天之后，你领上女娃，来我家见面！"

"一言为定！"赵老大咬咬牙，说。

说话间，张家山已经推门进来。见了媒婆，张家山心想，王禄的话果然不差。他截住媒婆，说道："哎哟，是媒婆，我说我腿快，想不到，有人比我腿还快！"

媒婆心虚，不愿意恋战，她瞅个空儿，往外走，边走边说："你是遇官司说散，我是遇婚姻说合，咱们都是济世的菩萨，为人民服务的活雷锋，彼此彼此！"

"你倒挺会说话！"张家山说。

张家山瞅着媒婆走远。

"我要说你，赵老大！"张家山转过脸来，对赵老大说，"王家出事了，你要是个人，你就得过去看看，你不去，女娃过去也行。一点礼势都没有！难怪大家都说，你这个人有毛病哩！"

"张家山，你说谁有毛病？你撵到我门上来，就是来要这气头。告诉你，我不受！我这两天有病，起不了身，女娃哩，女娃原先就不情愿这桩婚事，说是我包办下的。我说了几次，要她过去帮忙，她不听，我有什么办法。"

张家山说："王小毛一死，就成了两姓旁人了。躲得远远的，最好！"

"就是这个理,你把我能咋?"

"理是对着哩!只是,为这媳妇,王禄塌扎了那么多。尔个人财两空,王禄急红了眼,一口咬住个李忠厚,非要出八千块钱不可。赵老大,你要是个人,你给我张家山一个面子,将王禄那彩礼钱,退了算了!"

"麻纸糊的一张脸,张家山,你跑到我赵老大家,充能人来了。告诉你,我不给你这个脸。你也把事情,想得太简单了,吃到肚里,咋能又吐出来哩,你说?"

"乡里乡亲的,做事可不能这样绝情!那王小毛的尸首,还在李家炕上停着哩!你手指头松一松,这一场干戈,就算消了,王家李家就算有救了!"

"你是替李忠厚、替王禄来说情来了!哼,呲了你这张大脸来偎尻子。告诉你,张家山,你不是有本事,能大事化小,小事化了么;能遇官司说散,遇婚姻说合么。尔个,你这张铁嘴,要是能将死人说活,我赵老大二话不说,雇吹鼓手,嫁女!"

"话撵话,赵老大,可是你把我逼到这儿了!"

"是我逼你,还是你逼我?"

"谁逼谁,咱先不说。三天之内,要是有个把王禄叫大的,赵老大,你就得嫁女!"

女娃一把掀开门,说:"我不嫁王小毛,我也不嫁媒婆说的那个人。我是个中学生,我有新思想,我要自由恋爱,我已经有相好的了!"

"女娃家,说这种话,不嫌夯口!"赵老大骂女儿。

张家山趁机溜走了。

张家山来找赵老大,张口要那八千块是假,套赵老大的话是真。你想赵老大这号人品,八千块钱到那嘴里,要想吐出来,几乎是没可能的事。更兼有这样的乡规民俗，赵老大不出，也说得过去。

这三姓村的碾盘事件一出，张家山就想到过继的事，尔个，先从那赵老大口里，讨了话，张家山也就趁热打铁，匆匆地又到李忠厚家，找到李忠厚，说明他的意思。

天气炎热，那尸首，已经有了一股味儿。加之出事那天，肚子里灌了不少的水，现在那水，从鼻子口里，汩汩地往外流着，流到地上，又流到窑门口。

李忠厚一家，又觉得龌龊，又觉得害怕，不敢在窑里舍了，就都趷蹴在院子里。

听了张家山的话，忠厚老汉自然是满口应承，他说："既然张干大要成全这事儿，我也没意见。我有三个儿子，三条光棍。老大你见了；老二，那不是老二！也是个受苦的；还有个老三，正在念高中，今年秋里就毕业。全家省吃俭用，供给着老三，让他奔前程哩！我的意思，老大老二，由王禄挑，实在，他看下老三了，也行。只要能把这场事情躲过去，叫我李忠厚，去给王禄为儿，也行！啥不是人做的！"

"王禄要你做啥？"张家山笑了。张家山又说："你看，要不要把老大老二，叫来，先给他们一声招呼，有个准备！"

"不用了，家里的事，我做主！"

"还是说说吧！"

"老大，老二，你们过来！"

老大、老二过来了。老二和老大一样，也是个莽汉。

"难为张干大了，忙前忙后的，为咱家的事。你们要记着他的恩义。张干大给我请了个主意。这主意我也同意。你们两个，想一想，谁愿意到王禄家，去给你王干大为儿？"

"我不愿意去!长子不出门。咱这个家,虽然烂,活得舒坦。王禄那老不死的,我不打他,就算便宜他了,要我给他为儿,这不是活活地要气死吗?"老大一听,暴跳如雷。

老二却说:"我愿意去!给王干大一顶门,新窑也有了,媳妇也有了,王家的家产也得了。这真是天上掉下来的美事。我在咱家,等大哥娶了媳妇,才能轮到我。大哥的媳妇,还不知道是谁家的姑娘哩!"

"你看!"听了两个儿子的活,李忠厚望了张家山一眼,说。

"两个娃娃的话,都在理。待我跟王禄商量一下,再说!"

张家山说完,又拾起身子,去奔王禄家。揽下这一宗事情了,他得把这跑到底,才行。农村人把处理问题,叫"跑事情",这话不假。

这样,张家山又来到王禄家。

"王禄老弟,天有不测风云,人有旦夕祸福,这是一句古话。事情不出在咱家,最好;出在咱家了,咱也只能把牙一咬,认了,你说是不?咱要想开些,死人已经死了,两眼一闭,啥事都不知道;咱们活人,可还得过活人的日子,对不对?"

"这是命,我认了!"

"人在,咱说人在的话;人不在,咱说人不在的话。尔个最好的良策,就是从李家,给你要一个儿子过来:延续香火,他能办到;养老送终,他也能办到!这样,媳妇也跑不了了,孙子也跑不了了。自然,比起亲生儿子,要来的儿,总隔一个层层,可是比起没有,这又强许多倍了。你说哩!"

"那李忠厚,他能答应?他屎一把尿一把地把儿子拉扯这么大!"

"事情逼着,由不得他不答应。王干大,你知道,李忠厚直把话，说到啥地步了，他说，只要这个事能了，要他来给你为儿，他都愿意的！你不见，他们全家，那可怜兮兮的样子！"

见说，王禄也动了恻隐之心。人心都是肉长的，事已至此，他也就很痛快地点点头。

"那赵老大家？"王禄不放心地又问。

"赵老大家，我也把话给说死了。我说，三天之内，要是有个把王禄叫大的，赵老大，你就得嫁女！"

"难为你了，张干大！"

"王禄老弟，我想问问你。李家兄弟三个，你中意谁？李忠厚说了，三个，由你挑。不过，我的意思，觉得那个老二，一身的苦，人也厚道，到了你家，一定会孝顺你的！"

王禄见说，沉吟了半晌，说："我要老大！"

"长子不出门！王禄老弟，你要老大，会叫李忠厚作难的！再说，这老大，也不是个东西，那天在你家，你看他凶神恶煞的样子，一满是二球里头的数哩！"

"你不要劝我，张干大！顶门立户，就得这种咬狼的狗！"

"那好！李忠厚那边，我再去说话。我的意思，咱们趁热打铁，今个儿晚上，把三族的说话人，都叫了，就在你家，定这过继的事！"

"你去张罗吧，张干大！我心里难受，我就不出头了！"

"我既然揽上这事，就揽到底。王禄老弟，你尽管放心！"

这天夜晚，一弯新月高挂着，照耀着这个陕北高原普通的村落。狗叫的声音，婆姨唤男人回家喝汤的声音，母亲唤儿子回家睡觉的声音，充满了乡情韵味。一群羊，咩咩咩地叫着，从横穿村子的那个土路上过去。

一家接一家的窗户亮了。这是陕北那种半月形的窗户。刚才还幽暗的夜晚，因了这些影影绰绰的灯光，夜色突然变得灿烂起来，多了许多的层次。

王小毛的死，轰动全村的一件大事，而这天晚上，在王禄家里，三族的说话人聚在一起，商量这过继的事，也是村上人关心的一个话题。

炕上有个炕桌。炕桌上摆些碟子，大约是四碟。碟里的菜已经吃光。一只酒壶，一只酒杯，轮流地在这些人手中传递着。"吱"！你倒一下，抿一口。"吱"！他倒一下，抿一口。

王族的说话人，抿一口酒后，正努力地夹着碟子里的最后一根粉条。

"过继这事情，祖祖辈辈、朝朝代代都有。这几辈发你家，你家人丁兴旺，那几辈发他家，他家人丁兴旺。大家帮衬着，这香火就延续下来了。问题是，娃娃们不懂事，咱们大人可一定懂事，这一过继过来，从头到脚，从里到外，可就是王家的人了。可不能光应个名名，到时候闪了王禄。"王族的说话人，认真地说。

见王族的说话人，说到了正题上，李族的说话人，接过口说："忠厚出言木讷，我就代忠厚说说吧！咱们做人，十字路口摔一跤，正南正北，既然应允了王禄这事，那就是铁板上钉钉子，定了的事。孩子不懂，李忠厚自然会给他把道理说清的。承继香火，养老送终，一样也少不了。孩子要是敢胡成精，全村人的唾沫星子淹他，脱下鞋底打他。当然，我这说的是丑话，李家大小子是个红脸汉、忠义的人，他不会这么做的！"

李忠厚也跟着说："人还要活个乡俗哩！我李忠厚既然有了这个决策。王大哥，你放心，天地良心，我一定要叫孩子，好好服侍你老的。而且，孩子一过门，我就不准他再进我家的门，以后村子，抬头低头见了，我也一定，把他当作两姓旁人！"

李忠厚说到这里,有些伤感。他背过脸去,强忍着没有掉泪。

张家山也有一些伤感,他说:"话不说不明。碌碡曳到这儿,我看,这就算曳上坡了。完了,咱们再立个乡规民约,将这件事情,钉死,你们看如何?"

张家山询问了四周,给每个人一个发表意见的机会,又特别询问了一直蹲在地上,没有吭气的李家大小子,见所有的人都没有异议了,于是说道:"既然大家看得起我,那么,这过继的事,我就把主意拿了。下来,我这里就说了,李文化,你记!"

李文化一直闲着没事干,这回有了差事,他打开黑皮夹,掏出笔来。

张家山说:"你写:《过继子嗣文书》!"

"'嗣'字咋样写?"李文化问。

张家山说:"一满是张士贵的马,一上沙场,就卧下了。不会写,先空下!"

"《过继子嗣文书》。"张家山继续说道,"兹有三姓村村民李忠厚,同意将其长子李全,过继给同村村民王禄为子。兹有三姓村村民王禄,同意收养同村村民李忠厚之长子李全为子。以上是两家相互情愿,非他人强迫。李全过继王家后,从王姓,易名王李全,口说无凭,需持户口簿,到镇上办理手续,以后所生子女,也必须从王姓,世世代代,不得有异心。自文书签署之日,立即生效,两家从此永结秦晋,不得滋事,合力葬埋王小毛尸首,入土为安。乡规民约,具有法律效力,红口白牙,众人合力监督。张家山民事调解所、李族代表、王族代表、李忠厚、王禄,最后再写上李全。"

张家山说这号套子话,也可谓驾轻就熟了,他核桃、枣儿一般道出,直记得个李文化,头上冒汗。

写完，李文化将文书撕下来，双手递给张家山。

张家山看了一遍，递给李忠厚。

"我是个睁眼瞎子，我不看了！"李忠厚说。

"我跟他李干大差不多，看那字，狗瞅星星一片子！上过几天扫盲班就认得自个儿的名字！"

"那好，我张家山就大包大揽了！"

张家山从怀里掏出调解所的章子、印泥，"啪"的一声，先在那《过继子嗣文书》上，将调解所的章子盖了。然后，依次，李姓家族的代表、王姓家族的代表、李忠厚、王禄，都把手印按了。

轮到李家大小子时，他仍圪蹴在地上，迟迟不肯往炕桌跟前走。见状李忠厚下了炕，去拉儿子。

"大小子，听话，王干大会比我，更疼你的！你都这么大了，该懂事了，来，按！"李忠厚说。

大小子呲呲偎偎地站起来："大，我心里难受！"

"难受也得按！嫌难受，往北受去！"张家山有些着急，怕事情中途有变。说罢，他拽了大小子的手，往大拇指上蘸了油泥，不由分说，朝那文书一按。

这一按，这个文书，就算齐全了，齐全了，也就算生效了，至此，张家山长长地出了一口气。在场的所有人，也都长长地出了一口气。

有了这文书，就算捆住了王禄，他再要想翻把，就不容易了，张家山心想，下一步，该说那小毛的尸首了。只要能哄得将尸首入土，这一场干戈，就算化解了，那尸首，还在李家的烧火炕上，摆着哩。

"王禄老弟，事情走到这一步了，我看，这小毛的尸首……"张家山试探着问。

王禄不是个没主意的人，见提到尸首，他打断张家山的话，说："不要急，张干大，事情还没走到头哩！我要这王李全，当着大家的面，叫我一声大，再给我叩个头，我这心里，才算踏实！"

"我不！"大小子叫道，"我手印都按过了，我认你是我大，就对了，你还要咋？尔个新社会，不兴叩头！你叫我五尺几的小伙子，当着这么多人的面，给你叩头，我不！"

张家山见了，圆承道："王禄老弟，我看这头就不要叩了，叫嘛，缓上几天再叫。这娃娃心硬、嘴硬，你该叫他有个准备才好！"

"我不！我就是要当着众人的面，先曲曲他的性子，要不，以后还能管得了！"

李忠厚急了："王禄老弟，我给你叩头吧！"

"你不成！你又不是我儿子，叩的啥头？你个没牙老汉，要给我当儿，我都不要哩！弄不好，你会走到我前面，没等你抬埋我，我倒得先抬埋你哩！"

"这咋办？"李忠厚看了一眼众人，说道。没办法，他只得又过去拉起了儿子。

正在这时，门外响起了脚步声。"大，我是女娃！"一个银铃般的声音操着醋熘普通话，话过后，女娃出现在烟雾腾腾的窑里。

女娃穿着花衬衫、西装裤子，头上短发，像个男孩子一样，一走一甩，再加上她说起话来，银铃般的嗓音，顿时，让窑里压抑的气氛，轻松了许多。

女娃开门见山，对王禄说："大，就是小毛哥还活着，我也不会跟他结婚的。这是包办婚姻，我不承认！"

女娃转过脸来，又对张家山说："张干大，你就是给我大，再继个儿子，我也不会跟他结婚的，尔个讲究自由恋爱，我早给自家对上象了！"

"女娃,你这娃是当真?你不要吓我!"王禄急着问。

"谁吓你来,我是当真!"

"你对上的象是谁?"张家山问。

"对象么,是我中学时候的同学、同桌。有一句陕北民歌,叫'不爱金来不爱银,就爱念书的洋学生'!尔个,他正上高中哩!"

"女娃,你到底说的是谁?"李忠厚有所预感。

"他就在院子里站着哩,说出来,你们恐怕都认识!"女娃说着,朝院里喊了一声:"李建设同学,你进来!"

门开处,一个穿着学生服的、眉清目秀的半大小伙子,站在窑门口。

"是你,毛三!"李家大小子叫了一声。

"毛三,你狗日的,不在学堂里,好好念书,跑出来胡溜达啥哩?"李忠厚见是自己老三,挥动旱烟袋,骂道。

"大,女娃找到学校里,把这几天的事都说了。我放心不下,回来看看!"这个叫李建设的说。

王禄见了这么齐整的后生,一阵眼馋。

张家山正在焦急:眼见得好好的一场事情,让这两个小年轻,给搅和了。尔个,见了王禄的神态,灵机一动,算是有了主意。

张家山将两个大巴掌,夸张地往空中一拍,说道:"这下,一河水,真的给开了!王禄老弟,这是天意,李家老三,就是你的儿子了,这女娃,就是你的媳妇了!"

王禄正在愣愣地看着李家老三,听了这句话,赶紧随声附和:"张干大说得对,我就要老三,其他的谁也不要!"

"众位都在这儿,我也不回避了。李家老三,你听我说话。家里发生的事,你都知道了,你父亲诚心诚意地要将你们兄弟三个,过继一个,给王干大。王干大刚才的话,你也听见了,他就想要你，不知道你意下如何？"张家山问道。

"只要能跟女娃结婚，过继就过继吧，我不在乎。不就是改个姓嘛，我是高中学生，要和这传统观念决裂！"老三说。

张家山又说："王干大要你当着众人，叫他一声'大'，你愿意叫吗？"

"只要能跟女娃结婚，叫我叫'爷'，我也叫的！"老三说罢，亲亲热热地叫了声"大"，叫得个王禄老汉，满面红光。

张家山见这老三，精明剔透、讨人喜欢的样子，心中暗暗为李忠厚遗憾，心想：李家人老几辈，大约就出了这么个人物，想不到，因了一场事故，移花接木，又成人家的儿子了。

张家山还要难老三一难，又说："王干大要你跪地上叫一次他，算是正式顶门……"

老三又顺口答道："只要能跟女娃结婚，叫我跪一个晚上，我也跪的！"说罢，真的一扑身子，就要下跪。

王禄老汉慌忙拦住老三，说："我娃不要这样，大心疼！"

女娃在旁边，一副得意的样子。

李忠厚在一旁，看不过眼，气愤地小声说："念了几年书，一满念得没了刚骨。见了婆姨，就像苍蝇见了血，这么柔软的性子，以后，咋样顶门立户？"

张家山捅了捅李忠厚。李忠厚不再咯嚷了。

"女娃，你大那里，该没事了吧！"张家山还有最后一个关节，放心不下。

"我大那里，有我去说。他要是敢成精，今个儿晚上，我就不回去了，住在我王家大这儿！"女娃说。

"尔个这女娃，一满成了活妖精了！"李忠厚又咯嚷。

没容李忠厚咯嚷下去，张家山喊道："李家老三，你来这里，按个手印！"又说："王禄老弟，那咱们明天一大早，上山埋人，咋样？"

"好！"王禄答道。

第二天早晨，李家、王家、赵家，三家合力，将王小毛抬埋上山。事后，开始收麦。收罢以后，王建设，或者说李家老三，高中毕业回到乡里，和女娃结婚。这个碾盘事件，至此算是摆平。那王禄，虽然有时静下心来，会想起王小毛那一档子事，可是跟前的女娃和王建设，孝孝顺顺、勤勤勉勉，总叫王禄老汉欢喜，因此，时间长了，往事也就淡了，痛苦也就轻了。那赵老大，虽然没有得外财，可也没折财，加之这桩婚姻，女儿喜欢，也就不好再多说什么。至于李忠厚，家中少了一个儿子，又是个聪明的老三，自然心疼，可是少了一个儿子，将来就少一次作难，那老大老二，媳妇还没给安顿下了，哪顾得了老三，想来想去，也觉得这事对自己有好处，于是告诫自己说：不想那么多了，还是一门心思，想想老大、老二的婚事吧！

却说有一天，张家山、谷子干妈、李文化，处理一场事情，又经过这里。李文化突然想起那天晚上的事情，于是问道："张干大，子嗣那个'嗣'字，到底咋写，你教一教我！"张家山见说，吭哧了半天，说："我也不会写！"这话说得李文化一阵大笑，谷子干妈听了根由，也笑了。

正笑着，听见那河岸上，叮当有声。原来是忠厚老汉，又在那里凿碾盘。李文化腿快，趋前两步，上去打招呼："李干大，你又在打碾盘！"

"碾子总得转，日子总得过！"李忠厚头也不抬地说。

"李干大，你今个儿心绪好不好？"

"说不上好，也说不上不好！"

"那,你再给我说几句名人名言……"

"你真要听?"

"真要听!"

"我这可都是酸的,脏话,有点夯口。"

"就咱俩,你说说无妨!"

李忠厚停住锤子,说道:

"你知道啥叫'四白'么——摘了皮的葱,剥了皮的蒜,姑娘肚子,白洋面!

"你知道啥叫'四光'么——久揣的鼻斗,万年的铧,叫驴的牛牛,电棒膣!

"你知道啥叫'四飘'么——空中旗,水面鱼,十八的姑娘,青草驴!

"你知道啥叫'四软'么——咥了活的尿,擦了锅的油,揭了地的牛,上了竿的猴!"

李文化在记录的同时,自言自语道:"大文化!"

第九章　好狗照三家

六六镇上,自出了个张家山民事调解所,说好的有,说不好的也有,竖大拇指的有,戳张家山脊梁杆的也有。不过,公平而论,自有了个张家山,方圆地面,恶人们不敢强出头了,即便出头,也是权衡再三,有了充足的耍黑皮的理由,再动作。好人、良善人心里踏实了,晚上敢走夜路了,遇事情,只要有理在,也敢强辩三分了。六六镇上,那些原先穿四个兜,尔个穿夹克衫的干部们,做起事情,想要胡来,心里先有个顾忌,那个镇东头,站着个大个子哩。

公家人说,这一块地面在走向文明进步,社会风气好转。老百姓说,"好狗照三家,好汉照三庄",有张家山这条咬狼的狗在六六镇站着,是这块地面的造化。更有好事者,受过张家山恩惠的人,挥动锤子,凿了一个石碑,立在张家山民事调解所门前,碑名就叫"功德碑"。碑文历数张家山出山以来,所办的种种好事,颂词不断。地方报纸的记者听了，甚觉新鲜，认为有新闻价值，于是一篇通讯，在报纸上登了，张家山因此而声名远播。

有了上述这些，张家山不免得意。人生一世，草木一秋，尔个，算真是活成人了。闲来看报纸，听听广播，看到尔个大小一个单位，都有个"歌"什么的，公司有公司歌，学校有校歌，农场有场歌，就连西京的一家饺子馆，也请名家作词、名家谱曲，造了一首馆歌，每天午间，在广播的经济节目里"吱吱哑哑"地放着。张家山心想，我的这个单位，这么重要，我本人以及谷子干妈、李文化，这么优秀，这张家山民事调解所，是该有个"所歌"才对，思想清楚了，便召集所里全体人员开会，商量这事。

想请名家作词谱曲，当然请不起。张家山民事调解所，原本就不是商业性质，用张家山的话说，是"拿着个尿把子往骡子身上蹭，发闲干哩"，纯粹是一种自我表现而已，不图银钱图红火，纯粹是为了给这张嘴找个说话处。既然没钱，又要做歌，就得自己写。

张家山、谷子干妈、李文化，三个人先同意了这桩事情，接着便坐在那搭，绷着个脸，开始开动脑筋，发动机器，想词儿。这词儿也不算难想，平日办案中，听到的各种赞美的话，调侃的话，挖苦的话，例如"好狗照三家，好汉照三庄"，例如"麻纸糊的一张大脸"，例如"红裤带""实憨憨""儿老汉"之类，现在都泛了上来，大家说，李文化写，一会儿工夫，就写了三大张纸。

议论完毕，张家山接过手看了，说这不分行、不押韵的东西，不叫歌词，看来，还得请行家拾掇拾掇。说完了，拿着这三张纸，来到六六镇小学，先求语文教师将这些话串成一首歌词，又央音乐教师谱了曲。《张家山民事调解所所歌》于是完成。

歌词经那语文教师润色，最后成了这样：

张家山,张家山,
陕北出了个儿老汉!
挂了个牌牌,
支了个摊摊。
东游游,
西窜窜,
说了东家长,
又说西家短。
领了个婆姨红裤带,
收了个后生实憨憨。
哎哟哟,
张家山,张家山!

张家山,张家山,
陕北出了个儿老汉!
麻纸糊的一张脸,
四处充好汉。
东游游,
西窜窜。
好狗照三家,
好汉照三庄。
铁打的衙门流水的官,
流不走的是张家山。
哎哟哟,
张家山,张家山!

张家山将这歌词，在全体人员会议上念了。谷子干妈和李文化，一起站起来，一哇声反对。李文化说他不是"实憨憨"，他精明着哩，整个的就是一个文化人。那谷子干妈更是恼怒，差红了面皮说，她的红裤带，大襟袄袄襟盖着，谁看见来，这么作贱她，丧扬她，不行！

张家山却开通。他不但不恼，却说，这歌词说的，倒都是些大实话，你李文化不是个实憨憨，是啥？没屈说你，至于谷子如果想去掉该提示，请谷子干妈，你的裤带头儿，老在外边露着哩，大人娃娃，谁没看见，"男人要风流，留个偏分头；女人要风流，红裤带露外头"，这歌词里，是褒扬你哩！歌词里说我张家山是"儿老汉"，我都不恼，你们恼什么？

张家山又说，尔个这世事，一满没样样，就拿这歌来说，咱们庄稼人说不出口的粗话、脏话，却都能进到歌里去，而且听起来，蛮带劲的，这是潮流，你们懂吗？

听说是潮流，谷子干妈和李文化便不吭声了。"所歌"于是确定。

立碑那天，张家山从学校里请来了合唱队。那歌子，经音乐教师谱曲，唱起来却也抑扬顿挫，有板有眼，再加上几个鼓号队员，喇叭、镲子一伴奏，蛮像一回事儿，把个六六镇，满镇子都快招起来了。

镇上想要干涉，后来又一想，这事已经闹成气候，群众情绪，还是因势利导才好，于是派了个副镇长，前来参加仪式。那副镇长，正是马家砭杨树案中，满口拽文的那位。副镇长坐在主席台上，细细琢磨那张家山民事调解所歌，觉得歌词内容，却也切合实际，只其中，"铁打的衙门流水的官，流不走的是张家山"一句，有些刺耳，想要提出来让修改，只是满场乱糟糟的，没有个张口说话的机会。

那"功德碑"，是将张家山民事调解所的围墙，掏个豁豁，把碑子镶嵌进去的。慢工细活，却也做得光光堂堂，碑上"功德碑"三个大字，用红漆漆了，十分醒目。功德碑上，张家山民事调解所，田庄村心脏开花案，上驿村招夫养夫案，老庙沟生男生女在于男案，边墙村三轮四轮案，马家砭杨树案，等等等等，一律择其简要，碑载于册。言辞中，说不尽的溢美之词，道不尽的赞誉文章，所有能用得上的高帽子，都给张家山戴上了。

前面说了，给活人立碑，是一件稀罕事，所以报社的记者，也就打老远赶来采访，他们把这叫"抓活鱼"。报社之外，电视台也来，电视台记者肩膀上扛着个铁机器，一步不落地在张家山面前晃来晃去。

那铁疙瘩摄像机晃着，报社记者的照相机闪着，再加上喇叭吹着，镲子打着，张家山民事调解所所歌此起彼伏，把个张家山，喜得都快晕过去了。他想：当年李自成坐龙庭，大不过也就是这么个感觉吧！

张家山风光，可却苦了谷子干妈和李文化。听着歌里唱道，"领了个婆姨红裤带"，众人一阵大笑，纷纷往谷子干妈的腰里瞅，更有那些和谷子干妈能开玩笑的老汉，瞅空儿，在她腰里摸一把，看她是不是衿着根红裤带。害得谷子干妈绯红着个脸，直往人背后躲，生怕她家里那几个儿子，也来了看见她出洋相。

那李文化哩，也恼。他恼"实憨憨"这句话。他哭丧着个脸，对谷子干妈说，我这一辈子，是不要想问下媳妇了，现在，满世界都知道，我李文化是个"实憨憨"了。

一场热闹，总有散的时候。到了后来晌，立碑仪式结束了，副镇长走了，记者们又苍蝇一样，赶别处的新闻去了，四打圆的老乡们也都走了，喇叭不吹了，镲子不打了，所歌也不再唱了，调解所门前，又恢复了往日的宁静。只一个黑黝黝的石碑，立在墙里。

张家山站在当街里，兴犹未尽，像牛在反刍一样，将今个儿的事儿，细嚼慢咽，又回味了很久。回味完了，回到屋里，对谷子干妈和李文化说：

"我很重要！我今天才意识到这一点！有些迟，但是知道了，总比不知道好！以后，咱这调解所，还要再办得红火一些。另外，要是我以后有个头疼脑热，你们记着，及时提醒我去看病，我很重要，我可不能有个三长两短！"

李文化听了，恼了一天的脸，现在晴了，他捂住个嘴，偷偷地笑。谷子干妈没有笑，她转个脸儿，故作惊讶地问道："哎哟，你是谁呀？你还记得你姓啥、为老几不，我的儿老汉！"

立碑这事，一聒噪，再加上念书娃娃，将个张家山民事调解所的所歌，四处一唱，好像做了广告一样，不光是六六镇，四邻八乡都知道了这个民事调解所、这个张家山。各种麻缠的事情，远远近近，都跑来寻他，调解所这世事，是越闹越大了。用老百姓的话：张家山这洋辣子，要大了。

陕北人的意识深处，有一种奇怪的东西，这东西叫帝王意识。在这苍凉的小高原上，在这贫困的生存环境中，一村一户，一处地面，往往会冒出一个或一群这样的人物。这些人物集崇高与滑稽于一身，他们手里捧着一份《参考消息》，眼睛瞅着半天云外，尽管也许自己的下一顿饭还没有个着落，但是脑子里却在盘算着那些和自己没有丝毫关系的事情。例如美国人在干什么，俄罗斯人在干什么；例如对台湾的问题，该如何决断，香港收回来以后，该怎么管理；例如如何提醒足球运动员和观众，叫那些棒小伙子们，不要那么傻乎乎地跑了,节省一点精力,干点农活多打几颗粮食,多好!

地面上太单调了,能够吸引人目光的东西太少了,也许,这是他们习惯于举目望天的原因。

贫穷和高贵,在他们身上,那么融洽地混合着,无法分离开。贫困一方面委屈了他们的胃,另一方面,却刺激了他们的光荣和梦想。从而使他们在一天或者更长的时间,沉溺于对一件事情的思考,为它找出答案来,包括我们上边谈到的那些事情。至于他们身上的那种莫名其妙的骄傲感和高贵气质,是从哪里来的,这真是一个谜。

叙述者曾经与一位叫张贤亮的小说家交谈。他刚从贵州讲学回来,面对那里一个少数民族拮据的生活,和她们头上那十多斤重的银首饰,他说,这种强烈的反差告诉我们,在历史的某一个特殊的时期,这个民族肯定发生过一次大的毁灭性的灾难,灾难过后,所有的生产资料、生产条件都丢失了,但是,头上的光荣和象征没有丢失。他还说,找到了这个断裂带,你就找到了这个民族精神中的某种东西。如果张说成立的话,那么我们想说,生活在陕北这块苍凉高原上的人们,他们胸膛中那种堂吉诃德式的、斯巴达克式的情绪,亦一定与他们的历史有关。至于如何关联,历史又是如何,我们的笔,到此已经乏力,无意去追究了。总得让人吃饭,将那些留给史学家们吧!

是的,确实有一种堂吉诃德情绪,一种斯巴达克情绪,弥漫在这高原的山山岭岭之中。这种情绪迷惑过李自成,迷惑过毛泽东,并且还在迷惑着后来的人。尽管时至今日,这种情绪已经式微,气息奄奄,但是它还存在着。在我们不经意地度过的每一天早晨和黄昏、晴天和雨天,酷热的夏季和寒冷的冬季,它都像一个幽灵一样,徘徊在你的四周,并且随时准备像一股热风一样,从你的肋骨缝里吹进去，让你染上这种情绪。

染上这种情绪的人，便会产生一种征服的欲望，一种表现个人意志的欲望，一种试图匡正社会的欲望。他们便整日地生活在光荣和梦想中，直到有一天，颓然倒地为止。

立碑的那一天晚上，张家山搂着谷子干妈的胳膊，睡得很香甜。睡梦中，嘴里"吧嗒吧嗒"的，像个欠奶吃的孩子。

这以后，又有不少案子，陆续奔张家山而来，件件蹊跷。第一件叫"光绪银债"。

有一户周姓人家，拆旧房时，从柱子的柱础下面，刨出一个瓦罐。这家人空欢喜了一场。因为打开瓦罐以后，里面是空的。空瓦罐里有一张借据，纸张虽然发黄，但那上面的字，却还清晰可见。落款是光绪年间，可见这桩事情已经很久了，是人老几辈以前的事。借款的数目是光洋四百五十块，借款人是王二毛。

虽然年代久了，但是这王二毛不难找。原来这个村子，都是老住户，家族都有家谱。家谱上一查，这王二毛，却是邻家的先人，邻家的三间大瓦房，当年就是借周家的四百五十块光洋盖的。

有借有还这是老规程，加之周家的光景，尔个也过得拮据，于是，合家上下，谋算好了，拿了借据，走到邻家，把个借据，往桌上一摊。

周家的口开得太大。原来一块银洋，按现在的黑市价，已经涨到三十块钱了。三四一万二，三五一千五，按现在的市价，这王二毛的后人们，应当还周家一万三千五百块钱。

王家自然不受这件事情，说我们就是砸锅卖铁，也凑不下这个数的。又说，这是先人们手里的事，我们不管，难道先人杀了人，也要我们偿命不成。

双方各执一理，打到乡上。乡法庭说，杀人偿命，欠账还钱，千年的规矩不可破坏,要那王家,将先人王二毛手里所欠的银两,如数归还,若不归还,就以三间大房抵债。

判决一出,一家欢喜一家愁。那王家,正是"人在家中坐,祸从天上来",全家圪蹴在一堆,像死了人一样,哭丧着脸儿,无计可施。那周家,有一纸银债,现在再加上乡法庭的判决书撑腰,不可一世,扬言道:宽限三天算是人情,三天一过,就动五服之内的户族,来刨这房子了。

王姓人家,无计可施之际,经人指点,急病乱投医,又将这事,告到县法院。县法院的人听了叫一声:乡法庭是胡闹,这个"光绪银债",判法不对。如何个不对哩?原来法律上有一个条文,叫作"契约三十年不追失效",三十年不追尚且失效,这个"光绪银债",算起来,一百零几年哩。这一百年中,周家可曾追过,既然不追,就是主动放弃了,不是?

判决一出,又是一家欢喜一家愁。那王家,叫一声"青天大老爷",回家去继续种自己的地,过自己的光景,再不担心这三间大房被刨了。那周家,现在是傻眼了,原先为这笔钱,计划了很多的用场,尔个,这些都泡汤了。

周家不服,跑到县法院寻衅。县法院拿出法律条文,让周家看了,又说,这事千怪万怪,只怪你们的先人,当初要将银钱借人,要不,瓦罐里刨出的是银钱,不是借据,这场韶叨不是就没有了,你们尔个,怨法院有何用?

事情是了了,可周家的气不顺,邻里之间,从此结下仇怨。

这一天,周家听说六六镇的张家山,是一个人物,他开办的民事调解所,专理这一类没头官司,于是来到六六镇,一五一十,八八九九,将这"光绪银债"的来龙去脉,前前后后,给张家山叙了一遍。

张家山见是外乡人，不是六六镇辖下的，心想自己这声名远播，影响力竟然波及到外乡，于是不免有些得意。对于案子本身，他说，乡法庭判得不对，县法院判得也不对。咋样个不对法呢？他说，乡法庭太死板，定下那么高个数目，虱多不咬，账多不逼，这样处理，王家如何承受得了，承受不了，就只好赖账；县法院哩，更是死板，光记得法律条文上的干条条，全不知道这民间的"杀人偿命，欠账还钱"的规程，这样处理，叫周家如何能服。

张家山又说，你们周家，也是太死板，法院问你，放了钱出去，为什么不追账，你们如果会说，就说，不是不追，是给王家一个面子，让他们主动来还哩，等不及了，才来索账，这样说受听。

周家听了，叹服道："张干大，我们和你如何能比？你的嘴上安着转轴子哩，反说正说，都是你的理！我们要有你那两下子，也成了个人物了，也挂个牌牌，支个摊摊，吃起这开口饭来了，你说不是！"

一番话，说得张家山越发头晕，当下便辞了谷子干妈，带着李文化，上了路。

那王家，虽然官司上胜了，毕竟理亏，夜半三更，睡不安宁觉。又嘀咕着这邻里之间，结成了冤家对头，抬头不见低头见，如何是好？恰在这时，张家山来说和，于是也就同意瞒过官家私下里对话。

张家山说了："周家也不要开那么大的口了，王家也不要仗着有裁决书，一毛不拔了，我的意思是，这钱还是要还，不过这数目，还是原来的四百五十块，不能多，也不能少。钱还清了两家从此和好如初，如何？"

周家心想：得一个是一个，再要胡拧瓷，恐怕这点钱也要不回来了。王家心想：欠人家的钱，这是事实，折财消灾，才是正理，好在四百五十块,也还出得起。

双方喝一声彩,一家交钱,一家交借据,"光绪银债"这桩事情,终于摆平。

第二桩事情,却是一桩花案,叫"西瓜风波",说的是吊儿庄吴瞎子的事情。

啥叫"吊儿庄"?原来陕北地面,地域空旷,一个大一点的村子,往往要到山前山后几十里的地方种地。村里人嫌跑来跑去费事,就在这大的村子之外,又附设几个季节性的小村子,这种小村子就叫吊儿庄。种时收时,到这些吊儿庄住一住,庄稼打下来了,用驴一驮,再回到正式的村子。社会到了今天,人口多了,这些吊儿庄,往往就成了正式的村庄,只是它的名字,还保留了下来。

这人叫吴瞎子,其实眼睛不瞎,只是有些近视而已。近视眼,再配上个二轱辘眼镜,就像拉磨的驴,戴上蒙眼一样,乡下人看了,甚是异样,叫他吴瞎子。

吴瞎子的承包地里,种了些西瓜。这日黄昏,吴瞎子正在地头坐着,守着他那些西瓜,田间小路上,过来了个小媳妇。吴瞎子眼拙,瞅见这小媳妇时,小媳妇已经扛着一把锄头,火燎燎到了他跟前。

"吴瞎子,你这西瓜,是光你能吃么,还是别人也能吃?"小媳妇笑盈盈地问。

吴瞎子认得,这是本庄的石匠的媳妇,于是随口答道:"别人给吃不给吃,是个话,你么,啥时想来吃,都行!"

小媳妇说:"我可不敢吃!听人说,你种下这西瓜,是想卖了钱,秋后娶媳妇用的。我要图个长嘴,吃了,你少卖了钱,媳妇都接不到怀里了,那不是我的罪过?"

吴瞎子哈哈一笑,心想这小媳妇的话说得有意思,于是对道:

"媳妇是谁家的闺女,我还不知道哩!你不要听村上人瞎说。"说罢,又说道:"嫂子,我是真心,你缓走两步,我杀个瓜,给你吃吧。"

小媳妇见吴瞎子真的要杀瓜,一甩辫子,说道:"我是和你开两句玩笑,我要走了。你石匠哥不在家,窑里的猪呀鸡呀,还等我回去喂哩!"说罢,扛着个锄头,又匆匆地走了。

这媳妇来得突然,让这个百无聊赖的吴瞎子,经这一番打搅,心里起了窍。小媳妇一走,他便不能安宁,心想这媳妇是对他有了意。你看她,又用西瓜做题目,撩拨他,又言谈过往之间暗示他,她家男人不在。

越想,吴瞎子觉得这事有门,不由得心猿意马起来。乡下那些日鬼捣棒槌的人,干这一类偷鸡摸狗的事情,往往事先要打卦。吴瞎子原先听说过,只是没实践过。咋样个打卦法子哩,其实很简单,给地上划个圈圈,再折一把柴禾棒棒,从高处撂下来。然后再蹲下来,数这落在圈里的柴禾棒棒:是双,这事马到成功;是单,这事趁早把脚蜷了,不要去想。据说,这个法子十分灵验。

吴瞎子反正是闲着无事,就伸出手来,折了些蒿草棒棒,再折成些短节儿,又在地上,画一个圈儿。尔后,站起身将这些短节儿,朝圈圈里扔去,一边扔,一边祷告。

数过以后,是双。吴瞎子笑道:好事!今个儿晚上,轮到我吴瞎子头上了。心中一阵喜悦。

好容易挨到天黑严实,家家都喝了汤,关门睡觉了,吴瞎子从地里,挑了两个最大的西瓜,抱在怀里,回到村里,去敲小媳妇的门。

吴瞎子是第一次干这男女之间的事情,在地头上那阵,心里还算胆壮,可是尔个,越往小媳妇的门口走,心里越是胆怯。待走到小媳妇门口,两腿打战,头上是一头的"米汤"。

小媳妇住的窑洞,像那些一般的陕北住家一样,只有硷畔,没有院墙。吴瞎子上了硷畔,抬脚就到小媳妇的门口了。他怀里抱着西瓜,两手不空,抬起脚来踢门。

小媳妇已经上炕,正搂着儿子、乖哄着儿子睡觉。儿子已经睡熟,只是小媳妇的大奶头,还在儿子嘴里噙着。

听到敲门声,小媳妇扬声问道:"谁?"门外的吴瞎子,张了张嘴,不敢搭声。小媳妇见没了声音,以为是猫、是狗,也就不再言传。门外的吴瞎子,又等了半天心想,这样干等着,也不是个办法,就要抬起脚来,踢门。

小媳妇觉得奇怪,喊了声"狗",又喊了声"猫",家养的狗或猫,听到这喊声,会叫的,可是外边不见叫声,小媳妇明白,外边是人了。于是喊道:"外面是谁?你不搭声,我就呐喊了,我家老公公,在隔壁住着哩!"

事到如今,门外的瞎子,知道不搭声不行了,于是清了清嗓子,说道:"是我,吴瞎子!我给你送西瓜来了!"

小媳妇听到这话,觉得好笑,她说:"你要送,你明个儿来,今个儿天这么晚了,我都脱衣服睡下了!"

吴瞎子说:"你开了门,咱们再说。难道你叫我老远的路,再把这两个大西瓜,抱回去不成!"

这话却也说得在理。小媳妇听了,沉吟半晌,从儿子嘴里,拔出奶头,又胡乱地穿上衣服,然后下来开门。

未曾开门,先拉亮了电灯。这一拉灯,其实是告诉了吴瞎子,她是顺嘴说些闲话而已,原本没有这个心思。可怜吴瞎子,没经过事,这方面的业务不熟,解不下女人的心思。

门开处,吴瞎子抱着两个大西瓜,摇摇晃晃地走了进来。进了门后,当地上一站,没话找话,问这西瓜往哪里放。小媳妇一边扣钮子,一边下巴一点,说,就放在脚底吧。

放下西瓜,擦罢头上的汗,吴瞎子说:"我能不能在你这里,坐上一坐!"小媳妇说:"窑里有的是凳子,你尽管坐!"坐定以后,又没话题了,吴瞎子不知道别人遇见这种事情,是咋开口的,平日忘了请教,现在想请教,又没个请教处,头上的汗又冒了出来。

他又打话道:"能不能让我喝上口水!"

"水有,你尽管喝!"小媳妇用一只大碗,倒了开水,递给吴瞎子。

吴瞎子喝完水,又没词了,想抬脚走人,又有些不甘心,想将那件事情捅破,又不知道这话怎么说。正着急着,想起一段二六句子来,这些脏话,是他平日听村上那些二不溜后生们想女人时,背后悄悄说的,让他拾到了耳朵里,现在这点知识,恰好派上用场。

于是他说道:"嫂子,有一个谜语,蛮有意思的,你能猜得出么?"

小媳妇说道:"真好笑!你吴瞎子,深更半夜地,抱两个大西瓜来敲我的门,就是为了叫我猜一条谜语么?"

吴瞎子说:"权当是吧!你先不要急着睡,先听听这谜语,看说的是啥——离地三尺一条沟,断断续续热水流,牛羊渴死不喝水,和尚恼了来洗头。这东西,你身上就有,想想就知道了!"

这女人好不精明,吴瞎子的谜语,刚说到一半,她就知道说的是啥了,只见她窃窃地笑着,说道:"好你个吴瞎子,你面相上老老实实的,想不到一肚子的坏水儿,我不过撂两句闲话,就把你给勾引起来了。你要不走,我就喊人了!"

世间的女人,遇到这一类话题,如果羞涩、难堪,那么这就是一个正经女人；如果笑不哈哈的，那么这心里，委实是有一些野性子的，她嘴里虽然摆着谱儿，那心里，却是感到美气，恨不得你说得再脏一点。

吴瞎子见小媳妇，嘴上梆硬，觉得这事没有指望了，想要强来，又怕这女人真的喊叫开了，于是打了退堂鼓，站起身子，叫了声"尴尬"，出门。

随着那门"咚"地一关，吴瞎子这时想起了他的西瓜，不觉有些心疼起来。心想事情没有干成，这西瓜可不能白白给了。想清楚了，就又来敲门。窑里搭声问道："你这是又咋了？"吴瞎子说："我的西瓜！"

门又开了一次。这一次，小媳妇没有放吴瞎子走。这一番折腾，把个小媳妇，折腾得起性了，心想这深更半夜的，神不知鬼不觉地，打一回野食吃，也蛮有味。再加上那两个还没开园的大西瓜，尔个已经进了自家窑里，岂有让它白白出去之理。想定了，于是对吴瞎子说：

"你不是想学老和尚，来洗一回头吗？我今天里来成全你，让你洗上一回。那西瓜，你就放在那里，不要拿了！"

吴瞎子听了，满心欢喜，关了门，返身抱起小媳妇，就要交欢。小媳妇指着他的额颅说："你记住了，只这一次，下不为例！以后不准纠缠我，免得我那石匠知道了，打断我的腿！"吴瞎子到了这一阵儿，还有什么事儿不能答应的，于是连连点头，只求快些进入主题。

要想进入主题，却不容易。前面说了，这吴瞎子是第一次。这第一次，难免心慌意乱，颤颤兢兢，蹄蹄爪爪往哪里安顿，都不知道。亏得这小媳妇，是生过娃娃的人了，手段又好，脸皮又厚，于是嘴里骂骂咧咧的，又是诱导，又是示范，折腾了好一阵子，这一对宝贝,才算严铆扎楔,对上了卯。

正干着,窑门"咚咚咚"地响起来,伴着响声,还有男人的叫门声。

炕上的两个人,听到喊声,都吃了一惊。上边的人,脑子"嗡"的一声,没了主张;底下的人,催他快下来,他趑趑偎偎,就是动弹不得。你道咋了,原来,责任却在底下那人身上,她一着急,身子底下紧张,老百姓叫"锁"住了,医生叫"子宫痉挛"。

外面的敲门声一阵紧似一阵,好个小媳妇,突然起了贼心,见两人像狗练蛋一样,拆不开了,索性也就不再往开拆了,反过来双手搂紧吴瞎子的腰,叫喊起来。叫喊啥?叫喊吴瞎子强暴她。

窑外的敲门人正是出外干活的石匠,听见窑内媳妇叫喊,大怒之中,一脚将一个窑门踹开了。

那吴瞎子,经小媳妇这么一喊,刚才热烘烘的身子,现在从头凉到脚,腰间那东西,自然也就软了。待那石匠破门而入时,吴瞎子已经出溜下来,正伸出手来,去抓衣服。

炕上那小媳妇,见男人回来了,先一扑,扑到男人怀里,放声大哭,接着又伸出手,去抓吴瞎子的脸,抓得吴瞎子的脸上一脸的指甲印,血糊糊的。

石匠对吴瞎子说:"这事没完,你强奸我老婆,我要去报官!"

可怜的吴瞎子,现在真真是成了龟孙子了。他胡乱地穿上衣服,跪在地上,头像捣蒜一样往下叩,要石匠夫妇饶了他。

隔壁住着的老公公,这时听到响动,也穿戴齐整,过来了。见是这事,这老汉说:"告到公家,叫这吴瞎子坐三年的牢,也没啥意思。咱们不如私了。他今年种的这一茬西瓜,收园以后,叫拿西瓜钱来顶账。"

小媳妇听了，拍手说好，她也怕这事张扬出去，坏她的名声。再则，这事咋起因的，她比谁都清楚，她也不敢恋战，盼这事快有个了结。

石匠见三个人中，有两个同意私了，也就不再说什么，算是赞成了。

那吴瞎子，尔个瓮中捉鳖，被捉定了，只要能从人家窑里，逃出个囫囵身子，别的事情，一概答应。

当下，吴瞎子便写了条据，答应秋后收园后，将西瓜钱，一分不少，赔给石匠。

这一年收西瓜。吴瞎子园里的西瓜，又大又沙又甜，城里的二道贩子们，雇了三轮四轮，每天都来拉瓜。村上人说，吴瞎子今年这一宝，是押对了。吴瞎子听了，哑巴吃黄连，有口道不出。秋后拢了西瓜蔓儿，一算账，这一料西瓜，净赚了两千块。乡下人眼皮浅，见吴瞎子有了钱，上门提亲的一个接一个。只要上门，吴瞎子都应承了，应承毕了，又说，他腰里没有钱，待有了钱，再乍舞这事情吧！大家听了，都说这娃娃奤皮。

握着钱，吴瞎子挥动巴掌，往自己脸上扇。"我哪一窍迷了，咋做下这号瓷尻事情哩！"吴瞎子骂自己。想来想去，觉得最可恨的只是一个人，就是那小媳妇。明明是两个人做下的事情，你咋能一把把我的腰搂定，红口白牙，说我强迫你哩！要不是你摇尾巴，我敢往你身上扑吗？

那边催着要账，吴瞎子决心不还。那边催得紧了，吴瞎子把杀西瓜的刀子拿出来，准备和那石匠，闹一场人命。

动手之前，这吴瞎子拿了一把钱，跑到六六镇上，找了个小饭馆，大吃大喝了一场。吃喝完毕，街头上遇见个张家山。张家山的大名，他也知道，于是一边擦着眼镜，一边大哭，把他这一场委屈说给张家山。

张家山听了,将这吴瞎子后腰上别着的西瓜刀,取了下来,又指着这后生的鼻子,大骂了一通。然后,将这醉醺醺的吴瞎子,安顿在调解所里,让谷子干妈看着,自己领了李文化,前往吊儿庄调解。

这件事明眼人一看就知,是通奸不是强奸。因此张家山到了吊儿庄,避过众人,单找那小媳妇问话。见了小媳妇,张家山不问青红皂白,先劈头盖脸,将那小媳妇大骂了一通。骂毕了,要这小媳妇从实说,和吴瞎子这事,是两相情愿么,还是强迫来着。小媳妇羞羞答答,说不出口。

张家山说:"人在世上,立起这五尺身子,靠的是啥?不是骨头不是肉,靠的是一口气。人要活得地道,活得大样,十字路口摔一跤,正南正北。像你这号扒灰,叫人捉定了,呐喊一叫,自己摘利了身子,却把男的推到了崖里,这叫啥?这叫小人做事!"

张家山又说:"我年轻的时候,也有过这么一档子事,你娃看我们是咋对付的!"

亏了个张家山,一片古道热肠,为了劝解别人,不惜拿自己的丑事作为教材。那事情,却是真的,老一点的人还都知道,是和谷子干妈的事。

张家山和谷子,是一个大队,却不是一个村子。那时两人都还年轻,谷子已经是人家的媳妇了,张家山窑里也有了守家的了。张家山那时候是大队的民兵连长,农田会战工地上,又是青年突击队队长,刚过门不久的谷子是突击队队员。会战工地上,两人不知道怎么地就给勾搭上了。

张家山那时候雄心勃勃,想干完了民兵连长,下一届,就当支部书记,镇上也有这个意思。那现任支书是个老汉,当然不甘心主动退出历史舞台。支书调动他的心腹,给张家山找碴儿,找来找去,碴儿找着了,就是和谷子这事。

支书找谷子单独谈话,又是好言相劝,又是威逼利诱,要谷子在群众大会上,揭发张家山。谷子吓坏了,没了主意,晚上约了张家山,圪蹴在一个崖畔上,告知这事。

张家山一听,把个胸脯拍得像鼓一样响,说,这事我一个人包了,我不能叫你吃亏,你还要活人哩,你去给支书说去,就说我强迫你来!

那谷子,原先还二心不定,现在见张家山这么仗义,也一下子拿定了主意。她说,你是人前的人,我一个妇道人家,怕什么?你这么刚正,我要比你还刚正,我现今就找支书去,就说是我勾引你的,要他有什么事,冲我来,少在你面前骚情。

那谷子找到支书,果然刚板硬正,舌头一展,将所有的事情揽了。支书见套不住个张家山,光抓谷子,也没有多少油水,就放了一马,将这事搁下了。

这是张家山和谷子干妈早年的一桩荒唐事。因了这事,两人都怀里揣着一分情感,要么为啥,老了老了,一个死了老婆,一个死了老汉,张家山民事调解所一开,两个老骚包,聚在了一起。

尔个,为了调解吊儿庄的这一档子事情,张家山不怕夯口,一五一十,将旧事说出,说完了,又将六六镇上那吴瞎子腰里的那把杀西瓜刀子拿出来,随带着,说出吴瞎子的打算。

听张家山讲了自己的故事,两相对照,那小媳妇已经觉得自己不够人,羞愧难当,尔个见了这刀子,又听张家山一番吓诈,羞愧之外,又加上一份害怕,那脸色,一阵红,一阵白的。

张家山见自己的话,有了效果,就趁热打铁,又吓诈道,这事情看来难免经公,经了公,那法庭的眼光贼亮贼亮的,你小媳妇休想瞒得了人。到时候，你非但拿不到一文钱，还把自己的丑身子脱得光光的，摆在了当街，你那男人，也难免背个"盖老"的名。

小媳妇听了这些，心里打开退坡的主意了。其实，最初，她也是为情势所逼，咬吴瞎子一口的，心里也觉得这事做得缺德。这时，她说："张干大，你也不要再说了，我是个明白人，啥都解下。你现在只说，这事该咋办？"

好张家山，见小媳妇开窍了，于是手指一伸，为这小媳妇指出了一条道来。他要小媳妇，找出那张条据，将它毁了，没了凭据，这一场事情，自然结束。小媳妇听了，也觉得这是个办法。于是从家里的枕头里，摸出条据，交给张家山。

张家山说，要毁你自己毁，你要不毁，留着惹事也可以；要我毁，我是不毁的。我只点到为止，咋样处理，是你们自己的事情。

小媳妇见说，于是取下灶火上的小锅，灶火里正有火，她将那纸条，一把扔了进去。火苗闪了两闪，那纸条成了灰尘。

吊儿庄这桩花案，至此平息。不见了条据，石匠夫妇互相埋怨，那小媳妇一口咬定，条据是石匠自己保管着的，没交给她，石匠也给搞糊涂了。石匠跑去找吴瞎子要账，吴瞎子装聋卖哑，根本不认这档子事。逼得紧了，吴瞎子说，凡事得有个证据，你说我写的有条据，你拿出来，我认账！石匠听了，没个良法。石匠回来说给媳妇，小媳妇说，拔了萝卜坑坑在，你身上下，什么也不少，你就权当没有这回事吧！石匠听了，说，也只好这样了。

第三桩，也是一件稀奇古怪的事情。开始是张家山民事调解所管，管着管着，老鼠拖木锨——大头在后边，事情越来越大，最后，就交给法庭处理了。这桩事情，张家山没有给它起名字，我们也不妨少费些脑子，叫它"事情"就行了。

清晨，张家山民事调解所门口，来了个操绥米一带口音的妇女,站在那里,口口声声要告自家男人。张家山一接茬,原来是本镇洋芋湾人。

张家山说:"你要告你男人,你男人犯下啥事了?"这妇女说:"我家男人,要杀我家女子哩!"张家山又问:"你家男人,为啥要杀你家女子?"这妇女又说:"我家男人,要我家女子下地干活,女子不肯,男人恼了,要杀她!"

张家山听了,觉得这事,有些大理不通:自己女子,不干活,就要杀她,这还了得!张家山又问道:"你家女子,多大了?为啥不下地干活?"妇女答道:"女子已经成了大女子了!她不干活,是有原因的,她生娃了!"

这事又有些古怪了。张家山问:"哪有女子,在娘家坐月子,她要生,该到婆家去生的!"那妇女答:"我明明说了,她还是个女子,她没有婆家!"张家山一听,乐了,说:"没有婆家,也行!是谁的娃娃,那就在谁家生去!"那妇女又答:"你这话算是说对了。我也是这么说。不过这娃娃,是我男人的,因此么,就只能在我家生了!"

张家山听了,半信半疑,心想世上哪有这号事情。旁边站着的谷子干妈说,这女人恐怕是个神经病,信口曰曰,她的话不可当真。张家山说,真也罢,假也罢,反正我这几天也没事,就在洋芋湾走上一回,权当散心。

张家山到洋芋湾一调查,原来这妇女说的,句句是实。

这妇女是前嫁后娶,来到洋芋湾的。那女子,却是前夫生的,她带着走到了这家,民间把这叫拖油瓶。

女子叫绵娃,圆脸,却也白净,两道眼眉,眉宇间,有密密麻麻的茸毛儿,连在一起,牙齿有些发黄,这种黄牙,却正是绥米一带人的特征。问起话来,口齿却也伶俐,只是说起生娃娃这场事情面红耳赤，不知如何答对。

那汉子，叫张世成，洋芋湾土著。天生的一个莽汉。

架不住张家山一阵追问，那张世成，核桃枣儿一齐倒，把这桩事情，原原本本说了出来。原来，当初，张世成娶了婆姨以后，由这婆姨的女儿绵娃领着，上绥米一带去迁户口，路途中歇息在一个小店里。张世成嫌登记两个床位花钱，就登记了一个，两人睡在一张床上。好在绵娃那时尚且年幼，旁人也就没有说些什么。睡到半夜时分，张世成腰硬了，于是，一把扯过绵娃，做了那有悖伦理之事。这事一开头，便收刹不住，于是，一直粘粘挠挠，从那时直到今天。

张世成和绵娃明铺暗盖，他婆姨焉能不知。知道了又有什么办法？打架，打不过；给外人说，又羞得说不出口。天长日久，这婆姨，精神上就有些不正常了。

烧火炕上，绵娃生下娃娃，一星期未到，张世成催促绵娃，下地干活。婆姨说，让她将息几天吧！张世成说，不行，驴下驴驹，前脚下了，后脚站起来走；绵娃都将息好几天了，他不能养活一个白吃饭的，绵娃得下地干活。这婆姨，忍无可忍，于是抹下面皮，来到六六镇告状。

张家山听了，涨红了面皮，一则恼怒这张世成的暴戾，二则叹息他的乡亲们的愚昧。张家山又问：绵娃所生的孩子，哪里去了？张世成说，生下的是个死胎？婆姨说，是个活的，是让张世成掐死的。张家山止住了他们的争吵，他说，这事太大，看来得请法庭解决了。

当下，张家山差遣李文化，火速前往六六镇，请来庭长张建南和"派出所"。

张建南一番询问，先给这张世成，定下一个强奸罪。原来，当初行人小店里,张世成第一次欺侮绵娃,那时绵娃尚不满十三周岁,法律规定,与不满十三周岁的女性有性行为,不管对方是否愿意,都以强奸论处。

接着,"派出所"又押了张世成,由他领路,寻找死婴的下落。张世成先指了一处涝池,打捞了一阵,没有;又指了石油上废弃的一口旧油井,打捞了一阵,仍然没有,气得个"派出所"将个枪口,在张世成额颅上乱点。张世成见不说不行了,只好交代,死婴埋在他家后院里。

挖出死婴,又从县里请来法医。法医正是我们见过的,在"心脏开花案"中露过脸的那位女同志。多日不见,她的业务又有长进。

女法医让"派出所"抱起死婴,跟着她走。走到涝池边上,她让"派出所"将死婴扔到涝池里。派出所不解其意。女法医说:"如果这死婴漂起,说明他肺里有气,他是出生以后才死的;如果他不漂,说明他在娘肚子里就死了。确实是生的死胎!"

"派出所"见说,向前走了两步,一脚站在水里,一脚站在岸边,将死婴轻轻放入水中。那婴儿,先是一沉,接着便浮草一般,漂在水面上了。

"这是被人伤害致死的,没错!"女法医说完,自己先走了。

"张世成,强奸罪之外,我现在再判你一个杀人罪!"法庭庭长张建南严肃地说。

与此同时,"派出所"一副铐子,把个张世成铐了。

张世成后来以强奸杀人罪,被判处死刑。

第四桩事情,叫"核桃风波"。说的是一棵核桃树,长在两家的地畔上,两家为争这棵核桃树上的核桃,发生口角的故事。这事后来是这样判的:核桃成熟季节,两家都到核桃树上去打,核桃落下来，落到谁家地里，就算谁家的。

判决之外，还附带一条，就是平日两家犁地时，都尽量地不要伤核桃树的根。

这个判决，从大的方面讲，还算公允，但是细细抠起来，也有不周不到的地方。原来核桃树的树冠胁地，北边的一家，好大的一片地里，庄稼不旺；南边的一家，胁得就少一点。

张家山说：世人都说"一碗水端平"，可是这一碗水，何曾有过端平的时候，秤杆还有个高低哩，你们就将就将就点吧！

第五桩事情叫"公羊串门"，却是一桩乡间喜剧。一只专门用作配种的公羊，听到邻家母羊叫唤。这是发情求偶的叫声，公羊听了，按捺不住，挣脱缰绳，雄赳赳地赶到了邻家。这公羊的主人，却是一个怪老头，见公羊跑了，他并不着急，反剪着手，跟在公羊后边，眼睁睁地看着公羊上了母羊的身子，他也不往下撵，直到完事了，他才牵着公羊，回到自个儿家中。自此以后，闲来无事，他就抱一个宜兴茶壶，蹲到邻家的母羊跟前，看那母羊的肚子，隆起来没有。

母羊的肚子一旦隆起，怪老头便伸出手来，索取配种费。邻家不给，邻家说，他这母羊，并不打算要羔，他是养了它，给儿子吃奶用的。怪老汉岂肯罢休？怪老汉说，我每天麸皮黑豆，将公羊养壮，难道就是为了白白给你们使唤不成？你家母羊不叫，我那公羊，是吃得多了，要去惹那一场韶叨。

双方争执到六六镇张家山民事调解所。张家山先说母羊那家，说你家的羊，凭空地得了羔，你捂住半边嘴，偷偷笑哩，哪有它养了母羊，又不打算要羔的道理。说完母羊这家，又说公羊那家，说你个怪老头，牲畜跟人一样，你养的牲畜，私入民宅，行那淫秽之事，不追究你主家的责任，便算轻饶你了，还敢伸手要什么配种费？

　　这是笑话。张家山一着歪理，先把这两家的气焰刹了。然后判出，等那母羊产下羔来，如果是两只，一只属养母羊的人家，另一只送给怪老头，算是他的草料费。判决一出，怪老头说，那如果是一只，又怎么办？张家山哈哈一笑：是一只，说明你家公羊，工作效率太低，你能怪谁？

　　一件糊涂官司，就这样糊涂断法。张家山说完，两家都也心悦诚服，一家拉了公羊，一家拉了母羊，快快地回去了。那母羊后来是产了独羔，还是双羔，不再见有回话。

　　六六镇这个小小的世界，亏得有个张家山，八只手往下按，才抹平这一桩又一桩是非。所谓的"好狗照三家，好汉照三庄"，这话不假。山南海北的人听了，大约觉得这六六镇地面，何以生出这么些稀奇古怪、蝇营狗苟的事情来，一宗一宗，件件蹊跷，是不是叙述者在这里凭空杜撰，哗众取宠？回答说：非也！这些张家山经手的事情，件件有名有姓，桩桩有眉有眼，叙述者只是听凭手中拙笔，被动地记录而已，焉敢有半点的虚饰。

　　张家山正在老去。在调解和处理了上面那些事情之外，后来，他又调解和处理过三宗事情，一宗叫"凶宅"，是六六镇上一家房地产纠纷；一宗叫"舐犊"，是一个北女知青寻找女儿的事情；最后一宗是"奇案"，一个较之前面的事情，更为猥琐的故事。完成这些以后，他就吆一条毛驴，驮了谷子干妈，回张家畔去了，而将这个调解所，交给他的衣钵的继承者李文化。

第十章　凶咒

天还麻黑着哩，谷子干妈出来倒尿盆。刚泼完，听见六六镇的街道上"吧嗒吧嗒"过来了一个人。谷子干妈赶紧把尿盆藏在了身子后边。

来人叫高老头，是镇上的老户。这几日，这个高老头像跟了鬼似的，每天这个时辰起来，撒一阵欢儿，谷子干妈都遇见几回了。你看他，七老八十的人了，一头的白头发茬子，胡子老长老长的，脸上沁着汗珠；脚步颠着，一路小跑；右手里攥两个核桃，核桃"嘎嘎嘎"地响。

"高老头，你那身子骨好勤快，大早日晨的，一路撒欢儿！"谷子干妈立定，赞美道。

"人老了没瞌睡，起来活动活动筋骨。城里人把这叫'锻炼'。前些日子，我下了趟西安，鸡叫时分，那老城墙根上，老母猪跑圈一样，涌涌不退，尽是些睡不着觉的老婆老汉！"

高老头嘴上说着,身子并不停,只见他身子一闪一闪,一阵工夫,人影就看不见了。

见高老头这么说,谷子干妈心里好爱。站着瞅了一阵儿,心里想,自家炕上也睡着个男人,何不把他撵起来,也出去跑一跑,也学一学城里人,叫别人羡慕。想定了,返身回到屋子,见张家山还在蒙头大睡,于是发个歹,将一双冰手,塞进热被窝里,去冰张家山的尻蛋子。

张家山其实已经醒了,正在假寐。这一冰,冰得张家山一惊,一脚蹬开被子,嚷道:"哎呀,你这是干什么嘛,打搅了人家的好觉!"

谷子干妈手提尿盆,嚷道:"干什么?你不看看南头那高老头,人家才叫老汉!这么早,早拿两个核桃,在后面跑开了。你也是个老汉,就不能学学人家?高老头说,省城西安,正时兴这个着哩!"

张家山说道:"瞎跑乱杠的,有什么好!当心叫车撞了,哪个多,哪个少?"

"你就是歪道理多!"

"就是这道理嘛!中国为啥落后,就是日闲杆的人太多了。没事了,还不如抓一把石炭,到河边洗去!"

张家山说着,睡意又袭来了,于是拽了被角,又要睡觉。刚仰下,觉得尿有点憋,就涎了脸,伸手要谷子干妈手中的尿盆。谷子干妈有心不给,又心疼张家山,趿磨了一阵,还是将尿盆给了。张家山接了尿盆,藏进被窝,"哗哗哗"一阵响声,响声中,嘴里感慨道:"老了,夹不住尿了!"

尿毕,谷子干妈只得接了尿盆,又到门外去倒。伸手刚将尿一扬,见那高老头又一摇一摇地弯转回来了。倒尿让人看见,人家会笑你是懒婆姨，身子沉，起身迟。一天两次让高老头看见，谷子干妈有些脸红，于是提了尿盆，匆匆返身回来，将那尿盆往炕旮旯里一放，开始生火做饭。

镇上谁家烟囱先冒烟，也是一个讲究，众人会说，这家婆姨勤快。生着火，又往锅里添了两瓢水，谷子干妈开始熬米汤。米下到锅里以后，转身再到外边去，只见小镇静悄悄，还没有一户烟囱冒烟。谷子干妈的心里这时才有一些平衡。她骂了高老头一句，嫌他起身太早，骂毕，返身回来，去拽张家山的被子。"你给我起来！"谷子干妈嚷道。

没奈何，张家山只得起身。张家山一边穿衣服，一边嘟哝道："黎明的瞌睡，小姨子的嘴，你不见李文化整天念叨着么？"

张家山起来，洗脸，漱口。这时米汤已经熬好，馍也托热，谷子干妈又切了个莲花白，生调上，算是小菜。一切停当了，然后去叫李文化吃饭。张家山民事调解所的一天，就这样开始了。

前面说了，高老头在六六镇，是个老户。其实，这高家，何止在六六镇，就是在陕北地面，也是一个叫得响的姓氏。五百年前的高迎祥高闯王，前些年的高岗，等等，尽是些人物。叙述者也是高姓，当年谈对象时，老年人一见这个"高"字，就嚷"门风高，门风亮"，叙述者至今也不敢忘记这事。只是叙述者是外地人，在陕北高原是客居，因此和这姓氏也就有一些距离，既没有沾它的光，也没有吃它的亏。

高老头这人，平日最好脸面。你看他，西安省城走了一回，就要嚷得满世界都知道，早晨起来跑一跑，也摆出那么多的讲究。高老头膝下，有三个虎子，尔个都在干着公家事，那个老大，还是个副科长，平日，高老头见了人，三句话拉罢，便会扯到儿子们的身上。今个儿早上，饶了谷子干妈，是因为他正忙着跑步，还因为谷子干妈手里正拿着尿盆,场面上有些不雅。

说高老头早晨起来,纯粹是为了风光风光,要个洋辣子,这话也不算全对。老天在上,这老头,早晨的确是睡不着觉,他这些天,是犯上了一门心思。啥心思?就是眼皮底下那三层平板楼房的事。

六六镇上,有一条小巷,通到山根底下。山根底下,往上一百米的地方,当年高家的先人,将山坡往进削了一块,掏出三面土窑,削下的土,摊到坡上,平出一块地畔。自六六镇叫成六六镇,这一户人家,就在这里生活。高老头的母亲是河南人,黄河花园口决口的那一年,逃到陕北,嫁给高老头他大的。一九六二年大年馑中,母亲的弟弟,也就是高老头的舅舅,拖家带口,投奔姐姐,来到这里。高老头二话没说,当下就把靠北的一孔窑腾出来,给舅舅住了。

高老头为人仗义,又好面子,这事情一做,为他赢得了一份好乡俗,高老头自个儿私下里也是够得意的。再加上舅舅一家感恩戴德,平日里说话做事,总是把个高老头抬在前面,让高老头心里,好不自在。

谁知三十年风水轮流转,到了八十年代末九十年代初,两家的孩子,都已长大成人,有了工作。高家的孩子,前面说了,大小都是个穿四个兜的,风光虽风光,却是工薪阶层,家里生活,一日一日,鸡屁股掏蛋似的,靠那几个干工资。孩子长大了,总得给他垒个窝儿,高老头看见两孔窑洞倒腾不开,就狠狠心,拿出自己一生的积蓄,在两孔窑洞前面,顺着盖起三间瓦房,哥东弟西,一人一间。

高老头的三个虎子,名字叫得响亮,老大叫高金宝,老二叫高银宝,老三叫高铜宝。舅舅家那三个儿子,现在也已经长成,名字也叫得不差，为首的是杨天财，接下来是杨地财，压后阵的是杨有财。小小的一个院子里，抬头低头，碰到的尽是些小伙子们。

三十年风水轮流转，老百姓的话没有说差。高老头枉给三个儿子起了个好名字，尿都不顶，光景一满没有起色，可这人称"河南担"的舅舅家，这几年架上改革开放的势头，猛发了，天上的财，地上的财，只要哪儿有财，就财源滚滚，直往舅舅家那一眼黑窟窿土窑里聚。

舅舅家穷，三个孩子，自幼都没上过学，捡煤渣，捡破烂，给人帮活出身。想当年，杨天财背着个书包，腔子上别着根钢笔，嘲笑道："舅爷，你为社会上制造了三件废品！"谁知，话音未落，这三件废品，一下子变成了宝贝。先是杨天财学着开车，给供销社拉货；学成了，出门上门，把个地财带上跟车，半年下来，地财也学会了；依样画葫芦，又把个有财带上，一年光景，杨家出了三个司机。社会发展，汽车越来越多，私人的、公家的，都抢着要司机。这样，三兄弟都上了车，几年开下来，攒了钱，一人买了一辆车，在六六镇前面的这个公路上，南达西安，北去北草地，几天一个来回。

高老头家盖了三间瓦房，人刚刚住进去，院子对面，杨家三兄弟，汽车叫着，拉着水泥、砖头、楼板，又从镇上请来些江苏一带的做活的，一眨眼的工夫，变幻术一样，生出三层平板楼房。老大杨天财在第一层住，老二杨地财修个楼梯，上到二楼，那老三杨有财，不在院子走，却从山坡上修了条路，直通三楼。

高老头站在院子里，面对自己新盖起的三间瓦房，长长地一声赞叹。赞叹声还没有毕，扭转屁股一看，见院子里，顺北边窑根，三层楼房已经拔地而起。看了这威赫赫的三层楼房，回首再看地上卧着的自家的三间平板房，高老头当时大怒，一口气出不来，坐在了地上。

高老头气得了一场病,病好以后,出了窑门,见这楼房,还在那里端翘翘地立着,高老头的气又上来了。他觉得自己失了面子,又觉得全世界的人都在嘲笑他。从此这事情,成了一场心病,隔三过五,总要寻衅,用那言语去激杨家三兄弟,激他的舅舅。舅舅一家,始终觉得这事有些理亏,也就忍让着,把那些耍气头的话,一句不遗地拾到耳朵里,就是不出气招架。

高老头见舅舅一家装聋卖哑,并不招架,越发恼怒了。恼怒了晚上睡不着觉,待在院子,一抬头又是气,于是手抓两个核桃,上街跑步。这一日,跑完步回来,心情刚刚有些好转,见了楼房,气又上来了,勉强地吃完早饭,儿子们都走了,剩下他个干老汉,高老头于是从院子里捡起一块捶布石,绕到门外,上了楼顶,然后抱起石头,"咚咚咚"地往下一边砸,一边喊道:

"杨天财、杨地财、杨有财,你们狗日的,都给老子出来!六二年,大年馑,你们老的老,小的小,拖家带口的,从河南逃荒到这儿,我好心好意把你们收留了,没想到,我收留了三个狼娃子!你们兄弟三个,尔个尿得高了,站在阳坡里了,欺侮开我老汉了!"

张家山民事调解所对面的那个土台上,不知从什么时候起,镇上的一群老婆老汉,开始聚在那里,玩一种纸牌的游戏。这纸牌也有条、饼、万。条、饼、万之外,也有闲牌,那闲牌不叫东、西、南、北、风,白板加红中。闲牌有三种,一种叫"老钱",一种叫"紫花",一种叫"独留"。这纸牌游戏名称叫"梦和",它的耍法,和麻将牌有些相似,那一次贺红梅告状一事中,张家山能和李文化联手,现蒸现卖,一举踢死了周宝元,就是因为麻将牌上他虽然不精,可这"梦和",是他小时候就耍下的功夫,因此能一通百通,迅速应阵。

这土台上向阳,秋天太阳一照,暖融融的,小风一吹,更是令人惬意。因此几天下来,狗混游一样,聚了一堆人。六六镇的闲人以外,四邻村庄的闲人们,也都聚来了。"梦和"是一项文化遗产,深得人们喜爱,再加上玩耍以外,又有个三毛两毛、一块两块的输赢,于是更勾起了人们的兴趣。

原先,这地方是张家山看《参考消息》的地方,自从有了这一档事情,张家山的耳目,难免不受干扰。不过他心里虽然痒痒的,脸面上却依旧深沉,端了张报纸,板着个脸,任四周吵吵嚷嚷,一副金刚不坏之身的样子。

谷子干妈对于"梦和",亦是行家,当年做女的时候,就和村上的姑娘一起耍,尔个见了这场合,心里就像猫抓了一样,早野了。几场下来,就成了这场合的中坚力量。

一日,几个婆姨正在耍,有一个婆姨的屁股底下,没有个坐的。谷子干妈说,那老汉的手里,不是端着一张报纸的,你们敢不敢取?话音刚落,四个婆姨,一齐上手,有的蒙眼睛,有的咯吱他的胳肘窝,有的去抢报纸。待张家山睁开眼睛,他的克林顿总统,已经坐到这赖婆姨的屁股底下了。

张家山叫一声苦,明白自己已经不能再崇高了,于是挪了挪小凳,挤到这"梦和"的人堆里去了。

凡事开了头,便不能收刹。比起谷子干妈,张家山对这"梦和"的热情,原来更高,手艺也更精,每天下来,大大小小,都有一些赢数。谷子干妈输的时候多,张家山赢的时候多,两相抵消,刚好是不出不进。每天晚上收场,两人都要掏起腰里牛肉串一样的毛钱,数一数,算上一回。旁边站着个李文化,挖苦道:"咱这调解所,换个牌子,改成赌博窝算了!"

高老头抱起个捶布石，砸楼房的这一刻，土台上，三个一群，五个一伙，正在"梦和"。张家山旁边坐的，正是高老头的大儿高金宝。高金宝是镇上主管计划生育的干部，因为工作勤勉，给了个"按副科长待遇对待"的荣誉，厕所太小，每个坑坑上都蹲的有人，只好让金宝先委屈着，待有人升迁了、犯错误了，或者退休了，再腾出位置，给他个实职。什么时候给，这要看命，也许明天给，也许等到"七上八下"的那一天，也等不来。

高金宝刚才在一个庄子检查了计划生育，心情正好，路过土台，见张干大招呼，心想：这人得近乎点，他那张嘴，说黑道白的，可不能惹他。于是走过来，瞅了一阵热闹。张家山劝他跟上"吊鱼"，高金宝一想，也就答应了。没想到张家山的手气好，一阵工夫，高金宝手里，就赢下了一摞牌。高金宝不舍这些牌，想等着兑换成钱，于是就耽搁了下来。

"梦和"时不直接用银钱过往，却用纸牌，是何道理？原来，这是防"派出所"抓赌。"派出所"就在跟前，难保他闲着无事，不到这里骚扰骚扰。所以，先给一人数上十张牌，牌输光了，再用钱往回买，也是一种办法。

高金宝手中的牌多了，必然有几家牌就少了。输光牌的一家，说声"先该上"，照旧涎着面皮，继续往下打，害得个高金宝，走也不是，呆着也不是。正在这时，街上人声喧喧，说那高老头，在家里闹事哩。高金宝一听，将一摞牌递给张家山，起身向家里跑去。

高家院子里，那高老头，上到三层的顶上，抱起个捶布石，往下砸着，嘴里嚷道："杨天财，我看你能躲到啥时？你要长牛牛的，你就往出走，我和你刀对刀，枪对枪，见个高低！"

杨氏弟兄三个，这天正恰都在家里，见高老头撒野，不好阻止，于是打发娃娃，上街找高家的人。正好高家老三高铜宝在街上闲逛，听说这事，赶紧回到家里，上到楼顶，劝说父亲。

高铜宝拉住高老头，说道："大，你老价今个儿又是咋了，早上锻炼了一场，还没过瘾，尔个又抱上一块捶布石在这里练功！"

高老头说道："你小子少耍贫嘴，给我滚到一边去！"

高铜宝说："我知道，你又眼气人家这三层楼房了！大，有一句老话，叫作'人活低了，就按低的来'，咱有的是住处，何必眼气人家？"

"我眼气？我才不眼气哩！就是皇帝老子那金銮殿，让出来给我，我也不眼气哩！我是恨自己有眼无珠，收留了这么一门亲戚，害得咱们这个家，一满不浑全了！"

"大！表叔他们已经把楼房盖起来了，咱就忍了这口气吧！好歹是亲戚哩！你要闹能闹出个啥名堂，莫非要他们拆了房子不成？"

"我不要他们拆房子，也不要他们挪地方，我只要一样，叫他们给我把太阳让出来。早年，没这楼房的时候，咱这院子，太阳从早上一直照到晚上。你爷他没事了，天天在这南墙底下晒阳阳哩！"

"大！你这不是说的气话么，太阳遮住了，咋能让出来？"

"你少管大的事！你们兄弟三个，空穿了一身四个兜，个个都是大裤裆——尿不顶！我算白供你们上学了！"

高老头鼓起余勇，抱起捶布石，又要往下砸。高铜宝见了，又挡，惹得个高老头恼了，怒道："你再挡，我就用这石头，往自己头上砸！"高铜宝听了这话，只好丢手，那高老头，现在又拿起石头"咚咚咚"地砸开了。

这一手叫敲山震虎。楼房里的杨氏三兄弟，终于忍耐不住了，老大从第一层，老二从第二层，老三从第三层，探出脑袋，往上看。

"大表哥，你不要倚老卖老！你欺侮得，叫我们这日子，过不过！"杨天财说。

天财话音未落，地财接着说："不是看到咱们亲戚一场的份上以我这脾气，早就他妈的毛了！"

杨有财在最上层，高老头砸楼板的声音，震得灰都掉到面锅里了，他年轻气盛，最为气恼。

杨有财挽起袖子，指着楼顶上面骂道："老不死的，你再敢胡成精，搜事，摆咨，等我上去，卸掉你一条腿！"

"搜事""摆咨"这些话，都是中原一带的方言，中原文化滋养出的奇妙的词汇，它们的意思大约与"耍黑皮"相近。杨家老三一急，把家乡话拿出来了。

高老头存心闹事，见杨家老三应招了，于是单挑杨家老三说话。他双目瞪圆，气鼓鼓地说道："你娃娃说到做到！你来卸！我就是要砸！我就是要砸！你把我屎咬了！"

杨有财一听，三脚两步，上到楼顶，和个高老头厮打开了。

杨天财、杨地财一见，知道今个儿这一难，是躲不过去了，只得出了院门，绕上山坡，也来到楼顶上。

高铜宝见父亲和杨有财厮打，又见杨天财、杨地财蹿上了楼顶，有些胆怯，嚷道："好呀，你们兄弟三个，合伙欺侮我大哩！大养活我一场，耽搁了多少瞌睡，操了多少心，为的就是我能顶门立户，尔个当着我的面，你们打我大，我岂能袖手旁观！"

金宝和银宝没有来，有些势单，所以高铜宝嘴上咋呼着，身子只是不往前扑。倒是那高老头，说到做到，尔个正和那杨有财厮打，厮打中，那杨有财，一个不慎，打了高老头一拳，这拳对高老头来说，可以说是正中下怀。

高老头扔了捶布石，往前一扑，到了楼沿上，喊道："我不活了，我要跳楼。好铜宝哩，你们兄弟三个，记得给我收尸。我眼睛一闭，眼前干净了，也不为这楼生气了！"

杨天财、杨地财见高老头真的要跳，赶快伸出手，拽住他的胳膊。

旁边站着的高铜宝，指天画地，说道："大，听我的话，你往下跳。人命惹下了，咱再说。我就不信，把这杨家弟兄仨，没法子！"

铜宝这话，倒把个高老头给难住了。有心不跳吧，事情逼到这儿了；有心跳吧，眼下还不想就这么辞了人世。正在这时，恰好大儿子高金宝拍马赶到。

四个兜的高金宝，进了院子，先听到铜宝那话。话说得不踏犁沟，金宝听了，登时恼了，指着铜宝骂道："铜宝，你说的话是你妈的×！事情有事情在，你咋能叫大从楼上往下跳哩！"

骂完自己兄弟，再说外人："天财、地财、有财，你们三个表叔，也太不像话了，瞅着我不在，欺侮我大！"

见高金宝搭了声，杨天财说道："谁欺侮你大，金宝！是你大自己搜事，抱起一块捶布石，要把我家的门楼，往塌地砸哩！"

"谁家的楼？"高金宝见事情已经闹开，在家一盆火，出门父子兵，他是长子，理应出头对对，于是嚷道，"你打问打问，我们高家，人老几辈都在这里舍着，不光这院子，就连垴畔上那几钵酸枣一树木瓜，半山腰那一棵杜梨树，都是我们看着它长大的，啥时候，这院子有了你家的楼？"

杨天财见高金宝不讲理，也有些恼了，说道："金宝，你是个穿四个兜，人前的人，你咋也是喝了糊糊没涮嘴——信口胡说哩!"

高金宝硬着头皮说道:"谁跟你胡说!"

"娃呀,你是干部,你手里拿着杀人的刀,你就不会硬硬心肠,想个法子,把这兄弟仨,灭了!"高老头见大儿回来了,势盛,说。

高老头这话,说得有些离谱。高金宝听了,正不知如何回话,这时,一个高身材老汉进了院子,声若洪钟,指着楼顶,数落道:

"好你个高老头,事有事在,你咋能这么说话哩!我看你有本事,敢把人家谁灭了!干部是勤务员,是公仆,杨家兄弟仨,又没犯王法,你敢把他们咋样!"

来人正是张家山。场合上,高金宝抬脚一走,张家山有些放心不下,一牌下来,逼着叫那几个耍家,兑了现钱,然后三脚两步,赶到高家,进了院子,耳朵一竖,刚好逮住了高老头那句话。

见是张家山来了,高金宝长得出了一口气,说道:"张干大,你来了就好了,谢天谢地,这事,就交给你了!"

"我是皇上他妈拾麦哩,不图拾麦图散心哩!县剧团解散了,好几年没看上大戏了。听说你这院子唱大戏,赶来看个热闹!"

"张干大,我们也信你!我们央你,把这事情摆平!"杨天财说。

张家山说:"你们央我,我把这看作是抬举我。只是要我插手,还得看高老太爷给不给我脸儿!"

"张家山,反正理在我手里哩!走到金銮殿,我也不怕。这事是我挑起来的,我三番五次寻衅,就是要把这挑起,看有没有人管。你充大,来管了。好,咱们坐下说理!"

说话的是高老头。说罢,便由铜宝搀着,一步三摇,下了楼顶。

窑洞里,大家坐定,高老头先发制人,说道:"张家山兄弟,世事难测,人心难测,经了这一场事,我算是明白这道理了。六一、六二年,大年馑,我舅舅领着这天财、地财、有财兄弟仨,逃荒要饭,投靠到我门下。我二话没说,腾出西边那眼窑,让这几位住了。阎王爷手里,逃出了这几条活命!"

张家山问:"你当时说的是暂借,还是白赠?"

高老头答:"话当时没有说!慌慌张张的,又都是亲戚,没有说那么多题外的话!"

杨天财见高老头嘴上安个转轴子,边说边绽,于是赶忙插言道:"大表哥,我当时就在跟前来。你当时明明给我爹说,是给我们的,记得,你一拍腔子,说:有我外甥住的,就有你舅舅住的,这眼偏窑,你不嫌弃,就是你的了,我正年轻,有的是力气,来年,抡起老镢头,再挖它两孔就是了!"

"高老头,可有这话?"张家山问。

"我老了,不记得了!"高老头说,"就当有这话,可我只给了你这眼窑,并没有叫你占我家院子,并没有叫你在我家院子里,端晃晃地爹起这三层小楼呀!"

"我的理解,给了这眼窑,当然应该包括窑前面这一绺院落了。你得给我们有个出路!"杨天财说。

"谁给你院子了,我只给你窑!"高老头说。

"那高老头,我问你一句话,既然你说,这整个院子,南墙到北墙都是你的,那杨家兄弟,咋呼着盖楼房时,你咋不出面拦住?"张家山问。

"张干大,你有所不知。"高金宝说,"我舅爷安顿下来以后,一眼窑住不开,就在窑前面,盖了一溜塌泥的小屋。日久天长,大家的印象中,这一绺地方,就成了我舅爷家的了。尔个,起地基，盖房，开头大家以为是将旧房翻修一下，谁知，呼啦啦地起了三层。"

高金宝说完，高老头跟着强调说："唉，话说到这儿，调一句文，叫引狼入室。尔个，杨天财、杨地财、杨有财，我二话没有，张干大也在这儿，我只说一句话，我要你们把楼房挪开，给我家把太阳让出来！"

"大表哥，你这不是说的欺人的话嘛！这楼房又不是个鸡窝，咋能说挪就挪开！"杨天财叫道。

"那我不管！我只要你给我把太阳让出来，金宝他爷爷那阵子，太阳明晃晃地从早照到晚。那一阵光景多好呀！你们给我挪，你们兄弟仨，一人开一辆大卡车，你们有的是办法！"高老头的话，有些耍黑皮。

杨天财说："你这分明是胡说么！你要胡说，我就不跟你费唾沫星子了，我抬脚走人！"

张家山伸开长胳膊，一拦："高老头，你也不要胡说；杨天财，你也不要抬脚走人。话说到这里，事情是咋回事，我心里已经有个约莫了！"

张家山侃侃说道："高老头，这三层楼，挡住了你的太阳，这是实情。不过，你心里想不开，寻衅，还有一个原因。当年，杨天财家，活得比你低，你慷慨仗义，让出了一眼窑，落了个眼里舒坦。没想到，杨家这兄弟三个，长大成人以后，争气，一人一辆东风车，几年光景，先富起来，楼房往那里一站，活得比你高了，你心里憋上气了。你说是耶不是？"

杨家兄弟见说，个个面露喜色，觉得这张家山水平就是高。

那高老头，自然不满意这话。"张家山，你这么说，倒是我小肚鸡肠，眼热人家！"

"我咋敢说你老小肚鸡肠！我只是说，遇到这一类事情，搁给谁都难受，心里不滋润。搁给我，还不是一样！"

"你真会说话，张家山，不过话里的意思，还是原来的！"

张家山又说："高老头，你让出窑洞，让亲戚住，这叫情！不过我管保在你让窑时，忘了一样事情！"

"啥事情？"

"你忘了，把这房契，一块送给你舅舅！"

"这窑洞还有房契？"

"有！土改那一年发的！"

"是有，是有！可惜，那二年，我当这东西没用了，撕的卷烟了，抽了！"

"你没有不要紧，当年中间一扯，一式两份，县上的房产局，还存的有底子！"

"这么说，这窑洞，这院子，还是我们高家的。"

"从理上讲，是这样的！"

杨天财刚才还喜滋滋的。这下，见张家山越说越离辙，不由得叫起来："张干大，你这是说的什么话！你这么一翻腾，理全在我大表哥那一边了。我们兄弟，辛苦了一阵，三层楼房，盖到人家地盘上了！"

"天财，事情咋处理，咱再说，但是这理，必须这样说！"

"好呀，一定是高金宝，搬你来的！你看人家是镇干部，想溜人家的尻子。张干大，我说一句粗话，你溜尻子，当心溜到尿上去了！"

"放肆！小娃娃价，你咋能这么跟我说话。杨天财，我这是公平处理，上面刚说了一半，下面，还有话哩！"

"你且说！"

"上面说的是理！从理上讲，是这样。但是，这里还有一个'情'字。说一千道一万，这一眼窑洞，是高老头白赠给你们的，而按咱老百姓的话说，这窑洞前面的院落，自然也属于你们的了。我想高老头，人前一句话，说出去了，他不会又翻罢的！"

"张干大，你这么讲，我心里还能接受！"

"所以说嘛，这个事情，你高、杨两家都对，都有理。这个事情，只有一个人不对，他就是张家山，他放上清闲不清闲，放上逍遥不逍遥，在那土台上，与民同乐，要得好好的，偏要充大，一头撞进你们这糊涂官司中来！"

"张干大，这么说，你是不想管了？"高金宝说。

"能摘离手，自然最好，摘不离手，我当然要管，谁叫我张家山，生就这么一个禀性哩！各位在，我现在是要走了，谷子已经把饭做好，七碟子八碗，正眼巴巴地等我哩！"

"那这事？"高金宝又问。

"都在一个镇上待着哩，有事叫我！拦羊打酸枣——捎带着，看吧！"

"张干大好走！"

张家山前脚一走，杨天财给两个弟弟使了个眼色，然后站起，对高老头说："大表哥，我们走了！"

高老头的气还没有消，张家山一走，这气又上来了，今个儿这事，煽腾了一阵，威风是耍出去了，可事情没个结果，因此他还有些不甘。高老头说道："今个儿，张家山来，插了一杠子，我算是给他个面子，没有把你们这楼砸塌。告诉你，杨天财、杨地财、杨有财，你们驴耳朵伸长听着，这楼，我还是要砸，哪一阵想起了，哪一阵我就去砸。张家山的那一半话是对的，这理，在我手里哩！"

年轻气盛的杨有财,刚才想说话,没有机会,这时,心想他该出头了,于是,接住高老头的话茬,说道:"人家张家山明明说了,这是你白赠我们家的,尔个,你又翻脸不认账了!你还是个人哩!大表哥,你这么言而无信,操心有报应。我要咒你,叫你三天之内,让汽车把你碾死!"

"大,听我的话,你专故意往汽车上撞!惹下人命了,咱们这些陕北老户,动户,灭了这'河南担'狗日的!"这是铜宝说话。

"铜宝,你咋能这号说话哩!这是咱大!"高金宝说,"杨有财,你狗日的,你敢咒我大,这几天,我大要是真的有个三长两短,看我能饶你!"

瞅高金宝说话的当儿,杨天财、杨地财,一个拽一条胳膊,把杨有财拉走了。

怕怕处有鬼。杨有财的一个凶咒,本来是信嘴胡说,想要话头子上占个上风,没想到事情就照他说的那么来了。第二天早晨,高老头依旧手抓两个核桃,上街跑步,结果,一辆大卡车风驰电掣般地朝高老头身上压来。

这可让谷子干妈遇上了。谷子干妈这天又出门倒尿,刚端个尿盆出来,"吧嗒吧嗒",远处高老头锻炼来了。谷子干妈叫声"晦气",侧过身子倒尿。那高老头也叫声"晦气",没有答话,自顾自地走。那天早晨有雾,团团白雾,湿漉漉地正从地上升出,一缕一缕地顺着街道飘过来了。

谷子干妈倒罢尿盆,摆正身子,又往大路上看时,见从雾里,钻出来一辆大卡车,风驰电掣般向高老汉扑去。谷子干妈扯起嗓子,惊叫了一声。

高老头耳背,待到听见后边的汽车喇叭声,往路旁躲时,那车已经压上了。说句迷信的话,那车好像是长着眼睛,鬼使神差,对着个高老头开来似的。"怕怕处有鬼",老百姓这一句话,没说错。

车将个高老头,碰了几丈远,连一棵道旁树都撞倒了。两只核桃,有一只,"当当当"响着,滚到了谷子干妈脚下。谷子干妈吓得直往后耸。

谷子干妈连滚带爬地跑回屋子。张家山还在睡,她一把拽开被子,叫道:"他干大,你快起来,那高老头,让车给撞死了!"

"你不要哄我!哪有这么巧的。我昨天早上刚说了个冷话,这冷话立马就应验了!"

"谁哄你!你听,外边人声嚷嚷的,一满吵成了一缝水了!"

张家山侧耳听听,见是真的,赶快披上衣服,下炕。

门外。

司机软到司机楼里了,有人正在将他往出拖。那棵道旁树倒了,树茬白花花的,亮在那里,树身子横在那里。三三两两的人群在围观。公路段那辆处理肇事的吉普,鸣叫着,已经赶到。

张家山突然瞅见,脚下有个核桃。

他有些好奇,弯下腰把核桃拾起。

"放下!"突然一声大喊。

张家山的手一哆嗦,核桃掉在了地上。

一个稽查,用白粉笔,画了一个圆圈,将核桃圈起来,然又去找另外一个。

等那人走了,张家山骂道:"你狗日的,是老叫驴蜕生下的,嗓门这么大!"

张家山看见一个年轻人,哭着跑过来,分开人群,抱住地上躺着的尸首,大声哭喊道:"大呀大,你辛苦了一生,将我们兄弟仨拉扯大,老了老了,就落下这么一个下场!大呀,大,你是叫人给咒死的，这我们心里清楚。有仇报仇，有冤报冤，大，我们会给你出头的！"

这个年轻人是高铜宝。

随后，高金宝也风风火火地赶来了。

张家山怔怔地站在那里。他自言自语道："麻丝缠到鸡爪爪上了。高、杨两家这一场糊涂官司，这一下，越发没有个头绪了！"

高家院子，灵棚搭起。灵棚搭在杨家那孔窑洞与楼房之间的空地上，明眼一看就着，这分明是在找事。

高老头现在安安静静地睡在一堆干草上，血流得过多，尸首的脸像一张纸一样苍白。致命的伤是在太阳穴上，那里碰了一个大口子。他现在既用不着锻炼，也用不着对这楼房义愤填膺了。人死如灯灭，他把这一摊子难事，留给了儿子们。

防止尸首发臭，一架鼓风机，对着高老头的尸首，猛劲地吹着。这鼓风机是高金宝从镇政府的灶上借来的。鼓风机发出"嗡嗡嗡"的叫声，叫声使小院的空气布满了一种不祥的气氛。

杨天财的小孩，从楼房里探出头，想看热闹。"回来！"杨天财大吼一声，小孩赶紧缩回了身子。

高家窑里，高金宝把墙上的镜框取下来，取出那张全家福照片。

"老三，你到照相馆，把大的相拿下来，放大。能放多大放多大，越大越好。还有，你顺便到镇政府，给银宝挂个电话，让他回来！"

高铜宝说："事，事情弄到这个份上，你再不能不管了！那天，杨有财红口白牙，咒大死，咒大往汽车上撞，你可都是听见的。这事情上，你再不出头，你就对不起大了，咱这兄弟情分，也就算尽了！"

高金宝叫道:"兄弟不必多说。哥这一回,是抹上了。哥委曲求全,让人一步自己宽,谁知让来让去,让得自己脚底下没有路了。大这一死,我算是明白了,男人家做事,该强的时候,硬着头皮,也要强。这回你看哥的!"

"好!有你这话,我的心就踏实了!"

铜宝抹了一把眼泪,离去。

高金宝来到灵堂前,续香。续香途中,朗声说道:

"大呀大,你死得好惨,死得好冤呀!真的,是咱做了亏心事,让人一咒,就咒死了吗?天地良心,这理,明明在咱高家哩。大呀,你说过,马善有人骑,人善有人欺,宁生儿子为盗为匪,去惹人骂,不生儿子当个窝囊废,让人欺。我高金宝,今个儿,就听上大一回话吧!"

说罢,放声大哭。

俗语说:怒从心头起,恶向胆边生。惹得高金宝动了真怒,生出恶念的,正是杨家老三不经意地发出的那个凶咒。乡间人觉得,冥冥之中,一定有一个什么东西在主宰着世事,评判着公理,既然这个咒语应验了,那说明,高老头确实做下了亏心事,他是被咒死的。高金宝大小是个干部,一向乡俗甚好;高老头也一向乐善好施,极好面子,这话一传出去,金宝的脸面往哪里搁,更何况如何对得起一世清名的老头子?

高金宝正哭着,陆续有四邻街坊,拿着香表,前来上香。

第一个来的是个半大老汉。老汉先在高老头灵前燃起香表,一边燃着,一边口中念念有词,历数亡人生前的种种功德,说完跪下来叩头。

陕北风俗,祭奠者叩头时,孝子要陪着叩,叩完以后,孝子还要向祭奠者,还三个头。这是礼势,一点马虎不得。

高金宝还完头后，那老汉宽慰说："人已经死了，高家老大，你就节哀吧！红白喜事，红白喜事，高老大爷这么大的年岁了，是该走了！"说罢，伸出双手，扶高金宝起来。

高金宝跪在地上不起。高金宝说："老者的话差了！老在自家炕上，这是喜事，死在马路上，让车碰得分不清个眉眼，这哪里是喜事，这事搁不下！老王，你先窑里舍着，一阵还有事！"

那个叫老王的，见高金宝跪着不起，没有办法，只得回窑里坐了。

老王前脚刚走，后脚就有几个年轻人来了。

"高主任，咱不欺侮人，人也不能欺侮咱！高老太爷的事，我们都听说了。你平日待我们兄弟不薄，你说咋办，文来还是武为？我们听你的！"

这几个人是洋派，没有叩头，排成队伍，一个挨一个，恭恭敬敬地鞠了躬。

"先回窑里。一会儿，还有用得着你们的地方！"

这几个回窑去了。

又有几个人来吊丧，依次办理，这几个人又都被高金宝劝回窑里去了。

坡下突然响起了一阵"突突突"的拖拉机声。

高银宝也是一个吃公家饭的，帮困扶贫，在一个村里当蹲点干部。听到噩耗，叫来了村上一台拖拉机，拖拉机上拉了一口棺材；还有十几个手拿农具的青年农民，也跟着来了。

拖拉机在坡坎下停下。众人跳下车厢，互相搭着声，搬下棺材。

棺材在前，几个棒小伙气昂昂地抬着。高银宝跟在后边。

高银宝一上坡坎，就号啕大哭："大呀，大呀，受了一辈子罪,没享过一天清福的大呀!"

两个年龄大些的农民,上来搀住高银宝,宽慰着。

其余的扛镢头铁锨的农民,跟在后边。

棺材上前,放在那里。

高银宝跪在老父亲跟前,大哭:"大呀,大!你老就合上眼睛吧!你的事,铜宝在电话里都给我说了。刀对刀,枪对枪,你死我活,就在今天!"

高金宝过来拉高银宝。

"你滚开!大在家里受气,人家在他头上拉屎拉尿,你就在跟前守着,连个屁都不放!"

高银宝说完,一屁股坐在那里,大哭变成了抽泣。

高铜宝拿着遗像,上来了。

高金宝拿个斧头,往墙上钉钉子。钉子钉好,铜宝将遗像交给金宝,金宝将遗像挂上。

"铜宝,你在这里守孝。银宝,走,咱们回窑里议事!"金宝说。

"你们去吧,我守着大!我带着十几个人回来,该怎么办,你吩咐他们!"银宝依旧坐在干草上,没有表情地说。

金宝看了铜宝一眼,两人回窑里去了。

那十几个农民,铁锨、镢头一阵响,将农具靠在门口,回到平房里抽烟喝茶,候着招呼。

杨天财、杨地财、杨有财兄弟仨,坐在那里,面面相觑,不停地抽烟。

"都怪你,说话没轻重,尔个,把大表哥给咒死了,你说,这摊场咋收拾?"地财在埋怨有财。

"都到啥时候了,还说这些话!人要死,那是阎王老子给定好的，叫你三更，你等不到五更，哪能一句话，就把人咒死哩！高老头他是命到了，小鬼在半路上叫他哩，他不去也不由他！"天财说。

有财说："反正我不好，惹了事。尔个，对面摆开那摊场，明显地，要有一场大事哩。你不见那高银宝，刚才放出话来，要闹事哩！躲是躲不过去了。反正就是我这一百多斤了，咒是我发的，大表哥是我打的，我一个人站出来，大不了一命还一命吧！"

"在家一盆火，出门父子兵。咱弟兄仨，事到如今，要抱成个团儿，谁也不要埋怨谁了。我的意思，既然高家要逞强，寻咱们的事，咱们也不能示弱。咱们得想想办法才好！"天财说。

"有啥办法想哩。高家是老户，几十里方圆，都是熟人，亲戚套亲戚，都成了亲戚。咱们是外来户，就是真能叫来几个亲戚朋友，也打不过他们。"地财说。

听了地财的话，兄弟三人默默无语，哭丧着脸，眉宇上结了个愁疙瘩。

"哎，有财，你平日出车，车上总带着一杆双筒猎枪。那枪，还在不在？"还是天财在问。

"枪还在！在我房里，挂着哩！"

"好，一不做，二不休，高家不仁，咱们也不义。咱们先安顿好婆姨娃娃，让他们先躲在亲戚家里，然后，扛着枪，上楼顶！"

"就按大哥说的办！"地财、有财齐声说。

张家山拖着鞋，"吧嗒吧嗒"地上了高家坡坎，手里捏一把香表。

走到高老头灵前，张家山将香点着，作个揖，将香插上："高老头呀高老头，你是睡到半夜，腰弓起了，放着安稳觉你不睡，学城里人，锻什么炼。城里人那是吃饱了撑的；报纸上说，咱们温饱问题才基本解决，犯不着去锻那个炼的！"

"你哥哩？"张家山问。

守在灵前的银宝答："在老窑里！"

张家山走到窑口，听见窑里，高金宝正在发布动员令。

窑里，高金宝慷慨陈词道：

"各位，今个儿能坐到这里的，不是亲戚，便是朋友！你们看得起我，我高金宝也不是个不知道知恩报恩的人。我们兄弟仨，要把各位的名字，录记在册，慢慢回报。这是后话，不说了。尔个我要说的是，我大这死，死得蹊跷，确实是事出有因的。说明了，是有人咒死的。谁咒死的，是杨有财！杨家兄弟仨，平空的，在我家院子，起了个三层，我大气不过，多嘴了两句，杨家这兄弟三个，就打我大，就把我大往死里咒！"

高铜宝见说，触景生情，一阵哭泣："大呀，大呀，你死得好可怜呀！你养下我们这几个儿，就这么窝囊呀！"

高铜宝这一哭，哭得众人都有一些伤感，再加上金宝的话，倒也句句在理，因此，这时候，炕沿上，有人说道："你们家的事，我知道！一个外路人，就这么欺侮咱们，真是好心做了驴肝花了！"

另一个接着说："为富不仁！为富不仁！杨家这兄弟仨，这么欺侮人，不就是仗着腰里有几个臭钱么。看来，得来第二次打土豪，分田地了！"

事已至此，正所谓箭在弦上，不得不发。好个高金宝，咬了咬牙，说道："怎么办？我大生前，口口声声地要这杨家，给我们高家把太阳让出来！老人家的这个意思，我看不差！"

"对！对！把这狗日的三层楼，给扒了！"

"扒楼！"

"扒楼!"

"扒楼!"

众人喊。

张家山听见窑里的喊声,吃了一惊,紧走两步,上前把两扇门往住一合,"啪"的一声,闩了。门上恰好挂着一把老式锁子,张家山又顺手将门锁了,然后后退两步。

"谁锁了门?"

"谁锁了门?"

窑里一阵呐喊。

"是谁把门反锁了,你好大的胆!是杨天财?"高金宝在窑里呐喊。

张家山听了,一面大笑:"杨天财哪有这么大的胆。他躲你都来不及,还敢自己来找死!金宝,是我,张家山!"

"张家山,你为啥锁门?今个儿这事情,想不到,第一个打绊搭的,是你!"高金宝喊。

"不是我找事!高金宝,你忘了,那一天,你要我来摆平这事的!"

"那天是那天,今天是今天!张家山,我家人命都出了,你还叫我忍着不成!"

"我是为你娃娃着想哩!金宝,你大小是个国家干部,咋能信赌咒发誓这些话。告诉你,那杨家兄弟,把个枪,在楼顶上担着哩,你这要出去,非弄出个人命不可!不管哪头死了人,第一个追究的,都是你高金宝!"

屋外正在守孝的高家老二银宝,见张家山锁了门,将一窑人都反锁在窑里,起身上前,推了张家山一把:"张家山,你吃饱了撑的,来揽我们这事情!"

张家山将手格开,轻蔑地说:"你娃娃真的想动手?你看你那一把排骨!"

高铜宝和几个人,在窑里一使劲,推倒了窗子,"哗"地一下,从窑里钻出来了。

"少跟他废话,二哥!咱们扒楼!"铜宝说。

"嗵!嗵!"又从窗户跳出来一堆后生。

最后一个跳出来的是高金宝。

高金宝上来拦弟弟:"铜宝,张干大那话,点醒了我。事情是不能这样干,谁家伤了人,都不是好事!我是个国家干部,为人表率的人!"

"哥,你怕事,你走远!就这么一顶乌纱帽么,连个'品'都够不上,看把你压的!"

高铜宝、高银宝领着众人,发一声喊,上去用镢头、铁锨,首先打碎了三层小楼底下一层的门窗。

"张干大,你说这咋办?"高金宝急了,问张家山。

"我知道咋办!"张家山瓮声瓮气地说。

楼顶上,杨有财端着枪,瞄准铜宝,一扣扳机。

"你要真打?"杨天财眼疾手快,一把枪口往上一提。

"嗵!嗵!"两声枪响,打在了高家平房的瓦上。打碎了几片瓦。有瓦砾滚下来。

杨有财又迅速地装上子弹。

楼下刨楼的人们,听到枪响,都吓了一跳,不再动了。

杨有财站起来,平端着枪,居高临下,喊道:"各位,咱们今天光棍对光棍,先把话说到前头,要是谁再敢动我的楼,我这枪子,下一枪就是给谁预备的。"

高铜宝说:"老子偏要动。看你那枪子,敢往身上打!"

高铜宝说着，挥动镢头，又刨开了。

杨有财见状，端起枪，向他瞄准。

一场乱子眼看就要出了，张家山眼睛仁子转了一转，突然当院一跪，号啕大哭起来。

"高老头，高老头，眼见得，你就要成了绝户了。你的三个儿子，要么被枪子打死，要么被抓进班房。今后，你的坟上，谁去烧纸钱、送寒衣，尔个，你的尸首，短不了放在这儿，任野狗吃、老鼠啃了。我张家山无力回天，压不住这一场事端，我张家山只有当一回孝子，抬埋一回你老了。高老头，不要贪恋家，起身，跟我走！"

张家山嗓门又高，哭得又凄惨，长一声短一声的，像老驴叫唤一样。这一声来得突然，满院的人一听到哭声，都愣住了。

张家山偷眼一看，见动作的人，都停了，于是鼻涕一把泪一把，哭得更惨。

张家山一边哭着，一边跪着向高老头的灵前走。

这时候，李文化风风火火地赶来了。

"张干大，谷子干妈放心不下，让我来看你！"李文化说。

张家山拉着哭哭声，说："李文化，莫非是你？你来了，来得正好！来，你也陪上张干大，当一回孝子！"

"这是咋说？"

"你不要问，你背转身子去！"

李文化有些纳闷，他背转身子。

"腰猫下！"

李文化腰猫下。

张家山一使神力，抱起高老头的尸首，放在李文化的脊背上

李文化腰猫下。

"抓住手,咱们走!"张家山说。

李文化抓住两只手,手冰凉冰凉的。他拧过脖子一看,吓了一跳:"妈呀,就这号当孝子,咱调解所,还有这号生活!"说完,丢开两只手,想跑。

"少耍贫嘴,背上走。他大的尸首在那里摆着哩,不说抬埋,还有心思在那里唱戏。咱们调解所,就当高老头没有儿子吧,为人为到底,咱们扶他老人家,上山!"

李文化背着高老头的尸首,张家山在后边拽着两条精腿把子,两人一前一后,从院落里,从人缝中,摇摇摆摆地走了。

听到枪响以后,小镇上的闲人,都凑来看热闹,现在,坡坡坎坎,梁梁峁峁上,站满了人。

高金宝一个箭步跑过来,拦住张家山的去路。

"张干大,我大已经叫折腾了一回,你就省些心,不要再折腾他了吧!省得左邻右舍笑话。你讲的道理,我句句都听到心里了,我们就此罢兵,如何?"

听了高金宝的话,张家山示意李文化停下。

张家山说:"金宝,你是个明白人,一点就透,可是,你那两个弟弟,一对犟板筋,你能说得动吗?"

见说,高金宝指着那两个拿着农具,怔怔地站在那里的弟弟,骂道:"银宝、铜宝,尔个,事情也闹腾起来了,威风也耍出来了,还不赶快见好就收,你们两个,真要闹出几条人命不成!还不赶快趁张干大这句话,就坡下驴。"

银宝、铜宝,互相看了一眼,有点不甚情愿,仍旧端端地站在那里。

金宝见说不动两个弟弟,只好自个儿往尸首面前一跪,说道:"大,你老没受惊吧?走,咱们回转!听话!"

不知道该不该往回背，李文化望了一眼张家山。

"把那两个孝子叫来，你大才肯走！"张家山说。

金宝无奈，只得跪在那里，又指着银宝、铜宝骂开了。

银宝、铜宝，只得弃了农具，磨磨蹭蹭地过来，跪下。

张家山捅捅李文化，李文化原地打个转，背着尸首又回来了。

尸首被停在原来的地方。

高家兄弟仨，赶快烧香，叩头，为高老头压惊。

腾出身子的张家山，现在站在院子当中，一手叉腰，腾出另一只手，指着那些来帮忙的，骂道：

"你们这些狗日的，吃饱了饭撑的，跑到这里充事！人家是亲戚，姑舅亲！事情一过，又好得成一家人了，到时候，刚把你们这些糊脑怂夹在中间。你们这些狼不吃狗不咬的东西，还不走，等着我张家山来断你们哩！"

有些人，见说，低着头，扛着农具走了。还有些人，站在那里不走，等着主家发话。

张家山一见，恼了，从一个青年农民手中夺过锨把，朝他屁股上，就是一下。那青年农民摇身一闪，跑了。张家山又提着锨，去撵别的人。

大家见张家山追打，一个个左躲右闪，后来，都跑出了大门。

见状，张家山长舒了一口气，轻松了一些。

院子里现在变得空荡荡的了。

高家那三兄弟，现在在父亲灵前，哭着冤枉。努了好大的劲，掀起这一场风波，就这样地散了，他们觉得窝囊。

张家山看了高家兄弟一眼，也有些伤感。又抬起头，往楼顶上看时，见杨家那兄弟三个，还趴在楼檐下，向下探头探脑，杨有财手里，那杆双筒猎枪的乌黑的枪口，还对着院子。

张家山手拉着锨,指着楼顶,骂道:"杨天财、杨地财、杨有财,你们弟兄三个,还算人吗?你大表哥死了,正该亲戚出面,忙里忙外,你们三个狗日的,不赶来帮忙,却学电影里边的动作,抱着个烧火棍,趴在楼顶上,装西洋景。像你们这德性,以后,还敢往人面前站吗?"

杨天财站在楼顶,说:"张干大,我们是想下来。大表哥老在那里了,我们兄弟三个,念起大表哥昔日的好处,人人都心里尪得难受,真想抱住他老人家的尸首,痛痛快快地大哭一场。奈何,我们不敢下来,怕几个表侄又寻事!"

"谁寻事来着?你的这几个表侄,都是穿四个兜的、知书达理的公家人,能寻你们的事?有我张家山在这里,你下来!"

"有你老这句话,我们就敢下来了!"

"这就对了!"

天财、地财、有财,畏畏缩缩地进了院子。

"快去哭!"张家山给天财使了个眼色。

天财是个精明人,见了张家山的眼色,三脚两步,扑向高老头,抱住尸首,大哭起来。

有财还扛着那猎枪,表情也不那么沉重,大约一抹心思,还在刚才的事情上。

跪着的高铜宝,扭头一看,见了猎枪,眼神中顿时出现敌意。

张家山看在眼里,抢前两步,一把从有财肩上,取下猎枪。

"你还不把你大那烧火棍,早些扔了!"张家山斥责道。说完,捉住枪的两头,往膝盖上一绊,"啪"的一声,枪断成了两截。

"我的枪……"跪着的杨有财,嚷道。

没容他再出声,杨天财一把按住他的头,要他快哭。

"大表哥,要不是你收留,我们这一家老小,不知道早就把干骨头扔到哪里去了。我们孝敬你老人家都来不及,咋敢咒你呀!"

"大表哥,我大过世得早,是你把我们兄弟照看大的!你老如今走了,我们兄弟,实在是比死了娘老子,还难过呀!"

杨家兄弟的哭声,惹得高家兄弟也哭起来。

张家山见状,明白是他该走的时候了,于是将那两个半截枪身,悄悄地放在窗台上,然后捅了捅李文化,两人蹑手蹑脚,出了大门。

一出大门,张家山心劲一松,立即脚跟发软,步履踉跄,没奈何,只得靠到李文化的肩头,回到事务所。

回到所里,谷子干妈见张家山脸色黄蜡蜡的,像纸表一样,忙问缘故。知道了今个儿发生的事情,谷子干妈很是一阵埋怨。埋怨罢了,点燃起两张纸,在屋里转了一圈,然后扔到门外。在做这些事情的时候,嘴里念念有词,说给高老头听,要他的魂影,不要缠到张家山身上,要缠,去缠那些爱锻炼的人,附在他们身上,好早早起身锻炼。

第二天,高家起丧,抬埋老人,满镇子家家都去了人。谷子干妈说:"他干大,你是不是今个儿算了去了,少了个你,高老头该走还是要走的!"

张家山答道:"我也是这么想!说心里话,人老越怕死!尔个,一遇上这号事情,我心里就枉烦,心想,用不了多久,就轮到别人来张罗你了!"

"那一天在高家,你那么胆大,背着个尸首,大模大样的!"

李文化见说,委屈地说:"哪是他背!是他日弄的,要我背哩!如今我这脊背后面,还是贼冰渗凉的!"

张家山长叹一声:"那一天是那一天,人叫事情逼着,我不那样,早就几条人命,摆下了!"

谷子干妈说:"人情门户总得有的。一条街上的人,你不去,你看……"

"叫李文化去吧!买上个花圈,写上张家山调解所几个字。"张家山说。

李文化瞪了张家山一眼,不满地去了。

李文化买了花圈,写好字,赶到高家时,高老头的灵柩,已经起身。

唢呐声中,一只引魂幡高高地扬起来。

无数条绳子拴在棺木上,男人们拽着绳头,在前面拽着,像拉着一架天辇,要把老人送到幸福的地方去,女人们则在后边拉着,不让棺材走,表示她们对死者的无限留恋之意。

在这象征性的一拽一拉中,棺材由八个后生抬着,缓缓地向山上走去。这八个后生,我们都见过面,在那场械斗中,他们曾出现过。

高氏兄弟三人,是孝子,他们不忙。他们像三头拉车的牛一样,在前面拉着绳子,这绳子此刻叫"丧"。他们此刻要做的唯一的工作,是惊天动地地哭,如果哭得不够程度,那就是对死者的不尊重,会惹人笑话的。

最忙的是杨氏三兄弟,他们是主要亲戚,除了承担痛苦以外,更重要的是"跑乱"这一场事情,让老人入土为安。

杨天财扶着棺材,不让棺材来回打摆,怕惊扰了大表哥的酣睡。

杨地财在前面招呼着吹手。他要吹手们吹得更猛烈一些。并且不时地掏出几个小钱,塞到吹手们的口袋里。总钱最后再付,这些小钱相当于小费。

杨有财负责打墓。当棺木抬到墓地时,满脸泥土的杨有财,从墓窑里钻出来。"都好了!"他说。

墓窑是靠着山坡,斜斜地挖进去的一个洞。

棺材停下,所有的孝子贤孙们,现在四散在一面山坡上,统统跪下,开始哭灵。

杨家兄弟三个,坐在地上,将棺材往墓窑里蹬。

"往东斜一点,让老人的脚,对准脚下那条河,头,枕在山峁上!"一个戴着石头眼镜的阴阳先生模样的人说。他拿着罗盘。

杨天财钻进去,将棺材用肩膀往东扛一扛。"好了!"阴阳先生说。听了这话,天财钻了出来。

"大表哥,迟早都有这么一回,你老就安心地去吧!"杨地财抹一把眼泪,用一束干草,挡住窑口。

高铜宝一扑上来,分开干草,往进钻:"让我再看我大一眼,你们不要拦我!"

高铜宝的举动,既是出于一种真心,也是出于一种礼节。它要告诉墓里的人,活人多么地爱他,不忍他离去;它又是在告诉墓窑四周的人,哺乳之恩,是多么的深厚。不过铜宝的举动,绝不是礼节,而是出于一片真诚,这个孩子的心眼很实。

杨有财将铜宝拦腰抱住:"好侄儿,先走为神,大表哥入了土,你们兄弟几个,看着他走到头了,算是全了孝心了!"

有财的阻拦,也是礼数。要紧亲戚,他在这一阵子,就要这样做。

土一锨一锨地丢过去了。每锨土都溅起一片哭声。一会儿工夫,山坡上起了一个土包。

孝子们走了过来,在唢呐猛烈的吹奏声中,将自己手中的引魂杆,插在坟头。

送行的人们，也将自己手中的花圈，一个接一个地放在坟头。这些人中，有我们李文化的影子。

七七四十九天之后，七七斋斋，都过完了，挑个时间，张家山约了高氏三兄弟、杨氏三兄弟，来到调解所里，说话。

张家山说："入土为安！你们兄弟看着，把一场事，走到头了，事情办得体面，利索，我将来也能这么走，就算满意了。这话当然是扯闲。言归正传，下来，咱们再说说这房地产纠纷的事。我是胡说，你们可以不听我的。但是，我说话的时候，你们不要打岔，也不准你们两家再起火！"

"我们听你的！"杨天财说。

"听你的，张干大！"高金宝说。

"你们给我这老脸，那我就说了。"张家山说，"高杨两家，房地产之争，理在高家，情在杨家，这是一桩糊涂官司。今个儿，咱们就不说它了。今个儿，咱们只说，高老太爷临走时候留下的那句话：把太阳让出来！这太阳，如何个让法，真是个问题。杨家的三层楼，辛辛苦苦地盖起来了，当然不能拆，成物不可破坏嘛！但是，高老太爷就这么一个作念，咱们也要叫它实现。咋样实现哩，我的意思，这院子，地方大着哩。你们两家，互相帮衬着，给高家，把那三间平房拆了，也起一座三层小楼，这太阳，不就照上了吗？"

张家山说完，扫了四周一眼。他有些得意，觉得自己的脑子，简直是化学脑子，把个这么麻缠的事情，清清如水地说出，又找出这么妥当周全的处理办法。

高金宝说："我们等有了力量，自己会盖的！我们不落这个话头！"

张家山怒道："这咋能是落话头？当年你大，帮衬杨家，不也是这样的么！娃娃，你莫要气傲，还是把架子放下来，实际一些的好！"

杨天财说："我们听张干大的！"

"好，那我就这样判了！行不行，都得这样，我得用这张老脸，硬蹭！"张家山一拍大腿："杨天财，你们兄弟仨，都有车，赶明儿，三辆车，一辆拉砖头，一辆拉楼板，一辆拉水泥沙子，一个礼拜，备好料。高金宝，你们兄弟仨，有那么多狐朋狗友，叫大家都来帮工，一个礼拜，这三层小楼，就起了。到时候，你们站在阳台上，等着晒太阳吧！"

"我赞成！"杨天财说。

"那就这么办吧！"高金宝说。说罢，又加了一句："人活低了就按低的来！"这话的意思，一是维护自己的尊严，二嘛，也是刺杨天财一下，这样心里才平衡一点。

杨天财友好地拍了拍大侄儿的肩膀，没有言语。

张家山乐了。"这样处理，不就对了吗？这才是聪明人的办法。强似你们……"张家山咽下去了半句话，又说："你们走吧，半个月后，我提两瓶烧酒，去为你们暖窑！"

第十一章 舐犊之旅

六六镇,以及六六镇附属的各个卫星村庄,基本上来说,是个独立的、封闭的空间。不是世界故意冷落它,也不是它反应迟钝,有意要回避世界,原因仅仅在于地理因素而已。造物主是不公平的,它让有些地面寸土寸金,繁花似锦,而让另些地面地僻人稀,苦焦异常。

能些微地将这封闭打破的,是公路,是公路上那些南来北往的车辆,尤其是班车。

往往来来,班车总要在小镇作短暂的停留。这个停留,有时会留下长久的话题。

我们说话的当儿,就有一辆班车,停在小镇的南头,离张家山调解所不远的地方。班车显然经过长途跋涉,它的车身,扑满了黄尘;它的顶部,网了很大一堆行李,可能是刚才爬坡爬累了,它现在不停地喘息着。

刚才，车行驶在快要接近小镇的时候，一个年龄不详的、很时髦的女人，望着窗外，按捺不住自己的激动，用手指着一个一个村子说：贾家坪、冯家坪……

车停在了小镇上。

女人拎着一个很大的旅行箱子。漂亮的女人总是有人帮忙。因此，女人是先跳下车的，随后，车上的几只手，争着给她把箱子递下来。

"谢谢！"她用纯正的北京口音说。女人说话的工夫，班车开走了。

女人拎着箱子，朝小镇走来。

张家山正坐在土台上看《参考消息》。他的搭档李文化，闲得无聊，在一旁晒太阳。

土台上兴隆了一阵的那个场合，已经被"派出所"取缔。

"张干大，你看，那边过来了个女的，好漂亮！"

张家山的眼睛离了报纸，看了看向这边走来的女人，不以为然地摇摇头。

张家山说："不见得。远看女人近看猪。女人家，打远一看，花花绿绿的，一个比一个好看。走到跟前，就不对劲了，不是鼻子不对，就是眼睛不对，要么，就是长了副苦瓜相。猪呢，远远一照，小小的一个屎壳郎，越往跟前走，越大，你用手把脊梁一拃，想卖都舍不得卖。"

李文化咳嗽了两声，提醒张家山，这位女同胞，已经走近了。

女人穿了一身粉红色的西装裙，高跟鞋，细细的腿把子，脸上淡淡地化过妆，一副太阳镜，架在眼睛上。

"行头不错！"张家山悄悄地说。

女人到了跟前，停下来："老大爷，我问你个话。这镇上，有招待所没有？"

"没有！"

"那有可以住的地方吗？"

"有家旅社，三层，底下一层是食堂，上面两层是旅社。不远，抬脚就到！"

"谢谢了，老大爷！"

女人提着箱子走了。

李文化向前走了两步，看见女人的腿把子那么细，却提那么大个箱子，他有些担心，又有些心疼，想帮人家，又不好意思开口，只得眼睁睁地看着那女人走远。

"张干大，你说，这洋女子，有多大年龄了？"李文化仍旧望着，问。

"城里女人的年龄，你不要问！"张家山果然见多识广，他说道，"她们那脸，白天才是脸，晚上，南瓜瓤子、黄瓜瓤子、西瓜皮，愣往脸上抹，抹得像个活鬼似的。女人有一张好脸，这就够了，吃香的，喝辣的，样样不愁，不像咱们农村的婆姨女子，要伸开十个指头，在地里刨食吃，脸黑脸白，倒在其次。你若要问这女人的年龄么，你算是难住我老汉了。说她二十，也行，说她三十，也差不离儿，说她四十，我看也不冒！"

"说了一阵儿，你等于没说。"李文化不满地说，"张干大，你再看这女的，是姑娘还是婆姨？"

"这个，我能说准！"张家山有些自豪，"咋样看姑娘，咋样看婆姨，我这里有一句顺口溜，叫作'一看屁股二看腿，三看腰身四看嘴！'不是我张家山吹牛，你看那女子的走势，分明是婆姨，而且是生过娃娃的婆姨了！"

李文化仍呆呆地朝女人去的方向望着。

女人来到了旅社，在那里登记。

她在登记单上填上"南秀萍"这个名字，在职业一栏，填上"经理"字样，在年龄一栏，踌躇了一下，填上一个"成"字，从某地来一栏，填上"北京"，到何处去一栏，填上"本镇"，出差事由一栏，填上"私事"。

"要啥房间？"登记室问。

"最好的房间！"南秀萍回答。

南秀萍上楼去了。

"这里有饭！"登记室说。

半个小时以后，南秀萍下楼来了。山里的气候有些凉，因此，她的上身，加了一件外套。她挑了个干净一些的桌子，坐下来。坐定以后，又从箸笼里挑出一双筷子，用卫生纸擦了擦，拿在手里。

饭久久地上不来，这是小镇速度。南秀萍大约坐车坐得有些累了，她一个肘子支在桌子上，手扶着前额，半眯着眼睛，好像在想什么心事。

突然，从桌子底下，钻出一张小孩的脸。

南秀萍眼窝一睁，吓了一跳。

小孩望着南秀萍笑，嘴里嘟嘟囔囔地说道："捞鱼的腿，喝血的嘴！"

"你说啥，小孩？"南秀萍觉得这小孩很好玩，问道。

"捞鱼的腿，喝血的嘴！"小孩重复了一遍。

这时，一个矮矮胖胖的服务员，端了一盘饺子，从里屋走了出来。见孩子在闹，她斥责道："琼琼，你再淘气，看我打你！"

小孩做了个鬼脸，从桌子底下钻出来，跑到街上耍去了。服务员将饺子放在桌上。

"她刚才说什么？"南秀萍问道。

"她是在骂你哩!她说你精着个腿把子,像个捞鱼的腿,嘴唇上搽着口红,像个喝血的嘴!"

"哦!"南秀萍听了这话,有些不高兴。她将裙子的下摆,往下拽了拽,又把上衣的领口拽拽,披好。

南秀萍低头夹起一个饺子,吃了一小口,皱着眉头,又放下了。

"刚才我从那头过来,看见土台上站了个老汉,身量高高的,手里拿一张报纸,那人好像是张家畔的张支书!"南秀萍说。

"那是张家山张干大,尔个,他早不当支书了。他在镇上,开了个民事调解所,黑说白道,专替人打官司、帮人调解事情哩!"

南秀萍说:"是的,张家山民事调解所!我看见那墙上挂的牌子了。服务员,你叫啥名字?"

"车前!"

"车前,我央你一件事情。一会儿,你到张家山调解所去一趟,请张家山今晚上到我这里来,我有事情要他帮忙。你记着,就说我叫南秀萍,原先在这里插过队,北京知青!"

小镇之夜,稀稀拉拉的几盏路灯,因为电力不足,一副没精打采的样子。月亮在天上挂着,大山的阴影遮住了半个小镇,小镇的所有建筑物,只露出一个个模糊的轮廓。四周很静,偶尔有狗叫的声音,川道里的那一条小溪,在淙淙地流着,不知道哪一处有一个滴水,滴水发出"哗哗"的声音。

车前在前面带路,张家山、李文化跟在后边。

"当年,来陕北插队的北京知青,二万六七,号称三万人哩,尔个,走得只剩几百人了。这些娃娃,经过这么一折腾,尔个,个个成龙变虎了。有在美国的,有在日本的,有在澳大利亚的,有当了作家的,有当了记者的,有成了大老板的。不吃苦中苦,难为人上人!没有这一茬人,社会,尔个不知道会成啥样子了!"

张家山一边走，一边感慨。

李文化问："这个南秀萍，你认得？"

张家山说："不认得！不是我们大队的。不过，那时候，我好像在公社的学大寨积极分子名单上，见过这名字！"

"她神神秘秘地来到咱们镇上，不找镇政府，不找村委会，要你去，不知道有什么事？"

说话间，来到旅社，张家山上前敲门。

门开了，南秀萍站起来。

这是小镇旅社最好的房间了，一台电视，一对沙发，一个写字台，一张大床；房间里，还模仿人家城里，带个洗澡间。

"哈哈，北京知青，北京知青可都是些好样的！那些上了大学的、当了兵的、当了工人的，逢年过节探家，不探北京那个家，一个一个地都回到插队的村子来看，张口闭口，'我们队''我们队'地叫着。这些年，他们有了家室，工作担子也重了，可还常常写信给村上，问候张家长李家短的！"

张家山一进门，就乐呵呵地一阵排侃。

"老支书，你的话真叫我感动！"南秀萍说。

南秀萍关掉了电视机。

"喝茶，还是喝咖啡？"

"我喝茶！"张家山说。

"咖啡我电影里见过，那东西好喝吗？"李文化怯生生地问。见了漂亮女人，他有些胆怯，头也不敢抬。

"好喝的，我给你冲一杯！"

南秀萍给张家山冲上一杯茶，给李文化冲上一杯咖啡，她自己，也用自己带来的杯子，冲了一杯咖啡。

南秀萍将一盒三五烟放在张家山跟前。

"我抽这个！"张家山说。

这一切结束后，房间里出现了暂时的冷场，张家山瞅瞅南秀萍，南秀萍瞅瞅张家山。

张家山感到，这女人有心事，她神色有些慌乱，她在递给他茶杯时，手指有些稍稍发抖。这是一个有身份的女人，他们进门以后，她不该这样忙乱的。如果把她的这种激动，理解为一个插队知青，重归旧地的激情，是可以讲得过去的，但是，更可能的事情是，除了共同的原因之外，她还有自己单独的个人原因。

李文化喝了一口咖啡，苦得他龇牙咧嘴的，想说句话，见屋里的气氛不对，忍了。

"有一件事情，我真不知道咋样开口！"南秀萍面色沉重起来。她走过去，将门插好，然后取出一支摩尔烟，燃着。

"女子，你有什么难处，就给我张家山说。支书我虽然现在不当了，可是开了个调解所，六六镇方圆有什么事情，需要跑跑坎坎，我还能行。我把你不当外人，你也把我不要当外人！"张家山说。

"我真不好意思启齿！"她说。

南秀萍抽泣起来。

"你说吧，我这里听着！我啥事都经过，啥事都能理解。世事世事，千奇古怪，才叫世事。世界上的事情，既然发生，每一件都有它发生的理由！"

南秀萍止住了哭泣，她说："我插队的时候，有过一个孩子，那已经是二十多年前的事了！"

"你不说，我也想到了这一层！"张家山说。

"明天，我要回我们队上去，你陪我回一趟吧！路上，咱们再慢慢地聊！"南秀萍说。

"能成！"张家山点头答应。

"这是一点礼物,你收下吧!酬金,另外再说!"南秀萍说完,从放电视机的橱柜里,拿出个塑料袋,里面有两条烟,一瓶酒,还有一些补品。这些礼物是她早就准备好的。

张家山见了,连连摆手:"不能要!不能要!你这女子,你小看我张家山了!"

"你刚才还说了,叫我不要把你当外人。这是我的一点心意,你收下吧!你不收,我生气了!"南秀萍说。

"那,你提着吧!"张家山示意李文化。

李文化接过礼物。

翌日早晨,一辆三轮拖拉机,出了小镇,行驶在一条拐沟里。有一条小溪,从沟里流出来,拖拉机轰鸣着,在小溪上面绕来绕去。那开三轮的我们也认识,是那个小子洲。

南秀萍、张家山、李文化坐在车上。

南秀萍背了一个坤包,手里提着一架微型录像机。

三轮在轰鸣着。轰鸣声中,南秀萍诉说着自己的往事。

"他是一个复员军人,长得漂亮极了,典型的'米脂婆姨绥德汉'。那一年过春节,同学们都回家去了,留下我照门。我一个人在窑里,不敢舍。他家是房东,黑起半夜的,我捣开了他窑洞的门,钻进了他的被窝。"

"事情就这样地出了。不久,我发觉自己怀孕了。我吓坏了,每天上工的时候,都用腰带把腰勒紧。我不知道该怎么办才好,就去找他,那是晚上,在硷畔上。他说,那咱们结婚吧!我说,不能结婚,我还等着招工哩!他说,那你就去告发我,说我糟蹋了你,你的名声要紧,我呢?判上八年,就又出来了!"

张家山打断她的话头说:"那时糟蹋北京知青,是要判八年,记得这是中央文件,1970年秋天的,我还领着社员,学习来着。那么姑娘,你怎么回他的话呢?"

南秀萍继续说:"我当然不能卖他!当时我坚决地摇了摇头,我说,我不能这样做,是我,先捣了你的门的。这位复员军人再没有说话,他默默地离开了我。当时他的脸色很难看。过了不久,在修张家畔水库时,他就被塌死了!"

这时,张家山也记起那个复员军人了,他回忆道:"那真是个好小伙,戴着个旧军帽。他是被一块冻土塌死的。那次修水库,我是指挥。"

南秀萍继续说:"几个女同伴,都待我很好!她们见我成了这样子了,就不叫我下地了,留在家里做饭!孩子生下来的时候,是在十月,那一年的枣子好大好红。我记得清清楚楚的。大小是一条命,怎么办呢?我对女同伴说,把她扔到村口去吧,如果她命大,会有好心人捡着她的。孩子临出门时,哇的一声哭了。我不忍,又叫回来,亲了她一口,然后,把我平日最爱穿的那件绿军装,给她裹上!"

拖拉机猛烈地"突突"了两声停下来,前面只剩下小路了。

"张干大,前面的路,得你们自己迈开双脚走了!"小子洲说。

一行人离了小溪,上了坡坎。

"先停一停!"南秀萍说。

南秀萍走在前面。坡坎上面,有个很大的枣树,南秀萍用摄像机,将枣树照了很长时间,又将隐现在树木与山崖之间的小小村落,照了很长时间,然后,一步一步,走到枣树下。

南秀萍蹲下来。空空如也,这条白色的小路上,什么也没有,只有路旁,菅草丛中,长着几钵绿色的花草。这花草有些类似于菠菜。

"她,就是搁在这里的吗?"张家山走上前去,试探着问。

"就在这里!就在这里!"南秀萍摘下太阳镜,细细地在地上搜寻着，好像这样就能找到孩子似的。

"我已经不能生育了，老支书，你知道，这孩子对我，多么重要！"南秀萍毫不顾忌地说。

张干大站在那里，他不知道该说什么才好。

"老支书，你说，她该不会死了吧！"

"你这娃说的是憨话。大小是个命，她就该活下去！老百姓说，猪娃头上还顶三升粗糠哩！"

"唉，但愿她能活下来！老支书，这叫什么草？"

"车前——车前子！大路边生出的一种任人践踏的野草。"

"车前子！"

南秀萍说完，用录像机将这野草拍了好一阵。

南秀萍要李文化给她在这枣树下，车前草前，拍上一段录像。说罢，将录像机递给他。李文化连连摆手，说这家具，别说用，连见，也是第一回见哩。

"很好用的，想拍啥，把啥装进去就行了。这是开，这是关。"

李文化搬弄了一番，算是会用了。

在这坡坎上拍完以后，南秀萍便向村子走去。李文化今天算是有了事干，他端着个录像机，举在眼睛跟前，紧紧地跟着南秀萍。

张家山故意迟缓了几步，跟在李文化后边。

一个婆姨站在硷畔上往下瞧。

"你是大柱家婆姨吧！"南秀萍站在路上喊。

"你是谁？"

"我是秀萍，南秀萍，你过门那阵子，我们还耍新媳妇来着。你忘了，农田基建，咱们伙拉一辆架子车来！"

"咋能忘哩！山里人，有多少事情要记哩！大家没事时，常念叨你们哩！"

"那时候,你是村里最俊的婆姨!"

"尔个老了,四十大几了。我说秀萍,窑里坐吧!"

"我先到后沟,到知青窑里看一看,一会儿,从后沟往前沟,挨家挨户地走!"

"好,我在家里等着。"

硷畔上,有碾子"吱哇吱哇"地叫唤。

南秀萍顺着斜斜的小路,上了硷畔。

"大娘,是你!你还活着!"

一位老大娘在推碾子。听到问话声,她停止了推碾,用衣襟擦了擦眼睛。

"大娘,我这话问得不对!"南秀萍用手捂住嘴,"你别见怪,我是秀萍,我听回过村的知青说,你老殁了,我们一群知青,哭了好一阵!"

"是秀萍呀,好闺女,你还记得大娘。大娘是害了一场大病。不过,没死,阎王爷在我鼻子底下舔了舔,见没多少油水,就放过我了!"

南秀萍帮大娘推碾子,一边推一边用笤帚扫窜到碾子边沿上的细粮。

"回窑里坐,女子!"大娘说。

"不了,大娘,见到你,我就高兴了,我想把全村各家各户,都转一遍!"

"一会转回来,我做好吃的,给你吃!"

"好!"

南秀萍掏出二百元钱:"大娘,这是一点心意,你收下!"

"见到你,就对了,还给这个干什么,大娘又没个花处!"

"每户都要给的,这是我的一点心意!我也不知道,该给乡亲们买什么!"

"好闺女,大娘收起了!"

大娘将衣襟撩起,将钱揣进腰里。碾子又"吱哇吱哇"地转起来。

"南秀萍回来了!"

"南秀萍回来了!"

又一个硷畔上,一群大人娃娃在喊。

"我就过来!我就过来!"南秀萍喊。

"你肯定走不惯这山路了!别急,我们下来接你!"

"能走!当年我背了二斗黑豆,就是从那个硷畔上,上去的!"

南秀萍穿着高跟鞋,有些困难地下了这个坡,又上那个坡。李文化见了,停止摄影,赶上去要扶她。南秀萍摆了摆手,她坚持着自己走了上去。

一群大人娃娃,站在硷畔上拍手,跳跃,齐声叫道:"南秀萍!南秀萍!"一个半大后生,最先跑过来,拉住南秀萍的手。

"你是谁?好像不是咱队上的!"

"我是二狗呀,秀萍姐!你在那会儿,我才这高!"

"二狗!经常掉两根鼻涕的那个二狗!"

二狗不好意思地笑了。

更多的人伸出手来,来拉南秀萍。李文化跟在后边摄着。

这个村子叫小清河。张家山对这村子也算十分熟悉。那天晚上听了南秀萍的话,他有些异样,觉得二十多年前,他的眼皮底下发生过这么大的事情,他竟然连个忽忽都不知道。刚才枣树底下,当南秀萍疑心孩子已经"失弃"的时候,尽管他红口白牙,一再宽慰,其实心里,也觉得失弃的成分要大一些的。

有一句话叫"死马当作活马医"。张家山心想,既然南秀萍将

第十一章 舐犊之旅

这事托付给他了，不管咋样，他要尽心。除了受托于人这个因素之外，他委实想帮助这位女子，陕北人和北京知青之间，有一种很深刻的感情，张家山曾经当过支书，他吆着毛驴车，将他们从县里接到村子，然后又一个一个地将他们送走，他对北京知青的感情，自然更深厚一些。

南秀萍的到来，对小清河来说，仿佛是一个节日。窄窄的一条小沟，平日，谁站在硷畔上，大声说一句话，满村都能听见，四周布满了回声，因此，现在，"南秀萍"的喊声，仿佛把整个村子都抬起来了，大家迟钝的脸上，现在都露出了难得的笑容，每个家户，都把她当成自家的闺女，当成小清河的女儿。

此情此景，令张家山感动。他的内心，其实是个感情十分丰富的人。这种热烈的场面，他故意避开了，落在后面，他怕他承受不了。他落在后边，还有第二个原因，他没有忘记南秀萍安顿的事，他明白，这桩陈年旧事，得避过众人，悄悄地查访。

踩着南秀萍的脚后跟，张家山走进村子。大柱媳妇仍然站在硷畔上，照着。看见张家山，大柱媳妇问道："张干大，你是陪秀萍一起来的吧？"

"就算是吧！"张家山回答。

"秀萍来干甚？"

"不干甚！听说，她在北京，成了一家公司的老板了，想给村里投资些钱，办个枣制品加工厂！"

"我不信！谁肯把钱，往咱这沟里扔！她来，一定还有别的事情！"

"你把人说的，都和你一样了！信不信由你！"

"她肯定还有别的事情！"柱子媳妇自言自语道。

张家山白了她一眼，继续往前走。

"吱哇吱哇！"那个老大娘，还在那里继续推碾子。推的途中，不时地腰里摸。她那腰里，平生还从未揣过这么多钱，用老百姓的话说：烧得不行！

碾子突然轻了。

"谁在那里？"老大娘没有回头，她的手离开了腰，笑着问："谁这么有眼色？"

"张家山！张家畔的张家山！"

碾子继续走着。刚才是张家山搭了一把手，他现在继续推着。

"张家山，你是陪秀萍来的！"

"我在镇上也没事，闲得呻唤！一则陪她回队上，二则散散心，看看你这老东西，还在不在。搁给解放初那阵子，你这老东西，可是这一带的人样子哩！"

"胡子都一大把了，全没个正经！叫年轻人听见了，我这老脸，往哪儿搁！"

"那咱就说正经的吧！双喜妈，有一件事情，我正要问你！"

"看你一本正经的，我这老婆子，能知道个啥事情！"

"你看看，你看看，我要正经起来，你嫌我正经；我要耍贫嘴，你又嫌我不正经。我要咋样跟你拉话，才合你心思！"

双喜妈笑了。见到了还记得她当年的人，她有些开心："啥事情？你说！"

"哎，双喜妈，咱们都是半截子入土的人了，啥事没经过。这事你要听了，不要惊乍！"

"有啥事你就说吧！这么多的絮子话！"

"二十多年前，具体地说，就是北京知青到咱村的第三年，枣子红了的时节，有没有人，在沟口路口上，捡过一样东西！"

"啥东西？"

"一个娃娃！"

"造孽哩！谁把娃娃扔到那里干什么？"

"你看看，我事先给你打过预防针，你还是惊乍。咱不管是谁撂下的，咱只说这娃娃。双喜妈，你可知道，谁家捡过一个娃娃，邻村也行。"

"唉，我知道了，你张家山神神秘秘地，是想给秀萍身上搁事。告诉你，你搁不成，秀萍可是个好娃娃，从头到脚，干干净净的，你要说她不好，我就不理你了！"

"双喜妈，你把话说到哪里去了！实话实说吧，是秀萍自个儿的，良心上下不去，事隔多年了，又不生养，一天翻心了，想起这事情，专门天上飞、地上跑，到咱这乡旮旯，找娃娃来了。"

双喜妈想了一阵，认真地说："他张干大，我真不知道！既然是这事，我要知道，我会给你说的。秀萍这女子，真可怜！"

"你再想想！"

"不用想了！村上谁家平白无故地捡了个孩子，这瞒不过众人的！真的没有！"

张家山有些失望："白跟你磨了一阵闲牙，我走了！"

"帮我把这一碾子碾了，再走！"

南秀萍上去的那个硷畔上，原来有三孔知青窑。最后一个知青离开后，村上将一孔窑洞做了村部，另外两孔，办成了清水河小学校。

全村的大人娃娃，都集中到这里。村主任是个和秀萍同年等岁的中年人，他见各家各户都把秀萍往自己家里拉，只好做出一个决定，让各家各户都把自己最好的吃食拿出来，拿到这里，统一款待南秀萍。

这时小学校里，也已放学，娃娃们放羊一样，撒了满硷畔，哭哭笑笑，打打闹闹，更给这场面增加了喜庆的成分。

院子中间，有一块青石，红枣花生，煮玉米，熬南瓜，放得满满的。村主任还特意从自家的地里，抱了个大西瓜，杀开了，请南秀萍。

大约当年南秀萍在村里的时候，经常唱歌，所以，当大家坐定，热热闹闹地拉话时，有一位婆姨提议，要南秀萍给大家唱个歌，她的话得到了大家的赞同。

南秀萍大约好久没有遇到这样的场面了，她有些感慨，也有些不好意思。

村主任见了，拦住大伙说："秀萍走热了，让她先喘喘气，准备准备。我先给大家唱一个！"说罢，扯开嗓子，唱了个《光棍哭妻》。

村主任唱罢，没容督促，南秀萍大大方方地站起来，拽拽衣服，说："我给大家唱个《信天游》。这是我的保留节目。原来在小清河的时候唱，后来到了部队，到了机关，也唱，现在，有时候在卡拉OK舞厅，几个知青遇到一起了，我还常常唱这支歌。一唱它，我们就想起陕北了！"

说完，南秀萍咳嗽了一声，清清嗓子，嘴唇一张一合，开始唱起来。那神态、那做派，完全像当年扎着两根羊角小辫、穿着一身红卫服时的模样。

　　南飞的大雁啊，
　　请你快快飞……
　　捎封信儿到北京，
　　翻身的人儿想念恩人毛主席！
　　……

张家山恰好就在这个时候，来到硷畔上。这歌儿的弦律，这热闹的群众场面，南秀萍站在那里唱歌的样子，这一切，都让他感慨。南秀萍看见了他。他摆了摆手，让南秀萍继续唱，不要管他。然后，他在人群背后跐蹴了下来。他觉得自己眼睛有些潮湿，就偷偷地用袖子抹了一把。

村主任走过来，拉张家山到窑里坐。张家山摆了摆手。村主任就从一个婆姨屁股底下，抽出一条小凳，递给张家山。

南秀萍仍在忘情地唱着。

张家山突然像想起什么似的，拉住村主任的手，要村主任跐蹴下来。

"村长，咱们村，1971年秋里，这个时节，都有谁家生孩子来？"

"71年……这个时节……没有！70年冬里，农田大会战，男人女人们，凑不到一块，想要有个娃娃，也没机会！"

"你少给我来这花花腔！你好好想一想，挨门挨户，一家一家地想。"

"哎，对了，出嫁的女算不算？"

"当然算！"

"柱子家的车前，是那一年生的，恰好是秋里。我记得，那一年枣子真繁！"

"车前！哈哈哈，车前！"

一句话说醒了梦中人。张家山猛然记起，南秀萍蹲在枣树底下，拍那一钵车前草的情景。再诡秘的事情，它总要留下蛛丝马迹的，这蛛丝马迹就是那钵车前。车前这女子，已经嫁出去了，正是小镇旅社里的那个矮墩墩胖乎乎的服务员，南秀萍找她，原来她就在眼皮底下晃悠着哩！

张家山拍了拍自己的脑门，冲村主任笑一笑，离去了。他去找柱子婆姨了。

村主任有些莫名其妙。

南秀萍唱完了一首，又在唱第二首，她唱得那么真诚，那些热烈。她完全放开了，把自己融汇到这环境中了。

李文化仍旧一时跪着，一时站起，在摄像。

"柱子媳妇，走，咱们回窑去！有一件事情，我想和你拉拉！"

柱子媳妇正站在硷畔上。小学校门前，那么热闹的场面，她没有去，她确实有自己的心事。眼下，突然被人一打搅，她吓了一跳，见是张家山，心才有些放下了。

"有啥话，就站在这儿拉吧！一边拉，一边照世界！"

"这儿拉，也行！"

张家山说罢，跐蹴了下来。

按常规，柱子媳妇也应当跐蹴下来，这样才显得有礼貌。但是，柱子媳妇没有跐蹴，她故意别过脸去，把侧身给张家山。农村人把这种做派叫"品"。

"柱子媳妇，你不要'品'！我是个直人，今个儿有个话，我就直说了吧！"

"你不要说！你说我也不听！"

"听不听在你，我却还是要说。柱子媳妇，你那嫁到小镇上的闺女，可叫车前！"

"是叫车前！咋了，这名字叫得犯了谁了？"

"我是跟你好说！柱子媳妇，你不要恼，那车前儿，可是你的亲生？"

"稻生糜子稻生谷！"

第十一章 舐犊之旅

"真的!"张家山一激动,想要站起来。

没容张家山站起,柱子媳妇转过脸来,一手叉腰,一手指着张家山的额颅,骂道:"张家山,我看你老嘴死脸的,给你留面子,不忍叫你把人丢在这小清河,撂给别人,看我不扯烂他的嘴。告诉你,张家山,我这女子是亲生,十月怀胎,疼过一回的。"

柱子媳妇劈头盖脸这一顿臭骂,撂给别人,脸上早挂不住了,张家山听了,却是不恼,他仍然笑笑地说道:

"柱子媳妇,你是个女人,你要想想做女人的可怜。亲生母亲,想自己女儿,那该有多难受!"

"我不管!她能撂得,她就能舍得!"

"柱子媳妇,你不愿意说,可是,你这话,等于说了。南秀萍二十几年前撂下的那个孩子,肯定是你捡了。她就是车前儿!"

"张干大,你不要枉费心机了。你走你的路,这件事,我一点话把把都没给你留下!"

张家山又要说话,这时候,柱子扛了一把锄头,从山顶上下来了。

柱子招呼道:"张干大,你老咋跑到我这拐沟岔来了?"

"不走的路还走三回哩!大柱,我是陪着南秀萍回来的!"

"我也是在山上锄田禾,听见村里一哇声喊'南秀萍回来了'!就扛了锄头,往回赶!"

"柱子,有一件事情,我刚给你婆姨说了。正好你也回来了,我想再跟你说一说!"

"你是说秀萍的事情,得是?张干大,你不要说了,这事我知道!"

"你知道?"张家山有些诧异。

婆姨见柱子说话没有遮掩,想阻止他。柱子挥挥手,说:"瞎睡总得眼里过，车前她妈，事到如今，是该说的时候了！"婆姨见拦不住，有些恼，圪蹴到了一边。

柱子说道："那是二十几年前的事了。那一年，我婆姨怀了孩子，没落住。孩子死了，我用干草把孩子一扎，天没明，抱着撂到了山上返回来时，突然看见一个知青娃，在村口，扔下一个什么东西，就猫着腰，慌慌张张地跑了。我有些诧异，跑到跟前一看，黄军装里裹着个木犊娃。我把娃抱起来，这娃还"哇哇"地哭哩！"

张家山添上一句："这娃的身子底下，正压着一钵车前草，所以么，你给她取名'车前'！"

"'车前'这名儿，是婆姨给起的！失弃了孩子，她正在屋里哭哩，一见我怀里的孩子，二话没说，就抢过去。也真神，孩子满怀里找，一噙上奶头，就不哭了。婆姨听我说完，说：就叫她车前吧！婆姨爱她，我也爱她，我们从来没有把车前当不是亲生的。可是，我心里总犯嘀咕，我明白，这南秀萍，迟早有一天，会找上门的！"

"南秀萍也没说要，她只是来看看！"

"这事我想得开。嫁出去的女，泼出去的水，这车前儿，如今也是有人家的人了。南秀萍要来认，多一个娘了，自然也是好事。实话实说，咱们农村，就这么个条件，孩子跟了我，也没享过一天福，自小拦羊，连个学都没上过，我还真怕人家南秀萍，嗜气我哩！"

柱子媳妇见柱子这么说，不受了，她说："这是哪里的话！屎一把尿一把地把车前拉扯大，倒拉扯下了短头！"

张家山避过柱子媳妇的话头，他问柱子："这事，你给车前说过么？"

"娃娃心眼实，她一直都没往这上想。我们两口儿，口风也紧。生怕说出来，伤了娃娃的心！"柱子说。

柱子媳妇见张家山没把她当一回事儿，就又插言道："张干大，就算南秀萍有本事，能说转我们，她说不转车前。车前要知道了这事情，她不把南秀萍咬两口，才怪哩！"

柱子说："张干大，我婆姨说得也是。这车前，性子刚烈得很，她认不认，还在两可之间。我的意思，这事，你先不要给秀萍说，你回到镇上，先探探车前的口气，车前要喜愿，那好说，要不愿意认，那咱就把事压住，让她南秀萍抬脚走人就是。"

"柱子这话，在理！"张家山说。

张家山往起站，拾了几拾，没有站起。

"走，咱们看红火去！"柱子对媳妇说。

"我心里不好受，你去吧！"媳妇说。

小学校门前，刚才那一阵热闹已经过去。现在是在吃饭。众人围着青石，在大嚼大咽。红枣、红薯、洋芋、老玉米、南瓜饭，把个青石摆得满满当当的。小孩子们，一人手里拿一个老玉米，满窑院地跑着。

吃罢饭，"当当当当"，小学校的上课铃响了，孩子们走进了教室，开始上课。少了这些孩子，窑院里变得安静起来。

三三两两的男人们，坐在窑院里抽烟，喝茶，女人们则在那里拉家常。

南秀萍掏出一条烟，放在青石上，请大家抽烟。

然后，她要过录像机，给村上人录像。录完以后，又来到小学校门口，录了一阵。

教室里，孩子们正在上课。这一课大约是语文课《小英雄雨来》。老师领着孩子们念道："我是一个好孩子，我爱中国共产党！"孩子齐声朗诵，那童稚的声音，整齐而又热烈。

南秀萍对着录像机说:"这就是北京市政府拨款修建的知青窑。它现在成了清水河小学校。我到来的时候,这些清水河可爱的孩子们,正在上课!"

南秀萍又提着录像机,来到半山上,从这里看去,小清河尽收眼底。她拿着机子,对着村子录着,一边录一边说:

"这就是小清河,陕北高原上一个普通的村落。我在这里,度过了三年插队生涯,也在这里,留下了……我的……过去!"

说到这里,南秀萍哽咽着,说不出来了。

她一把关掉了机子,将它交给跟在身后的李文化,然后,倚着一棵树,轻轻地抽泣起来。

过了很久,南秀萍听见后边有人唤她。

"秀萍,你猜猜我是谁?"

南秀萍拭去眼泪,然后转过身来。

"你是大柱哥!你还没变,像个小伙子!"

"我在山上锄地,听见村子里一哇声地喊你的名字,我一个蹦子,就刮回来了!"

柱子的后边,跟着张家山。

张家山见秀萍的脸色不对,就说:"咱们下山吧!半山上风凉!"

一行人向山下走去。半路上,秀萍对张家山说:"我心里尪得难受。我真想躲到个没人处,大哭一场!"

"你哭吧,女女。没有人会笑话你。哭出来,心里会好受些!"

"有没有一点线索?"南秀萍问。

"事情不好说!"张家山看了一眼前边走着的柱子,挠了挠头。

日薄西山,南秀萍终于恋恋不舍地离开了村子。从后沟到前沟，又是一番艰难的行程，挨家挨户，她又告别了一遍。

婆姨们，女子们，拉着秀萍的手不丢，个个哭得泣不成声。秀萍自己，也哭成了个泪人。她反复说，叫大家不要送了，可是，她们不听，还是牵着她的手，送了一程又一程。

秀萍说，人生中有这三年的阅历，不亏。这三年给予了她很多。不论是她当兵、坐机关，还是现在停薪留职，干个体，她所以能够应付裕如，就是因为有这三年的锻炼。

她还说，她不是随便说说，她真的想给村子投资些钱，办一个枣品加工厂，主要的问题是销路和技术，销路她负责联系，技术方面，村上最好能请来专家，提供一份可行性报告。

她还说，她要把录像带回去给同学们看，还要把它复制一盘寄给小清河。

村子里没有什么好送的，红枣、荞面、老南瓜就是最好的东西了。这些东西装在褡裢里。大家见秀萍身子骨单薄，不忍心把这些东西往她身上压，于是一股脑儿地提到了张家山跟前。

张家山说："我有秘书！他大名叫李文化，叫他拿吧！"

这样，这些东西，就压在了李文化身上。李文化叫苦不迭，他说，我成了高脚牲口了。

当离开村子，就要坐上拖拉机的那一刻，张家山猛然回头，向柱子家的硷畔上望去。他看见柱子媳妇，望着他们，正在抹眼泪。

拖拉机"突突突"地叫着，离开了小清河。暮色中，没有一个人说话，大家都还处在刚才的激动中。

当夜无话。第二日，南秀萍起得很迟。本来部队上养成的习惯，到了钟点，一定要醒来，可是，今天她破例睡过头了。当她坐在饭桌前的时候，眼皮有些浮肿，神色也有些恍惚，昨天的回村，留给她的身体上的疲惫和感情上的激荡，经过这一夜还没有恢复。

"从北京来到延安，路途是多么遥远，辞别了家乡告别了亲人，谁知我来延安。望山山高入云，望水水东流，我想让河水捎封家信，苦闷又涌上心头……"她情不自禁地哼起这支歌的旋律。当细细地清理了一番思绪后，她觉得，不为了那一件事情，她也有理由回来一次，她为自己，二十多年了，才第一次回村，对自己有些不满意起来。

服务员端来了饭食。这一顿饭是荞面饸饹羊腥汤，是南秀萍专门要的。插队那会儿，生活太苦，她们几个北京知青姐妹，上一次六六镇，总要在小饭馆吃这一碗，给自己的肚里补补油水。

这阵子的荞面饸饹羊腥汤，没有那一阵子的好吃。她不知道，是自己的口味变了，还是这饭食做得不好。她想，自己的因素可能多一些，因为这山里的变化，是那么得慢。

服务员问她，要不要再续些汤。她同意了。服务员用勺子，为她又添了些汤。这服务员叫车前，她记得她好像问过。

车前矮矮的、胖胖的，大约有一米五。她上身穿着一件没有佩戴标志的军便服，这表明她的男人或者亲戚是个当兵的。她的头发很黑很粗，扎成两根短辫子，吊在脑后。她的胸部很丰满，两个奶头，把军便服撑得鼓鼓的。南秀萍心想，这样的奶头，奶出来的孩子，肯定健壮。南秀萍记起，那一天，车前叫她的孩子"琼琼"。

车前见南秀萍一个劲瞅着她看，有些不好意思，不在饭桌旁傻站了，回屋去了。

吃罢饭，南秀萍心想，应当到张家山那里走上一趟了。昨天她问起这事时，张家山好像话里有话，她觉得，张家山是长辈，她最好主动去找他。

出得门来，那个叫琼琼的小女孩，在台沿上玩耍。女孩长得很亲,南秀萍冲她笑一笑。

那女孩见是南秀萍,又念起了口歌:"捞鱼的腿,喝血的嘴!"一边念着,一边趔好姿势,准备南秀萍撵她时,她好跑。

南秀萍今天心绪很好。见女孩又用这句话说她。她非但不恼,反而笑起来。她觉得这女孩很好玩,就说:"琼琼,阿姨领上你,转一转吧,我这里有糖果给你吃!"

南秀萍说完,变魔术一般,真的从她的坤包里,掏出一些糖果。

琼琼见有糖果,试探着,慢慢地靠近了南秀萍。

南秀萍把一颗剥掉包儿的糖果,塞到了琼琼的嘴里。

几分钟之后,有这些糖果作引诱,小女孩琼琼已经像一条驯服的小狗一样。南秀萍让她叫"阿姨",她甜甜地叫着。南秀萍牵着她,向张家山民事调解所走去。

南秀萍牵着琼琼,边走边看风景,路途中,又逛了几处商店,待来到张家山民事调解所,只听谷子干妈说道,张家山去小镇旅社了,南秀萍心想,走到两岔里了,于是牵了琼琼,又往回走。

琼琼腿懒,大约是让母亲宠坏了,刚才行走期间,就一直嚷着,让南秀萍抱她。南秀萍没有抱孩子的习惯,觉得别扭,加上这琼琼的穿着也不怎么干净,因此她拒绝了。

往回返的时候,琼琼又嚷着叫抱。不但是嚷,还躺在地上,打滚耍赖没良法,南秀萍只得皱着眉头,拉起琼琼,拍了拍她身上的灰尘,俯身抱起。她已经有些后悔,带这个小孩出来。

南秀萍不明白,她的这种做法是出于一种天性,一种母爱行为。她忘记了她回到六六镇是干什么来了。

当南秀萍抱着琼琼,有些不自然地行走的时候,琼琼腔子前面的一样东西,引起了她的注意。

这是孩子挂在脖子上的一个锁儿，类似城里女人挂在脖子上的项链。它从孩子满月那天挂起，一直要挂到十三岁，完灯为止。琼琼脖子上用锁儿的那东西，是一个毛主席像章。

这种像章，前些年曾经流行过，现在已经很少见了。想不到农村人用这种像章，派了这么一个十分适合于像章本身的用途。南秀萍想起在北京城里，出租汽车司机们，也在流行给自己汽车的挡风玻璃后面挂个毛主席像之类的，据说这样不出车祸。

像章上的毛老，腮帮子鼓着，背头梳得很高，好像已有几丝白发。这张头像南秀萍觉得很熟悉，似乎自己从前曾经有过这么一枚。

她想起了，是有过这么一枚，那是她插队的第二年冬天，去省上参加农业学大寨积极分子代表大会会上发的。她现在闪电一样记起往事了，她的那枚纪念章，是别在红卫服上的，那件衣服，那个秋天，她用它包了孩子。

南秀萍的心猛烈地跳动起来。她颤抖着，将琼琼脖子上的像章，拿起，翻开看看像章的背面。

背面上果然端端正正地写着"××省出席1970年农业学大寨积极分子代表大会纪念章"字样。

琼琼见南秀萍拽她的锁儿，有些不满，她说："这是爷像，妈不让动的！"

"走吧，孩子，我们找你妈去！"

南秀萍声音都有些变了。她紧紧地抱着孩子，向旅社跑去。

靠琼琼指路，南秀萍来到车前居住的房间。她正要敲门，听见屋里张家山和车前正在拉话。

是车前的声音。她说："张干大，啥玩笑都开得，只是这玩笑不能开。都活了半辈子的人了，平白无故地，从哪里跑来个女人，说是我妈。告诉你,让她趁早把脚蜷了,我不认她!"

张家山有些气恼,说道:"南秀萍不疼你,能天上飞,地上跑,放下工作,跑这么远的路来寻你?她当年,纵有对不起你的地方,尔个,她后悔了还不行!"

"就是不行!你打问打问,哪个药铺,有卖后悔药的!当年,幸亏我大捡回我,要不,放在村口,让狼吃了,那才叫她狗日的后悔哩!"

"你这娃娃,一满邪说。她是你妈哩,你咋能这样说她。能有这么一个妈,是你的福分!"

"我才不稀罕哩,我把那福拿脚踢哩。张干大,你要喜愿,你认她当妈去!告诉那女人,我只有一个妈,就是小清河那个。只要她不嫌弃我,我跟上她,拉上棍棍要饭,也高兴哩!"

"你这娃!"

"妈妈!妈妈!"琼琼用手拍着门喊。

门开了,南秀萍只得进去。

是车前开的门。开了门,她见南秀萍怀里抱着琼琼,有些异样,愣了一下,一伸手,从南秀萍怀里,接过琼琼,责备道:

"琼琼,你个没血的!你那一身脏骨头,就往人家怀里蹭,蹭坏了衣服,你赔得起!"

"车前,你咋能这么说话哩?"张家山阻止道。

南秀萍眼里含着泪水,望着车前,她说:"张干大,你不要阻止车前,让她说,让她骂,这样,我心里才舒畅一点!说句难听话,她就是往我脸上唾两口,也不算越外!"

见南秀萍这么说,车前反倒没词了。她张了张嘴,不知道说什么才好。

屋里的气氛有些紧张。张家山打圆场道:"秀萍,车前娃刚听说这事，有些想不开，过上几天，就会好的！车前，你说是也不是？"

车前儿没有说话，她抱着琼琼，大声地哭起来，南秀萍也哭出了声。张家山有些伤感，他悄悄地离开了这间简陋的房间。

接下来是个秋风习习、阳光灿烂的日子。南秀萍抱着琼琼，在六六镇的街道上走着。在逛过几个商店之后，琼琼的装束完全变了，成了一个漂亮的城市小女孩。她穿着背带裤、皮鞋，手里拿着糖果。

"阿姨，你成了我们六六镇的人了吗？"琼琼问。

南秀萍答道："不，我只是一个过路客，过几天我就要走了。北京那里，我还有工作！"

"北京远吗？"

"远！很远很远！要坐飞机！"南秀萍说着，抬头望了望天上。

"阿姨，我真想跟着你去！跟着你，每天都有新衣服穿，每天都有糖果吃，还能坐飞机，到天上去逛！"

"好呀，阿姨把你带上！"

小琼琼的话，令南秀萍惊讶，这就是人们说的那种"亲情"吗？她不知道。她的心里现在感到暖烘烘的。她蹲下来，轻轻地亲了一口琼琼。

张家山从小镇的另一头过来了，见了这场面，很感动。

"琼琼，你打扮得这么漂亮，张爷爷都不敢认你了！"

琼琼见有人夸她，很自豪，她说："是阿姨给我买的！阿姨还要领着我坐飞机，到天上逛哩！"

"琼琼，你不该叫她'阿姨'，要叫'姥姥'！"

"'姥姥'？阿姨，我是该把你叫'姥姥'吗？"

南秀萍羞涩地点点头。

"姥姥!"琼琼叫了一声。

叫完以后,她大约有些不好意思了,挣脱了南秀萍的手,跑了。

"我也真有些不好意思!我做梦都想不到,有人会叫我姥姥。我印象中,自己还是个扎着羊角小辫,穿一身红卫服跳跳蹦蹦的小姑娘哩!"

"按你们知青的年龄,最小的,都四十多几了。六八年冬里,六九年春上来的,二十五年了。城里人不显老,放在农村,都成了半个老太婆了!"

"都在老,包括我!岁月催人哩!"

张家山还问了问车前的事情。南秀萍告诉她,那天晚上,张家山走后,车前只是哭,一句话也不说,不过,她看出来,这孩子,是有一些回心转意了,她欠这孩子的太多了,因此,她也不敢有什么别的奢望,只要能知道她的下落,能时常有个联系,她也就知足了。

张家山说,这事太突然,冷不丁地放在谁身上,谁都会吓一跳的,因此,她要体谅车前才对。见南秀萍点点头,张家山又说,他还得到小清河去一趟,做做柱子夫妇的工作,事情已经捅开了,务必坐在一块,拉一拉。

张家山匆匆地走了。

南秀萍回到旅社门口的时候,看见车前牵着琼琼,站在那里。

车前望着这个向她姗姗走来的女人,她的神情有些恍惚:这个被琼琼称作"捞鱼的腿,喝血的嘴"的城里女人,真的就是她的生身母亲吗?她有些不敢相信。

城市是一个很遥远的概念,可是猛然之间,它和她离得那么近。"他们是不是搞错了!"她想。

小琼琼见是南秀萍，口里叫着"姥姥，姥姥！"要挣脱车前的手，奔过去。

车前突然觉得，眼前的女人很可怜，孤苦伶仃的。来小镇才仅仅几天，她已经衰老了许多，她的脸儿，原来保养得很好，有一种光泽，现在光泽褪去了，露出了眼角的密密麻麻的鱼尾纹。她的式样很新的头型，因为扑上了灰尘的缘故，头发有些发灰，也显得稀了一点。

"姥姥，姥姥！"小琼琼仍在叫着。

车前松开了手，小琼琼跑过去，扑到了南秀萍的怀里。

南秀萍抱了小琼琼，她有些理亏地走过来。"车前！"她叫了一声。

车前避开南秀萍的目光，盯着自己的脚尖，说："要我叫你'妈'，我一下子接受不了！我先叫你'阿姨'吧！等以后，我慢慢想通了，再说！"

南秀萍赶紧答道："你叫我啥都行，白搭话都行。跟你说吧，车前，为生你，我遭下了病，尔个不能生了。唉，能有一个女儿，在这世上，我就有个惦念的了！"

南秀萍是真诚的。她的话，不管怎么说，让车前感动。

车前说："我给小清河捎了话。我大，我妈，今个儿都来了，在你屋里坐着哩！"

"你丈夫哩？"

"他当兵，在外边！"

"车前，你给你大、你妈说，问他们有啥困难，需要我帮助的，尽管说。还有你，好孩子，你受了那么多的苦……"

"我很好，有吃有穿的，不需要啥帮助。我大我妈，都是些刚强人，肯定不会接受你啥的！"

"那么,你愿意跟我走吗?"

"我已经成了小镇上的人,成了人家的婆姨了,我不该走的!"

"那么,你能舍得让我把琼琼领走吗?"

"让我想想!"

"我要把琼琼领走,我要给她一个前途!她该上幼儿园,接受教育了!"

六六镇这个舞台,时常演出各式各样的故事,但是,这个被我们的李文化称之为"舐犊之旅"的故事,大约最美丽。

过完中秋节的第二天,南秀萍领着琼琼,离开了小镇。

这是中午,秋阳艳丽地照耀着,一辆从北草地方向开来的班车,在小镇停下。停的正是南秀萍原来下车的那个位置。

柱子、柱子媳妇、车前都赶来送行。车前怀里抱着小琼琼。

张家山要他的调解所的全体人员,列队站在路旁,作为陪衬。

班车停下来了,分手的时刻就要到了。

柱子将那只我们见过的大旅行箱,送了上去。

南秀萍搂着车前的肩膀,哭得不愿分开。

柱子媳妇、谷子干妈都在陪着掉眼泪。

班车的喇叭在"嘟嘟"地按着,督促这一场面快点结束。

"柱子,柱子大嫂,我会记着你们收养车前的恩义的!我会经常回来看你们,看我的可怜的车前的!"

南秀萍说完,从车前怀里接过孩子,上了车。

车动了。车前若有所失,不由自主地向前追了两步。

南秀萍在车上向外挥着,她说:"车前,你放心,我一定要把小琼琼培养成让全世界都羡慕的小公主的!我发誓!"

南秀萍的声音,挟带着风,传得很远很远。

半个小时以后,当南秀萍的声音已经消失,当送行的人们又回到自己生活的位置上后,当班车停车的这一处地面空荡荡的,好像从来没有发生过什么似的时,在张家山民事调解所对面的土台上,有两个人:这就是张家山和李文化。

"城里人的年龄,你现在略知一二了吧!"张家山对李文化说。

第十二章　回头约（上）

李文化的家在李家河。这是送走南秀萍几天以后的事。那李家河，捎来话来，叫李文化回去一趟。这话捎得有些奇怪，因为李家河已经没有了李文化的亲属了。

李文化疑疑惑惑地回去了一趟。回去前喜眉搭眼的，回来后却灰塌塌地，像娘老子死了一样。谷子干妈心细，见李文化这样，于是说道："李文化，有什么事，你就给你张干大说。外人的事，咱们都伸长了手，往自个儿身上揽，咱们自己的事情，焉有不管的道理？"

李文化见说，眼泪哗哗地掉了下来，口里谢了一句谷子干妈，然后返身跪下来，抱住张家山的一条腿，叫道："张干大救我！"

张家山性情刚烈，心肠却软，生平最见不得人掉眼泪。尔个见李文化这样，心里也有一些酸楚了，于是骂道："你先把你那尿水子收拾了，再跟我拉话，都快成顶门立户的男人了，还是不见一点正形！"

李文化见说，眼泪是不再流了，身子却是不起。见张家山问得紧了，于是从怀里掏出一张纸来。

这纸叫《回头约》，毛笔书写，纸质有些发黄，类似那《招夫养夫文书》，正是那乡规民约之类的契约。

这东西肯定年代久了，纸质发黄不说，折叠起来的角角边边部分，都磨损得有些烂开了，张家山将这《回头约》打开，又从李文化的怀里抽出脚来，然后来到桌前，一绺一绺，将纸片对好，认真地看起来。

谷子干妈也凑到跟前来看。她却是个睁眼瞎，不认得字，老乡们骂人，说"狗瞅星星不识稠稀"，说的正是她这种人。见张家山津津有味地看着，谷子干妈有些着急，于是使个性子，伸出两只手掌，将那纸片盖了，嘴里说道："我让你看！"

这叫"矫情"。乡下人不懂得这个词儿，却会造这个"势"。张家山见了，知道自己委屈了谷子干妈，于是叫一声"惭愧"，捉起谷子干妈的两只手，放在自己怀里，然后扯开嗓子，念起那纸片上的文字来。

回头约

首先，让我们学习毛主席语录："人总是要死的！"

兹有六六镇李家河村社员李万年，在农田工地会战时不幸因塌方而死亡。人死不能复生，谨致哀悼之意。李万年之妻李刘氏，经人说合，愿意改嫁吴儿堡杨家，聘礼三百元。李刘氏前生之李文化，从李姓，不得更改，李刘氏后生之子女，姓氏自便。卖生不卖死，卖身不卖灵，乃是千古遗训，李刘氏亦不能例外。有朝一日李刘氏归阴，吴儿堡杨家须主动将李刘氏女骨,送归李家河,与其前夫李万年,合葬一处,苍天在上,日月星辰作证,大地在下,五谷万物为证,恐日后生出事端,谨立此《回头约》为凭。倘有违约者,天诛之,地灭之,鬼神不容。

立约人:李家:李××
杨家:杨××
刘家:刘××
公元一九七二年×年×月×日

念完之后,四壁肃然。半晌,张家山说:"李文化,莫非是你老母亲死了?"李文化听了,点点头。张家山又说,那吴儿堡靠着北草地,离这里有几百里路,你如何知道? 莫非是那杨家捎回来话不成?李文化说,那杨家才不捎话哩,他们把我妈,挖个坑坑,神不知鬼不觉地埋了。是那赶牲灵的,见了这桩事,有些不平,路过李家河,捎话给村子的。

李文化回了一趟李家河,原来为的就是这事。李家河本是一族,姓李,得了赶牲灵的捎来的这消息,族长承头,众人商议,商议了半天,没有个结果。按说,这是一件大事,该偷则偷,该抢则抢,该论理则要论理,不弄个惊天动地,搬回李刘氏的尸首,就算李家河李姓一族,失了面子,羞了先人。李家河自李文化往上数,门里不出五服的男丁,都要站起来说话。可是,上面说了,江山异代,人类猥琐,那李族的族长,挥动个《回头约》,呐喊了半天,族里上下,竟无人承应这事,正应了"各人自扫门前雪,莫管他人瓦上霜"这句话。没奈何,族长只得捎话到六六镇,好在那亡人李万年,还有一条根在世上,将这《回头约》交与李文化,看他何动作吧!

听完李文化一番话,张家山说,原来你也有父母,印象中,我却只当你是风吹大,雨打大,石头缝里蹦出来的小子而已!

这话说得不踏犁沟。谷子干妈听了,有些恼怒,说"好你个张家山,事情来了,你不说事情,还拿人家娃娃开心。谁格不是十月怀胎,父母生的。这话是说给李文化,要说给我,不赏你两个鼻斗才怪哩!"

李文化却恼不起。他站起身子,拍了一下膝盖上的土,挪动步子,走到张家山跟前,嘴里木木讷讷地说话。这话还是老话:"《回头约》的事情,请张干大做主!"

张家山眉头皱了起来。他拿出一张过期的《参考消息》,让谷子干妈打些糨糊来,然后,将那散了的《回头约》,一绺一绺地往《参考消息》上贴。一边贴着,一边说道,为这《回头约》的事情,这一块地面,祖祖辈辈,总有一些干戈发生,血里头捞骨头的事情,不在少数。这事也就忍了吧,如果不忍,办法倒是也有一个,只是要破财了。

李文化问是什么办法。张家山说,打问一下,看谁家的女儿死了,出个大价钱,买一副女儿骨来。是不是原配,并不当紧,你大李万年这老东西,有个黄花女子陪着,算他的福分,你李文化,也就算尽到孝心了。这事有先例,我当大队支书那会儿,处理过几次这种纠纷,就是这么解决的!

李文化听着,开始还满怀希望,听着听着,脸色灰了下来。他截住张家山的话头,说道:"我才不要什么女儿骨哩!凭空给自己认个娘老子,那不是欺侮我。有《回头约》在这里,我就要把那个"前嫁后娶'的老东西,接回来,让她陪我大睡!"

《回头约》这时已经贴好。谷子干妈接过张家山递给她的这个《回头约》,将四棱四边,突出的部分,用剪子剪齐。

一边剪着，谷子干妈一边说："张家畔的张家山，亏你还是个大男人哩，就这么一点事情，就把你给吓住了。行侠仗义，四海扬名，这正是一次机会。可惜我是个女流之辈，要不，撒一泡尿，也要把这李刘氏的尸首给背回喀。咱不为别的，单为讨这个公理！"

见谷子干妈这样说，李文化也就凑上前去，拽住张家山的衣襟，继续央告。

张家山见这事实在推辞不过了，只得站起，用手扶着桌子，朗声说道："什么事不是人做的！既然你们两个硬逼着要我上这个钩竿，那我就成全你们，反正就这一把老骨头了，也不值什么钱！谷子，你收拾东西。李文化，你到镇上，借一辆驴拉车来。咱们明日启程，去那吴儿堡，动女骨！"

说罢，将那《回头约》揣进怀里，在地上踱起步子来。

这一天，吴儿堡地面，秋阳灿灿。临近中午时分，一辆驴拉车"吱呀吱呀"地进了村子。前面一个牵驴的后生，长得面黄肌瘦的，一边走一边吆喝。驴拉车上，盘腿坐着一个富富态态的婆姨，头发梳得光溜溜，鬓边插着一朵野菊花。那毛驴车后边，六十岁开外，一个高身量的老汉，头上蒙着个脏儿吧唧的羊肚子手巾，腋下挎着一把三弦琴，腰扎粗布白腰带，脚蹬深口布鞋，拖着个步子，慢吞吞地走着。

吴儿堡村子，依一架山的山腿而筑。稀稀拉拉的几十户人家，顺着川道，摆了半里多长。头顶上一座山，叫老人山，山顶上一棵老杜梨树，威赫赫地遮了半个山头，记得这个景致，我们曾经在哪本书里见过。

较过去不同的是，除山上的一堆乱坟之外，其余空闲的土地，都在这十来年中，被修成了一级一级的梯田。梯田上庄稼已经成熟，红的高粱，黄的糜谷，赭的荞麦，青的萝卜，一个层次一个层次，层层相接，直接天上。

村里人正在吃饭，见这南北通衢大道上，过来了这一干人，都觉得有些新鲜，于是人人捧了个大老碗，站在自家门口，朝这官道上观看。

那牵驴的年轻后生，见进了村子，吆喝声格外响亮起来。原来是个收塑料鞋底的。那驴拉车上，除了那个鬓边插着一朵花的婆姨之外，还装了半车的鞋底。只见那婆姨，腾出两只手来，各执一张鞋底，一白一黑，在手里"啪啪啪啪"直响，口里叫道："白塑料鞋底五角，黑塑料鞋底三角！"

说话间，来到一户人家门前。这家大门的门框上，一左一右，贴着一副白纸对联。白纸明明白白地告诉你这是丧事，可这对联，却用的寿事的对联，上联云："好鸳鸯同床床空半"，下联云："美夫妻共枕枕有余"，门楣上的横额，更是气人，叫作"各安其位"。

"各安其位"这几个字，最是扎眼。那后生见了，两只金鱼眼睛鼓起，变脸失色说道："大呀，李文化不孝！"说罢，停了驴车，赶了过去，要撕那门上的对联。

后面的老者，这时候应声赶到。他是谁，我们已经知道了。

张家山走到李文化跟前，将个三弦，顺到胸前，"崩崩"地弹了两声，压低声音，威严地说道："咱们谁是领导？你个小子，不要坏了我的大事！"

一句话说得李文化缩回了手。谷子干妈早已跳下车来，这时走过来，顺手一拉，将李文化拉出了险境。

离了门口，张家山用眼睛朝院子里扫了几眼，然后压低声音问道："是这家？"

"是这家！"李文化答道，"我没有断奶之前，在这家里，舍过几年!"

　　李文化还要啰唆,这时院子里传来男人的咳嗽。谷子干妈一见,赶快捅了一捅李文化,李文化到了嘴边的话,变成了吆喝声:

　　"收塑料鞋底哟——收塑料鞋底哟——!

　　"白鞋底五角,黑鞋底三角。现钱付款,不打白条!"谷子干妈跟着应和。

　　那家一位男人,出来搭讪。这时,张家山早抱着三弦"崩崩"地拨着,来到不远处的一棵老槐树下。

　　这老槐树我们却也记得。许多许多年以前,吴儿堡有个小姑娘叫杨蛾子,曾在这槐树底下跳"方"来着。那杨蛾子,如今已垂垂老矣,听见官道上有些响动,那白发飘飘的杨蛾子,尔个站在新圈的三眼石窑前面,向下观看。她的旁边,也站着个我们认得的人物,他叫憨憨。

　　他们与本书无关。我们只是路过吴儿堡,顺便向他们打一声招呼而已。

　　那张家山,早在大槐树下,威赫赫地列好了架势,有一块碾场的碌碡,靠在树的身子上,正该他坐。他屁股实实地坐在碌碡上,腰身展一展,稳稳地靠在树身上,大腿压二腿一坐,信手弹了弹布鞋上的土,然后怀抱三弦,急促地弹奏起来。

　　一阵急促的、暴烈的琴声,迅速地在吴儿堡上空弥漫开来。声音急急如雨,吴儿堡的老少爷们,纷纷端了饭碗,围上来观看。这种场合,大姑娘小媳妇自然也不会错过。于是只一阵工夫,这大槐树下,站着的,蹲着的,坐着的,竟聚了不少的人。

　　圈外站着的李文化,见了这阵势,有些怯火,怕张家山乱了阵脚。也难怪他平日见这张干大,散散懒懒地,一副睡不醒的样子,哪里知道,他的身上,还藏着这一手技艺。倒是谷子干妈心放得坦坦的,站在圈外,眯着眼睛在笑。她是张家山的老相好,对张家山知根知底,她知道这老东西,今个儿要显能了。

李文化确实是多余地担心了。大凡老一辈的陕北人,身上都带着两门绝艺,一是石匠手艺,二是弹三弦。细石匠难做,粗石匠却好做,一手拿凿,一手挥锤,敲敲打打,一个上午就学会了。那弹三弦也不是难活儿,半崖上掏出一株椿木根,做成琴身,从牛的腿把子上抽出三根筋来,算是琴弦,不懂韵律,不懂节奏,没关系,两只大手,摸揣一阵,就弹上路了。

一件褡裢,褡裢里放着石匠工具,头上架一张嘴,走到哪,干到哪,吃到哪,屙到哪,这大约是陕北维系生计的最后一道防线了。接下来再要沦落下去,那就是乞丐生涯了。陕北人有的是尊严,尊严使他们难开尊口,于是在那讨吃生涯,便由一把三弦琴,慷慷慨慨,激激越越,悲悲怆怆,怒怒愤愤,做代言人了。

闲言少叙。张家山将那三弦琴,拨得震天价响。琴声中,眼睛渐渐放光,两只牛蛋般的眼睛,瞪得贼圆,那宽阔的胸脯,一起一伏,似有一股英雄气,正在寻路而出。

张家山抬起眉眼,扫了一眼众人,然后咳嗽两声,清了一下嗓子,众人明白,这个老年说书人就要开始吟唱了。果然,只听急促的琴弦,"崩崩"两声停顿,张家山一声低哑、浑浊、沉闷的嗓音,从胸口吼出——

> 铜吴州,钢佳州,
> 生铁铸定个绥德州,
> 清涧的麻花入口酥,
> 柠条梁的家狗大如牛。
> 有个好汉叫李自成,

  他把崇祯爷拉下了龙廷。
  李自成就出在咱米脂县，
  米脂县有个蟠龙山。
  西城楼下压着九条龙，
  近照上米脂无有西门。
  一把火烧开城门洞，
  英雄出世人人惊……

  张家山吟唱的，正是那在陕北流传久远的，以他们的乡党李自成为题材的三弦唱词。每一个三弦艺人，倘若心中陡然生出一股莫名其妙的惆怅与豪迈之气，便要唱这段词，以排遣胸中的郁结。此时此境，这首词自张家山口中唱出，却也妥帖。

  众人正听得张目结舌，沉湎其间，胸子里还在缅怀那英雄祖先，张家山突然"崩崩"两声，将那琴弦停了，然后伸出衣袖来，抹了一把嘴角的唾沫，气喘咻咻地说道：

  "各位，世上最难吃的，是这开口饭，不瞒各位说，这头拉车的草驴，从早上跑到尔个，还没吃草，我这贫嫌富不爱的棺材瓢子，肚子也早就饿得咕咕叫了。你们谁家，锅里还剩一点残茶剩饭，槽里还长一点青草饲料，拿来咱们"共产主义"上一回，如何？"

  庄稼人于粮食，却不是缺。见张家山这样说，登时有几家的婆姨，顺手拿了自家男人手里的老碗，回到屋里盛饭。一会儿工夫，不光张家山手里，托起了一只老碗，毛驴跟前，多了一盆草料，就连谷子干妈和李文化，也有吃的了。

  张家山边吃边说道："吃开口饭的人，这一辈子说话太多了，下一辈子，会变哑巴的！"自嘲了一阵，又对谷子干妈和李文化训斥道:"怪不得你们,天生的穷命。你们那耳朵,也配听我在这里说天书吗?老了你们是干啥吃的,还不快大声吆喝,去收鞋底子!"

谷子干妈和李文化听了,并不还嘴,只唯唯诺诺地应承。应承完了,一边吃饭,一边腾出嘴,又开始吆喝起"鞋底"这档子事来。

村里的大姑娘小媳妇,自有了"北京知青"这档子事后,兴起了穿塑料底鞋,因此家家户户,也都有一些磨损得不能再重新使用的鞋底。废物反正无用,换两个零花钱,权当是白捡的。因此,尔个听了张家山的话,得了一个提醒,于是纷纷从家中捡些鞋底拿来。

生意上了正路,这边张家山也显得高兴。吃个肚儿圆以后,将那老碗搁在一旁,又开始吟唱起来。

张家山肚子里的古董,却也不少,什么《十月怀胎》《妓女告状》《十不足》《太平年》之类,该诨则诨,该酸则酸,哼哼唧唧,直唱了一个下午。到了晚上掌灯时分,眼见得吴儿堡贴白纸对联的那家,门口人声嘈杂,一支几百瓦的灯泡高高挂起,身着白色孝衣的孝子贤孙们涌涌不掉,张家山才收了三弦,环顾一下李文化和谷子干妈,说道:"赶那个场合去吧!"

那家主事的是个壮年汉子,名叫杨禄,算起来,却是那李刘氏后夫的弟弟。李刘氏嫁到吴儿堡后所生的子女,还都未成年,因此这兄嫂亡故之后,主事之人,自然得他。

那李刘氏已经抬埋上了老人山,今天晚上所过的这个"事",叫什么"事"?原来,乡间风俗,人死之后,七七四十九天之内,逢"七"便有一个事故,人称"七七斋斋"。这第一个"七",叫"头七",又叫"人七",言下之意,今晚一过,那个亡人,就不

第十二章 回头约(上) 335

是原来的那个人,而是入了鬼魂的簿了。张家山是个世故人,农村的这一套习俗,如何不懂?所以算定了这个日子,前来行事。

张家山大不咧咧地走到门口,将身子靠在门框上,抬起一只脚,放在门墩上,"崩崩"地拨动两下琴弦,叫道:"红白喜事,红白喜事,少了把三弦不热闹! 不知道是你这事情赶上我了,还是我张家山赶上你这事情了"说罢,口里不再说话,将个三弦"崩崩"地弹起。

那杨禄却是个凶恶的汉子,见张家山这样,便吊起个脸儿,摆了摆手,吆喝张家山走。

杨禄这个举动,不合常理。按照陕北的下数,红白喜事中间,遇到这种讨吃的行艺人,便要请到桌面上去,奉为上宾,一曲弹罢,还要由赶事情的亲戚,给艺人上了"花红",才算体面。即便是吃食匮乏,众人碗里省一口,也要将这艺人管饱。

张家山见这杨禄不通大礼,于是只是冷笑,怀中的三弦,猛烈而有愤慨之声,心中暗想:怪不得你敢于毁约,原本就是个不懂礼势之人! 心里想着,那三弦只顾弹奏。

这事张家山不羞,羞的是那事主杨禄。邻里乡亲以及赶事情的亲戚,会笑话杨禄。双方正相持不下,穿白色孝衣的人群中,走出一个手提马灯后生。后生数落了杨禄几句,又招了招手,示意张家山并随行的两位搭档谷子干妈、李文化,在院里的一个小炕桌前坐下。待三人坐定之后,朝窑里喊了一声,吩咐茶饭。

张家山只稍稍地动了一下筷子,便又顺过三弦,开始弹唱,这次,他吟唱的是一个背信弃义的故事,故事的主角是"梅鹿"和狼。这故事大约也属于艺人们的传统节目。那杨禄听了,觉得刺耳,想要发作,又觉不妥,只得咽下两口唾沫,忍了。

这天是"人七",这天夜里要办的一件大事,就是众孝子们要上一趟老人山,去祭一次坟,让那亡人李刘氏(在这个村子她叫杨刘氏)顺顺当当地由人变成鬼,离了杨家,与丈夫团圆,去开始她以后的行程。所以待天黑严以后,那掌马灯的,在院子里一阵吆喝,尔后,众人排成一队,由掌马灯的打头,一步一哭,离了大门口,过了街道,自吴儿堡南面、杨蛾子家的后窑脑,直向老人山而去。

这吊事主家门口,至老人山新坟,三步五步,还要燃起一个火堆。这叫"鬼路灯"。过去的年代里,这火堆用麦草点燃,尔个社会发达,有了石油,因此这火堆往往是用原油蘸了棉纱点燃的。村子旁边有的是"磕头机",在那油池里,偷上一桶原油就够了。

一行人一走,院子里顿时变得冷清、阴森。一只乌鸦,"呜哇——呜哇——"地在头顶上叫了两声,让人后脊梁骨发怵。幸亏有那张家山的一把三弦,在不紧不慢地弹奏着,才稍稍压住了这家宅院的阴森之气。

在徐缓的琴声中,李文化将嘴巴凑到张家山的耳朵边上,说道:"张干大,你这葫芦里卖的什么药,我都不知道!都乍舞了一天了,至今都没有提那《回头约》的事,却净日些闲杆!"

谷子干妈也说:"老槐树底下,你那三弦猛地一停,我当你要说这件事情了,谁知你却说到吃饭那件事情上去了。我想理在咱们手里,当着众人,把这事捅开,众心是秤,肯定会向着咱们的。到时,不怕他杨禄不服!"

张家山见说,嘿嘿地笑了两声,又朝四周看了看,说道:"你们对这世事的险恶,又知道个多少!在六六镇,我是个坐地虎,手稍撩几下,再难的事,就摆平了。这吴儿堡却是不同,人生地不熟,不敢有个闪失。这吴儿堡是一族,杨姓,若要动起户来,我们三个,连村里都走不出去。饭可以给你施舍两口,但是若要动女骨,这一个村子,就会和你拼命,所以这事,只可智取今个儿一天,我也不是日什么闲杆,而是正在进入角色。尔个,我这角色,是完全地进入了!"

张家山言罢,又对李文化说,你朝那老人山上瞅一瞅,看那一场事故,进行得怎么样了。李文化见说,站直了身子去看,见了那场面,不由得惊叹起来。

见李文化惊叹,张家山也就停了琴弦,直了身子,背转身去观看。这一看,也不由得惊叹。只见黑黝黝的一座大山,苍苍茫茫,那"鬼路灯儿",一盏一盏,曲曲弯弯,从山根直通向山顶,与天上的满天繁星相接,煞是好看。

张家山见了,叫一声:"仙人指路。待一会儿,靠这些灯盏引路,我们就可以见到那李刘氏了!"说罢,又坐了下来。

"在今夜?"李文化问。

"是的,在今夜!"张家山答道,"而且要在子夜以前,子时一过,那李刘氏就不是李刘氏了,她成鬼了!"

张家山缄口不再说话,只是顺过三弦,怀中一揽,猛烈地弹奏起来。琴声刚烈暴躁,似有千军万马,湍湍而来。

一会儿工夫,大门外哭声又起,这是孝子们回来了。张家山拨动琴弦,喧哗一阵,以示接迎。接着,孝子们草草地用了一点茶饭,近路的亲戚忙着回家,远路的亲戚寻窑安歇,这"人七"一场事情,也就算圆满结束。

张家山耐着性子,直到散了宴席,才"崩崩"拨动两下琴弦,算是曲终事了。待动身时,那提马灯的后生,从腰间掏出两块钱来,算是"花红",递给张家山。张家山也不推辞,信手接了,叫一声"尴尬",又说一声:"这是一口强饭,不好吃!"那后生只是笑着,并不搭话。

出了大门,将那谷子干妈扶上驴车,一行三人,穿过村子,徐徐地向南而去。仰头看时,那老人山上的"鬼路灯",闪闪烁烁,一直伸向天空。

车轮"铮铮"地响着,旷野寂静,大家说话也就不再有什么禁忌。李文化说,为啥还要向前赶路,何不就此停住驴车,咱们去上老人山,去背尸首。张家山说,走远一点,咱再回头,提防背后有人尾随。一会儿月亮就上来了,月光下正好干事。

李文化这时记起了那个提马灯的后生。他说那人倒也面善,不知是这吴儿堡的什么亲戚。张家山见问,半晌不语,后来说,他正是在防这个人。他观这一群人,都是些粗俗浅陋之辈,独这后生精明过人,事情要出,恐怕会出在这后生身上。说罢,叹息一声。

闲言少叙,驴车走了一阵,停了下来,张家山侧耳听听,见后边确实无人尾随,于是要李文化拨转驴头,重回吴儿堡。一阵车轮滚动,到了吴儿堡南头,杨蛾子家硷畔底下,张家山提起驴车上的一条麻袋,倒掉里面的塑料鞋底,又从车上摸出一瓶酒来,揣在腰带里,然后命谷子干妈,款款地在路边待着,守着驴车,令李文化到硷畔上那户人家,偷两把铁锨来,随他一起上山。

李文化是拦羊娃出身,上山溜圪是他的特长,因此扛两把铁锨,在前面行走。张家山已垂垂年迈,体力有些不支,但是人的劲在心上,牛的劲在鞭上,因《回头约》这件事情,他的心里吃劲儿,因此精神抖擞,上山溜圪,也不让李文化太多。

有"鬼路灯"引路,一会儿上到山顶。这时半轮明晃晃的上弦月,升了起来,照得山顶如同白昼,那一个双头并葬坟,端翘翘地立在那里,香火纸表,刚刚燃尽,空气中还弥漫着蜡烛味儿。

见了新坟,李文化一把从肩上扔下铁锨,扑倒在地,哭道,"娘亲啊,儿子来接你来了!"张家山见了,慌乱将他拉起,说

第十二章 回头约(上) 339

道:"这里还不是表孝心的地方!李文化,留着你那尿水子,到了李家河你大坟前,再放吧!"李文化见说,止了眼泪。

喘息片刻,两人便各执一把铁锨,开始掘起墓来。

土是新土,还没有坐实,因此掘起来还算轻松。加之白生生的半轮月亮,朗照着这一片山野,宛若白昼,因此干起来也不致窝工。

要紧的是这掘墓的活儿,对张家山这种阅历丰富的人来说,竟还是第一次,因此心里不免有几分怯意。那一棵高大的杜梨树,经月光一照,将它巨大的阴影斜斜地刺过来,让人看了胆怯。

好在棺木埋得并不算深。月亮在空中走了有一竿子远的时候,这一老一少,已经将竖井里的虚土起完,剩下来是一个拐洞,那里是墓穴,舍着棺木,拐洞口上,挡着一块青石板。

李文化思母心切,一把把铁锨扔了上去,然后扑上前去,要揭那块青石板。张家山见了,伸手挡住。

张家山说:"事情已经开了头,就不要着急。总会让你见上的。只是这穴门可不敢随便开,防止叫邪气冲了。你李文化年轻气盛,神神鬼鬼奈何不得你,我张家山这棺材瓢子,可经不起阎王爷叫了。我还想多活几年,多吃几口你谷子干妈做的饭哩!"

说罢,张家山伸出手,格开李文化,然后一手拉锨,一手指着墓穴的门,口里念念有词,说道:

"左青龙提刀在手,右白虎把定墓门,前朱雀赶出妖精,后玄武拦挡妖魔。凶神恶煞避,急急如律令,我六六镇张家山下手了!"

说罢,一脚踹去,将个青石板踹得粉碎。一股恶臭自墓穴中奔涌而出。熏得张家山连打几个喷嚏,李文化则一阵恶心,想吐。

待恶臭渐渐散去,张家山从怀里抽出那瓶酒,打开盖儿,呷了一口，一扬头，向墓穴里喷去，喷了一阵，眼见得那酒瓶底儿朝天，再来控不出半点了，于是扔了瓶儿，说道："李文化，进窑，见你的母亲吧！"

两人进了墓穴，撬开棺木，只见一个小巧玲珑的小妇人，静静地躺在棺木里，面色生动。"是你娘亲吧？"张家山问道。李文化点点头。

白生生的月光斜射进去，照在这妇人的脸上，好白。张家山见了，忍不住摸了一把，口里骂道："好你个不值钱的东西，害得我们好苦！"

话音未落，只听头上浮起一阵哈哈大笑。笑声中，有一个男人，朗声说道："好你个六六镇的张家山，太平世界，清朗乾坤，怎容得你这等鸡鸣狗盗之徒，掘坟扒墓，滋生事端，破坏安定团结。张家山，你可知道，咱陕北习俗，对这种盗墓贼，该如何处置？"

说罢，那人拾起刚才李文化扔掉的铁锨，撮起一锨土，就要往下丢。

头顶上浮起的那喊声来得突然，张家山委实被吓了跳。那李文化是个没经过世面的人，这一声喊，竟吓得他尿了一裤子，浑身发软坐了下来。

那老杜梨树上栖着一群过夜的乌鸦，乌鸦也被这喊声惊动，离了树枝，"呜哇呜哇"地乱飞，那叫声，更使这老人山顶，增加了恐怖的气氛。

张家山冷静了一下自己，大着胆子，向头顶望去。月光白白地照着那后生的身子。张家山一见，却认得他。这正是今晚过"人七"时手执马灯的那位。

"你要干什么？"张家山鼓起勇气，问道。

"陕北人如何处置这盗墓贼,你不是不知道吧?"那人又重复了一遍。

张家山是个"陕北通",对这习俗自然明白。"活埋盗墓贼不犯法",这是一项规程。大约世人,最痛恨的就是这种吃死人饭的人,所以村村户户都有一个约定俗成的规矩,凡见这盗墓的人,二话不说,操起铁锨,将他埋了就是。这规矩是老辈子传下来的,并非自今日开始。

这时候,李文化缓过劲来了。他冲头顶上喊道:"我们不是盗墓贼,我们冤枉!我这是来接我娘亲的,这棺木里躺着的,是我生身母亲!"

"这个么,我知道!"头顶上的后生,笑道。

张家山见这后生,并不显得凶恶,手里的铁锨,尽管挥动着,却不把土往下丢,心想,这事大约还有救。于是喊道:

"这后生,我认得你。你是今个儿晚上提马灯的那位!"

"算你眼力好!"后生答道。

"这么说,你是那亡人的外甥了!"

"何以见得?"

"咱老百姓有一句话,叫作'外甥打灯笼,照舅'!这话不是说说而已,而是实做。舅舅死了,吊孝上坟,这前面提灯引路的,就是外甥。舅母死了,当然也是这个规程。"

"张家山,你这话说得倒也在理,只可惜,杨家这一辈上,并没有女人出嫁,没了女人,这外甥从何而来?"

"那么这一说,我更知道你是谁了!没有外甥,那就通常由娘家侄儿承担这引路的事儿。后生,我知道了,你姓刘,那《回头约》上刘姓人家的代表,得是?"

后生听了,微微一笑,算是默认了。

一旁瘫着的李文化，见说那人是她母亲的娘家侄儿，身子登时硬正了许多，扶壁站起，高叫道："大老表，大老表，我是李文化呀！是那六六镇李家河的！"

论起亲疏，头顶上的这"大老表"，却与李家河、吴儿堡杨家，一样亲疏。他那不安分的姑姑，前嫁后娶，无论前夫，无论后夫，于刘家河刘家，都是一样的。

听说是刘家河刘家的，张家山登时气壮。一伸手，从怀里掏出了《回头约》，伸手展开，往空中一挥，骂道："刘家河的，你还懂不懂得这个"红口白牙，立约为凭"的道理。杨家违了《回头约》，天理难容，日后必有报应，你身为娘舅家的，又是立约一方，理应舍了脸面，动手来拦这事，想不到你却助纣为虐，反而尾随上山而来，要暗算你这姑表兄弟。良心安在？天理安在？"

李文化听了，也顺着张家山的话茬，口里不住"大老表""大表老"地叫着，求他发发恻隐了。

见话到了这个份上，那个"大老表"，依旧笑着，说道："张干大受惊了！刚才都是戏言，想不到你二位却当了真。那姑舅兄弟李文化，我却认得。今天见你们来得蹊跷，我便明白，是为动女骨而来。我并非赶来寻事，而是想添一只手，为你们帮忙的！"

墓坑里的张家山、李文化听了，仍是不信。

"大老表"又说："当年这一纸《回头约》，一式三份，你们拿一份，杨家拿一份，另一份，现在就在我这腰里揣着。'红口白牙，立约为凭'这个道理，我如何不懂？不瞒你们说，那赶牲灵的捎话给李家河，就是我让捎的！"

听了那"大老表"这样说，张家山、李文化方才不疑。

当下，张家山喊了一声，叫那"大老表"，扔下他刚才搁到地面上的麻袋来。麻袋是两条。接了麻袋，张家山提起女尸，一条麻袋从上面一统，一条麻袋从底下一统，中间系上他的粗布腰带，扎个死结。然后，两人一起用力，将这女尸举了起来，叫上面那"大老表"接住。

上面那个"大老表"，接住尸体，又说，棺材里边，还有一个祭食罐，是他亲手放的。他要张家山务必将那个祭食罐带上，等到将来到了李家河以后，再随女尸一起下葬。他说，他姑姑下一辈子的贫贱或者富贵，全在这祭食罐上，因此这件圣物，不可马虎。

张家山叫了声"多事"，于是唤李文化取那祭食罐。祭食罐递上去后，那"大老表"伸出一个锨把，把个李文化吊了上去，然后二人一起用力，吊上来了张家山。

张家山上到地面，伸展了一下长胳膊长腿，心情一阵轻松。见了那"大老表"，委实想给他几拳，奈何这里不是多事的地方，于是一口唾沫强咽了。

接着，三人你一锨我一锨，将那墓坑草草地填了，坟头仍圈成圆状，尔后，这具尸首由李文化背后，肩扛铁锨的"大表哥"在后边扶着，缓缓下山而来。那张家山，怀抱一个祭食罐，跟在后面。

下山的途中，两位姑表轮换地背着。下得山来，却不见了驴车。原来那谷子干妈，看见月亮起了，明晃晃地，于是将那驴车赶进庄稼地里，这时，听见响动，又将车赶了出来。张家山见了，"哼"了一声，算是褒奖。

大家七手八脚，把车上的塑料鞋底扔进庄稼地里，腾出车厢，将个死猪一样的女骨，放进车里。张家山拍拍车厢，示意还有块空位置，刚好谷子干妈能坐。谷子干妈赶快身子一趔，她嫌龌龊，竟自个儿抢过张家山怀里的祭食罐儿，拔脚先走了。

那"大老表"握住张家山的手，嘱咐一声"前程珍重"，就此告辞。

待李文化还了家具，一干人立马启程。李文化依旧牵着毛驴前面行走，张家山怀抱三弦，跟在后边。路途还远，起出女骨，仅仅是完成了第一步，什么时候将这尸首拉到李家河，还给那位亡人李万年，这桩事情，才得了结。

车轮辚辚滚动。走了好远，张家山扭头看时，还见那月光底下。"大老表"站在那里向这边张望。

这件事干得干净利索，张家山不免得意。月光如水，道路空寂，他们正好赶路。至黎明时，行到一个岔路口，一边是他们刚才行走的柏油马路，一边是可以过胶轮大车的石子土路，那李文化，已经领着毛驴车过去了，张家山心中一灵动，要他回头，改走土路，"不怕一万，单怕万一！"他说。

太阳冒红时，估摸着已经走出五十里地了。张家山告诉李文化，要他把脚步放缓，容他小解上一泡。小解完了，又走到车子跟前伸出手拽了拽，提防那麻袋遮盖得不严。

这伸手不要紧，"哄"的一声惊起一群苍蝇，接着恶臭扑面而来。原来那苍蝇，是在行走的途中，一只一只，悄悄地落下的。夜里湿气太重，这苍蝇的翅膀煽不起来，于是只好黑麻麻地爬在麻袋上，尖嘴透过麻袋，吮吸那尸香的味道。而今太阳一乍，翅膀早亮了，适逢张家山的大手一拽，于是"轰"的一声，"嗡嗡"地乱飞起来。飞了一阵，又重新敛落在麻袋上。还有一些苍蝇，觉得那毛驴厚墩墩的屁股，也是一个去处，于是敛落在那上面。

毛驴不受。它有尾巴，本来可以用尾巴打苍蝇，可是，尾巴被车辕夹住了，抬不起来，于是，它抬起后蹄，拼命地蹶了几个蹦子，然后一扬脖子，"咯哇咯哇"地叫起来。

李文化使劲地拽着缰绳，才没叫这毛驴惊了。他原先光顾前面看路，没注意这车上竟装了半车苍蝇，尔个，恶心得弯下腰来，

第十二章 回头约（上）

一阵干吐。那臭味儿，也离他最近，这回，他是真真切切地嗅出来了，腥臭腥臭的。

谷子干妈面对这蜜蜂"朝王"一样的一大堆苍蝇，有她自己的解释。她认为这些苍蝇是神打发来的使者，提醒他们这件掘墓的事做得不对，激怒了哪一路神神。她认为现在最好的办法是往回走，让这架女骨回到它原来的地方。她差点要跪下来磕头，但是让张家山给拦住了。

不管怎么说，谷子干妈的话，说得张家山心里有点发怵。但是开弓没有回头箭，要张家山回头，那是办不到的。他对谷子干妈说，冲犯了哪路神神，由我张家山支应着，要降灾，降到我头上来吧！有《回头约》在此，谁来我和谁论理！

这时道路上，稀稀拉拉地已经有些行人。张家山说，这里久留不得，拔些艾蒿，盖在车上吧，一为避邪，二为杀杀这臭气！又说，李文化你注意着，待前面有了代销店，你停住车，给咱们一人买个口罩，记住，要打发票，回去我报销。

给车上盖了些艾蒿，驴车继续行走。

行到中午，太阳火辣辣的，车上的苍蝇还是那么多，臭气却更加浓烈。张家山叫道："李文化，那'代销店'你还没有瞅见一个？"李文化答："不远不远，前面就该有了！"

张家山搭眼望去，原来前面是个小镇。这条山区土路，正从小镇中间穿过。镇上今天，大约逢集，黑压压的一疙瘩人，仿佛挤热窝似的，挤在路上。那镇靠他们这头，恰好有一个代销店。

驴车停在代销店门口，李文化走了进去。张家山在门外等了半天，不见李文化出来，心中有些暴躁，跺着脚，朝门里喊道："李文化，你狗日的，有咱就买，没有咱就走，你磨蹭什么？"边喊三声，那李文化才挤眉弄眼地出来了。

李文化出来，拽住张家山的衣袖，悄声说道："张干大，你说你经多见广，得是？"得到肯定的回答后，他又说："那你去看看里边的女子去，活活一个貂蝉在世哩！"

张家山一听，有些恼怒，骂道："好你个李文化，心里点事都不搁！你忘了咱们是干啥来了！那口罩，是有还是没有？"

李文化见骂，并不恼，瞟了一眼车后头站着的谷子干妈，又说道："张干大，你是枉活了一世了！那女菩萨，你到底是去看耶不看，活生生的一个年画上走下来的女子哩！你常吹你年轻时候的乍五乍六，我看那都是假的，给嘴过过生日而已。噢，我明白了是有谷子干妈在这里，你不敢胡骚情！"

架不住李文化的一番撺掇，张家山心动了，于是吩咐谷子干妈到车前面来，牵住驴缰，自个儿跟上李文化，一挑帘子，进了代销店。

那女子果然生得漂亮。脸蛋白得像埋在地下的葱和萝卜，像扒了皮的羊肉，一头黑油油的头发，直披到腰眼上，眉毛黑得像焦炭，鼻梁直挺挺的。那眼睛，瞅人一眼，瞅得你浑身都酥了，那脸颊上，时不时地总停着两朵红晕，那小嘴一张一合地，逗引得你直想亲它两口。

张家山一见，眼睛直了，他在心里说："他妈的！这女子不知将来要给谁做婆姨。唉，我张家山这一生，要能跟这女子睡上一回，也算在人世上没枉走一场了。"

张家山、李文化不知道，他们这是进了绥米境内。这一带出美人，一方水土养一方人，四大美人中的貂蝉，就出在这里。当年貂蝉生时，月色朦胧，花三年不开，"闭月羞花"一语，由此得之。

叹息一番后，张家山收住邪念，动口问那"口罩"的事。女子一开口，一口上路话，直噪噪的，她推说，没有。张家山说，这寻常的物什,如何没有?那女子说,山里人谁发神经了,要戴那东西,你要找个牛笼嘴,驴码眼的,好办,要找这口罩,得上城去。

这话有些骂人的意思。张家山听了,心里却觉得无比舒坦。觉得和这女子亲近了许多。他说:"我不和你拌嘴,待我认真地说罢举起眼睛,朝那货架上,一路扫去。

有一个物什,显眼地挂在那里,姑娘的身子一动,撞着它。它不来不来地来回摆动着。那东西,中间一块花格细布,两边两个松紧做的耳子。张家山指着它,问道:"女子,那不是口罩么?你是卖货的,我是买货的,你既然有货,为啥不卖!"

女子见问,看了那物什一眼,脸色微微一红,说道:"那不是口罩!"

张家山有些恼了,说道:"这分明是口罩,你却说不是!你说这不是口罩,这是什么!"

女子脸颊上的两朵红晕更明显了,她说道:"你要买,可以卖给你,但这不是口罩!"

张家山不容分说,要那女子,取出一条来。拿来以后,在李文化嘴上一捂,又把两个带松紧的耳子,往两个耳朵上一挂,叫一声:"严铆扎楔,刚刚合适!"说罢,又叫那女子再拿两条来。

那女子,背过脸去偷偷一笑,又伸手摘下两条来,放在柜台上。

李文化摘下自己嘴上的这东西,放在眼前细细看了一阵,狐疑地说:"张干大,我记得口罩颜色是白的!"

"花的怕啥?花的才耐裸!"张家山将那另外两个揣到腰里,又说道:"这里比不得咱六六镇,李文化,你就将就着使唤吧!"

一桩买卖这就算做成了。动问价格,那女子说道:"一副五角!"张家山说道:"这价格倒还公道!"于是,一边伸手在身上摸钱，一边要让女子开个发票。

李文化摆弄了两下，将那物什带上了，他决定不再摘下来了。臭气确实也熏得他够受的了。这时，眼见得张家山要付钱，而付完钱，就没有理由留在这代销店里了。而他身上的邪气还没有发够。于是，他偷偷地拽了拽张家山的衣服，又将口上的东西向下掀一掀，露出嘴来，凑到张家山耳根，说道：

"张干大，你说你能行！你要真的能行，你敢摸摸这女子的衣服么？"

张家山见说，笑了笑。他停止了点钱，伸出一只粗手来，横过柜台，往那女子的花衣服上，摸了一把。一边摸，一边问道："女子，你穿上这花褂子，咋这么好看！你这花布，是从哪里买的，改日，我给我老婆也买这么一件！"

女子见说，不好意思地拧了一下身子，躲开张家山的手，告诉说，这褂衣不是扯布做的，买的是整件，是她进货时在城里买的！

张家山喏喏两句。他是得逞了，于是转过脸来，冲李文化得意地一笑。

李文化没等他转过头去，又将那东西往下巴上抹了抹，露出嘴来，说道："摸衣服不算数！张干大，你要真有本事，你摸摸这女子的绵手手！"

"这更简单！"张家山慨然应允。

付完钱，还差些硬币，张家山说："好女子，你张开手来，待我数给你看！"说罢，"一五一十、十五二十"地往那女子手里搁硬币，搁一次点到为止，摸一下女子的手。

"张干大，我算服你了！人聪明是天生的！我这一辈子，就是打上灯笼撵，也只够你拾鞋底！"李文化在旁边，情不自禁地感叹道。

再没有理由在这代销店逗留了,一老一小两个大男人,向那俊俏的貂蝉女,长长地一声问候,前脚撵后脚,两人出了大门。临出门时,李文化郑重其事地将自己嘴上那东西正了正,因为那臭气又要开始熏他了。

出了门,见了谷子干妈,张家山将那物什,塞一个给她,另一个,自己动手往嘴上戴。戴的途中,多看了谷子干妈两眼,心想,不比不知道,平日,满以为自己经达到小康标准了,今个儿见了这女子,才知道自己刚刚脱贫,刚止住肚里饥,还处在白菜熬萝卜阶段。

那谷子干妈,却是不知趣,还想耍个矫情。她将那物什,翻来覆去看了一阵,说道:"哈,这不是口罩,这是啥东西!"

张家山恼道:"东西是人叫的,给它取个啥名,它就得叫啥!今个儿,咱就叫它口罩,看谁能看咱两眼半,能把咱尿咬了!"

谷子干妈还要申辩。张家山这时已经给自己戴好,就又伸出手来,不容分说,也给谷子干妈戴了,说道:"少聒噪,赶快赶路,这里人多眼杂,不是久留之地。"说罢,催动李文化,牵着毛驴就走。

谷子干妈哭笑不得,想要卸了,又怕趄了张家山的令,想要戴着,又觉难堪。这时车子已经动了,她只好勾着个头,一手捂嘴,向前撵去。

驴车滚动着。前面,李文化牵着个毛驴,仰着个头走路,嘴上舔了那物什,他感到排场,人没到,那嘴先到了。驴车的一侧,气昂昂地走着个张家山,手插在腰里,迈着八字步,黑盆盆一样的一张脸,煞是严肃,那物什,搭在嘴上以后,有点小,耳子虽然是松紧的,但是拽得左右两个招风大耳,直愣愣地伸展开了,一走一扑扇。

这一拨人实在怪异。于是，满街的买家、卖家、看家，都一齐停了手中的活计，涌上观看。有那懂家，往张家山嘴上一指，高叫一声："月经带！"话音未落，惹得四周一阵大笑。

这一声叫得张家山也有些心里发毛。他现在明白，自己嘴上捂的这是什么了。他想将这取下来，又觉得自己大丈夫一言既出又半途废了，不好！他在心里对自己说："我就叫它口罩，如何！"这样一想，心里也觉安定，于是硬着头皮，依旧昂起个高贵的头颅，不恼不笑，不温不火，匆匆赶路。

荒野小镇，即便是逢集，人数也是不多。可是因为有了这一宗热闹，满街的人都拥到了这里，成了一疙瘩，所以把个张家山他们前面的去路，实实地给堵严了。

更兼那驴车上，苍蝇翻飞，有一股奇异的尸臭。张家山他们，嘴上有那东西捂着，感觉不深，这无名小镇的人们，平日吸惯了甜香空气，一个个嗅觉甚是敏锐，如今突然闻起这味道，甚感蹊跷，于是，一个个边打喷嚏，边伸长脖子，想要探个究竟。

更有那小镇上的交通警察，也耸着鼻子，磨磨蹭蹭地赶来。这荒野小镇，要交通警察做甚？原来，陕北人心气高，好讲个排场，那小镇镇长，到城市里参观过一次以后，见那十字路口，胳膊一曲一折的警察，煞是好看，心想，怪不得咱小镇精神文明老搞不上去，原来是少了这摆设。于是专门挑了个漂亮的小伙子，白袖筒一套，站在街上指挥。一天也难得见一辆机动车，可这小伙也不闲着，他是指挥那些马车、驴车、牛车、人力车。

张家山见路途堵塞，有些着急。又见那警察，像闻见腥味的猫一样，跛子担水，一拐一拐地近了，心中着急之外，又生警觉，心想车上的女骨，一旦被发现了，又得枉生一番口舌，加之这里离吴儿堡太近，这赶集的人中，难免有吴儿堡的人，即便没有，吴儿堡的亲戚肯定是会有的。到时候一场好事,眼看就坏在这上头了。

张家山两只豹眼,往四周一睃,想找条岔路,绕过小镇,可是这里川面窄狭,自古华山一条路,非从这人堆里过不可。张家山皱了皱眉头,有了主意,他先在李文化、谷子干妈耳边聒噪两句,然后,从驴车上摸起三弦琴来,"啪"的一声,把那带子挎在肩上,把那琴身抱在怀里。

人群挡道,驴车不前,斜刺里,走出个人高马大的张家山。

张家山先把着三弦,朝前拱一下腰,算是礼势。礼势毕了,于是胳膊抬起,猛起一声拨动,三弦便"呛呛呛呛"地爆响起来。接着,舌尖翻动,唱的正是那尽人皆知的《太平年》:

> 一九头上才立冬,
> 打马三鞭尉迟恭,
> 甘罗十二为宰相,
> 太平年,
> 辅佐秦王徐茂公,
> 年太平。

> 二九头上冷气生,
> 赵王爷领兵下河东,
> 幽州围定个杨文广,
> 太平年,
> 单骑千里是关公,
> 年太平。

> 三九头上小落霜,

镇守三关杨六郎，

　　大刀元帅是焦赞，

　　太平年，

　　偷人盗马是孟良，

　　年太平。

　　……

　　张家山刚一开唱，人群中有懂得的，便一声喝彩。张家山见了，不免得意。唱到紧火处，张家山一纵身，跳进人群圈子里，一个身子，大筛开了。他的三弦的龙头不时地戳向人群，人群见了，"哗"的一声退去。他的大屁股，不时地往旁边一趔，夯出一块地面。这种做法叫"踢场子"，民间艺人的传统做法，场子踢开，下面便在这场子里作戏了。

　　眼见得这街面上，夯出了一块通道，而张家山的《太平年》，正唱到"九九头上数吴起，吴起十二去征西"一节上。他咽了后半节，朝街那头怔怔地站着的李文化和谷子干妈大喝一声道："此时不走，更待何时？"

　　李文化听了，大梦方醒，用那缰绳，朝驴屁股上狠命地抽了一下，然后牵着驴缰，飞也似地从人流中穿过。那谷子干妈，担心自己被落下了，于是伸出手来，抓住车帮子，让驴车拖着走。

　　离了小镇，又前行二里多地，眼见得后边没人追赶了，这一干人，脚步才徐缓下来。

　　这天夜里，他们歇息在半山腰的一个村庄。说是村庄，其实只有几户人家而已。那女骨发出的臭味太大，行走间，他们在川道里遇过几个大些的村庄，这些村庄都不让他们歇息。好容易打到这里，磨了半天嘴皮，才说动了主人的恻隐之心，歇息下来。

驴乏得膝盖打软，人乏得散了架似的，匆匆吃过晚饭，张家山吩咐谷子干妈和李文化去睡，他照看这女骨，顺便给毛驴添草，休息好了，明日再行。

谷子干妈和李文化睡去了。张家山牵着毛驴，在地上打一阵滚，然后又给毛驴加上草料。这些事完了，他就端一个大盆，倒了滚烫滚烫的一盆水，坐在硷畔上烫脚。直烫得一双跑乏了的脚，发红、发白、发软，这时，从身上摸出个刀子来，开始刮脚上的死肉。"明天还要用它！"张家山瞅着脚说。

刮完脚后，身上一阵舒服，张家山就又泡了一壶酽茶，蹲在硷畔上，嘴里"吱儿吱儿"地品起来。

月亮很白，照着这一处僻静的山野，照着半山腰的一家硷畔。夜气逼着那架驴车上的女骨，臭气仿佛也不如白日那么浓烈了。四周很静，只有秋虫在草间"唧唧"。

闲来无事，张家山将驴车上那个祭食罐取下来，托在手里来看。忘了交代了，当初，谷子干妈抱过一阵以后，嫌麻烦，就把它搁在车上了。谷子干妈多年没有养孩子了，抱功已失。

这瓦罐甚是奇特。它的直径约八寸大小，高约一尺，底下是一个直通通的肚儿，快到顶上时，猛然收缩回来，收缩得有二寸大了，上面再有一个一寸高低的罐口。

它的奇特之处在于那瓦罐的七寸高的地方，开了个小小的四方口子，然后有一架刻着的梯子，从底下一格一格，直通到那四方口子上。

月光很白，张家山眼睛尚好，因此，他很快地发现了罐的这架梯子。他有许多阅历，明白这小小的四方口子，象征着一个崖窑，而那刻着的梯子，是人们避灾荒、躲战乱时上崖窑的天梯。

苦焦的陕北大地，灾荒连连，兵乱连连，一部高原的历史一半是饥饿史,一半是战争史。蚂蚁一样的人类,为了苟活下去,常常在那悬崖的中间,淘一个口小里大的洞穴,里面存放上粮食和饮用水,世事一有风吹草动,就攀了那绳做的天梯,躲进窑崖,然后收起绳索,什么时候外边安宁了,才重新回到自己的家园。

这祭食罐一定十分古老。张家山知识太浅,如果他像叙述者的我一样有学问,他就会知道,这祭食罐的年代是在汉朝,因为它半边是红的,半边是黑的,土陶工艺中,由红陶向黑陶的转换,正是在这个瓦罐上完成的。其实转换的秘密是个极为简得发红的陶坯上,徐徐地饮些水而已。

张家山手托祭食罐,很有一些感慨。他不知道,这样的陪葬物是怎么进入这老女人的墓穴的。当然,它肯定是那"大老表"带来的。这个年轻人,对他已死的姑姑的冥间生活,以及来生转世的生活,用这个罐儿来祝愿。其实祝愿的内容也很简单,无非是希望她蝼蚁一样的生命中,能有一个小小的崖窑而已。

张家山把这祭食罐又放回了车上。

黎明时分,谷子干妈心疼张家山,睡不着觉,起来换张家山休息。张家山回到窑里,刚刚颠了个盹儿,只见谷子干妈风风火火地进来,一把拽出张家山。张家山见谷子干妈脸色煞白,以为是"诈尸"了,出得门来,见那女骨,还好好的被麻袋捆着,并无异样,再一看,只听硷坡底下,人声嘈杂,一辆四轮拖拉机,"突突突突",正从公路上开过去。

那拖拉机的车厢里,满满当当地装满了人,人人情绪激昂,手里拿着农具。那领头的一位,面目狰狞,正是冤家杨禄。

张家山见了,着着实实地吓了一跳,他明白吴儿堡迟早会知道的,但是想不到知道得这么快。他原先还存一丝侥幸,就是那杨禄见了坟墓被盗,佯装不知,挨个肚子疼了事,想不到这杨禄却是个灰汉，硬是不肯饶过。

张家山见那车上的人，并不知道他们在这里借宿，四轮"突突突"地开过去了，心里轻松了些。这时李文化听见拖拉机响，也一手提着裤子，张口问话。张家山赶紧伸手，捂住他的嘴，让他也跍蹴下来。

第十三章　回头约（下）

　　眼见得那辆四轮聒噪着走远了，三人才敢直起腰来。商量一番，觉得这大路是不能走了，那辆四轮，追人不上，肯定会返回来，或者在路口设卡等候。那张家山，朝窑背上看了半天，说道："走小路吧，从山岭上走！"

　　驴车是不能再用了，道路太窄太陡。于是只好弃了驴车，跟主家说好，罢了来取。毛驴却依旧饶不了它，那具女骨，现在得它结结实实地驮在背上了。放好女尸，再用细绳子束好，那牵驴的角色，仍是李文化。那祭食罐，又得谷子干妈来抱了。张家山则把个三弦琴扛在肩上。

　　收拾停当，一拨人从窑背上那条作务庄稼的白色小路上，摇摇晃晃地上山，嘴上的那物什，大家也都没有忘记戴它。

　　太阳冒红时，一行人已汗淋淋地登上山顶，从山顶上照世界，视野甚是宽阔，那远处的天、近处的川，一浪一浪涌来的山头，尽收眼底。光线直射过来,纤毫毕见。

一干人在这山顶停驻了许久,将这难得一见的景致美美地欣赏了一回。如果不是那驴背上的女骨,还在涌涌不退地散发着臭味,从而令他们记起人世间的烦恼,那么,这个美丽的高原早晨,简直不该再对它有一点挑剔了。

山脊上有一条道路恰好与他们要去的方向大致相同,于是,停驻片刻,大家开始行走。这是一条古道,叫秦直道。他们现在是在子午岭的山脊上行走。老百姓把这条古道叫作"天道"。其实没有道路,只是漫漫的荒草和荆棘,那古道已经废弃,已经在无休止的战乱中泯灭。他们现在拨开蒿草前进。

这样走慢多了,但是毕竟一步一步地离那目的地近了一些,因此,大家都精神抖擞,谁也没有怨言,包括那头毛驴,它的碎步也走得很欢。

行走间,突然天色变得昏暗起来,空中也充满了嘈杂声,地上的落叶,不时地被一阵阵风卷起。那驮着女骨的毛驴,预感到某种不祥,停住脚步"咯哇咯哇"地叫起来。

张家山觉得奇怪,刚才天色还好好的,怎么说变就变了。他扬起头来看了看,看这不祥之音起自何方。这一看不要紧,只见那太阳升起的方向,有一团翻卷的乌云黑压压地向这边飞驰。谷子干妈迷信,她的脸色都有些煞白了。

乌云越来越浓,越来越近,滚动着到了他们的头顶。那聒噪声也越来越大,地面上则起了阵阵旋风。张家山定睛一看,笑了起来,说道:"这哪里是云,原来却是乌鸦!这东西,莫非成了精了!"

话音刚落,汹涌的鸦阵已经严严实实地罩住了这三个人,一头驴和一具腐尸。鸦阵上下翻飞着,大声聒噪,"轰"的一声近了，简直伸手可以抓住,"轰"的一声又远了,挽到那一疙瘩里面去。

这一切都来源于那具女骨,它散发的那刺鼻的臭味,现在弥漫在空中。乌鸦们贪婪地吮吸着那气味,流着涎水,想象着那诱人的美餐。

一只乌鸦好生大胆,它翅膀一合,价落在了驴背上,伸出弯曲的嘴巴,隔着麻袋,就是一嘴。张家山眼疾手快,伸手一个横扫,抓住乌鸦,高高扬起,重重摔下,乌鸦在地上蹦跶了两下,不动了。

"这只乌鸦我却认得!"张家山对李文化说,"这正是吴儿堡老人山那棵老杜梨树上歇息着的那些乌鸦,看来,这鸦阵,就是它招来的!"

李文化正要搭话,汹涌的鸦阵,又是一个俯冲。这一次,那毛驴终于承受不了了,它挣脱李文化的手,一个撒欢,向悬崖边上跑去。

就在毛驴就要掉下悬崖的一刻,张家山及时赶到。他抓住驴的尾巴,死命地往回一拖,将驴拖了回来。"李文化,抓牢缰绳!"他说。

张家山现在拨动了三弦琴。三弦,这陕北的乐器,它现在发出刚烈的声音,雄雄壮壮,仿佛有千军万马,湍湍而来。毛驴在这声音中,渐渐地安静了,而那汹涌的鸦阵,也为这响声所震撼。

乌鸦们已经不像最初那么激动了,它们现在不再上下翻飞,不再俯冲袭击,而是平稳地在距他们十丈高低的地方,组成一副扇形的云彩。

"走吧!"张家山说了一句。

一行人现在又开始行走。一切都和刚才一样,只是张家山手中的三弦,得不停地拨拉着,因为琴声一停,那鸦阵就会敛落下来。

鸦阵也平稳地跟在他们头顶飘浮,不快也不慢,不高也不低。那鸦阵,发出"呜哇呜哇"的叫声,好像在愤怒地抗议,又好像在争执,看怎么处置这种局面。

眼见得没有什么危险,一行人也就轻松了一些。有这么一个景致在头上悬着,大家反倒觉得少了许多寂寞。苦只苦了张家山,他的脚步得挪动,手指也不得闲着。

李文化闲着无事,侧耳细听一阵后,突然有了一个发现。他对张家山说,这乌鸦的叫法,和六六镇那边乌鸦有些不同:六六镇的乌鸦,是可着嗓子叫,"哇哇哇哇"的;这里的乌鸦,却是日怪,舌头打卷儿,"呜哇呜哇"得像唱歌一样。

张家山解释道:"这一带的乌鸦,靠近蒙地。蒙人说话,用卷舌音,天长日久,影响到了这乌鸦。六六镇地面,靠近关中,关中人说话,粗喉咙大嗓子的,乌鸦逮了这音,跟上学。所谓一方水土养一方物,就是这道理!"

乌鸦继续在头顶聒噪着,"呜哇呜哇",吞没了张家山的后半截话。

这一夜,他们歇息在子午岭的一个突出的山头上。怕乌鸦又来滋事,他们燃起了一堆篝火。那乌鸦阵聒噪了一天,现在也有些累了,黑压压地,在篝火的四周,敛落下来。

有几只乌鸦,不知趣,往这篝火上飞。李文化伸出手,捉住了乌鸦。这天晚上,他们的吃食,就是这烤乌鸦肉。乌鸦肉有些酸,嚼在嘴里,难以下咽,再加上那具腐尸就在旁边放着,散发着臭味,令人想起了,这乌鸦在此之前,谁知道吃过多少腐尸。于是,免不得胃里一阵翻腾,恶心得要吐。

凑合着,用这乌鸦肉填了填肚子,一行人围着篝火,开始入睡。那女骨,张家山把它从驴背上放下来,搁在了自己跟前。他总觉得,那不少惹事的杨禄,绝不会善罢甘休。

女骨搁在自己跟前,张家山说:"不要见怪,今晚上,你陪我睡上一回!"说罢,头枕三弦,兀自睡去。那谷子干妈,原来想瞅这山野寂寥,和张家山野合上一回,尔个听了这话,恼了,兀自去睡。李文化放了驴缰,让那驴去寻草吃,接着又寻了一抱干柴,徐徐地加火,后来,迷迷糊糊地也仰着睡了。

这天半夜,乌鸦们突然一阵惊天动地地聒噪。张家山从梦中惊醒,抬眼看时,见日光下,那吴儿堡杨禄领着人,已经将他们团团围住。

杨禄手拉铁锨,腾出另一只手,指向张家山,骂道:"跳寡妇墙,扒绝户坟,历来是人间的两大恶事。张家山,你好大的胆子,竟敢扒坟扒到我吴儿堡杨家头上来了。幸亏我杨家还没黑门,还有个天不怕地不怕的我杨禄撑着。老天有眼,让乌鸦给我指路。尔个,人赃俱在,六六镇张家山,你还有什么话好说!"

张家山见了,暗暗叫苦。他仰起身子,伸出手来。杨禄见他手脚动了,以为他要打架,忙喊道:"你不准动,你要动,我打死你!"张家山听了,微微一笑,他的手指,却伸向柴禾。那篝火,加了些干柴以后,呼呼地旺了起来。

听到响动,谷子干妈和李文化也都揉着眼睛,坐了起来。

张家山手拿一根硬柴棒儿,一边拨拉着火,一边考虑着这事。哼唧了半天,他说道:"吴儿堡杨禄,你知道这个张家山么?"

杨禄见说,回道:"张家山,你少拿大话诈我。莫非我还怕你不成!张家山,无非是六六镇上的一个儿老汉,开了个什么民事调解所,四处逞强,说白道黑而已!而今是虎落平原,你那威势,少要些吧!"

张家山说道:"我张家山,是四处逞强,是开了个民事调解所,想吃这一口强饭。可是,我张家山做起事来,从不越外。有理走遍天下,无理寸步难行,杨家小子,我动女骨这事,自有做这事的道理。有一个《回头约》你知道么?"

见提到《回头约》,杨禄有几分怯意,他辩道:"那是我们李杨两家的事,驴槽上伸来个马嘴,你张家山两姓旁人,跑到这里逞什么英雄!"

"大路不平众人铲!你看,这是《回头约》,这《回头约》上白纸黑字,写道:'卖生不卖死,卖身不卖灵',有朝一日李刘氏归阴,吴儿堡杨家须主动将李刘氏女骨送归李家河。杨禄,你也算是个男人,人面前站的人,你好大胆,敢违这契约,你不怕天打五雷轰,你不怕苍天有眼,断了你家香火,你不怕这世人纷纷攘攘的一张嘴,唾沫星子淹死你!"

杨禄见打嘴仗打不过张家山,怕这样理论下去,自己越来越处于被动,又怕跟随他来的族里兄弟们听了起二心,于是,他挽了挽袖子,朝左右喊道:"弟兄们,咱不跟这糟老头子理论,说一千道一万,他敢亵渎咱们吴儿堡老人山,就是欺咱们一族人,就是十恶不赦的罪过。随我上手弟兄们,咱们先打翻了这糟老头子,再抢回女骨!"

话音落了,杨禄身先士卒,挥动铁锨,先抢价过来。

张家山还四平八稳地坐着,一旁却急坏了个谷子干妈。谷子干妈是怕伤着了张家山,不是担心抢走了那女骨。对女骨,因了昨日格儿晚上张家山那句话,她至今还存着妒意。只见谷子干妈一拾身,站了起来,然后扑扑坎坎地向杨禄迎去。

谷子干妈这一手,不啻是飞蛾扑火。只见那杨禄,见谷子干妈是舍了身子,真格来扑,于是腰身一闪躲过,然后抡起铁锨,一锨打在她的屁股蛋子上，打得谷子干妈"哎哟"一声，大屁股坐在了地上。

李文化却拾起身子来迎，他却是为那女骨。李文化从电影上学了些花拳绣腿，这时候，趔开架势，心"嗵嗵"地跳着，嘴里却硬，不歇声地喊道："谁不怕死谁来！"

张家山见了，吆喝一声，说道："李文化，你先歇了你的拳脚，一会儿再使唤吧！"又说："杨禄兄弟，你耽搁了瞌睡，惊动了四邻，与我张家山作对，无非是为这臭烘烘的一堆烂肉吧！你尽管拿去算了，我不与你为难！"说完，长长地叹息了一声。

李文化见说，吃了一惊，叫道："张干大，你是疯了！"

那杨禄，听了这话，也是半信半疑，他停了手脚的动作，在火堆前站定。

张家山清清嗓子，朗声说道："给是给你，不过你也答应我一件事情。人可以欺人，不可以欺天，天上有眼，在那半空里闪着，谁要做了亏心事，他该提防有个报应。这是一把三弦，这是我的嘴，你要真想做了这事，又想封住天下人的口，那么，你先把这三弦，放到火里烧了，你先把我老汉这嘴封了，舌头剜了。要不，我张家山这余生，就只做一件事情。我要抱着三弦，走遍高原，把你杨禄这不仁不义之事，编成曲子，四处传唱，叫你杨禄，叫你的子子孙孙，永世不得安宁！"

张家山这说法，有点黑皮的味道。这也是没有法子的事。他观了阵势，明白自己一个死老汉，再加一个细胳膊细腿的李文化，一个抓不住个鸡的谷子干妈，哪是这帮如狼似虎的后生们的对手。他想，有一张《回头约》在身，心正理直，用语言赫诈上一番，也许有用。

这一手果然有用。好汉怕赖汉，赖汉怕死汉，张家山这一阵排侃,令那杨禄挠起了头皮。这儿老汉,惹怒了他,他真的敢抱着个三弦,满世界地晃悠,四处丧扬他哩!

杨禄说道:"张家山,看来是你在逼我。你说要我做的一件事情,我明白,你是要我当个杀人犯,先把你决灭了!"

"我正是这个意思。你小子要是有种,先把我灭了,然后再取这女骨!"

杨禄一听,沉吟起来。

沉吟半晌,杨禄说道:"张干大,世上事情,要反过来倒过去想,才是周全。你那心要是正,你反过来替我杨禄想想。我那嫂嫂,在刘家河舍了才有几年?虽说有个先来后到,可她大半辈子光阴,是在我吴儿堡度过的,是我杨家的媳妇。再说尔个,为了抢这女骨,我动了户族,雇了四轮,张扬得满世界都知道了,你叫我空手而归,如何向满门上下交代,又如何不惹得世人嘲笑!"

杨禄说完,叹了一声气。

杨禄这话,说得也是实情。张家山听了,半天不语。这样说来,谁也不怪,怪只怪这李刘氏,尔个她是安宁了,可把这个难题,留给了族人。

"你要真逼我,我就只好犯一回王法,把你张干大,先灭了!"杨禄又说。

陕北地面,这一类《回头约》纠纷,世世代代发生。没个道理。谁家强,这女骨就往往由谁家占了,剩下的一家,只好四处去买那些没有主的女儿骨,弥成冥婚。如果两家都是强人,各不相让,那最后倒霉的是这女人本身,两家密谋好,瞒着这女人的娘舅家,一把刀子,中间一分,各埋一半了事。

张家山和杨禄,这一场事情,最后就谈成了这个结果。

将篝火燃旺,将这女骨从麻袋里扒出来,衣服剥了。两家事主用手拃着身子，量好位置，然后，一个张家山，一个杨禄，看谁下手，两人推让了一阵，这一阵推让，延挨了时间，只见那栖息在四周的乌鸦，又是一阵聒噪骚动，接着，伴随着那乌鸦"扑噜噜"地乱飞，从山岭的另一边，上来了一拨人。

这一拨人正是李刘氏的娘家人，那打头的一位，我们却认识，记得，李文化叫他"大老表"，原来，这刘家河的"大老表"，见吴儿堡为追赶女骨，动了户族，心里放心不下，回去一嚷，刘家河也就动了户族，尾随在杨禄之后，跟踪而来。

那李文化正在一边筛糠般地打战，见这乌鸦聒噪过后，上来的是"大老表"，不由得一阵高兴，扬声就喊。

那"大老表"走到火堆跟前，左一拳打倒了杨禄，右一拳打倒了张家山，然后大声喊道："谁敢把我家的女儿五股分尸，让他下世，难再为人！"

张家山行动迟缓，半天爬不起来。那杨禄正当精壮，摔倒在地，一个骨碌就爬起来了。他爬起之后，没有客气，顺手也回了一拳，说道："我们商量我们的事情，与你何干？谁的裤裆破了，露出个你！"

那"大老表"听了，还算有涵养，只据理说道："埋在吴儿堡，埋在李家河，都行，我刘家河都不会说半个"不"字，可是，谁将我这苦命的姑姑，五股分尸，那办不到！"

那杨禄听了，出语更残，说道："不怪天，不怪地，不怪鬼，不怪神，怪来怪去，只怪你那姑姑她自己长了几个×，她都不知道，卖了一次，又卖一次！"

这话说得，连地上畅胸露背的死人，都愣丁地打了个冷战，那"大老表"听了，是可忍，孰不可忍，于是挥手一呼，刘家河的这一拨人，齐刷刷地拿了农具，向吴儿堡这一拨人扑去。

一场械斗这就算开始了。

双方正好势均力敌。满场只剩下了个张家山和他的两个搭档,现在倒成了事外之人。那满地的乌鸦,因了这一场打斗,扑扑乱飞,又大声地聒噪起来。

瞅这空儿,张家山要李文化去牵毛驴。牵来毛驴,将那尸首,横放在毛驴上。月光下,那女尸少了遮盖,白花花的身子横枕驴背。走得匆忙,大家也就顾不得那么多了。

张家山叮咛谷子干妈,不要忘了那祭食罐,他自己,也很认真地把三弦琴扛在了肩上。

毛驴迈着碎步,离开了这道山岭。张家山腾出一只手,扶着那驴背上的女骨。走远了,听见背后杨禄还在喊着:"这事不会善罢甘休的。你们等着,我还会撵来的!"

离了那是非之地,走不多久,就见东方动了。先是鱼肚白,接着是玫瑰红,接着是打着红胭脂的羞羞答答的一轮秋太阳。

这一天走了许多的路,按路程计算,距离那六六镇李家河,该闪过半了吧。那鸦阵也没有继续追赶。是不是乌鸦也有自己的区划、领地,因为这时候他们遇到的乌鸦,已经不会唱那高音花腔了,只是愣兮兮的"哇哇"地叫着。

张家山心想,这鸦阵没有追来,大约还有第二种可能:那山岭上的一场械斗,说不定给乌鸦留下了食物。如果有食物,那自然比驴背上的这位,新鲜多了,乌鸦们失去对这位的兴趣,就是可以理解的了。

那吴儿堡杨禄的那句话,还令张家山担心,所以他们这天的行走,还是格外的小心。好在这子午岭上,除了那条主要的山脊之外,还有许多岔出的分支,因此,他们在挑选道路时,故意避开了正路。

白花花的女尸，散发着臭味。原来，它用麻袋裹着，大家只把它当作一副女骨，现在，它袒胸露背地横亘在驴背上，而张家山的手，时不时地还要去扶她一下。

山路寂寥，忽然，那李文化开言道："张干大，你说这世事，就是日怪！"

张家山正瞪着女尸那胸部瞅着，见李文化说话，吓了一跳。

李文化说："张干大，你看见这尸首上，交裆里那窄窄一绺没有了？那是生我之门，一想到我就是从那里出来的，我就觉得这一切真怪！"

"我也觉得有些怪！"张家山眼睛离了胸脯，朝那尸首的下身望去。望了一眼，羞红了脸，又赶快让眼睛离开。

"我妈不知道咱们在说她吧？"李文化又问一句。

"她不知道！"张家山答道，"人一死，魂影就离开她了。人在世上，魂才是真的，这一身臭皮囊，说穿了，只是她的累赘！"

两个人正在胡说八道，一旁恼了个谷子干妈。谷子干妈说道："你们两个大男人，真没意思！"又对李文化说："李文化，你真是实憨憨，世人没错说你，你跟上张家山那老不正经地，曰曰啥哩！你妈要是能动弹，非伸出手来，撕破你的嘴不可！"

谷子干妈说罢，脱下自己的衫子，给驴身上的这个女人盖上。

两人见谷子干妈真恼了，不再有话。

哪里天黑哪里歇。这一夜，他们在一片林莽中，睡了个好觉。只是睡得太死了，在他们睡觉的时候，那头毛驴不见了。李文化说，半夜的时候，他迷迷糊糊地听见过狼叫。

"狼咋不把你吃了！"见李文化这样说，张家山有些恼怒。行人，在这个山头上，搜寻了很久，哪有驴的影子。"李文化，这是你妈，下来的这一段路程，看来得你背着走了！"张家山说。

第二天的行程，没了毛驴，便只好由李文化背了。李文化一边背，一边发牢骚，埋怨背上的他妈。他说当年往那吴儿堡走时，何等热闹，何等风光，四抬大轿抬着，八杆唢呐吹着，好一个香包一样的人儿，今个儿的回程的路，何等凄凉，早知这今日，又何必当初。

死尸比活人要重，这不知道是啥道理。就像一壶开水轻些，一壶不开的水重些，熟了的西瓜轻些，不熟的西瓜重些一样。这一天，整苦了李文化，他说自从从娘肚子出来，长这么大，还头一回干这么重的体力活呢。

尽管李文化受了累，可是这一天并没能赶出多少路。这一天日近黄昏，当他们安营扎寨，开始休息时，回首来路，还能看见昨日格儿晚上歇息的那个山头。

这一天最重要的收获，是遇到了一位拦羊汉，从而三个人张嘴，吃净了拦羊汉褡裢里的炒面。吃罢炒面，又美美地喝了一肚子泉水，一个个弄得个肚儿圆。

那李文化这一天累了身子，张家山身子不累，却累了脑子。"这样背着牛年马月，才能到李家河？"他想。他用一整天的时间，在决断一件事情。临近黄昏，脚步停了以后，他的决断也就定了。

月亮升了，篝火生起，安顿停当之后，张家山拍拍手把两个搭档叫到跟前，他说有一件重要的事情，要和二位商议。这事情就是要剐去这死尸身上的臭肉，光留下一副骨头架子。

见李文化诧异，张家山说道："那《回头约》是咋说的？《回头约》上说，"卖生不卖死，卖身不卖骨"，这话是说，活时候是吴儿堡的，人死了便成了咱李家河的，这身子是吴儿堡的，这魂灵才是李家河的。这个身子，一副臭皮囊，早早地摔了，也让咱们轻松些，咱们动的是女骨呀！"

李文化听了，心中有些不悦，觉得这个有鼻子有眼的他妈，转眼间变成了一堆骨头，心里有些下不去。又一想不这样处置，这明天死尸还得他背，于是一咬牙，点了点头。点头之余，又补一句："我害怕，要剐，得你剐！"

谷子干妈觉得生刀子割肉，有些寒碜；又觉得不这样做，怕累了张家山，让她心疼。正在两难，见李文化点头，也就跟上点点头。

商议定了，张家山便从腰间摸出一把刀子来。这刀子我们原来见过。这是一把藏刀，当年张家山当大队支书时，插队的北京知青送给他的，多年来舍不得用，想不到今天派了这个用场。

张家山取下刀套，先用刀子割了一根荆条，再用荆条挽一只活套儿，趋向前来，用这活套儿套住女尸的脖子，又一使力，将女尸提起来，腰间再一使巧力扛起，一眨眼的工夫，这具女尸便挂在松树上了。

"你们害怕，把眼睛闭上！"张家山说。

这里大约是子午岭最深处人迹罕至之地，月亮白刷刷地照耀着，山风吹得远近的山林发出低沉的啸声。那李文化没有说错，这地方确实有狼，一只狼，或者是一群狼，在不远的地方，学婴儿哭，"呜呜呜呜"地哭得人脊梁骨后边发冷。张家山感到，这一团篝火的四周，仿佛有无数的眼睛，在闪闪烁烁；有无数片嘴唇，在絮絮叨叨。

"我做的这是什么事情！"张家山摇摇头。

一时三刻，那肉与骨头已经分家。肉块已被剔除，那骨头，则一件一件，在篝火旁边，整整齐齐地排列着。

月光如银。月光映照着张家山手中的那把刀，刀面一闪一闪。没经过世事的李文化，简直被这一幕惊呆了。

那谷子干妈,始终不敢转过头来。等她听见响动,转过头来时,这事已毕。张家山满头的"米汤",往下滚着,他正脱下自己的裤子来,和李文化一起,将那骨头往裤管里装。一边装一边和李文化数着件数。装完骨头,将那龇牙咧嘴的一个骷髅,最后放上。然后,裤管底下,腰身上面,用荆条滕扎牢。

谷子干妈在一旁调侃道:"张家山,你这一身本事,算是屈了,倘年轻上几岁,杀个人,抢个银行,肯定是把好手!"

张家山见说,话头也不让她。他将一个精亮亮的、钥匙圈一样的东西,在手中撂了两撂,说道:"人的本事,是逼出来的!谁有多大的本事,他自个儿真不知道。你说我这辈子,屈了,你看这女人,屈不屈,没了这玩意,我张家山,又该多有几个对头呢!"

说罢,将手中那东西一扔,扔到谷子干妈眼前来。

谷子干妈伸手接住。展手一看,却是个环儿,这东西分明是刚才从那女尸身上摘下的。谷子干妈红了脸,叫声"晦气",将那东西一扔手,扔到山下边去了。

第二天早晨,登程上路。开始行走时,习惯使然,大家仍将在无名小镇买的那物什,捂在嘴上。行了一程以后,大家感到,好像少了一件什么东西,这气氛一点也不紧张了。想了半天,发觉空气中那股味道没有了。既然没了那味道,嘴上这东西就是多余的了。继而,大家将那东西从嘴上扯下来,扔到了山涧下面。扔掉以后,一人来了三个深呼吸。

六六镇李家河在望,大家心情也好,于是就脚下生风,一路快行。张家山这次表现最好,将个三弦琴让李文化扛了,自己则把那女骨扛在肩上。他的大裆裤,两边各有的那裤腿,恰好搭在张家山脖子两侧。张家山伸出两只手,抓住裤腿,一路谈笑。谷子干妈依旧抱着那个祭食罐,她说抱得时间长了,她简直都对它有感情了。

发现吴儿堡杨禄追踪,是在午后的事。

谷子干妈要小解,落后两步,闪身进了草丛。张家山见了,喊了李文化一声,二人停住脚步,站在一个高处等她。人生难买回头望,这话不假,两人站在高处,四下张望,正在欣赏风景,李文化眼尖,突然看见远处的一个山头上,人影绰绰。李文化指那人影给张家山看,说那肩扛铁锹的那位,好像是吴儿堡杨禄。

张家山有些老眼昏花。他那眼,叫迎风落泪眼。见说,张家山手搭凉棚,望了一阵,不敢断定。这时谷子干妈小解出来了,张家山让谷子干妈看,谷子干妈一瞧,说:"是了,正是冤家对头!"

张家山叫众人赶快离了那高处。可是这话已经说迟,那杨禄,也看见了对面山上的这几个人,于是隔着一架山,呐喊起来。

功亏一篑。那六六镇,眼看就要到了,想不到自家门口,会失前蹄。谷子干妈和李文化面面相觑,都有一些怯意,拿眼睛看着张家山,看他有何决断。

张家山说:"隔着一架山,看起不算远,但真追起来,也不容易。咱们又不是不长腿,他跑,咱们也跑,到了六六镇,就是咱们的天下了!"

这话说得却也在理。两人听了,说道:"爹妈也给咱们生了两条腿,快跑吧!"话音落了,三个人一溜烟地向前跑去。

理是这样讲,可是三个人,一个老汉,一个婆姨,一个身单力薄的后生,哪比得上那如狼似虎的杨禄一群。日近黄昏,那六六镇虽已举目可望,可杨禄一群,却是越来越近了。

谷子干妈经这一阵子折腾,双脚再也挪动不得。山顶上有一块青石,谷子干妈的大屁股往青石上一坐,喘息着说:"要杀要剐,全由那杨禄了。要我跑,我是打死也不跑了!"

张家山见了,返身站定,情急之中,他突然明白这事该怎办了。

他叫那李文化,赶快从树丛中拣些枯枝,越多越好。又叫谷子干妈把那地上的蒿草软柴,伸出十指,多多搂来。

柴禾聚好了,张家山一根火柴,点燃起篝火,待火旺了,就将肩上的女骨打开,一件一件,架在火堆上。

人骨是油做的,一经点燃,便"噼噼啪啪",猛烈地燃烧起来。暮色四合,山风骤起,那火苗借了风力,更是旺盛。一时三刻,眼见得白花花的一具女骨,便化成灰烬了。

地域辽阔,风又是向前吹的,虽有焦味,张家山估摸,那正在半山腰往上爬的杨禄,未必能嗅得到。

又过了一个时辰,杨禄一群才匆匆赶到。只见一棵大松树下,燃着篝火,张家山眯乎着眼睛,靠在谷子干妈膝盖上,正在丢盹,那李文化,盘腿坐在篝火边,嘴里嘟囔着,正徐徐地往篝火上添柴。

一行人如临大敌一样,仍将这火堆围了,然后杨禄扯开嗓子,一声呐喊。

听到喊声,张家山睁开眼睛,徐徐坐起,惊讶道:"我当这后面追赶的是些歹人,没想到竟是杨禄兄弟。早知如此,我就免了那一场跑动了。唉,人老力衰,比不得当年了!"

杨禄见了,伸开手臂,止住张家山继续絮叨。他吼道:"张家山,我道你长了副飞毛腿,想不到你蹦跶了半天,也没能出了我杨禄的湾湾。闲言少叙,我且问你,那女骨哪里去了?"

见提到女骨,张家山答道:"谁叫你不早来,尔个,它早进了狼的肚子了。昨日格儿晚上,一群饿狼把我们围了,口口声声地要吃一个人。吃谁哩?李文化年轻,还没活人哩;谷子干妈是个女的,妇女儿童有法律保护。想来想去,该吃的这人是我。可要吃我,你谷子干妈又不答应。转来转去,举手表决,就把女骨给狼吃了!"

"你少耍贫嘴!"杨禄说道。

"真的叫狼吃了!你要不信,你草窝里、石头缝细找。你要能找出女骨,我张家山吃你屙下的!"张家山怒冲冲地说。

谷子干妈和李文化这时候也一齐聒噪,附和张家山的话。

杨禄听了,还是半信半疑。他领着的那些吴儿堡兄弟,在这岭上翻腾了好大一阵时辰,最后失望了。

"我没得到,你也没得到,这么说,咱们扯平了!"临走时,杨禄说。

杨禄一走,一行人便围着篝火,延挨到第二天早上。第二天早晨,太阳冒红时分,张家山捧起那祭食罐儿,将这骨灰,用手掬着,一罐装了。又将他那大裆裤依旧穿上,然后吩咐谷子干妈抱了罐儿,他仍扛起三弦琴,开始上路。

张家山说:"算起来,这是第七日了。第一个晚上:掘墓。第二个晚上,歇在那硷畔上。第三个晚上,子午岭上,杨刘两家,械斗了一场。第四个晚上,跑了那头该死的驴子。第五个晚上,剐了女尸。这第六个晚上,又化了一罐骨灰。这第七个晚上,这女骨就该见它的前夫了,这《回头约》的事情,就该算得上是圆满了。"

他的两个搭档听了,一阵轻松,一阵欢喜。

张家山又说:"上一个'七',下一个'七',叫'鬼七'。恰好是一个祭祀的日子。"

三人一路欢歌,下得山来。走到途中,见那阳坡坡上,长着一种花儿,青枝绿叶,甚是可爱。这花叫山丹丹,三人中,只有谷子干妈认得它。她说这花儿,麦熟季节,头顶会有一根茎儿,擎起火红火红的一朵五星来,甚是美艳。将它挖了拿回家里,栽在个罐头瓶里,来年就会开花。

李文化这时也心情舒畅，兴致颇高，为讨谷子干妈高兴，于是便攀到崖上，用手指去剜。这花儿上面不大，底下却系了个蒜头那样的大疙瘩。李文化好一阵周折，才将这山丹丹连根挖出。

花儿挖出来以后，谷子干妈伸手接了，又顺手将它插进祭食罐里。

张家山见了，笑这是村姑的把戏，有些不以为然，兀自抱着三弦琴，前面走了。

俗话说："谋事在人，成事在天"。张家山怎么也料不到，谷子干妈这个纯属偶然的举动，却使他们这次举动不至功亏一篑。是的，冥冥之中，这世界，似乎总有个定数，有个天意的东西，摆布万物。

过了山口，便是直奔六六镇的通衢大道了。张家山抬脚正走着，突然一左一右的庄稼地里，蹦出一伙人来，这些人来得突然，倒叫张家山吃了一惊，定睛看时，还是杨禄一伙。

杨禄一伙，挨着把三个人，齐齐搜寻了一遍，这才信了。挥手让他们走路。三人抬脚刚走，杨禄又见谷子干妈怀里那只罐儿，死活也不顺眼。过来一看，见是罐土，土里栽着一朵花。

"你倒好兴致！"杨禄说完，又调戏一句，"你自个儿就是一朵花，你还采它干什么？"

谷子干妈见了，咧开大嘴要骂。亏得个李文化，过来劝说了两句，谷子干妈这才罢休。

一行人下了山口，过了六六镇，又马不停蹄，直奔李家河。到了李家河，见了长胡子族长，盛满骨灰的祭食罐，往炕桌上一摆，李文化一番大侃，再将取女骨的事情，有的说上，没的捏上，唾星四溅地说出，登时惊得族长目瞪口呆，接着，消息传出，又叫那李文化未出五服的族人们，羞得无地自容。张家山、李文化、谷子干妈三位，登时成了大英雄。

事不宜迟，这日就是"鬼七"，葬埋女骨之事，就在当晚进行。

少不得请了阴阳先生，来护持这一次葬埋，少不得请了吹手，将这事鼓噪张扬。本来李家河村老幼都已知晓这事，族长还是按照族规，手提铜锣，从南头到北头，从东头到西头，走了一遍敲了一遍，令那李文化未出五服的族人，天傍黑时，齐聚在那亡人李万年的坟前，将这一场事情过得圆圆满满。

这天夜里，李文化他大李万年的坟前，灯笼火把，人声噪噪，一切都按殷数进行。孝子贤孙们穿着孝衣，白刷刷地跪了一地，恸哭之声不绝于耳。那唢呐手凄厉地吹起唢呐，雄壮高亢凄厉的唢呐声惊天动地。

族长从张家山的手中接过《回头约》，抑扬顿挫、咬文嚼字、摇头晃脑地诵读一遍。这不仅仅是李文化个人的事情，这是一族人的荣光。陕北高原上，自这件事情以后，谁敢小觑李家河李。

诵读完毕，接着是那阴阳先生做法。本该这是骨灰撒到坟头上就行了，可是规矩不可破坏，阴阳先生手挥蝇刷，指天指地，指左指右，指前指后，装模作样地一阵做法后，停了手中动作，口中念念有词，开始念动那背得滚瓜烂熟的《破土文》：

"一破东方甲乙木，个个儿孙有官禄。二破南方丙丁火，个个儿孙如花朵。三破南方庚辛金，金丝银碗养人亲。四破北方壬癸水，子孙享寿如彭祖。五破中央戊己土，个个儿孙有富贵。八大金刚将那揭地神普庵亲到此，魍魉化微尘，急急如律令……"

阴阳正念叨着，人群中一阵骚动。李文化正头顶个祭食罐，在坟前跪着，听见骚动，搭眼一看，只见斜刺里冲出一拨人来，打头的手挥铁锹的那位，不是别人，正是吴儿堡杨禄。

原来，杨禄领了一干人重返吴儿堡，走到路途，想起那个祭食罐儿，眼前突然一亮，遂明白了这事的原委。领着人群，复又奔李家河，未进村子，瞧见那村外山坡上灯火通明，人声嘈杂，唢呐声不绝于耳，骂一声："上当了！"就直奔这李万年坟上而来。

这杨禄为人悍勇，一把铁锨，左右挥动着，如入无人之境。这满地跪倒的孝子，伸手要挡，那里拦挡得住，眼见得杨禄，三跳两扑腾，进到坟跟前了，然后伸出手来，就要取那个祭食罐儿。

只见李文化，款款地站起来，嘴里叫道："吴儿堡的杨禄，你让张干大给耍了！"复又说道："大大妈妈，一场《回头约》事情，到此总算圆满，孩儿无能，是那六六镇张干大，路见不平，拔刀相助，才使你二人得以团圆。你们要念，就念张干大的好处吧！"

说罢，将那祭食罐儿，高高起，猛地往坟前那供桌上叩。只听"呼"的一声，那祭食罐儿登时摔成碎片，罐中骨灰"轰"的一声，四散开来，罩了坟头。

"久别胜新婚。两位亡人，你们今个儿晚上，该是一场好事！"张家山在一旁，长舒一口气道。

第十四章　狗头峁奇案

狗头峁一案，是张家山经手的最后一桩事情。这件事完了以后，他就离了六六镇，带上谷子干妈，回到了张家畔，等死去了。这一案较之他原先处理的所有事情，都更为蹊跷，蹊跷之外，用六六镇的土话说，还有些日脏。因此，叙述者迟迟不能决定，要不要将这个案子，介绍给志趣高雅的读者。后来他明白了，他没有理由隐瞒，在这个半为蛮荒、半存古老的高原上，一切发生的都是应该发生的，那发生在罪犯任之初身上的事情，它是那么强烈地表现了人类生存状态的无奈与尴尬，可悲又可怜，它让我们看到了人类曾经猥琐到怎样的地步。不说了，开始我们的故事吧。

忽然有一日，六六镇的大街小巷，旮旮旯旯，凡是光堂一点的墙壁上，都贴上了一张白纸告示。张家山民事调解所门口，自然也不例外。

张家山要那李文化到门外去看一看，看贴的是啥。那面墙壁，平日乌七八糟的，常有一些告示贴出，因此张家山也没有在意。

李文化来到门外，浏览一遍后，先发一声感慨："好事都出在张家畔了！"然后清清嗓子，念道：

告 示

定于一九九×年×月日上午九时，在六六镇中学操场，召开公捕公判大会。公判六六镇张家畔村村民任之初奸杀人一案。特告。

××县人民法院
一九九×年×月×日

张家山听罢，吃了一惊。谷子干妈见是张家畔的事情，便问张家山，可认识这任之初。张家山说，人老几辈都认识。又说，这娃娃平日是个乖娃，出言木讷，见了女人，头都不敢抬，如何能干出这桩儿事，这真是红萝卜调辣子，吃出没看出。

张家山叹息了一阵，不见李文化回来。问李文化在外边干什么，李文化说，这告示上的字不错，他正琢磨着这上面的书法。张家山说，算时间，公判会是在明日，他要李文化记着，明日，提醒他一声，也去看看热闹。

当夜无话。第二日早晨，吃罢早饭，谷子干妈收拾齐整了，三人一人手里一个小凳，向中学操场走来。来到操场一看，见人山人海，四邻八乡的农民，吵吵闹闹，早把个中学操场，装得满满的。

原来这白纸告示一贴，轰动了六六镇辖下的各个村庄。山里人一年半载，遇不上一场热闹，今个儿这热闹就在门口，岂能错过，权当是看一场大戏而已。

三人找了个位置。坐定以后,向台上看去,只见操场上那个土台,装扮一新,横幅"公判大会"字样,悬挂在顶端。横幅下面,一溜桌子,桌子跟前,一个挨一个,坐满了人。有穿检察院服装的,有穿法院服装的,有穿公安服装的。县上来了位主管政法的副县长,威赫赫地坐在中间。副镇长也坐在那里,马家砭杨树案,张家山跟他遇过,镇长升迁,他尒个成了镇长了。大约第一次遇着这场合,他有些怯场。

警车鸣着警笛,从公路上开过来了。场上所有的人"嘘"的一声,都弯转脖子去看。

警车前面,有两辆公安摩托,首先驶入。警车后边,是两辆大卡车。前一辆车上,五花大绑着一个后生,头剃得光溜溜的,一左一右被两个荷枪实弹的公安押着。后一辆车上,同样是五花大绑,有十来个光头后生。

前面车上,享受特殊待遇的,想必是任之初了;后边车上,没名没姓的这些人,却不知是谁。

众人纷纷议论。李文化眼尖,一眼就认出了,他说:"咦,张干大,你看,那个是贺家沟的贺老五,就是贺红梅她大;那个是周家硷的周宝元;还有那个,好像是田庄的田本宽。咱这些冤家们,咋都凑热闹,一个一个,跑到车上去了?"

张家山睁大眼睛,瞅了瞅,也认出是他们,他答道:"你当他们愿意去。这叫陪绑。他们不知犯了啥王法?"

说话间,车停了,扑腾扑腾,犯人们一个一个,从车厢里跳了下来。

主角任之初,软在车上,自己下不来。一个公安,朝他屁股上踢了一脚,将他踢到车沿上;另一个,跳下车,拽领口,把任之初拖下车来。

任之初一个马趴,跌在地上,然后摇摇晃晃地站起来,立定。

一刻工夫,这些犯人们面对观众,成一个散兵线,站成一排。每个犯人的背后,都站着一个公安。犯人们有的勾着个头,眼睛瞅着地皮;有的嬉皮笑脸,眼睛瞅着个天;有的打着立正,眼睛瞅着前方。公安干警,将那勾着头的,抬抬他的下巴;将那望着天的,拍拍他的脑门;将那规范的,褒奖两句,这样,这一溜犯人,立即整齐划一,站得蛮像那么一回事了。

任之初是个例外,他的背后,始终由一名公安,牵着绳索。那公安还伸出一只手,支撑在他的腰间,防止跌倒。

在一片嘈杂声中,法院院长严肃地咳嗽了一声,宣布公判大会开始,接着又说:"首先公判的,是任之初强奸杀人案。"

听见说到自己的名字,任之初扬起头来听着。身后的公安,将他往前推了一把,让他出列。

"现在请公判人宣布强奸杀人犯任之初罪行!"院长说。

一个着检察院服装的人开始宣读:

"罪犯任之初,原××县六六镇张家畔村人。一九九×年×月×日上午十时,该犯在前往六六镇途中,行至狗头崂时,路遇邻村女青年王×,遂生歹意,强奸不成,遂将王掀下悬崖,致其当场颈椎骨折断而死。以上事实,证据确凿,任犯亦供认不讳!"

宣读中,台下议论纷纷。

"就这么个不起眼的小人儿,咥下这么一个冷活!"

"小?你没听人说,'人小心不小,尿硬扳不倒'!"

院长抬了抬手,止住了台下的议论,然后宣读宣判书:

"宣判书。根据中华人民共和国刑事诉讼法第××条××款、××款之规定,并报省高级人民法院批准,判处强奸杀人犯任之初死刑。该犯若有不服,可在十日内,向最高人民法院提出上诉。

××县人民法院。一九九×年×月×日。"

"冤枉呀冤枉！冤枉呀冤枉！"任之初听完，大声叫着，跺着脚。

几个干警不容分说，拉起任之初就走。

任之初耍赖，拖着不走，扬起嗓子，杀猪一般叫着。干警使力气拖着他走。

满场的人，站着的，伸长脖子；坐着的，都站了起来，看这一幕情景。张家山自然也站起了。张家山的身量高。那任之初临要上车，往人群中一看，一眼瞅见了张家山，于是喊道：

"张干大救我！张干大救我！我是冤枉的呀！我任之初，平日连个鸡都不敢杀，我咋敢杀人哩！"

没容任之初再啰唆，干警们将任之初，押上车去，摩托、警车开道押任之初的那辆大卡车，开走了。

张家山面无表情地看着车开远。

嗣后，便是处理周宝元等人的事情。原来，这是一桩聚众赌博案，上级有一个政策，叫"严打"，于是公安上，绳绳一抖，便把这些平日不务正业的赌博汉们抓了起来。果然只是陪绑。法院院长宣布，每人罚款五十元，当场释放，宣布完了，干警们解开绳索，这些人灰溜溜地钻入了人群之中。

最后是人民政府李副县长讲话。

但是自从任之初被押走后，接下来这些内容，张家山的脑子里懵懵懂懂的，一点也进不到心里，眼睛虽然还在瞅着，却散了光。他是记着任之初的事。任之初临上车时，那一阵嚎叫，总在他心头回旋。

回到调解所里，张家山茶不思饭不进，一个劲唉声叹气。谷子干妈说："你这是咋了？看了一场热闹，看得中了邪了！"

第十四章 狗头峁奇案

张家山说:"邪倒没中,我是想任之初的事。一个就要死的人,他给你托付这些话,真叫人心里不安!"

谷子干妈宽解道:"遇到这个茬口,谁都要喊两声冤枉的!他是随便喊的,你倒当了真了。你没听那个大盖帽说,任之初,自个儿也供认了吗?"

"这事总有些蹊跷。任之初这娃,我看着长大的,做这号伤天害理犯王法的事,我看他不敢!"

"我说你,犯不着为这事熬愁了。十天后枪一响,世界上就没这个人了!"

"不想不由人。我们张家畔的人,知根知底的,家里是穷点,问不起媳妇,可是不至于做这号事……"

"你别说了,一想到那是个杀人犯,我这心里就犯嘀咕!"

两人正在屋里,言语过往,"当当当当",有人敲门。谷子干妈搭声说:"门没有关,你自个儿进来吧!"话音刚落,门开处,进来一个干警。

干警进门,先问谁是张家山同志。听了这话,倒把张家山吓了一跳,心想自个儿前些天也在土台上赌博来着,莫不是为了这事抓他。干警坐定,拉话,却原来也是为这任之初的事情。张家山听了,心里方始安定。

干警说,押在死牢里的任之初,临死之前,提出要求,要见张家山一面。他们商量了,决定满足任之初的要求,因此他请张家山,务必走一次县城,见见任之初。

没容张家山开口,谷子干妈阻挡道:"张家山和那任之初,非亲非故,他要见他做什么?我只听说,过去衙门里斩人,犯人临死之前,可以见见自己的父母,没有听说,犯人想见谁,你们就让见。"

干警回答说:"尔个这规程,也是这样。只是这任之初,并不想见自己的父母,一个劲地只说张家山这个名字。这娃也可怜,念他是必死的人了,所以也就破这一回例!"

张家山听到这里,摆摆手说:"你们都不要说了,我去就是。我倒要看看,这娃有什么话要安顿。谷子,你给我把那件干净衣服拿来,上县里穿。任之初他大他妈都免了,独要见我,这分明是抬举我么!"

张家山这最后一句,把谷子干妈给逗笑了,干警也按捺不住,咧了咧嘴。收拾齐整,张家山坐在摩托后边上路。谷子干妈以手倚门,不放心地叮咛:"遇事不要逞能!"

张家山坐了摩托,来到县城。监狱的会面室里,见到任之初。那任之初,苍白着脸,说道:"张干大,你给我做主。杀人偿命,欠债还钱,这道理我懂。可我真的没有杀人!"

张家山说:"公诉书上明明说,你供认不讳。啥叫供认不讳,这不是说,你承认自己杀了人么!你咋尔个又变卦了。这号事,是能信口胡说的么?"

"我真的没有杀人,张干大!那是他们日弄我,说只要我这么说,就没事了,放我回家!"

"我不信!你又不是个三岁孩子,咋这么好哄!"

"我真的没有杀人呀,张干大!人人都说你神通广大,你老查一查,访一访,看我是不是杀人来!"

"要我查访干什么?到底是咋回事,公安同志也在这儿,你给他们说清,不就行了!"

"我不好意思给他们说,我怕羞!"

"那你给我说吧!"

"你这娃娃,真没出息,刀都架到脖子把上了,还'怕羞,怕差'的,说这些淡话!"

这时,李公安看了看表说:"时间到了!"干警一拎衣领,任之初站起来:"张干大,你要把我这事,当个事哩。我上诉了,只有十天期限。你要不管这事,我就是到了阴曹地府,也要骂你哩!"

"我管!"张家山往地下吐了口唾沫,说。

张家山揽下这事后,犯了愁。平日他这调解所,处理的都是些偷鸡摸狗之类的民事纠纷,像这种上了大堂、判了死罪的案子,还是第一回遇到。想来想去,老虎吃天,没处下爪,还得低下头来,陪个笑脸,找公安局,看这案子是谁审的,这里头的渠渠湾湾,到底是咋回事。

三查两访,访到李公安身上。这李公安就是张家山探监时,坐在旁边的那位。查访踏实了,于是张家山来到李公安的办公室,央告道:

"到底是咋回事哩,李公安?我本来不该问,可这人命关天的事情,你就给我个面子,把你们的侦破结果,告诉我吧!"

李公安说,任之初一案,已经定论,劝张家山不要再费这心思了,又说公安上有纪律,侦破中的一些事情,不能随便说的。

张家山听了,赖在办公室,只是不走,嘴里说道:"纪律归纪律,李公安,你就做上一回难,给我说说吧。不是你们挑起来的头,让我去见那任之初,我也不会惹上这韶叨的!"

李公安见了,知道遇上难缠的,这类案子,几乎年年发生,通常是发生在那些农村的未婚男青年身上。那是一个早晨⋯⋯

那天早晨,父亲给了任之初一些钱,让他上六六镇,买趟化肥。吃罢早饭,任之初吆了家里的那头毛驴,就上路了。行到一个叫狗头崄的地方,左右都是大山,道路在这崄底下,拐了个弯弯。

任之初吆着驴，在前面行走，突然听到背后，有歌唱的声音，返回头一看，见是邻村的姑娘王水仙。水仙姑娘穿着一身红，煞是扎眼。任之初一看，起了歹意，站在那里，不动了，等着。

水仙姑娘已经有了婆家，那天是和对象约好，上六六镇来扯衣服，对象在六六镇的商店门口等她。转过这狗头峁，水仙突然看见，前面湾子里，路中间，站了一个人，她吓了一跳。细一看，是张家畔的任之初，于是喊道："任之初，你狗日的，想咋？"

任之初并不搭话，嘿嘿笑着，向姑娘走来。姑娘见了，车转身，赶快往回跑。就这样一个跑着，一个撵着，在悬崖边上，任之初撵上了水仙姑娘。

任之初抱住水仙姑娘，欲行不轨。水仙大声地喊道："救命呀，救命呀！"两人厮打起来。

这时候，从任之初和水仙来的那个方向，传来了拖拉机的轰鸣声。任之初一听，急了，一把把水仙姑娘推下了悬崖，然后赶着驴，飞也似的跑了。

李公安叙述完了案子，说道："任之初案，还有什么不清楚的吗？案发一刻钟后，山路上，过来个开四轮拖拉机的，他首先看见了崖下的死尸，接着又看到了任之初赶着毛驴，飞快地逃离现场的情景，就赶来报了案。"

"那个开四轮的是谁？"张家山问。

"他叫马文明！"李公安说。

张家山又问道："那姑娘，她遭了强暴没有？"在得到李公安回答以后，他又问："既然任之初没有得手，他完全没有必要把姑娘掀到崖下去，他应当明白，这样罪更重一些。"

李公安说，案件分析时，有人也考虑到了这一点。后来，他们认为，任之初之所以要把姑娘推下悬崖，是因为水仙姑娘认识他，他担心被告发。

张家山点点头,觉得李公安这个推测还是有道理的。不过他说,他还想找那马文明,拉一拉。

当天夜里回到六六镇,张家山约了李文化,到了马文明家里。马文明口黏,说了半天,也没说下个眉乎眼。张家山说,算了吧,不说了,明个儿早上,你吆上手扶,咱们一块,到那狗头崾,调查研究一番,不到现场,光凭口说,这事情,就是说不清。

第二天早上,一辆四轮,马文明开着,车上载了张家山和李文化向那狗头崾驶去。

车开到狗头崾,停下来,几个人跳下车,来到崖畔上。

这狗头崾,果然是个冷僻的地方。这一带的简易公路,一个湾子套一个湾子,一连有那么九道湾,中间最大的一个湾子,就是狗头崾下面这个湾。狗头崾像一个狗头,是这一带的一个制高点,路面绕着狗头转了半圈,路面的另一侧是几十丈高的悬崖。

马文明走到悬崖边上,往下探了探,顿顿脚说:"张干大,他们就是在这儿厮打来着,那水仙姑娘的尸首,就是在这崖底下来!"

张家山说:"你详细说一说!"

马文明说:"当时,我开了个四轮,正走着,突然听到前面有'救命'的喊声,接着,又听到一声'哎呀'。我寻思前面有事,就加大油门。刚转过湾子,就看到这崖底下,红朗朗的一片,是具尸首,再一看,那湾子里,任之初赶着个毛驴,好像惊了的兔子一样,飞快地跑着。"

"所以你就跑到公安局报案,说这任之初,把个水仙姑娘,掀到崖里去了?"张家山问道。

"嗯!"马文明答。

张家山说："马文明，你这话里有水分，眼见为实，耳听是虚，你又没有亲眼看见，咋能一口咬定，这事是任之初干的。这咱先不说了，我先说你一个小破绽：你这四轮，'突突突'地响，震得人耳朵聋了，你咋能听见一里之外，一个女人喊'救命'的声音？"

"张干大，我是真的听见了啥声音！"马文明辩道："要不，我不会开那么快，也不至于往崖下看。过后我想，一个女人就要遭人强暴了，她不喊'救命'，她还会喊啥哩！"

"你就这么提供证据的！"张家山对马文明有些不满。

张家山在崖畔上，走了几个来回，说道："水仙这姑娘，我也是认识的。她粗粗壮壮的，个头跟任之初一般高，我想，任之初要跟她缠挖，不出几身水，是撂不倒她的。奇怪的是这崖畔上，一点搏斗的痕迹都没有。听李公安说，那任之初的身上，也浑浑全全的，连个纽扣都没掉。"

见张家山这样说，李文化撇了一句凉腔："男人到这一阵，劲可大着哩！"

"男人的劲大，女人的劲就不大？死到临头了，她能不搏一搏！"张家山反驳说。说完，他又说，"还有，任之初要干这种事儿，他本该找个不认识的姑娘才是。除非他脑子有毛病，才找一个认识的姑娘，光天化日之下下手。"

李文化说："他是在这湾湾里，守株待兔，等到谁是谁。谁知道这碰到枪口上的，是个生人还是熟人！"

"你这话不能服人！如果是我，等到一个熟人，就打两声招呼，放过她，然后继续等！"

"你哪用得着等呀！天天晚上，都有人给你暖脚，早上又给你倒屎盆，倒是我李文化，该在这鬼湾湾里，等上两回的！"

李文化这句话，说得张家山动了气，他数落道："你说的那是屁话。越大越没有正形了!"

数落完了李文化,张家山又思谋了一阵,说道:"不要说闲话了,来,李文化、马文明,听我调遣,咱们演一场戏!"

张家山说罢,拉着个李文化、马文明,来到湾子中间。那里的路旁有一小片草地,一个塄坎。

"来,马文明你当毛驴。你不要动,就站在这片草地上,吃草!"张家山指了指草地,让马文明站在那里。

"来,李文化,你当任之初。你跐蹴在这儿,眼睛瞅着毛驴吃草,眼睛的余光,瞅着狗头峁方向。"张家山将李文化拉过来,一按头,让他蹲下。

"我不当任之初!"

"那好,你跟马文明换一下,让他当任之初,你当毛驴!"

"这个,我还是当任之初吧!"

"好!那就这样定了吧!马文明,你在那里吃草,不要管我们的事。李文化,我来当水仙姑娘,我在狗头峁那边一露头,你就来撵我,听见了没有?"

"张干大,我有个问题!"

"你说!"

"为啥要离这么远?要是我,我就站在那拐弯处,等她。"

"拐弯处那一处硷道,是干砂土,寸草不生,任之初跐蹴在那里,毛驴吃啥?毛驴肯安安宁宁地在那儿呆?李文化,你不见这一片草地,有蹄印,有驴啃过的牙印么?"

"他可以让驴在这里吃草,他蹲在硷上!"

"这话是可能讲得通的!不过,我想,任之初处心积虑,真要作案,他不会那么笨。他最好的办法,还是待在驴跟前,佯装着放驴。"

"算是你有理!"

安排停当了,张家山又转回来,到了悬崖那里,又往前走了几十米,直到叫狗头峁挡住了,才又折回来。

一会儿,张家山在湾子里,露了面。他手背在后边,身子一耸一耸的,像个北路下来的赶牲灵的,嘴里还哼着歌儿。

见李文化傻呆呆地圪蹴在那里不动,张家山停住嘴,用手掌在空中拍了一下:"李文化,你狗日的,还不快来撵我!"

李文化听了,站起身,双手抱拳,像中学生跑操一样,向张家山追来。

张家山就地转过身,又往后跑。

跑过了出事的那一处,又跑了很远的一段距离,二百多米吧,那李文化气喘咻咻,还是没有追上。

张家山停下来,他说:"不跑了!人撵人,不要看就隔这么牙长的一截路,还就是不好撵!"

重新回到悬崖边上以后,张家山自言自语地说:"这案子不成立!除非水仙姑娘不长腿,要么,这案发地点,绝对不是在这儿!"

狗头峁这一段调查,算是暂时结束。

马文明将四轮"突突突"地发动起来:"张干大,咱们回镇上!"

"不,马文明,你既然和我一样,也染上这事了,那咱就染到底吧!咱们走张家畔,到任之初家里,再看看吧!"

任之初的家,在一架山的背阴处,一条很浅的沟里。贫穷,闭塞,冷落,寒碜。

院子里鸡飞猪刨,乱糟糟的,主家也没有心情拾掇。

远处,站着些村里的人,对着这孔窑洞,指指点点。

拖拉机在坡坎底下停下来。

"老任,你在家!"张家山跳下车,对着窑洞,打一声招呼。

任之初的父母,都在窑里舍着。儿子干了丢人的事,他们两个,也都脸上灰塌塌的,没有脸出去见人。

"老支书,是你!"见张家山一挑门帘进来了,老任只得站起,毫无表情地打一声招呼。

张家山要过老任嘴里正嚼着的烟袋,往自己袖子上抹两下,然后嚼在嘴里。这一举动是向老任说,他没有把他当外人。

"老任,那一天,任之初上镇上干啥去了!"张家山问。

老任说道:"你再不要提那亏先人的东西。交给公家人了,好!就让公家人千刀万剐,将他剥了皮,抽了筋去。我就当没养过他,婆姨就当没疼过那一回!"

老任的婆姨,这时说:"你咋能这样说,掌柜的!瞎到底,是咱养的,咱不心疼谁心疼。我至今还不相信,咱儿能干出那号事,多腼腆的一个娃娃,平日见了姑娘,都不正眼看,说句话,都脸红哩!他咋能下那狠手?"

"之初那天,干啥去了?"

"他是去到镇上,买化肥。要种小日月糜子了,驻队干部说,将化肥和种子拌在一起撒,能增产。老任给了娃几个钱,娃就吆上毛驴,上路了!"

"这次出门,他事先知晓不?"

"不知晓!"

"他平日,经常出去不?"

"一年半载,都不出个村子!"

"他住在哪儿,能让我看么?"

"偏窑!娃长大以后,住在一起,不方便,就搬到偏窑里去了！"

说话间，一行人来到了偏窑里。

刚一进门，一股潮湿味、霉晦味，加上牲口粪的味道，扑鼻而来。

门口一面大炕。炕上靠窗子这边铺了一条沙毡，沙毡上面，一床简陋的铺盖。铺盖旁边，放着几本有着美女封面的流行杂志。墙上，贴着一张半裸的女明星照片。这照片，非但和这环境不协调，倒给这简陋的窑洞里，更增加了几分凄凉的气氛。

窑障是驴圈。一头老草驴，低着头，呆呆地站着。驴头前面有个石槽，驴踩脚的地方，垫了些干土，土上面，有几颗驴粪蛋。

"咋能人畜混住，又不是旧社会？"张家山问。

"唉，穷家小子，将就着过。想等娃娃娶下媳妇了，就把驴挪出去，给搭个草棚！"老任说。

"晚上，是之初起来喂驴？"

"是他经管！他在这窑里舍着哩，撒泡尿的工夫，添把草料，就行了！"

张家山摇摇头，神色变得严峻起来。

他走过去，拍拍驴的脖子，顺便又用指头，在驴的耳朵根子，挠了挠。

驴全身颤抖起来。

驴将自己的头，往张家山的怀里蹭。

张家山伸出手掌，驴用舌头舔着，舌头"吧嗒吧嗒"地直响。驴的眼睛里露出渴望与人亲近的目光。

"任之初那天上镇上去，可是吆这头驴！"张家山问。

"自然是这头！家里，就这一头驴！"

"噢,我明白了!"

张家山又拍了拍驴屁股。驴身子摆着,调过屁股来。张家山揭起驴的尾巴,看了看,然后,再抬头,往炕上看去,从这个位置,恰好可以清晰地看到那幅半裸的女明星照。

张家山放下驴尾巴,往地下吐了一口唾沫,说道:"这事,我约莫出七八成了!任之初,确实没有动那姑娘!"

老任说:"老支书,这事,我们全仰仗你了。你也知道,我笨嘴拙舌的,一辈子都说不了个话,真要能把这事翻过来,给娃留下一条活命,我们家从此把你当活菩萨敬哩!"

"这些话,留到以后说吧!"张家山有些气恼,"你看你这光景,二十大几的后生了,你叫他舍这么一个地方,穷是穷,可你也得想个法子,瞎子瘸子也罢,给娃问上一个媳妇!"

离开张家畔以后,张家山坐在四轮上,阴沉个脸,心里尬得难受。

"张干大,你说,这桩事情,你心里有个七八成了!"

"嗯!"张家山懒得说话。

"那到底是咋回事哩?"

"咋回事?那天湾子哩,除了任之初,除了水仙姑娘,还有一个第三者!"

"谁是第三者?"

"谁是第三者,到时候你就知道了!"

张家山跑动的时间,那任之初的上诉,上级批回来了。批文认为,这个案子证据不足,要求撤销原判,重新审理。

从张家畔回来以后,张家山在六六镇过了个夜,第二天,又赶往县城。进了李公安的办公室,见那李公安闷闷不乐地坐在那里。

李公安倒是个实在人，三言两语，说了上边批文的意思，接着说道："这个案子，如今我细细想来，也确实有许多破绽。这都怪我凭老经验办事，小瞧了这桩案子。"

张家山见李公安是个实在人，也就据实相告。"这桩案子，确实是有出入。"张家山说，"昨日格儿，我和李文化、马文明，到出事现场走了一回，有一句老话叫'过而知之'，通过演练，我觉得发生这事情，不可能，即便发生，也该在出事现场一百米往后。那水仙姑娘也长腿，她会跑的！"

李公安拍拍脑门，说道："这事是有些奇怪。那任之初又不是个怪物，莫非水仙一见，自己吓得跳了崖了！"

李公安话还没有说完，张家山双手一拍，说道："李公安，你这一句话算是点醒了我。昨天我到张家畔，去任之初的窑里瞅了瞅，把这事约莫了个七八成，只是，水仙姑娘咋样从崖里掉下去的，我还找不着个答案，你这一说，我是全明白了：水仙姑娘确实是自己掉下去的！"

李公安见张家山说得这么肯定，疑惑地望着他。

张家山说："有件事情，实在难以启齿。啥事情呢？就是任之初和他家那头草驴的事。任家地方紧，任之初和这头草驴，是在一个窑里舍着的。你想，任之初夜夜起来给驴添料，时间长了，难免哪一次，不对劲了，就干起了那龌龊的事情，一边干着，一边瞅着墙上那女明星的照片。我在窑里，揭起那驴的尾巴看了一看，见那地方，又红又肿，水汪汪的，看来，任之初和这头草驴，不是一天两天了。

"咱们回头，再说那一天狗头峁的事情。那一天，任之初赶了毛驴上路。山路寂寥，他一个人吆着驴，慢吞吞地走着。走着走着，毛驴停下不走了，尾巴翘起来，'哗哗哗'地撒尿。这一停，停下了麻搭,不知道是人起了意,还是驴起了意,终于酿成了这一场龌龊。

"草地与公路之间,有个小小的塄坎。那任之初,朝四下里瞅一瞅,见满眼都是黄尘,一个人影也没有,就壮胆子,把驴赶下塄坎,自己站在塄坎,来做这事。大约刚刚得手,山路那边,转过来个水仙姑娘。

"水仙姑娘见了眼前的情景,说了一句'羞死我了!'然后用手捂着眼睛,向后退去。这一退,一脚踩到空里去了,跌下了悬崖。

"水仙姑娘大约是唱着歌的。这一阵儿流行的歌,叫《小芳》。任之初听见了这歌声,扭头一看,又看到了水仙跌下崖去的情景。他吓了一跳,转过身,一边衿裤子,一边向悬崖这边跑来。到了悬崖跟前,往下一探,见水仙姑娘跌下崖后,已经死了,心想:赶快离开这是非之地吧!毛驴见任之初跑了,也跟着跑,来到这悬崖边上。任之初见了,狠狠地踢了毛驴一脚,然后,自个儿向六六镇方向跑去。毛驴又去撵任之初,毛驴腿快,一阵儿就追上了任之初,并且跑到了他的前面。

"这时,马文明开着四轮,转过了湾子,他刚好看见任之初吆着毛驴,匆匆逃离的情景。马文明说他,曾经听见过一声叫喊,那叫喊,确实是水仙姑娘发出的,不过不是喊'救命',而是'哎呀'了一声,这是她跌下悬崖时叫的!"

"张干大,你把这故事,编得很圆。照你这样说,是水仙姑娘突然看见这不雅的场面,自己捂住眼睛,一步踩空的!"

"我想,应该是这样!"

"要是这样,那任之初的罪,就轻多了!"

"我记得,那天他跟我拉话,一再说,他羞于开口。老实说,这号事，也确实不好给人说！"

"第三者！哈哈，任之初、水仙姑娘以外，狗头峁这个湾湾，还有一个第三者。这个第三者，就是那头草驴。开始我办案时，咋没想到这儿哩！任之初这驴日的，你啥就是啥，说出来，我也用不着绕这么多弯路了！"

"世界上的事情，既然要出，都有它出的道理！李公安，不是我说，任之初这娃娃，家里的光景，也委实可怜！"

"张干大，光景不光景，我不管，你编的这个故事，可信程度如何，我也不敢冒断。说一千道一万，还得再提审任之初，由他自个儿一五一十地把这些倒出来，才行。咱们不要犯了我上回的错误。"

李公安说完，朝门外吆喝了一声，叫公安干警，提任之初来问话。

张家山见了，说道："提审任之初，那我在这里，不方便吧？"

李公安拦住他说："没事！这案子，你其实已经掺和进去了！"

李公安接着又说："张干大，你这老家伙，大材小用了！你再年轻上几岁，干个公安，肯定比我厉害得多！"

"这个高帽子，我喜悦戴！"张家山笑着说。

闲言少叙，一阵工夫，任之初带到。门外脚步一响，李公安立即收敛笑容，待到任之初进门，坐定，李公安已是满脸杀气了。这是职业习惯、工作需要。张家山见了，受到感染，也不由得品起了脸。

"任之初，今天提你，有什么事，你知道吗？"李公安一字一顿，问道。

"我不知道！"

"你能行！你的上诉，上头批回来了，这个案子，打回来，让重新审理。任之初，你听了这事以后，有啥感想？"

"我没有感想!"

这话说得不太顺耳,李公安听完后,恐吓似的"嗯"了一声。

任之初听了,打个冷战,赶紧回话:"我说错了。我的意思是:我不敢有感想!"

"这还差不多!"李公安听了,面色有所平缓,他扬了扬下腭,示意一旁站着的公安干警,给任之初把手铐松一松。松完以后,他又说道:"任之初,你这狗娘养的,这狗头崽的事,到底是咋回事,事到如今,你该老老实实地交代了吧!"

"我一直老实着。我没有染那姑娘,更没有杀人。真的!"

"那你说,姑娘是咋死的?"

"是她自己不小心,从崖畔上掉下去的!"

"废话!那么宽的路,她咋能掉下去?你也从那里过来,你咋没掉下去?我也时常走那一路,我咋没掉下去?"

"她是她!我是我!你是你!"

"任之初,咱就准上,这姑娘是自个儿不小心失足从崖畔掉下去的,那么,我现在问你一句话,你要老老实实交代:那姑娘掉下去时,你在哪个地方?"

"在湾子中间!"

"你在干啥?"

"行路!"

"你他妈的,背着牛头不认赃!"李公安恼了,"啪"地拍了一下桌子,"任之初,你老实交代,你当时在干什么?"

"真的什么也没有干,行路呗!"任之初说着,瞥了张家山一眼。

张家山品着个脸,毫无表情。

李公安站起来,一扑,冲到任之初跟前,指着他的鼻子,说道:"你老实讲,你在干啥事!告诉你,这事我已经摸得清清如水了。当时,这湾子里,除了你,除了水仙姑娘,还有一个第三者。这个第三者,就是那头草驴。任之初,你说,你和那头草驴,在干什么?"

见说,任之初的脸色煞白,头勾了下去;不敢看李公安的眼睛。他辩解道:"真的什么也没有干呀!我是个人,它是个驴,我们能干什么?"

李公安的口吻和婉下来,他绕着任之初,转了个圈,然后说道:"任之初,其实,说出来也没事。你又没偷谁抢谁的,不就是那么疙瘩怂事么,是就是,说出来,哈哈一笑,我打开手铐,放人,你回你的张家畔,多好!"

"你又哄我,让我说!"任之初叫道,"告诉你,我才不说哩!我要说了,我以后咋见人?我大要是知道,不把我皮剥了,才怪哩!"

"咦,我是叫你,说啥事情来着?"李公安引诱。

"就是那……"任之初欲语突止,"我不说了,我要把舌头咬下来,以后再不说话了。你们把我送回班房里去吧!你们就用个枪子,把我崩了吧!像我这号多余的东西,还活到世上干什么?"

任之初说完,号啕大哭起来。

李公安望了张家山一眼,摇了摇头。

任之初这一哭,让张家山的脸再也品不住了。他见李公安已经没诀了,于是站起身,走到任之初跟前,对他说:"任之初,是你让张干大查这事来着,尔个,干大把这事查得有个眉目了,死无对证,所以就等你一句话。你要把那件事情招了,这个案子,也就了了,你就成了没事的人了!"

任之初见张家山这么说,一头扑过来,抱住张家山的腿说:

"张干大,你就此罢兵,不要再调查了,我也不再喊冤枉闹上诉了。一个枪子,把我崩了,就算了!"

"你是在瞎说!"

"我说的是真心话。张干大,我要说了,我实实地丢不起那个人呀!"

就在张家山和任之初拉话的当儿,那李公安,眉头一皱,已经有个新的主意。他一声吆喝,止住了任之初的哭喊,待任之初又坐到小凳上,等他说话时,他说道:

"狗头㞗这一案,算尿了,就到这里。任之初,我这里放你一马,你回家去了,既然水仙姑娘的死,与你无关,你也就没有必要再在这里待了。听见没有?"

李公安这话,说得太轻率,任之初听了,目瞪口呆,不敢相信。直到那公安干警,为他把手铐开了,他才醒悟过来。"我就这么走!"他问了一句,李公安点点头,他才一扑拾起,摇摇晃晃地出去了。

张家山觉得这事蹊跷,回头看李公安。李公安说,哪能真的放他,这叫欲擒故纵,公安上的没有办法时候的办法。他要张家山,配合一下他们的工作,几天以后,他们要拿任之初,来一个"现场演练"。

"这不是日弄人吗?"听了李公安的话,张家山有些不悦。

李公安说:"前面说了,这是没有办法的办法。任之初那嘴,封得牢牢的,我不这样做,咋样结这个案子!"

任之初经了这一场惊吓,回到张家畔,神情有了痴呆。将息了几日之后,这天早晨,老任依旧像上次一样,拿出几个小钱,牵了毛驴,要任之初到六六镇上,去买化肥。老任说:"这化肥还得买!迟是有点迟了,不过不买,上头要收回这化肥贷款哩!"

任之初见又要让他去六六镇,死活不接缰绳。

老任说:"你就去这一回吧,听话!以后你喜愿做什么做什么,只是,这一回,你非去不可!"

任之初见说,只得接了缰绳,上路。

出得门来,将那缰绳往驴脖子上面一搭,然后跟在驴的后边,一路行走,朝六六镇方向而来。

原来这一切,都是李公安的安排。

那天,任之初前脚刚被放了,后脚,张家山奉了李公安之命,也潜回张家畔。张家山背过众人耳目,悄悄和老任说好,定下今天这个日子,要那任之初,再吆着毛驴,去一趟六六镇。老任问这其中缘故,张家山搪塞说,只是为你儿子好的。老任也就不再问了。

尔个,任之初一上路,张家山便悄悄地尾随在了后边,一路跟进。

而在狗头峁这边,早已布置停当,一队公安干警,在狗头峁上,一段一个组成一道散兵线,湾子里,路旁,那块惹出了是非的草地旁边,李公安手里提着铐子,圪蹴在一个塄坎下面,他的旁边,公安局那个小文书,举着一架微型照相机。

这一切安排,都只为算计一个人,可惜,这个人尔个还毫不知晓。

山路绵长,四野孤寂,搭眼四望,看不尽的满目黄尘。任之初走着走着,哼起了歌儿,用歌声来打破令人恐惧的寂寞,安抚自己痛苦的心灵。

哼着哼着,歌声变成了酸曲。太阳灼热地晒在头上,他的头有点晕,他觉得经历的那一场不愉快,好像是做了一场噩梦一样。好在尔个他又是自由的身子了,于是他努力把那一切忘掉。

毛驴的蹄子踩在沙土路上,发出"嗒嗒嗒嗒"的蹄声。

在行走的途中,毛驴就努力地和它的主人,表示亲昵。但是,主人耷拉着头,在想心事,牲畜通人性,于是,毛驴遏制住了自己的欲望。但是,尔个,随着主人的酸曲一声声唱起,脸色渐渐变得开朗,毛驴也起了精神,精神抖擞,四蹄如花,嘴里"咯哇咯哇"地叫着。

他们分开了一段日子,这段日子,对毛驴来说,是难耐的。毛驴不懂,在这段日子,世界上到底发生了什么事情。有一句话叫"相依为命",这个人,这个畜,他们之间,确实有这种感情。这种感情也许是令人毛骨悚然的,但是确实有。

转过了狗头峁,进入了张家畔通往六六镇的这个必经的湾子,又到了这场是非之地了。似曾相识,条件反射,当到了那片草地跟前时,毛驴突然停住不走了,它扬起脖子"咯哇咯哇"地嚎叫起来。

毛驴的尾巴翘起来,"哗哗哗"地撒尿。尿星子溅到任之初的脸上。任之初用手抹了一把脸,然后把手指头塞到嘴里,舔了舔,尿是咸的。

驴的阴户,又红又肿又湿润。任之初的手像碰到了火一样,赶紧缩回来。他有些犹豫。

驴弯回头来,用眼睛看着任之初,它抬着蹄子,调转屁股,往任之初身上蹭着。

"这是最后一回了!我说过,我再不干这没尿眉眼的事情了。我咋把人活到这地步了!"

任之初朝四下里看了看,双手举天,痛苦地喊。

草地和公路中间,有个小小的拐坎。毛驴"嗒嗒嗒"地下了拐坎,来到草地上,把屁股对准任之初,然后扬起脖子,叫唤了一声。

是的，牲畜通人性。或者说，人在没有变成高级动物之前，其实也是牲畜。在环境的挤压下，人还会变回去吗？不知道！

"最后一回了！真的，最后一回了！"

任之初念叨着，向草驴走去。

站在塄坎，刚刚一手拽住驴尾巴，一手从自己裤裆里掏出那东西，任之初突然看见塄坎下面趴着的李公安，还有那个手端录像机的小公安，他叫了一声"我上当了"，然后软塌塌地倒下去，昏倒在地。

与此同时，李公安从塄坎底下，一跃而起，兴奋地喊道："假设成立！"

随后，抱着录像机的小公安，也跳了上来。

"你狗日的，可把我害苦了！"李公安走上前去，一脚踩在任之初腔子上，然后"啪"的一声，给他把手铐戴上。

那位小公安，还在拍照，李公安说："不要拍我，往狗头崂那边拍，还有戏哩！"

张家山从狗头崂那边转了过来。他是不行了，经过这一阵子跑坎，有些累，今个儿，又跟任之初后边，行了十几里山路，尔个，东摇西晃地，脚步拖在地上，一满是不行了。

转过湾子，他嘴里哼起"村里有个姑娘叫小芳"这首歌。他只会这一句歌词，因此，只好反反复复地哼着。为了这个"现场演练"的逼真，他还把平日扎在头上的白毛巾，反披下来，像个老太婆似的。

正走着，猛抬头，看见了眼前的情景，张家山用手捂着眼睛连连倒退。

本来，折腾了一阵，就是为了眼前这一幕，更何况，这一幕，也是张家山绞尽脑汁，推测了一阵，才算出来，可是，当这一幕，活生生地摆在眼前时，仍叫他惊骇。

见张家山捂住眼睛，连连倒退，李公安在远处喊道："张干大再不敢退了，到崖边了！"

张家山听见喊声，停下来，取下巴掌，睁眼一看，吓得脸都黄了：好险！下一脚，就踩到空里了。

张家山摇一摇，站稳。

嗣后，李公安把戴着手铐的任之初，交给小公安，然后跑了过去。他站在悬崖边上，向下瞅了一瞅，对张家山说："没错，这里恰好是水仙姑娘掉下去的地方！"

一场"现场演练"，到此为止，李公安吹起了哨子。

一会儿工夫，山头上的警戒干警们，跑步到了公路上，列好队以后，唱着队列歌曲，顺着公路离去了。接着，原先停在六六镇方向的一辆警车开了过来，将罪犯任之初装在了车上。

崖畔上，张家山对李公安说："事情与原来假设的，还有一点小出入。原来设想，这水仙姑娘，是捂着脸，正着跑的，现在看来，是倒退了两步，掉下去的！"

"这叫过而知之！"李公安说。案终于圆满地有个交代了，他有些轻松。他还对今天这"现场演练"的效果，感到满意。

警车在鸣着喇叭，督促李公安上车。

"张干大，你也坐车走吧，顺路，送你到六六镇。"李公安说。

"不了！我得把这孽畜，赶回张家畔去，顺便再照看照看我家！"

"那我们走了！"李公安上了警车。

张家山突然想起一件事情，他追上李公安，问道："事情已经水落石出了，李公安，那任之初这娃，尔个没事了吧？我得给老任一个回话！"

李公安说："强奸杀人罪，是没有了。不过，任之初还犯有三桩大罪！"

"哪三桩？"

"第一，奸畜罪；第二，恐吓罪；第三，有伤风化罪！"

"你能不能手下留情，给他判轻一点？"

"我可以说一说。不过，这是法院的事！我光管逮人、侦破！"

李公安说完，关上车门，警车冒起一股轻尘，走了。刚才闹哄哄的湾子里，现在恢复了寂静。静得有些叫人害怕。

那头毛驴还在草地上，静静地站着。

张家山从路旁，掰了根荆条，走上前去，朝驴屁股上抽了一下。然后，吆着驴，折回身，向张家畔方向走去。

这个故事的结尾，正像它的开头一样，是以"公判大会"的场面结束了。

较上一次在六六镇开的那个，这次的公判大会，场面更热闹，好事不出门，恶事一阵风，任之初干的那件不光彩的事情，四方打圆都知道了。

公判大会上，法院院长威严地宣判道：

"根据中华人民共和国刑事诉讼法××条××款，任之初因奸畜罪被判处三年；根据中华人民共和国刑事诉讼法××条××款，任之初因恐吓罪被判处一年；根据中华人民共和国刑事诉讼法××条××款，任之初因有伤风化罪，被判处一年。三罪合一，减刑一年，所以，本法院郑重宣布，判处罪犯任之初有期徒刑四年……"

台下的观众中，张家山、李文化、谷子干妈一人屁股底下一个小凳，坐在那里。

终于看着这件事情走到头了，张家山的面孔，却依旧挂满了愁苦，丝毫不显得轻松。

当公判大会结束，任之初被公安干警押着从张家山面前经过时，任之初说："张干大，我真后悔，让你翻腾这件事，让我家门风，人老几辈都翻不过身来。本来，枪声一响，一了百了，多好！那样我也到好处去了！"

狗头崩一案结束后不久，张家山就带着谷子干妈，离了六六镇，回张家畔去了。张家山是觉得自己老迈年高，体力不支：挣着老命，辉煌了这么几年，尔个见好就收，班师回朝吧！

谷子干妈的男人早死了，张家山的婆姨也早已蹬腿，因此，相跟着回到张家畔，也没有啥不行的。只是，谷子干妈不答应，她说，得有个名分才对，要么，张家山那几个儿子，会下眼观她，村子里也会指脊梁骨。张家山说："好吧，依你！真是脱裤子放屁，多费一道手续！"于是去了镇政府，老着脸儿，割了手续，算是把谷子干妈安顿住了。

虽然割了手续，但是，两人约好，将来死了，还是各人回到前头的那个亡人身边去。这事现在就要说好，免得将来人一蹬腿，儿女们、户族们会闹起是非。通常还有一道手续，要签个《回头约》什么的。张家山说，这事就免了吧！

张家山民事调解所的牌子，依然挂着。这事交给了继承人李文化。

李文化原先是拉梢的马，现在被塞到了辕里。他有些怯场。张家山说："老子不死儿不大，你就放手大胆地干吧，有这个牌子撑着，怕啥？"李文化劝张家山留下来，他说，为啥要离开六六镇呢？在这里颐养天年，最好！有张干大在身边，他也胆壮一些。

张家山说："不了，我得走！我要回张家畔去，度过这风烛残年。六六镇上，我熬下了个威名，这就够了。我不愿叫人们，看到我老得屙不下时候的样子！"

　　这样，一头毛驴，驮着谷子干妈，我们的张家山离开了六六镇。

　　张家山民事调解所，既然它还办着，就一定还会有许多的故事，但是，属于张家山的六六镇故事，到这里已经结束了。

1994年7—9月于肤施（延安）城

原版附录
我的责任编辑们

写完长篇《六六镇》,我到北京交稿。交完稿,我待在招待所无事,于是凭借记忆,从自己的第一篇作品开始,列出一个《高建群主要作品年表》,附在此节后。说这话的时间,是1994年。这是1994年之前主要作品年表。

"年表"列出,那些曾经给过我帮助的责任编辑们,一个个浮现于眼前。记得当年,《遥远的白房子》在《中篇小说选刊》转载时,我曾在"创作谈"中说过这样的话:"理所当然的事情是没有的。因此,作为一个作者,我们有责任对自己的责编,永远怀着深深的敬意和谢意。"

我给"年表"的每一件作品的后面,都写上我的责编们光荣的名字。有的是两个名字:一个责编,一个约稿编辑。写完以后,兴犹未尽,我又决定将他们单挑出来,写成这篇文章。

终于找到一个向他们致意的机会了。这种机会是《小说家》给我慷慨提供的。

我的第一个责编是李瑛。那是一组诗,叫《边防线上》,发表在《解放军文艺》1976年8月刊上。李瑛当时是该刊诗歌散文组的组长。李瑛,我至今尚未谋面。这组诗的发表,得力于一个人的推荐,这人叫那狄,当时是新疆军区北疆军区政治部主任,而我当时是中苏边界一个边防站的士兵。

相信读过我小说的人,都对处于争议地区的那个边防站,有着较为深刻的了解。戈壁滩上孤零零的一座白房子,孤寂、单调、冷漠,且由于界河对面陈兵百万,令它笼罩着一层死亡的气息。边防站白色的天空上面,仿佛悬着一柄达摩克利斯之剑,它随时要掉下来,但又不掉下来。它就这么折磨着每一个士兵的神经。1975年,那狄主任深入边防一线,考察研究战士的思想政治工作。他在我们边防站待了15天。

在这孤寂难挨的岁月,在背着一支半自动步枪长久地站立中,在阿尔泰夏日的漫长白夜和冬日的皑皑白雪的刺激下,一定有一种罗曼蒂克的情绪钻入了我的脑子,我开始在一个巴掌大的小本上写诗。这些小诗不为发表,写就是目的,一种盲目冲动而已。一天晚上我站哨回来,把枪靠在火墙上暖着,等待消了后再擦,然后就着油灯,记完《执勤登记簿》后,就在那个小本上写诗。这时那狄推开了房门,他要看小本上的东西。我很惊恐,又很害羞,我用手捂住小本说:"乱七八糟地写了些东西,字也不好认,等我抄上一遍,再给你看吧!"我越紧张,那主任越要看,他大约是起了疑心,并且说,他是文化人出身,字越潦草他越能认得。没奈何,我的那个小本,只好让他看了。他带走了那个小本。之后,他因为小本上的诗而深深地感慨起来,想不到在这么荒凉的、远离人烟的地方,竟然有人会有文学冲动。第二天,他将小本交给我,要我把上面的诗用方格纸抄好,交他带走。他说他原先在总政工作,李瑛、纪鹏、韩瑞亭、雷抒雁等,都熟悉。

这就是我的处女作发表的经过。李瑛,我至今还没有见过。那狄,自我离开部队后也再没有见过。那狄是老延安,"文革"前据说是总政电影局局长,后贬到新疆。1992年5月,在陕西省军区招待所,我见到一位哈萨克族军人,是离休了的原新疆军区北疆军区副司令,他说,那狄后来担任新疆军区政治部主任,并被授予中将军衔。我们语言不通,我稍微懂一些哈语,他稍微懂一些汉语,我们是比画着手势谈这些事情的,因此这位老军人谈到的关于那狄的下落,并不一定准确。

那狄矮矮的个子,穿一身四个兜的旧军装,走起路来,双手插在上衣口袋里,脚下"咔咔"地迈着军人方步。

组诗发表在第二年秋天。《边防线上》这个标题,是责编加的。责编还给我名字的前面,冠以"战士"这两个字。这两个字一直让我觉得荣耀。当刊物连同几个馈赠的笔记本寄到我那遥远的边防站时,已经距发表期过了一个半月,邮寄物已经磨损得不成样子了。那时,我正抱着枪,剃成光头,趴在战壕里。因为毛泽东逝世,边防一线进入"非常时期"。

下一个责编是汪炎。这也是一首诗,发表在《延河》1979年2月刊上。汪炎当时是该刊的诗歌散文组组长。

那时我已回到内地,脱下"二尺五",在一家工厂当文书。我胡乱地给一张废纸上划了首诗,寄给《延河》杂志,不久,《延河》杂志来信了,要我将诗抄工整寄去,他们将尽快发表。

因为这首诗的发表,那年4月我参加了陕西作协恢复活动后召开的第一次创作会。汪炎大约至今还不知道,正是由于这首诗的发表,燃起了我新的文学愿望,让我从一种盲目冲动变成一种自觉的行动。嗣后,在我长期担任报纸和刊物编辑时,我都告诫自己,任何一次对一件好稿或者一个有前途作者的怠慢、压制和不公正,都是不可饶恕的。

汪炎上海人,高挑的个儿,戴一副眼镜,典型的中国寒酸知识分子的形象。1993年，我见到他时，他背有点驼，愁眉不展，他说自己刚刚从上海奔丧回来，他的大弟死了。他说，家中只有一位老母在堂，他很担心，看来得想办法调回去了。今年夏天，我见到他，他说，家中的事已安顿好了，他的小弟从东北调了回去照顾母亲，这样，他就不必挪窝了。

他是在西安上完大学留在西安的。他弯曲的嘴角，永远挂着一种苦涩的、无奈的微笑。

下一个责编是闻频。仍然是一首诗，仍然是我盲目地投去的。那一时期的刊物真好，百废待兴，编辑们都以发现新人为荣耀。不像后来各个刊物都养了一群关系户，陌生作者的稿子很难上，有时甚至看也不看，换个信封，就给你退回来了。

闻频是河南扶沟人，和我母亲是同乡，都是那年黄河花园口决口流落到陕西来的。闻频有诗名，那一年闻频曾重返扶沟，写过一组关于黄泛区的诗，产生了广泛影响，诗作有《黄河故道》《黄河在这里拐了一个弯儿》等等，这些都曾被选入《新华文摘》。他有厚厚的几本诗集行世。

闻频年轻时，十分潇洒。当然他有潇洒的条件，他的身材好。不像我，长到一定高度，就向横的方向发展了。这里有一个笑话。1976年秋，闻频率队组织黄土地诗会，一行人走到榆林城外的西沙，日暮黄昏，沙丘连连，闻频和陕报的一位女记者走失了。闻频牵着女记者的手说："这里四野无人，真有一些可怕！"女记者说："是有些可怕！不过，我现在最害怕的，却是你！"后来在西沙的腹地、榆溪河边，众人燃起篝火，载歌载舞，女记者将这个笑话说出，惹得一场大笑。

路遥的笔名就是闻频给取的。当时闻频在延川县当编剧，路遥是个回乡青年，他找到闻频，说："听说当作家是要取个笔名，我这"王卫国"不像个作家的名字,你给取个笔名吧。"闻频于是在纸上划拉了三个名字,说:"你从中选一个。"路遥选了这个。

这几年面对物欲纵流、世事纷争,闻频有点独卧高楼,避之三舍的味道。他加入了农工民主党。他的诗也写得很少了,将主要精力放在绘画上。他送给我的一幅,画的是几枝鹅黄的垂柳,柳下两只鸡在低头觅食。画的意境,有点东方出世哲学的意思。

闻频是一个好人。饱经忧患的我,对"好人"的标准定得很低:不害人就是好人了!即便这样,我仍常常对人类失望、对世界失望。但是,相识好些年头了,闻频确实是一个好人,他的高洁淡泊的人格令我仰之,他始终是我的朋友和兄长。

我的第一篇小说,发表在1981年第2期的《延安文学》上,小说叫《杜梨花》,责编是该刊主编杨明春。这是我参加省作协读书会时的作品。我的作品在三期,二期有贾平凹等作品,一期有张敏等作品。

杨明春是老资格,解放战争时期的儿童团员。有一句老话叫"宁做鸡头不做凤尾",几十年来,在陕北文学界,老杨就是这个"鸡头"的角色。他酷爱了一生文学,舍弃了人生的所有的东西,投入到文学这个怪圈中,垂垂老矣,建树颇微。在社会的各个角落,这样的文学上的落魄者我们可以随时见到。将裴多菲的诗变通一下,我们是不是可以说:文学是娼妓,它对谁都蛊惑,将一切都给予,待到你牺牲了最宝贵的东西——青春,它就抛弃你。

杨明春的晚景凄凉。每一次打他门前走过,我甚至都没有勇气去叩击他的门扉,怕引起伤感。他去年出了一本书,是第一本,大约也是最后一本。他在赠我的书中题道:"在无奈中,画上我文学追求的句号。"

老杨的书名叫《延河在我心上流》。书的序言《不老的爸爸》,

是他的大女杨毛毛写的,文字简洁准确,笔到情到,论事说理,大处着眼,小处着手,行文中显出大家的端倪。老杨有二女,都是才女;有一子,是个不错的青年画家。缪斯又来迷惑她的下一代了,于人类,这是没有法子的事情。西西弗斯神话不会放过我们的。

我有一篇重要的散文,叫《很久以前的一堆篝火》,发表在1984年秋的《延安报》上,它的责编是杨葆铭。小五号字排出的密密麻麻的一个大版,当时曾引起过一些轰动。这篇散文的完成,标志着我渴望已久的从有韵文体向无韵文体地过渡,迈出了决定性的一步。

杨葆铭人高马大,大背头一梳,煞是威武。朋友们戏谑道:"远看像个毛泽东,近看像个华国锋,走到跟前是杨葆铭!"

葆铭是延安土著,我的《最后一个匈奴》中许多陕北习俗的传说,都是从他那儿听来的。有一段时间,我们是最好的朋友,那一段日子真难忘。延安地处偏僻,记得有一篇美国小说中说:"这地方太贫瘠和闭塞了,所以,聪明人都迅速地离开了这里,到大城市去寻找出路去了!"这话至少有一半是正确的。环境的挤压,它使人身上天才的成分得不到发挥,它令人在长到一定高度的时候,就不再长大,而是被扭曲,为了生存缘故,横地发展。

葆铭目前有三本散文集行世,深得好评。葆铭天禀颇高,人又刻苦,他会有大的前途的。那些捆绑着他的世俗的力量,必将被他冲破,那些阻碍他天性发展的恶势力,必将被他踩在脚下。作为一个老朋友,我期待着他新的成功。

葆铭好酒,喜划拳,几杯酒落肚,面色红杠杠的。我常想,倘生在战乱年间,他会是一条力拔千钧的好汉;生在和平岁月,应付各种小心眼,他似有力不从心之虞。

我的下一个责编是叶延滨。这是一组诗,叫《人生百味》,发表在《星星（诗刊）》1985年的哪一期上。这也许是我最好的诗。我在诗中说："我常常埋怨这个地球太大，将我的友人撒在海角天涯；我常常埋怨这个地球太小，让那些庸人挤得无处下脚。"现在已经想不起来了，我那时候为什么那么忧伤。

叶延滨我见过两面。两次都是他回延安李家渠重访他的"干妈"。叶延滨写过一些重要的诗，其中有一组获奖诗作，就是《干妈》。他曾在延安李家渠插队，印象中，那里好像还有一个和他有点血缘关系的哥哥。

在延安插队的北京知青，后来有些人成为新时期以来的活跃的作家，例如史铁生、陶正、梅绍静、高红十等。叶延滨位列他们之中。陕北作家中，例如路遥，例如我，例如后来稍微年轻些的一代，都直接或间接地受过他们的影响，从而做起了文学梦，从而知道了山外的世界还很大，从而勃发了野心和雄心。

记忆中，叶延滨在他主编的《星星（诗刊）》上，还给我发出《关于北方的沉思》《紫色的苜蓿地》等一些诗。那一阶段，我四处碰壁，作品不得发表，是创作生涯中最黑暗的时候，我甚至对自己的才能产生了怀疑，是叶延滨给我零星发表的这些诗作，令我欲罢不能。

1991年叶延滨二返延安时，我在地区文联代主席。我把叶和其夫人杨泥女士安排在下属的文艺之家居住。文艺之家经理是个混蛋，从住宿到吃饭，他都安排得很糟，致使叶氏夫妇后来到外面去住了。这件事我至今想起来，还觉得内疚。

1985年前后，我还有一首长一些的叙事诗，发表在黄河文艺出版社的《叙事诗丛刊》上。这首诗叫《五月的哀歌》，责编是潘万提。一些年后，我曾把《五月的哀歌》改成中篇小说，易名《雕像》，发表在《中国作家》杂志，并获该刊的中篇小说奖。

潘万提是来我居住的这个城市旅游的,是闻频介绍我们认识的。这是个很重义气的人,与他的结识,令我改变了原先对河南人的印象。

这期间,我还在《文学家》杂志发了一组系列散文《生活启示录》,责编是陈泽顺。陈泽顺是北京知青,调到西安,最近有消息说,他转了一个圈,又调回北京了。

1987年,对我是一个重要的年头,我的诗集、散文集和引起强烈轰动效应的中篇小说《遥远的白房子》同时出版和发表。否极泰来,我终于顽固地在文学领域里为自己争得一席之地。

诗集叫《高建群诗选》,是内部出版的。它收录了我写诗十余年来的大部分诗作。这个书名的本身,也暗示着我将金盆洗手,不再写诗了。诗集也没有标出责编的名字,但是,大量的编务工作,是我的朋友杨葆铭完成的。为了这本书,他在印刷厂跑了许多次,守着排字,守着印刷,守着装订成册。这本书的序言则是我的朋友叶延滨写的。

我在书的"后记"中说:"容我打点行装,清理思想,积蓄力量再踏这漫长的路吧。预感告诉我,自己的一个新的、最重要的文学阶段开始了。"

接下来的散文集叫《新千字散文》,陕西人民教育出版社出版,责编是赵常安,这是一位十分良善的中年人。

这本书的出版,除赵常安之外,主要是得到了一对孪生兄弟的帮助。哥哥叫陈绪发,当时是黄龙县委宣传部部长;弟弟叫陈绪万,当时是、现在依然是陕西教育出版社的总编;说是哥弟,其实是一个只比一个晚生五分钟。另外,他们的社长叫赵喜民,也给过我许多的帮助。赵社长穿一件白衬衣,见人两手一摊,哈哈一面大笑,很是豪爽。

和闻频一样，和我的母系家族一样，陈氏兄弟也是河南人，也是那次黄河花园口的遭灾者。当时国民党在黄龙山设立中央直辖的垦区，难民们先是涌入黄龙山，后来又从黄龙山分散到西安及周围县城，但是仍有一大批人长久地留在黄龙山了，陈绪发就是其中一个。

我的母系家族，除母亲外，其余人全部因克山病死于黄龙山一个叫白土窑的地方。因此对黄龙山我有一种痛苦的感情。1985年中秋，我到黄龙为一个笔会讲课，见到陈部长，遂成为知己。他年长我十多岁，待我亲兄弟一般。他说他有个孪生兄弟，在出版社工作，若想出集子，他可以给联系一下。

我当时并没有在意这句话。对于一个业余作者来说，出集子是一件很大的事情，我平日为了发一件小作品，尚要常常地看人的眉高眼低，出一本书，谈何容易？因此我只虚于应承，并不当真。

到了1986年，陈绪万老师从西安打来电话，要我将散文整理一下寄他，书名他都想好了，叫《新千字散文》，责编也已确定，是老赵。这时我才慌了，将散文凑到一起，不够一本书，又加紧写了一阵子（记得《渭河平原故事》一组八篇散文，是一天写的），然后寄往教育出版社。

《新千字散文》发行量四万多册，这在当时是少见的，尽管评论界对这个陌生的作者未赞一词，但是，本书在国内读者中曾引起持久的反响，就是时至今日，我仍常常能收到一些读者的来信。他们认为《新千字散文》的作者，有理由位列那些当代最优秀的散文家之中。

陈绪发年龄到线后，离开了险恶的黄龙山，举家迁往蒲城县居住。他出过一本散文集，叫《野山随笔》，记录的就是黄龙的事情。此书的序是约我写的。在序中写道：

当然，那天晚上，我们谈得最多的还是那个共有的话题，由黄河花园口引起的——他的家和我的母系家族亡命天涯的故事。站在黄龙山县治所在地石堡镇，这话题在一瞬间令我们心灵是如此接近，接近得仿佛兄弟一样，'圣殿之所以辉煌庄严，那是因为它是人类共同哭泣的地方！'此一刻，我的脑子里一直盘桓着乌纳木诺这句话。

　　这以后，我们之间真诚的友谊，便固定下来了，并且经年经月，愈见深厚，对陈部长的为人和长者风度，我也有了更进一步的了解。在变化快得令人眼花缭乱的世界面前，生活总该有些固定的、一成不变的东西，这样我们才能踏实，才能处变不变，并且在变化中找到参照物。所幸的是这种人间瑰宝还是有的，那就是友谊和友情，再加上无保留的真诚。我愿意在这里以墨为记，记下我们之间的这种兄弟情谊。我把与陈绪发同志的相识，当作我一生中的一件大事来记忆。

　　在陈绪发诗集、散文集出版的同时，我的中篇小说《遥远的白房子》，也在那一阵子发表。提起这部小说，需提到两年前，也就是1985年。

　　1985年冬天，在一次创作会上，一家电影刊物、一家文学刊物，向我约中篇。那时，我恰好也到想写中篇的时节了，于是昼夜劳作，写成两个中篇，一个即是《遥远的白房子》，另一个叫《伊犁马》。

　　写成以后寄去，电影刊物因故停刊了，文学刊物延挨数月后，也将稿子退回。那时我诗集、散文集都还未出版，人正灰着。这两个打击，对我是够重的了，我捧着自己的心血，双目潮湿。我明白自己手里捧着的是当时中国最好的中篇小说,但是又明白它没有机会面世。余下来的只有伤心。我突然觉得自己很傻,为什么要在文学这棵歪脖子树上吊死呢?又不是没有吃,没有穿!"将登太行雪满山,欲渡黄河冰塞川",我当时正是这种心境。

我默默而无语,将这两部小说往抽斗里一锁,不去想它。我有半年多时间,没有再动笔。我觉得自己对文学的单相思很可笑。普希金说:"有着幸福的地方,早就有人把守,要么是贤者,要么是暴君!"这话对极了。

1987年5月,中国文坛的传奇人物朱小羊,以《中国文化报》报社记者的身份来延安组一个历史文化名城专版,阎纲介绍他到西安找贾平凹,贾平凹介绍他到延安找我。在我的办公室里,朱小羊像偶然想起什么似的,对死气沉沉的我说,他有一位朋友叫陈卡,在《中国作家》杂志社当编辑,行前,陈卡曾要他这次西北之行中约些中篇回来。他问我有没有中篇。

我不情愿再受到退稿的伤害了,回答说"没有"。同事杨葆铭说:"他有!有两个!在抽斗里锁着哩!"没奈何,我打开抽斗,从里面拿出两部揉得没有棱角的手稿,放在桌子上。"我先拿一部去看看吧!"小羊说。

上面放着的正是《遥远的白房子》,小羊拿走了它,回宾馆去了。第二天一早,小羊眼睛红勾勾地跑来找我,一见面就说:昨晚他一宿没睡,看小说看了半夜,然后又激动了半夜。他说,就是它了!他要带走它,交给陈卡。

朱小羊是云南个旧人,云南大学上学期间,曾逃学到缅甸跑了一圈,这是偷越国境,因此学校给了个肄业。肄业后,从大西南跑到大西北,盲流到了新疆伊犁的一所兵团子校当教师。他说:主要是他对新疆有一种神秘感。在子校的三年,他不安生,又领导些"罢教"

什么的，三年之后，他又到了北京，在《丑小鸭》杂志社当编辑。《丑小鸭》杂志撤销后，编辑部解散，他又来到中国文化报社。

之后，他又到中央农村经济政策研究室干过一阵子，主拍《百名农民企业家列传》。由于经费原因，这个电视片停拍，继而他又到中央电视台担任电视片《中国人》的撰稿人。《中国人》后来已经拍成，因为是《河殇》的姊妹篇，理所当然地没有播放。

小羊有文名，尤以纪实文学《落马的诗神》《盲流中国》名重一时。他在上述单位仍是借调，过着有今没明的日子。他说这种生活最好，富有挑战性，只是不能生病，一生病，就完了。他说，他的住房面积，在北京当数第一。他住在一个大剧场的舞台上，每天演完戏以后，就到十二点多了，他才能展开铺盖睡觉，早晨五点半钟，扫地的人就又用扫帚把将他捅起来了。他说这话时，显得很大度，不卑不亢，但是我能体会到他的话音中，有一种苦涩的味道。

后来在北京，我和小羊还见过一面，他请我吃饭，他骑着一辆从旧货市场上二十块钱买来的破自行车，带上我四处转悠。走在北京的大街上，他惆怅地说：他天生是个不安生的人，在新疆的三年中，对新疆的神秘感已经打破，现在在这个中国的制高点——北京，又待了好几年了，北京的神秘感也已经打破，下一步，他想到国外去，到马克思主义形成的故乡去看一看。他称自己为"世界公民"。1989年夏天以后，他果然到澳大利亚去了，我是从一份澳当地出的华侨报纸上，看到他写的诗，才知道他的行踪。

他是一位优秀的人。且让我在千里万里之外，向他祝福。他深邃的大脑，现在又在思考什么呢，我不知道。

小羊把稿子带到北京。半月以后，责编陈卡来信，说编辑部副主任杨志广认为《遥远的白房子》是篇难得的好稿，副主编张凤珠、主编冯牧也已签字，《遥远的白房子》将近期在《中国作家》

发表。

过了一个礼拜,陈卡又来信说,决定发五期头条。又过了一个礼拜,陈卡又来信说,《中篇小说选刊》《小说选刊》已拿去清样,决定转载。又过了一个礼拜,陈卡接着来信说,北京电影制片厂已买走电影改编权,准备作为国庆四十周年献礼片推出。

陈卡是一个高高的、有些腼腆的青年。听志广说,他先当过拳击运动员。他和小羊一样,也是从云南盲流到北京的,被杨志广收罗到了门下。云南人大约有流浪的传统。后来我还见到他们中的另一位流落到北京的老乡,留一把山羊胡子,他叫吴文光。

陈卡不久就离开了《中国作家》杂志社,又去流浪。他曾经给我来过一封信:一是告诉我小羊去澳洲的消息,二是说他到东北的锦州,在那里学外语,准备出国。他后来没有出国,而是又南下广州、深圳一带,做起文化生意。有一个由尤小刚导演的,好像曾引起姚雪垠老大有微词的电视剧《巾帼英烈》,我注意到了,陈卡在那儿担任制片主任。

陈卡我见过一面。他的匀称的高身材,他的被阳光晒得黝黑的面孔以及雪白的牙齿,他的谦恭的真诚的微笑,给我留下很深的印象。不久前在北京,我问志广,能不能和陈卡联系上。志广说,浮萍无定,他也不知道他现在在哪里,倒是山羊胡子吴文光,在中央电视台还时有露面。

转载《遥远的白房子》的《中篇小说选刊》的责编,我记不起了,大约是该刊主编,一个叫张建行的先生电话约我写创作谈。创作谈叫《给我一匹黑骏马》,一篇气势汹汹,不知天高地厚的文章。《小说选刊》的责编则给我以很深的印象,她叫高叶梅。

《小说选刊》撤销后,高叶梅也到了《中国作家》杂志社。那年我到《中国作家》杂志社,屋子里,一位长得像电线杆子一样又细又高、头上扎两根竖起的小辫,身后背一个书包的小女孩,正站在屋子中间背作文。这是高叶梅的女儿,正上小学六年级,她正在背诵的这篇作文,刚刚在《北京日报》发表。女孩正高兴着。

我艰难地说出我是谁以后,满屋子人都站起来。女孩仍在背着。高叶梅要女儿停下来,她说:"大作家在这里站着,你还敢逞能!"女孩不高兴地停了嘴。我这人一向腼腆,这时更有一种无地自容的感觉,不过过后,每每想起这件事来,我的心里总感到暖烘烘的,就像吴清华那一句唱词:谁曾把我当人看!

高叶梅很漂亮,有点像《红楼梦》中的晴雯。她的烟抽得很凶。那次打麻将,从晚上九点到十二点,我让她一支,她让我一支,到快结束时,她的一包"三五"抽完了,我的一包"红塔山"也抽完了,只见她又摸摸索索地从口袋里摸出半包"大重九",两个烟鬼,又眼睁睁地看着将它抽光。

叶梅大约有过一次失败的婚姻。最近在北京志广家里吃饭,见到她,她精神焕发,显得十分年轻。她又做了第二次选择,先生是一位作家。吃饭的那一阵儿,她就往家里打了四五次电话,看得出来,她正生活在幸福之中。看见朋友有了幸福,还有什么比这更叫人高兴的事情呢?我问起她的女孩,她说上初二了,长得比她还高。

高叶梅已停薪留职,担任西藏作协驻京办事处主任(也许扎西达娃是主任,她是副主任)。她屁股底下有一辆桑塔纳,BP机一呼,呼之即来,很是气派。她是蒙古族人,原先我以为是在骗我,这回我又认真地问了一次,她回答说是真的。她曾有十年时间在西藏工作。

"北影"的责编是顾海音女士,我们曾通过许多信,打过许多次电话,后来由于电影搁浅,联系也就中断了。

1988年5月,杨志广应邀到陕西临潼为兰州部队作者讲学。我到临潼去会他。志广约我为《中国作家》再写一个中篇,他说这是编辑部的意思,原先他们曾经发现了莫言,约他在《中国作家》写了《透明的红萝卜》,后来没有抓紧,以后的作品又被别的刊物抢去了,这次遇到我,他们商量务必将我抓紧,成为他们的骨干作者。

在临潼,我和志广谈了我的《骑驴婆姨赶驴汉》的构思,志广认为很好,督促我尽快把它写出来。后来我写出了,发表在当年的《中国作家》第6期上,志广是责编。继而,1989年,我又为《中国作家》写了《老兵的母亲》,1991年写了《雕像》,志广都是责编。

志广是我最好的朋友。我在一篇文章中说过:我对朋友像狗一样忠诚。我于志广,志广于我,都是这样的。在苦役般的人生旅途上,生活有时会像乌云中显出一线阳光,向你微笑的话,这时刻就是朋友的相聚。想到这么一个可靠的朋友,永远固守在他的位置上,你任何时候推开那扇写有"杨宅"的门时,他都会热情地迎接你,你将会感到踏实。

志广是一个称职的编辑,他有着强烈的敬业精神。但是,我的这些善良的朋友,这些年好像都有些不如意。他去年害了一次心脏病,病好后,情绪有些低落,开始信奉佛教。他是真信,从云南的一个什么地方,请来了一个蜡染的释迦牟尼像,好大好大,挂满了他客厅的一面墙壁。他说这像是在雍和宫开过光的,讲时一脸虔诚,明显地是一个可"度"的弟子。

我写《最后一个匈奴》上卷的结尾时,曾经在志广家里住过一段日子。志广包的饺子好吃极了,往嘴里一塞,就化了。志广说,他的饺子,在作协有些知名度。他说有朝一日失业,可在街上开个饺子馆。

说起志广,还想说我尊敬的一位老人。她就是曾在《中国作家》杂志社主持工作的副主编张凤珠老师。她曾是丁玲的秘书。她一生中饱受忧患,后来主持《中国作家》期刊工作,闹成了一定的气候。1990年,我在杂志社见到她时,我毕恭毕敬地说:"感谢《中国作家》对我的支持以及后来的保护。"张老师说,是我支持了《中国作家》,她一直以亲手签发了《遥远的白房子》为自豪,她约我再为《中国作家》写点稿子,好参加评奖。我答应了,我写的那篇就是《雕像》,它获得1991年度的《中国作家》中篇小说奖,且名列榜首。

《遥远的白房子》发表后,它的姊妹篇《伊犁马》还在我的抽斗里。1988年夏,临潼笔会后,我送杨志广从西安火车站去北京。在火车站候车室,我遇见了一位身穿浅青色风衣、风度翩翩的女学者。

她叫叶梅珂,浙江人,在工人出版社《开拓》文学杂志社工作。《开拓》文学是当时颇有影响、风头正盛的大型文学季刊。当她听说我是《遥远的白房子》的作者时,一把把我拉到柱子后边,要我为《开拓》写个中篇。她对杨志广说,有那么多作协会员为《中国作家》写稿,应该让出高建群为《开拓》写。

我被叶梅珂老师约稿的热情感动了。这大约是第一个人那么热情地向我约稿。当时我诚惶诚恐,我对她说:"我正好有一个《白房子》的姊妹篇,还在家放着,回去我将它整理一下,给《开拓》寄去。"

《伊犁马》发表在《开拓》文学1989年三四期合刊上。发了这一期,《开拓》就停刊了。它后来更名叫《五月》杂志,叶梅珂担任副主编,比起当年的《开拓》,《五月》的气派是小多了。

《伊犁马》是我的一个重要的中篇。《文学报》报社的李俊玉载文认为:《伊犁马》的深刻性、内涵性,以及为当代小说所展现的广阔前景方面,超过了张承志先生的《黑骏马》,可惜由于《开拓》杂志的停刊，它没有受到应有的重视。本来《小说选刊》准备在1990年第2期转载，后来该刊撤销了。

我一直没有再见过叶梅珂老师。我的长篇《最后一个匈奴》出版后，她曾来信：一是祝贺，二是希望将下一个长篇交给工人出版社出版。这部长篇是完成了，叫《六六镇》，不过在前往北京的途中，一时让书商拦截走了。记得当我给她回信，谈到我将把这长篇给她时，她回信说，如今社会上，处处是待价而沽，争名逐利，独有我还这么重人情，把稿子交给国家出版社。如今我也食言了，不知我有朝一日见了叶老师，如何能解释清楚？

部队这时候记起了我。这期间，新疆军区创作组的评论家周政保给我来信，约我写一篇创作谈。他要编一本部队小说家谈创作的书，我被荣幸地记起了，我和周政保先生以前曾有过交往，他仗义执言，在《小说评论》上发过一篇评论"白房子"的长文章。我为周主编的那本《独白与奥秘》一书中写了一篇创作谈名为《为了第一个猴子开始的事业》此文后又在1990年第十期《解放军文艺》上发表，责编是丁临一。这是我时隔十四年后在该刊第二次发表作品。时隔多年，物是人非，李瑛、纪鹏、韩瑞亭等前辈大约都退休了吧。

这期间，我出了第二本散文集，叫《东方金蔷薇》。被陕西人民教育出版社出版，责编是田和平。仍然是陈绪万老师打来电话约稿，他说，出版社要出一套"又一村"丛书，给我也定了个集子，要我一个礼拜之内，火速将稿子寄去。

陈绪万和陈绪发，长得极像，就是极熟的人也常常将他们认差。一样的面貌，一样的体型，一样的嗓音，真是神了。较之绪发，绪万老师由于长期身处高层的缘故，显得更为慷慨豪爽，古道热肠。他号称"选题大王"，一样的书，经他一编，换个书名，征订数立即数十倍地增加。他的人缘极好，可以说西京城里有口皆碑。我这话不是过誉。

绪万先生还委托我主编两套大型丛书：一是《今文观止》（现当代文学散文卷），二是《新诗观止》（现当代文学诗歌卷）。书名是他起的，这两套丛书，至今看来，仍是现当代文学较为权威的精选本。每一件作品后面，都由我或我的朋友们为它加评注。这件工作，强使我耐着性子对现当代中国文学系统地阅读了一遍，对于个人开阔眼界受益匪浅。我没有上过大学，这实际上是一次补课。

这期间，我还在《人民文学》上发表了两篇散文，一篇是著名的《陕北论》，另一篇是《你们与延安杨家岭同在》。这两篇的约稿编辑，都应当说是宁小龄。宁小龄是该刊负责西北地区的小说编辑，他来信向我约稿，我的小说急急不能写出，于是写了篇散文搪塞。小龄很重视，将散文转给散文编辑，稿子不久就发了，《散文选刊》作了转载，广播电台又广播了多次。《散文选刊》的责编是谁，我记不起了，电台的责编是郭薇，播音员则是号称"陕西第一播"的海茵。

《你们与延安杨家岭同在》本来是志广先生为《中国作家》约的"五·二三"专稿。后来有人也写了这么一篇，给了《中国作家》杂志。高洪波先生征求我的意见，他给了我个"高帽子"，说："依我的意见为意见。"我说："让人一步自己宽，给我的稿子另寻一个去处吧。"后来，《文汇报》报社要，《人民文学》杂志社也要，志广将它给了《人民文学》主编程树臻先生。

下一个责编是康洪伟。康洪伟是《青年文学》杂志的编辑，一个刚出校门不久的大学生，热情、爽朗，浑身上下都是活力，走起路来，脚底下像安个弹簧似的旅游鞋，身子往上一蹦一蹦，骑起自行车来，像骑着一匹马，"嗖嗖嗖"直往前蹿。他给责编的那篇叫《达摩克利斯之剑》。那次北京，我在志广家住了些时日，志广老婆、娃娃回来，介绍我认识康洪伟，于是在中青社招待所又住了些时日。这样，我和洪伟也就成了朋友。

洪伟还带我去看了一下我的同乡、评论家白烨先生。那天晚上，白烨不在，白烨夫人——一个曾在陕北插过队的老知青，絮絮叨叨地给我们谈了好久她插队时候的事。这个平凡的女人，她的内心世界，那么丰富、细腻和美好。从白烨家出来，一轮圆月正挂在北京城的上空。我和洪伟不约而同地说："这样美好的月亮是越来越难得一见了，这样真诚的人，在这个世界上也是越来越少了。"

洪伟现在已经弃了公职，到一家合资公司工作。他是对的，他年轻，有的是资本，把自己交给自己，去发展吧！

下来，我将要谈到我的最重要的一位责编了。此刻我心中充满了温情。我对尊敬的朱珩青老师说过："有一天，我要找一个机会，向您致意的。"真好，现在机会来了。

我不止一次地说过，没有朱老师的督促，《最后一个匈奴》大约至今还不会问世。我的话是认真的。

1987年底，我在《中篇小说选刊》的"创作谈"中曾经说道："我眼下正从事一部长篇写作。以黄土高原为背景，将出现十多个天才人物毁灭的故事。但是，他们在毁灭中向世界宣告了自己的奋斗、挣扎和存在，因此，他们在某种意义上也是成功者。悲剧不是不幸，世界因为他们而一天天聪明起来、成熟起来了。"

1988年秋天，我意外地接到作家出版社的一份出版合同，合同之外，还有朱老师一份热情的信，她要我把这部长篇给她。她还说，她看见了我的那个创作谈，她认为：《遥远的白房子》的作者，有理由写出让世界为之惊讶的长篇。

我握着出版合同和这封信，在办公室外面的操场上转了三圈。我明白这对我是一件重要的事情。朱珩青我虽未曾谋面，但是在一瞬间,我感到自己和这位陌生人是如此亲近。我当即回了信,签了合同,我在信中说:"感谢您在茫茫人海中,注意到了我的不谙人事的面容。"

鬼使神差,这以后,我的长篇并没能进行下去,而是延安地区文代会后,我到地区文联代理了几年主席。合同期上的交稿时间已到,朱老师月月来信督促,而我只好找些话搪塞。

朱老师终于按捺不住,1991年5月,她出了趟差,先是到四川,搜寻周克芹的遗稿,接着到陕西,来到延安,督促我的稿子。

送走朱老师以后,我突然意识到,完成《最后一个匈奴》,对我是一件多么重要的事情,相形之下,世界上的一切,都成为无关紧要的东西了,至于那个小小的、受罪的职务,更是可笑,我不光要为别人负责,我更应该为自己的艺术生命负责。我还想,一个人要敢于成功,当成功向你招手的时候,你应当勇敢地向它走过去,中国足球之所以屡战屡败,就是因为他们不敢成功,好像失败才是正常,而成功是不正常的。这是一种心理障碍。

送走朱老师的第二天,我就把自己关在家里,开始没黑没明地写。写到三十万字时,稿子丢了一次,我又从头开始重写。写到途中,父亲病重住院,我在医院里一边照顾父亲,一边写作。父亲是肺气肿,不能闻烟味,而我写作时非得抽烟不可,双方只好都做些让步。一间病房,父亲在一头支个床躺着,我在另一头,一只方凳立着算是桌子,另一只方凳倒着,算是凳子,我就这样写。父亲过世的那一天,我恰好把《最后一个匈奴》的上卷写完。

这里需要提及一件事情。父亲在弥留之际,突然睁开眼睛说:"电视里在说你!"我一看,原来是电视屏幕上,蔡葵老师在谈论1991年度的小说创作时,正在说我的《雕像》。"我不担心你,你能自食其力的!"父亲说完,又昏厥过去了。后来,在北京见到蔡葵老师,我曾将这事说给他听,并且深深地感激他。

嗣后,我背着《最后一个匈奴》上卷的手稿,扶着父亲的灵柩,到临潼老家,草草地葬埋了父亲后,之后又到北京,将手稿交给朱珩青老师。顺便还参加了《中国作家》杂志的中篇小说奖颁奖会。

交完上卷,轻松了一半,回到延安,我又开始写下卷,直到那年7月,全书完成。小说的第一位读者,是评论家吴福辉先生,他是朱老师的爱人。

在写《最后一个匈奴》的一年零十天中,我抽掉了一百多条烟,掉了十三斤肉、三颗牙齿,还丢掉了一个职务。更重要的是,当我写完最后一个字,从创作状态拔身出来,茫然四顾,发觉我的老父亲已经没有了。他是一个老延安,一生坎坷。

下卷是寄去的。在寄走以后,兴犹未尽,我又给朱老师发了一封电报。电报全文如下:"北京农展馆南里10号全国文联大厦作家出版社朱珩青女士:《最后一个匈奴》已寄出,请查收。中国文学界将要有一件大事发生了。我是不可战胜的。好人万岁!"这些话,是写在一个烟盒上然后让他们去发电报的。

在北京《最后一个匈奴》座谈会上,她害羞地坐在一个角落。那天她特意穿了一身新连衣裙,脸上洋溢着光彩,好像这是节日似的。我在发言中说:"请允许我将这位尊贵的女士,《最后一个匈奴》的责任编辑介绍给大家。我此刻想说的是,没有她的督促,她寄来的出版合同,这本书大约至今还不会问世的!"听完我的话,会场上所有人的眼光都投向了那个角落,朱老师像个回答老师问题的女学生一样,羞答答地站起来,又迅速地坐下。

说起那次座谈会,我还想在这里插一言,那次座谈会的主持者是作家出版社的副总编秦文玉先生。会后,陕西来的七八个人要回去，急切中只买到了硬座票，老秦过意不去，他匆匆地赶到车站，此时，火车已经徐徐开动了，他匆忙中买了一捧汽水、雪碧、冰糕之类的东西，由于大家是穿插着坐的，老秦只好站在外边，瞅见一个人，从窗子里扔进来一堆东西。

今年老秦福州出差，不幸车祸。老秦弥留之际，我正好在北京。我想等到给他开追悼会时，能亲手捧一个花圈，送到他的灵前。等了十多天，后来听出版社杨葵说，福州追悼会后还要按家属的意见，去家乡南京安葬，因此我只好请出版社代我送个花圈，动身回延安了。

再回到朱珩青这个话题上来，因为我还有一句话没有说出。这句话就是——中国文化的大厦，是担在这些默默无闻劳动者的肩膀上，而不是那些达官贵人、那些招摇过市的文人们。

下一个责编是刘岸，他是新疆生产建设兵团文联大型文学期刊《绿洲》的编辑，而约稿则是该刊主编孟丁山先生。这个中篇叫《一个梦的三种诠释方式》，发表在《绿洲》1993年5期。

事实上，自从"白房子"之后，我一直期待着来自那块中亚细亚大陆的谅解、理解和友情。我相信时间会让我们靠近的。我的痛苦的呼唤终于得到了报偿。1993年，也就是时隔六年之后，《绿洲》的主编孟丁山先生，伊犁哈萨克自治州《伊犁河》杂志的主编郭从远先生，分别来信向我约稿。捧着他们的信，我眼睛湿润了。

我把自己一篇重要的小说，给了《绿洲》杂志。半个月后，一天深夜一点半钟，我接到一个电话，浓郁的男中音，热情奔放，震得话筒"嗡嗡"作响。这是孟主编的电话，他说稿子已采用，约我写一篇创作谈。

电话挂断以后，我还长久地拿着耳机，我对自己说：这不是做梦，这确实是来自新疆的声音。当清醒以后，我有些纳闷：怎么这么晚了打电话？接着我明白了。新疆较内地晚两个小时，现在正是那里的十一点半。我没有再多做考虑，就默默地摊开稿纸，又燃上一支烟，落笔写上"热爱新疆"这四个字。接下来写道：

  我迫不及待地要告诉你的是，我是多么热爱新疆。有一部电影叫《蝴蝶梦》，那里面的第一句道白说："昨天晚上，我又梦到了曼德利，月光很白，野藤爬满了庄园的小路。"然而对我来说，大约每个"昨天晚上"，我都会梦到新疆的。

  从十八岁到二十三岁，我人生中最宝贵的一段时光是在新疆度过的，是在中苏边界一个荒凉的边防站度过的。

  一辆装满男兵和女兵的闷罐车从西安出发，途经河西走廊。车停在戈壁滩上，排长吹着哨子，让下来解手，以火车为屏障，男左女右。在乌鲁木齐，我们已改乘汽车，第一站歇在乌苏兵站，第二站歇在克拉玛依油田，第三站歇在布尔津兵站，第四天到达哈巴河县城。在县城新兵训练三个月以后，来到那个白房子。

  我不厌其烦地写下这些地名，是因为每个地名都在我梦中出现过许多次，每个地名都能引起我许多怅惘和回忆。

  我们是顶着珍宝岛和铁列克提的硝烟来到这里的。有一柄寒光闪闪的达摩克利斯之剑高悬在我们头顶。每一个从那时候过来的新疆人，相信他都会有这种刻骨铭心的感觉。

  我们驻守的是一块争议地区——漫长的中苏边界一百多块争议地区中唯一由我方控制的三块中的一块。关于它形成的历史我在那部小说中谈过。和我们并肩站在一起的是新疆生产建设兵团农十师一八五团的三个连队。我记得有几次，拖儿带女的兵团战士们，将缝纫机和包袱埋在地下，女人和孩子准备"撤退两厢"，男人们则扛着老式的武器，和我们一起爬在边界线上的战壕里。

当写到这里的时候，眼泪突然从我的眼角涌出来。让我为你骄傲，那些曾经为新中国承担过责任和苦难的老大哥们，让我借《绿洲》的一角，向光荣的你们，向那个早已过去了的年代，洒把我辛酸的眼泪。

当然，我也为自己骄傲，作为一个公民，一个小人物，我是对得起自己的。在那场已经势在难免的大规模冲突之前，我趴在掩体里，为我准备了十八颗火箭弹。我是火箭筒射手，按照教科书所说，火箭弹发射到十八颗时，射手的心脏就会因为剧烈震动而破裂，但是，我还是准备了十八颗。那场冲突后来没有继续。冲突是因为1974年3月14日对方一架武装直升飞机越入我境引起的。

主编限定我写一千字，因此我不敢再写了。我对新疆的怀念，我对新疆的依恋，我对新疆的儿子之于母亲一般的感情，也只好找另外的机会去表达了。哦，我骑过的那匹额上有一点白的黑骏马，你好吗？你身上现在的骑手是谁？我的指导员大哥，你好吗？你的孩子大约都已经婚嫁和工作了吧？还有我的战友，我们班的士兵阿同拜、巴哈提别克、卡得尔别克，你们都好吗？还记得你们原先的老班长吗？

如果编辑愿意再给我一点面子的话，我想把《陕西日报》1993年7月3日我的一块长文章中的一段话，移抄到这里，算是我对五年前发生的那件事的检讨和解释：

你始终缄默地宽容地看待中国文坛的这场争论。从心里讲，我很委屈，有一种百口难辩的感觉。我确实是抱着满腔热忱一片爱心来塑造萨丽哈的，我为中国的文学长廊中出现这样一个大俊大美的卡门式人物而骄傲；而且我的所有的细节都有出处。但是，在客观上，它不被人类的一部分接受，并引起愤怒，这迫使我于心不安。也许有一天，我重返白房子，会向民族朋友们解释清楚，达成谅解的。我爱你们，人哪！我的最宝贵的一段青春岁月是在白房子度过的，你不知道我对它怀着一种多么刻骨铭心的眷恋之情。

我爱新疆。我没有办法不爱它。我的关节炎每逢雨天就提醒我怀念它，我因为骑马而在阿勒泰草原上碰掉的那颗牙齿也时常来打搅我，而我的五年的白房子岁月所形成的那种"北方忧郁"，我此生将无法摆脱它。况且我想，随着年龄渐老，怀旧情绪将会更为强烈。

能固执地爱一块地域是一种幸福，能和这块地方的朋友进行一次对话和交流（哪怕仅有片刻），更是一种无限幸福。这个"片刻"是《绿洲》杂志给我的，因此，让我对它说声"谢谢"！

上面是我接到孟主编电话的那个晚上，用了两个小时，为它写的"创作谈"。写完以后，我又郑重地标上"1993年7月10日凌晨两点"这个时间，然后，我就和衣躺下了。那天晚上我大约没有做"怀念新疆"的梦，因为现实比梦境更美丽。

我至今还没有见过孟丁山和刘岸，大约明年会见到他们的。我一直思念着回新疆，几年了，明年一定要去。新疆作协的朋友们称我是"新疆作家"，这使我高兴。

下一个责编是刘亚丽小姐。这是一个从陕北高原走出去的俏女子,以一些大胆而热烈的情诗喧嚣于当代诗坛,如今在贾平凹旗下搞创作。她是《美文》杂志的编辑部主任,天生丽质,一副贵妇人气派,弱些的男人见了,不敢对视。陕北荒凉偏僻之地,每每生出这样一些大家闺秀,令人感叹。亚丽的先生,是评论家李震,留一脸大胡子,形同恩格斯,两人却也般配。《美文》以贾平凹为旗帜,香火却也隆盛,一年多来,我应亚丽之约,先后为《美文》写了《我如何个死法》《散文界要清理门户吗?》《陕北剪纸女》三篇散文。

下一个责编是张艳茜小姐,约稿编辑则是陈忠实先生。张小姐东北人,大学毕业后留在陕西,目下是《延河》杂志的编辑部主任。我常感叹说:暮气沉沉的《延河》有了她,算是有了一点亮色、一点青春气息。她人长得漂亮,一身牛仔服,卓然不群。但却又不是那种张牙舞爪的女孩子,而是真诚地望着你,微笑着,让你感到这个世界还可以容忍。我见过她的一次跳舞,她的舞跳得极美,翩翩而起,宛若仙子。我不会跳舞,但能欣赏。

我发表在《延河》1993年7期的那个中篇,叫《茶摊》。这一期是"长安影视公司创作中心专号"。小说家杨争光,在北京"海马歌舞厅"混过一段后,回到西安,凭张子良先生做后盾,建起这个组织,计有贾平凹、陈忠实、高建群、王蓬、张子良(《黄土地》《一个和八个》编剧)、杨争光(《双旗镇刀客》编剧)、竹子(《野山》编剧)、芦苇(《霸王别姬》编剧)八人参加。用贾平凹的话说:八人八脚,螃蟹横出。用杨争光的话说:扯起旗帜,先吓天下人一跳。此中心成立时,酝酿剧本,张子良说,先一人写一个童年故事在刊物上发表,然后再改为电视剧。

总标题定作《浑沌年代》。定了以后,又各人拉了些细节,最后要定在哪里发表时,他们争执不下。陈忠实是《延河》杂志的主编、贾平凹是《美文》杂志的主编、我是《延安文学》杂志的主编,陕西三家文学刊物主编都在座上,都想将其作品在自己刊物发表。争吵中间,贾平凹尿憋了出去撒尿,瞅这空儿,陈忠实说:"我是作协主席,我要一次权威,这期稿子,交我。众人听了,不再有二话。"

后来,应张艳茜小姐之约,我又在《延河》1994年4期和9期,发过五个短篇,总题叫《张家山幽默》。我那时候正忙于写长篇,但是接到她的信,没有迟缓,我在信中说:很难拒绝她的约稿,让她失望,简直是一种罪过。我甚至还说:这篇稿子不是为《延河》写的,而是为她写的。

这期间,我在大名鼎鼎的《女友》杂志上,发了个叫《女人是巫》的稿子,责编是该刊主编孙珙。孙珙的笔名叫"雨薇",她是那种典型的被都市文化熏陶出来的女性,典雅、高贵,极度的聪明,有一副谜一样的美丽面孔。她为什么把自己叫"雨薇"?雨中的蔷薇,也就是说,是爱哭的女孩的意思吗?我常常这样推测,只是还没有来得及问她。

我是在和贾平凹、程海给《女友》杂志1993年金秋笔会讲课时认识她的。一见面,我就吃了一惊,独和她很面熟,好像许多年前的老朋友一样。我想如果有前世的话,前世我们肯定认识,说不定还很亲密。我那时正在为要在1995年完成的一部重要小说的女一号,一个类似德瑞纳市长夫人那样的人物,而捉摸不定时,见到孙珙,我明白了,这就是她,她就是我心目中那个理想女性。

这种现象在文学史上是有的。据说,罗曼·罗兰为构思他的《约翰·克利斯朵夫》,整整徘徊了十年,有一天,当他登上一处山冈时,看到远处,红日正在冉冉升起,他的男主人公,微笑着闪现在天际。《约翰·克利斯朵夫》于是定型。

孙珙约我为《女友》写一点稿子。后来,在泾阳的张家山,我和张子良、杨争光写那该死的《好戏连台》剧本时,心中时时想着这件事。我先用了四天时间,在一种狂热的激情驱使下,完成了中篇《大顺店》,后来孙珙说,《大顺店》太长了,于是我又在一个早晨,完成了《女人是巫》。

聪明的女人有一种洞察力,一种第六感觉,她能凭自己的直觉,识别和发现那些有价值的男人。这是我在泾阳张家山与张子良先生反复议论的一个观点。我还说,幸好有孔子的三从四德,扼制了女人的天性的发展,要不,这个世界上,就没有我们这些笨拙男人的活路了。记得路遥生前,和我也拉过这个话题,他说聪明的女人有一种极强的意会能力,和她们交谈很省力,你说半句话,她就知道下半句了。

孙珙有点不安心她的工作。她的祖父曾是杨虎城的军需官,因此,她有许多家族题材,苦于没有时间写出。我说,你和你的同事们,在期刊如林的出版界创造了一个"《女友》神话",人的一生,能做成一件事,就够了。

西安是一个出美人的地方。据说,20世纪50年代时,苏联专家曾建议将八百里秦川做成一个大水库,后来,专家到西安城转了一遭,长安水边多丽人,专家实在不愿让这个笨想法,打搅这些丽人的清梦,让这座美丽的城市沦为大洋,于是,大笔一挥,库址选在了三门峡。以上是笑谈。

下一个责编是王久辛少校,他是《西北军事文学》杂志的副主编。当年杨志广临潼讲学,我们曾有过一面之缘,那次笔会,好像就是他负责的。那时,他还是个毛毛躁躁的青年军官。去年冬天,他为一个电视片写主题歌,来到延安我的寒舍,多年不见,经军艺文学系学习后，他已经是有些知名度的诗人了，且对于当代中国文学有自己深刻和独到的见解。这些见解不乏真知灼见。北斗七星照耀着，北方的夜正深，在我的斗室，他谈到《废都》，谈到《白鹿原》，谈到兰州军区的作家周涛、周政保、唐栋、李斌奎、杨闻宇、李本深等等，谈得极有见地。我想，那些业已有些成就的作家们，如果能放下架子，听听这位少校诗人的纵论天下，肯定会受益匪浅的。

久辛约我写稿，我为《西北军事文学》写了组系列散文《白房子人物》，记述了那些还残存在我脑子里的战友们的形象。稿子发在1994年第二期。

我在1994年完成的一部重要长篇《六六镇》，当时也交给了北京一个书商。书商经销，有三个好处：一是出书快，从定稿到面市，两个月时间就足够了，不像国家出版社，审定稿子得半年，印刷又得半年，而且部门之间互相扯皮。二是发行量大，他们有一个二渠道，全国各地大小城市，密密麻麻的一个网，书出来以后，电话一打，各地的书店书社书屋就取书来了。三是稿费高一点。

说到钱，我一向羞于言钱，但现在不谈钱不行了。父亲劳累一生后，身后竟身无分文，这事叫我惊骇了很久。我的《最后一个匈奴》，发行量颇大，北京开了个座谈会，余下的稿费，仅仅够我抽烟。父亲死后，我一直想调回西安，省委领导让作协解决，作协说没房子。因此，我一直有一个愿望，用自己的钱，在西安买一套房子，去年是十四万，今年成了三十几万了，就是把裤衩卖了，也买不起的。因此我心里憋着一口气，想凑够这笔钱，买套房子，到时候调动不调动倒在其次，蹲在西安做个寓公，也行。

准备发《六六镇》的书商是个典型的女强人，整天像陀螺一样旋转，仅我在北京的十七天时间，她就去过一次武汉，一次太原，一次天津,一次承德。她的品位很高。我见过她丈夫,是湖南大学的教师,谈吐不凡。她的父母都是资格很老的老革命,母亲曾和毛泽民、陈潭秋一起在新疆蹲过盛世才的监狱。

《六六镇》交给书商后,返回陕西,我才知道出版界为杜绝一些思想内容不健康的书面世,已经从宏观上采取措施,严格控制书号,禁止出版社让书商印发图书。为了不给别人平添麻烦,我从书商那里索回了稿子。热心的朋友为了使《六六镇》尽快问世,对我动之以乡土之情,于是稿子就转交到了陕西人民出版社。

《六六镇》就是我应叶梅珂老师之约写的那个长篇。

我和作家出版社又签了1995年要写的那个长篇《要塞》,责编仍是朱珩青老师。但是,我对副总编王文平先生说,希望这本书,将来能够和书商联手,两个渠道发行。我总觉得,国家出版社系统有许多弱点,而书商系统又易于失去控制,如果两家联手,互补长短,也许会给图书事业以至文化事业的发展,带来益处的。

末了,我还想谈谈《小说家》杂志的约稿编辑和责编们。

约稿编辑是闻树国先生,他是《小说家》杂志的执行主编。一天上午,我接到一个电话,浑厚的男中音在电话里响起来,他说他是《小说家》杂志的闻树国,从杨争光那里得到了我的电话,他要我近期之内,给他们写个中篇,发《小说家》1986年第1期。

我对《小说家》仰名久矣!那一年我在北京《中国作家》杂志社时,该刊曾经准备与《小说家》杂志联手,和一名作者打一场官司,这事我知道。《小说家》杂志办的"小说家自耕堂""同题散文"等栏目,都为它赢得了广泛的声誉,使它成为国内高档次的大型文学期刊。因此接到闻树国先生的电话后,我很激动。我说你是在抬举我。

我的手头恰好有《大顺店》,虽然那是一次失败的出书,但毕竟出了。因此在电话中,我对闻主编说:"我的手头有《大顺店》,但是,还有一个题材,叫《马镫革》,我将搁下手头长篇,尽快将它写出,到时两篇一齐寄去,请你们选一篇。"我还说请他们一定注意质量,因为我对自己已经失去了判断力,如果两篇都不用,我也会很高兴的,以后我再写。这是我的真心话。

结果,正如读者所知道的那样,两篇都用了,《大顺店》发表在1986年第1期,《马镫革》则在第2期的"小说家自耕堂"上发表。

1994年10月,我在北京待了些时日。一想到天津就近在咫尺,于是我整日坐卧不安,想到《小说家》杂志社走一趟,看看那些可爱的人们。行前我曾向闻树国先生打过电话,他说一天就可以往返了。

当我像一位疲惫的旅行者、一位傻乎乎的山民一样坐在《小说家》杂志社的沙发上时,我感到一种温馨和友情。这个编辑部有点像《编辑部的故事》中的那个《人间指南》编辑部,洁净而美好,闻树国自然像"冬宝",而三位年轻的女编辑,都是些"戈玲"了。我说他们都面善,这是我从老朋友高红十那里刚刚学到的一句话。

康伟杰小姐还陪我到《小说月报》杂志工作之地走了一趟。康小姐从头到脚,像在墨水瓶里泡过一样,充盈着一种文化感。我想,和这样的女性在一个办公室上班,你肯定很少迟到早退,不过,你的工作效率肯定不会太高,心不在焉的时候当居多。这是笑谈。

有一句老话叫"贵人相助"。当结束这篇有些冗长的文章时,这话涌上了我的心头。是的,走到人生半途的我,回忆往事,最值得令我感激的人,当数这些我尊敬的编辑们。有一篇美国小说中说:趁你活着的时候,你不要吝惜语言,你要将你对自己所爱人的爱意说出来,这样你会感到很幸福,他们也会感到很幸福。而我此刻,正是这样做了。

我终于找到一次机会,向我尊敬的编辑们致敬了,因此我现在感到很幸福。而这个机会是《小说家》杂志给我慷慨提供的,因此,让我在幸福之余,再诚挚地说一声"谢谢"。谢谢兄弟姊妹们。

1994年11月15至20日于延安

高建群小传

高建群，男，汉族，1953年12月出生，祖籍陕西省西安市临潼区。国家一级作家，著名小说家、散文家、画家、文化学者，"陕军东征"现象代表人物，被誉为当代文坛难得的具有崇高感和理想主义的写作者，浪漫派文学"最后的骑士"。历任陕西省文联第四届、第五届副主席，陕西省作家协会第四届、第五届、第六届副主席，陕西文化交流协会名誉会长，西安交通大学、西北大学客座教授，西安航空学院人文学院院长，大秦印社名誉社长等。享受国务院政府特殊津贴。被《中国作家》杂志社授予当代最具影响力的作家，陕西省委省政府授予"终身艺术成就奖"等。

其代表作有《最后一个匈奴》《大平原》《统万城》《遥远的白房子》《伊犁马》《我的菩提树》《大刈镰》等。长篇小说《最后一个匈奴》在北京研讨会上引发中国文坛"陕军东征"现象。据此改编的35集电视连续剧《盘龙卧虎高山顶》在央视播出。《大平原》获中宣部"五个一工程"奖，名列长篇小说榜首；《统万城》获国家广播电视总局"优秀图书奖"，名列长篇小说榜首，其英文版获加拿大"大雅风文学奖"。高建群也是第一个在凤凰卫视《世纪大讲堂》演讲的内地作家。

高建群履历

1976年,以组诗《边防线上》踏入文坛。

1987年,以中篇小说《遥远的白房子》引起文坛强烈轰动。

1989年,担任延安地区(今延安市)文联(代)主席兼《延安文学》主编。

1993年,当选为陕西省作家协会副主席。

1993年,长篇小说《最后一个匈奴》出版,被誉为中国式的《百年孤独》,陕北高原史诗。

1993年至1995年,挂职黄陵县委副书记,专职创作,其代表作《最后一个匈奴》即为挂职期间所作。

1997年,参与央视十频道开播策划,并与周涛、毕淑敏共同担纲央视纪录片《中国大西北》总撰稿。该片荣获中宣部"五个一工程"奖。

2002年,当选为陕西省文联副主席。

2005年至2007年,挂职西安高新区党工委委员、管委会副主任。长篇小说《大平原》即在此期间酝酿成型。

2013年7月,被聘为西安航空学院文学院首任院长。

2017年9月,被聘为西北大学丝绸之路研究院研究员。

2020年5月,被聘为大秦印社名誉社长。

2020年7月,西安高新区文联成立,当选为第一届主席。

高建群创作年表

《边防线上》（组诗）：发表于《解放军文艺》1976年8月号，责任编辑：李瑛、纪鹏、韩瑞亭、雷抒雁。

《0.01——血液与红泥》（诗歌）：发表于《延河》1979年2月号，责任编辑：汪炎。

《将军山》（诗歌）：发表于《延河》1979年8月号，责任编辑：闻频。

《杜梨花》（短篇小说）：发表于《延河》1980年2月号，责任编辑：杨明春。

《很久以前的一堆篝火》（散文）：发表于《延安日报》1984秋，责任编辑：杨葆铭。

《人生百味》（诗歌）：发表于《星星》诗刊1985年，责任编辑：叶延滨。

《五月的哀歌》（叙事诗）：发表于《叙事诗丛刊》1985年，责任编辑：潘万提。

《现代生活启示录》（系列散文）：发表于《文学家》1985年，责任编辑：陈泽顺。

《新千字散文》（散文集）：1987年，陕西人民教育出版社出版,约稿编辑:陈续万,责任编辑:赵常安。

《遥远的白房子》(中篇小说):发表于《中国作家》1987年第5期,约稿编辑:朱小羊,责任编辑:陈卡。《中篇小说选刊》《小说选刊》《小说月报》《新华文摘》《解放军文艺》等进行了转载。2013年,台湾风云时代公司出版繁体单行本。2014年,陕西师范大学出版总社出版简体单行本。

《给妈妈》(诗歌):发表于日本《福井新闻》1988年3月17日,责任编辑:前川幸雄。

《骑驴婆姨赶驴汉》(中篇小说):发表于《中国作家》1988年第6期,责任编辑:杨志广。

《伊犁马》(中篇小说):发表于《开拓文学》1989年第3、4期合刊,责任编辑:叶梅珂。2007年,四川文艺出版社出版单行本。

《老兵的母亲》(中篇小说):发表于《中国作家》1989年第5期,责任编辑:杨志广。

《雕像》(中篇小说):发表于《中国作家》1991年第4期,责任编辑:杨志广。

《为了第一个猴子开始的事业》(创作谈):发表于《解放军文艺》1991年第8期,约稿编辑:周政保,责任编辑:丁临一。

《东方金蔷薇》(散文集):1991年,陕西人民教育出版社出版,责任编辑:田和平。

《陕北论》(散文):发表于《人民文学》1991年,责任编辑:韩作荣,《散文选刊》转载。

《你们与延安杨家岭同在》(散文):发表于《人民文学》1992年第6期,约稿编辑:崔道怡。

《史诗与二十世纪》(创作谈):发表于《文学报》1992年5月,责任编辑:李俊玉。

《达摩克利斯之剑》（短篇小说）：发表于《青年文学》1992年第10期，责任编辑：康洪伟。

《最后一个匈奴》（长篇小说）：1992年，作家出版社出版，责任编辑：朱珩青。

1994年，香港天地图书公司、台湾汉湘文化发展公司分别于香港、台湾出版繁体版。2001年，中国青年出版社出版。2006年，北京十月文艺出版社出版，2016年再版。2012年，长江文艺出版社出版，2014年再版。2012年，台湾风云时代公司再版繁体版。2013年，太白文艺出版社出版。2014年，陕西师范大学出版总社出版《最后一个匈奴》（手稿版）。2014年，陕西人民出版社出版《高建群图画最后一个匈奴》。

《我从白房子走来》（文学自传）：发表于《陕西日报》1993年6月，责任编辑：刘春生。

《出国的诱惑》（中篇小说）：发表于《延安文学》1993年第2期。

《我如何个死法》（散文）：发表于《美文》1993年第7期，责任编辑：刘亚丽。

《一个梦的三种诠释形式》（中篇小说）：发表于《飞天》1993年第5期，约稿编辑：孟丁山，责任编辑：刘岸。

《家族故事》（中篇小说）：发表于《漓江》1993年，约稿编辑：王蓬。

《祭奠美丽瞬间》（散文）：发表于《文友》1993年，责任编辑：王琪玖。

《茶摊》（中篇小说）：发表于《延河》1993年第7期，约稿编辑：陈忠实，责任编辑：张艳茜。

《白房子人物》（系列散文）：发表于《西北军事文学》1994年第2期，约稿编辑：王久辛，责任编辑：张春燕。

《匈奴和匈奴以外》（创作谈）：1994年，陕西人民教育出版社出版，策划编辑：张继华，责任编辑：刘孟泽。

《张家山幽默》（短篇小说系列）：发表于《延河》1994年第4期、第9期，责任编辑：张艳茜。

《陕北剪纸女》（散文）：发表于《美文》1994年第9期，责任编辑：刘亚丽。

《女人是巫》（散文）：发表于《女友》1994年第8期，责任编辑：孙珙。

《大顺店》（中篇小说）：1994年，陕西人民出版社出版。1995年，发表于《小说家》第1期，约稿编辑：闻树国。1995年，改编为同名电影，北京电影制片厂出品。

《六六镇》（长篇小说）：1994年，陕西人民出版社出版。2007年重新修订，易名《最后的民间》由文汇出版社出版。

《丹华的故事》（系列散文）：发表于《深圳风采》1994年第10、11期，约稿编辑：吴重龙。

《马镫革》（中篇小说）：发表于《小说家》1995年第2期，约稿编辑：闻树国。

《女人的要塞》（散文）：发表于《女友》1995年第2期，责任编辑：孙珙。

《古道天机》（长篇小说）：1998年，中国文联出版社出版，责任编辑：叶梅珂。2007年重新修订，易名《最后的远行》由华龄出版社出版。2011年，陕西人民出版社再版。

《愁容骑士》（长篇小说）：1998年，中国文联出版公司出版。2000年，广州出版社再版。2000年，台湾逗点公司出版繁体版。

《我在北方收割思想》（散文集）：2000年，四川文艺出版社出版，责任编辑：林文询。

《穿越绝地——罗布泊腹地神秘探险之旅》（散文集）：2000年，湖南文艺出版社出版，责任编辑：龚湘海。2014年，修订后易名《罗布泊档案：罗布泊腹地探险之旅揭秘》由陕西师范大学出版总社再版。

《白房子》（小说集）：2002年，陕西师范大学出版社出版。

《西地平线》（散文集）：2002年，上海人民出版社出版。

《惊鸿一瞥》（散文集）：2002年，群众出版社出版。

《胡马北风大漠传》（散文集）：2003年，上海东方出版社出版。2008年，在台湾地区发行繁体版。

《刺客行》（小说集）：2004年，太白文艺出版社出版，责任编辑：韩霁虹。

《狼之独步：高建群散文选粹》（散文集）：2008年，东方出版中心出版。

《大平原》（长篇小说）：2009年，北京十月文艺出版社出版。2016年该出版社再版。2012年，台湾风云时代公司出版《大平原》（繁体版）。2014年，陕西师范大学出版总社出版《大平原》（手稿版）。

《统万城》（长篇小说）：2013年，太白文艺出版社出版，责任编辑：韩霁虹，2016年该社再版。2013年，台湾风云时代公司出版《统万城》（繁体版），责任编辑：陈晓琳。2014年，陕西师范大学出版总社出版《统万城》（手稿版）。

《独步天下》（书画集）：2013年，陕西人民出版社出版。

《生我之门》（散文集）：2016年，未来出版社出版。

《我的菩提树》（长篇小说）：2016年，北京十月文艺出版社出版。

《相忘于江湖》（散文集）：2017年，北京时代华文书局出版。

《大刈镰》（长篇小说）：2018年，三秦出版社出版。

《我的黑走马——游牧者简史》（长篇小说）：2019年，陕西师范大学出版总社出版。

《来自东方的船》（散文集）：2020年，陕西旅游出版社出版。

《丝绸之路千问千答》（文化读本）：2021年，西北大学出版社出版。

《中国文化密码（图文集）》：即将由陕西师范大学出版总社出版。

社会评价

我劝大家注意,高建群是一个很大的谜,一个很大的未知数。

——著名作家　路遥

我一直想找机会请教一下高先生,匈奴这个强悍的骁勇的游牧民族,怎么说消失就从人类历史进程中消失得无影无踪了。

——著名作家　金庸

大家说高建群骄傲、自负、目空天下。我这里想说的是,中国这么大,有这么多人口,如果没有几个像高建群这样自信心极强的作家,那才是不正常的。

——中国社会科学院文学研究所研究员　蔡葵

春秋多佳日,西北有高楼。

——著名作家　张贤亮

高建群是一位从陕北高原向我们走来的略带忧郁色彩的行吟诗人,一位周旋于历史与现实两大空间且从容自如的舞者,一个善于讲庄严"谎话"的人。

——中国作家协会副主席　高洪波

　　高建群的创作，具有古典精神和史诗风格，是中国文坛罕见的一位具有崇高感和理想主义色彩的写作者。《大平原》把家族史兜个底掉，看后让我很感动，也很心痛，唤起我对故乡、对农村的情感，唤起我强烈的根的意识。我没想到高建群在"潜伏"多年之后突然拿出如此有分量的作品。

——中国作家协会副主席　高洪波

　　《大平原》有内在的惊心动魄，写家族的尊严、生存的繁衍史，实际上是写我们民族强韧的生命力。这部长篇淋漓尽致地发挥了书写"命运"的优势，不是写一个人的命运，而是写了三代人的命运，厚重感非常强。

——著名评论家　胡平

　　高建群对《大平原》中的女性人物都满怀敬意和温情。为了家族立足，高安氏骂街骂了半年，成为一道风景。用这种方式起到的威慑作用，来捍卫高家人生存的权利。顾兰子是书中的灵魂式人物，也是这部书苍凉的体现。

——著名评论家　雷达

　　《大平原》基于高安氏、顾兰子等乡村女人的坚韧形象，这部新"乡土女性小说"中女人比男人强，乡土文明决定了女性在乡土生活里面所具有的支配性。

——著名评论家　孟繁华

《最后一个匈奴》进京的盛况如在目前。27年了,它远远跳过速朽期!27年了,它的风采依旧!27年了,人们——特别是陕西读者没有忘记它,了不起啊!

——著名文艺评论家 阎纲

作为延安的一位文艺战线上的老战士,听到介绍,《最后一个匈奴》这部长篇小说写了大革命时期以来的三代人的命运,直到现在的改革开放时期,这还是过去没有人写过的重要题材,我很高兴!我祝贺这部作品出版,并获得成功!

——文化部原副部长、中国文联党组副书记 陈荒煤

27年前,《最后一个匈奴》在北京引发轰动一时的"陕军东征",至今在文学界仍是一个历史性的重要话题,一段难忘的记忆。

——《人民文学》杂志原常务副主编 周明

高建群的《遥远的白房子》,给我们许多启示,它也许预兆了小说艺术未来发展的某些趋势——难道,小说艺术在经过了几百年的艰难探索,它又回到讲故事这个始发点上了吗?

——北京师范大学教授、中国当代文学研究会理事 蒋原伦

如果不把《最后一个匈奴》这部中国当代文学的红色经典,变成一部电视剧,那是我们影视人的羞愧。

——央视著名制片人 李功达

《大平原》能拍一部大电影。我把中国的导演,脑子里过了一遍,最合适的这个导演叫吴天明。《大平原》中描写的那些事情,我全经历过。我父亲是一九四九年后第一任三原县委书记,我自小就是在那一片土地上长大的。

——著名导演 吴天明